東京プリズン

赤坂真理

河出書房新社

東京プリズン◎目次

目次

東京プリズン

私の家には、何か隠されたことがある。
そう思っていた。

第一章　十五歳、アメリカ最果ての町にて

二〇〇九年、八月十五日。

暑い日で、湿度が圧力に感じられるほど高く、蟬《せみ》が鳴いていた。ソファでうたたねしていたら、電話が鳴った。起き上がり、黒い電話の受話器をあげた。

「はい」と私は言う。耳の中に、さーっという音が流れ、その薄い雑音にくるまれて女の人が、知らない言葉を話していた。言葉は水のようだ。渦のようだ。「……ピーポゥ」それだけ聞き取れた。

あ、夢だ。

私は気がつく、夢の中で。手の中で受話器がずしりと重くなる。

このシーンを昔、体験した。それにこれは昔の黒電話だもの。

夢の中で、私は小学生のときの体験をしている。

昔の家が、体の周りにありありとあって、泣きたいくらいだった。私は小学生で、台所の黒い電話の受話器を持って立ち尽くしていた。夢の中で子供の自分の体の中に、今の私の意識がいるのだ。

その体で、ありありと感じることができる。台所にある黒電話は、薄く油膜が張ったようで、

その油膜によって酸っぱ甘いような匂いがする。油膜を引っかいて、文字を書くことすらできる。いや、自分が以前に書いた字が、すでにそこにあるではないか。今私は、そのかすかな凹凸の感触を指でなぞっている。「ま」と書いてあった。昔の自分の字だ。

〝ま〟それは私の名前の最初の一字だ。昔に自分が書いた字を、自分の指でなぞる。〝り〟と書いて自分の名前を完成させようとして、気づけば私はこう書き足していた。

〝ま〟

ママ。

「ママ!」

ここでこう叫んだら、当時の母が現れてくれるのだろうか? 私は今の意識で考えていた。そしてこの渦のような言語とわたりあってくれるだろうか? と。

この電話の向こうの人が、なんと言ったか、今の私は知っている。おそらくは〝People〟と繰り返したと。教えてくれたのは、こんな電話があったことを告げたときの、母だった。その時分、母はたしか、結婚前に勤めていたアメリカ大使館の仕事の手伝いをしていた。

受話器の向こうで外国語を話した女性が誰だったか知らない。彼女がなぜ、どういう脈絡で「人びと」などと繰り返したのかは知らない。母にもわからない。

だけれどそのとき、昔の体の中にいた私の意識に、知らない響きが実体を持った。響きには意味がある。言葉が私の中に受肉された。「ピーポゥ」は、たくさんの「小さな人びと」となって、私の中に住み着いた。

ママ、と私はそのとき呼べなかった。声が出せなかった。体の重さが急に現実味をおびた。受話器もずっしり持ち重りがして、相変わらず酸っぱ甘いような匂いがした。

夏の光は水のようだ。

目が覚めて、私は泣いていた。

あれは私が失った故郷だったから。


目覚めて私は泣いていた。

あの場所にもう一度帰りたかった。もう戻れない家。一九八五年に端を発した円高誘導で、倒産した幾多の中小企業のうちの一経営者だった父が、借金の抵当に入れた家。失った故郷。あの場所のリアルな感触を、もう一度感じたかった。

あの家は一九八七年、父とともに地上から消えた。会社が倒産し、父が死んだ、と連続した出来事をただ並べて人に言うと、よく自殺と誤解される。父は病死で死のタイミングは偶然だが、時代の価値とともに逝ってしまうような男は、たしかに存在する。有名だろうが無名だろうが、男だ。

ソファの上で泣きながら私は考えた。

夢の中で夢とさとれたのなら、夢と知って夢に入ることもできるのではないか。

もう一度目を閉じ、家の内部空間を思い起こす。頭の中が広くなる感じがやってくる。柱をさわり、壁を伝って私は歩く。手がかり、と言うが、人には本当に手でさわれる道しるべが必要なのかもしれない。私にはもっと端的に、握れるほどに強くさわれる物が必要だった。

半覚半眠の状態で、私は昔の家の中を必死で思い出している。そうして記憶の中を歩き続けたら、もう一度夢に入れる、と固く信じてでもいるように、錨《いかり》をおろすがごとく一歩一歩、板の床を踏みしめて私は歩いた。

電話！

電話は、本当に黒い錨のように風景に鎮座していた。長細い台所、その端っこに。対面はガス台、その上には小さな食器棚。柱に、兄が小さい頃こすりつけた鉄人28号のスティッカーがついていた。爪でこすって転写するタイプのスティッカーで、一ミリの何百分の一かわからない薄さのフィルムが、一度くっつくと柱そのものと同化したようになり何年も残る。とるのは特殊な溶剤でもなければむずかしいし、そんな溶剤なら柱のペイントまでとってしまうかもしれない。

そうだ電話！

急に思い出したみたいに、私は電話に飛びつく。肉にしみたあの感触がやってくる。そして酸化した油膜の酸っぱ甘いような匂い。丸いダイヤル盤のついたボディは、今からみれば女性的なほどの曲線を描いている。女性の腰のようだ。そのくびれのあたりに、私が油膜をひっかいた字で書いてある。

「まま」

まるで「たすけて」と言うように。

受話器を持った。それはゆっくり上がった。

驚いたことに、電話の中から私は話しかけられた。

そのラインは、つながっていた。オペレーターが中にいて、これはコレクトコールですと私に言う。

私は知っている。受話器の向こうで、同じように受話器を握り締めているのは、私自身だ。一九八〇年の私。十五歳の私。受話器から聞こえるノイズが、静かな吹雪のようにも聞こえる。寒い土地からの電話なのだ。それに耳をさらしていると、小さな小さな人びとが耳の中に入ってくるような感覚があった。

もう一度、夢に落ちる感じにおそわれた。


……オペレーターが英語で言った。

〝ごめんなさいあなたの名前はなんでしたっけ？〟

私にではなく、向こう側の私に対してだ。今この通話は三者に開かれている。オペレーターの女性は――おそらく黒人だと思う。ネイティヴ・スピーカーでも、骨格によって音がちがう。電話ではそれがよりくっきりする――コレクトコールの発信者の名をうっかり忘れてしまって、もう一度本人に訊《き》いているのだ。メモをとっていないなんて迂闊《うかつ》なオペレーターだ。あるいは、その名前が、なじみがあるようなないような響きで、覚えにくかったのかもしれない。

〝Mari〟

向こうの人が言う。

〝Yes！〟

オペレーターが発信者の名を私に伝えるより早く、私は答えている。だって、知っているから。

〝I will accept this call.〟この電話の料金を払うことを、オペレーターに承諾する。

彼女と電話が通じた。ああ、この子の感じを私はよく覚えている。

だって昔の私自身なのだから。

「ママ？」

彼女は言って、私に話し始める。ああ、この、今にも泣きそうな声。北の北の国にいる、日本から想像できない気候の土地に住む、寒がりの娘。

「ママよ」

私は言う。自分ながら嘘臭いが、私は彼女に対して母親を演じようと決めた。

何か言ってやらなければ。

でもとつぜんのことに私には言葉が出てこない。

混乱したこの娘はかわいそうだが、母親に相談するのは、その混乱の原因に相談するようなものだ、さらに混乱する。それでも娘は母親しか話せる人を知らないのだし、コレクトコールを際限なく受け容《い》れるのも母親だけだとそのときすでに、知っていた。定期預金を夫にないしょで解約してでも、彼女は娘からの国際コレクトコールを受け続けるだろう。

母と娘は共犯だ。母と娘には、傷つけ合い護《まも》り合う、秘密の絆《きずな》があった。そして、妻は夫に子供のことを言わず、夫は妻に仕事のことを何も話さないという、ある時代日本にありふれた秘密主義が、家族を悪い方向に押しやる。この頃から、いやもっとずっと前から、家を覆っていた斜陽のようなものをこの娘は感じていて、それに対してなすすべを持たなかった。私の家ではつねに、出来事は天災のように起こった。用意されているのはどこかでわかっているのに無防備なのだ。

母親に相談してはいけない。そう言いたかった。進むべき道の相談というのは、有用な助言を持っていそうな人に求めるものだ。母親はあなたと同じかあるいはあなた以上に混乱している。その混乱を、自分一人では解けずに無意識にあなたに譲り渡した。できれば母親の混乱を、いっしょに考えてやってほしい。

でもそんなことを、今私は母親自身を演じているというのに、どういう言葉で言えばいいのか。母親の話し方は、英語でならかなり忠実にまねることができた。このまねの才能があったから、私は語学が得意だったのだし、私の母親もそうだった。母語というが、言語は母親から口移しの食物のように与えられるものにちがいない。そして「母語」なら、母から娘に最も色濃く受け継がれるものなのにちがいない。

ただ、日本語で母をまねるのは、英語よりもむずかしかった。外国語を話すのは、それだけで演技の要素があるから他人になりきりやすいのだ。

「ここは寒いよ」

私を待たず、彼女が言った。懐かしい声。私は、泣きそうになった。

この子は、この場所が嫌、と言うのに、こういうふうにしか言えない。真冬にはいちばん下がるときで摂氏零下二〇度近くにまでなろうという土地がどういうものか。どれほど、極東の東の都、東京とちがうか。

「わかるよ。北緯四四度だもの」

「ほんとにわかってる?」

彼女の言葉には棘《とげ》がある。

「そっちは今、いつなの?」

私は訊いた。ああ、これでは時差を訊いたと思われる。

「朝の八時」

「何日?」

「十月十日」

「まだサマータイム?」

バカな質問ばかりしてしまう。

「知らない」

アメリカ東部最北端、メイン州は寒くなってくる頃だ。そこは由緒《ゆいしょ》あるニューイングランドの一角で、合衆国始まりの地に含まれる。が、しかし同時にそこは合衆国の果てのような場所かもしれない。北はカナダと接し、東端は崖《がけ》で、茫漠《ぼうばく》たる冷たい大西洋が始まる。そして、十月はまだメイン州の本当の寒さにはほど遠い。

考えばかりが流れていく。受話器からはただ砂のように、時間が過ぎる音がする。

「ママ。私なんでここにいるのかなあ?」

彼女はやっと重い口を開いた。稚拙な訊き方。本当は、ママはどうして私をアメリカに送ったかと訊きたいのだ。

「ねえ」と私は過去の私に言う。

「ママじゃなくて、他の人に訊いたほうがいい。ママには、わかってないのよ。どうしてあなたをアメリカにやったのか」

彼女は、太平洋と北米大陸を隔てて、黙っていた。

私はまずいことを、言ったかもしれない。「ママ」と自分で言うと、母という他人を指すのではなく、自分の呼称になってしまう。

通話が切れた。彼女はまた、母親に捨てられたと思ったのかもしれない。そして、そう思ったのはこれが何度目なのだろう。

一九八〇年十月　狩りの日

一九八〇年十月十日、金曜日。アメリカ、メイン州の小さな町、いや州全体が小さな町みたいなここ。

朝の始業の前に、図書館わきの公衆電話ボックス《フォンブース》から東京の家にコレクトコールをかけた。東京は夜の九時ころだが、父は帰っていないことが多く、兄たちは居間にはいない。

二五セント玉《クォーター》は、どこの通貨でもなく、魔法の国のコイン《トークン》のように私には思えた。他の硬貨よりだんぜん大きく頼もしく、たったの四つ合わせれば一ドルだ。マム・アンド・ダッド・ストア《よろずや》のキャッシャーに差し出せばキャンディ・バーが、公衆電話のスリットに落としたならオペレーターが、そして懐かしい東京の空気が、引き換えにもらえるのだった。

地の果てのどこかに、ちがう時間が流れている。その時空を二五セント玉はさくっとこじ開ける。東京の、妙におっとりしたあの感じ。東京は、私が出てきた時点で十分ごちゃごちゃした街だった。なのに電話で触れる東京は、妙におっとりしていた。まるで、小津安二郎かなんかの映画みたいに。私はそこに電話すると、高円寺の家の夏を思い出す。明るすぎ圧迫感があるほど暑い夏に、へちま棚の向こうのひんやりした木造の家。

東京の家で思い出すのはたいてい夏だった。そして電話するとき、東京はいつも夏のように思う。

ここが寒い土地だから、夏のことを懐かしく思うのだろうか。

二五セント玉は、夏への扉を開けてくれる。

そこは、この地球のどこかに同時存在するにちがいないのに、永遠に失われた場所のように思えた。

特に、ここの気候が寒くなってくると。

電話して、自分ながら何を言いたいのかわからない。でも電話せずにいられない。母と二人で沈黙を咀嚼《そしやく》する。母って私の、なんなんだろう。私は母を沈黙によって傷つけたいのか、母を傷つけたことを、後でいつも悔いるのに。

私は、なぜここにいるのだろう?

それが私にはわからない。

空気が冷えてくると、体の形が、縮んだようにくっきりする。心もとない。

他に選択の余地がなかったから?

中学校になじめなかっただけで、そんなばかな。

日本で進学ができそうもなかったからアメリカにやるなんて。

でも他にどうできたかは、わからない。

でも今日のママは少し変だった。

なぜ、私をここへ送った張本人がその理由を知らないなんて言うのだろう? そのうえ、いつもみたいに私を黙らせる言い方じゃなくて、少し困ったような感じだった。

朝、廊下をとぼとぼと歩いていると、サミュエル・ランドルフが向こうからやってきて、おどけた動作で私の行く手をふさいだ。

サミュエルは強く縮れた褐色《かつしよく》の毛でガラス玉のような翠《みどり》の大きな瞳をしたアイスホッケー部の男子で、一級上の十一年生《ジユニア》、たぶん十七歳。ひょうきんさで人気者だ。彼の周りにはいつも笑いがあるし、面倒見がよく優しい人みたいだ。けれど彼を見るときいつも、私の目は、近くにクリストファー・ジョンストンを探してしまう。そして彼に吸い寄せられてしまう。今もそうだ。今、サミュエルの傍らにはクリストファーがいた。廊下を歩いてきたアイスホッケー部の二人組のもう一人、クリストファー・ジョンストン。動く吸引力。ゆるく波打ったブロンドで、瞳はアイス・ブルー。歯は真っ白でそろっていて、たしか矯正歯科医の息子だと聞いた。身長は軽く一八〇センチはあって、細身だが胸の筋肉がきれいに前面に張り出している。彼を見ていると、スーツとネクタイというのは、彼のような男のためにつくられたファッションだと思える。クリストファーに比べると、同じ人気者集団の中でもサミュエルは傍流《ぼうりゅう》の男子であるのがわかった。そういうことは、異文化に日が浅くても、なぜかわかるのだった。

するると、

「ねえ、彼女を誘わない？」

とサミュエルが私を前に、内輪の調子でクリストファーに話しかけた。私はなんのことかわからず二人の会話をただ聞いていた。

「なぜ」

とクリストファー。この人はあまり表情を変えない。

「異文化交流、ってやつ？」

サミュエルがクリストファーに答える。この人の話し方はいつでもおどけている。

この学校の人たちは、本物の外国人と今まで接したことがない。本物の外国人、というのは、異人種で非アメリカ国籍。学校には二人のアジア系女子生徒がいるけれど、韓国系のテヒ、中国系のヴィヴィアン、ともに養女であって、赤ん坊のころからアメリカで育ったアメリカ人だ。韓国語も中国語も話せない。

「ていうか、迎えに行くの俺だぞ？」

クリストファーがサミュエルに言う。

「面倒は僕が見るから。ね？」

世の中には、異文化に興味を持つ人と持たない人がいるのが、二人を見ているとわかる。

そんな二人の内輪のやりとりの後、サミュエルがあのこぼれるような翠の瞳でまっすぐ私を見て、

「ハンティングに行きたい？」

と訊いてきた。

「ハンティング？」

ハンティングなんて言葉は、ガール・ハンティングくらいしか知らない私は、思わずそれを口に出してしまった。ガール・ハンティングに行くのか？　と。

「ちがうちがう、レイディを前にそんなこと言わないさぁ。本物のハンティングだよ」

サミュエルが言い、クリストファーが、何かを構えるポーズをした。何か……ライフルみたいな、銃身の長い銃？

私はやはり、クリストファーを見てしまった。

その姿の美しさに興味を惹《ひ》かれ、

「行く」

と答えた。

そのときクリストファーがにこっとした。いつも表情を変えない分、笑った時の鮮やかさが凄《すさ》

まじい。それが自分に向けられたときのうれしさがまた、凄まじい。
それでも私は、自分を待つものが何かを、わかっていなかった。

本物のハンティング。

その昼休み、本物《リアル》のハンティングとやらに行くメンバーで集まり、チェックシートを見ながら話し合った。もちろん私に話に加われる余地なんかはないのだが、まるで遠足の持参アイテムを決めるような楽しい雰囲気がそこにあった。

わけもわからず参加を表明した私ではあったけれど、共通の目的があるというのは、いい。居場所がなくても、あるように見える。私はそこにいるふりをしている。

集まったメンバーのほとんどは、私も含めて、家の人がつくってくれた簡単なサンドイッチを茶色の紙袋に入れて持ってきていた。冷たいパンをピーナッツバターとジェロとかレバーペーストとかでくっつけただけのもの。それにマッキントッシュという種の小ぶりのクリスプなりんごを丸かじりするためひとつ、とか。日本の母親たちがつくる〝お弁当〟は、これに比べると、色も品数の多さもまるで、芸術品で。しかしアメリカの家の〝ランチ〟は、そのあまりの簡素さゆえに私にはエキゾチックだった。これぞアメリカン、って感じで、日本の雑誌なんかに紹介される様が、目に浮かびそうだった。

食堂では、昼食を持参しない生徒のために、そこでつくったホットディッシュも売っている。食堂はキッチンとダイニングホールで、朝と昼にはそこに湯気が立つ。メニューは、湯気と匂いにそそられるほどには美味《おい》しくなく、毎日ぶにゃっとしたマカロニだったり、味のないソースで煮込みすぎた野菜だったりしたが、それでも、キッチンから立ち上る湯気には、人を幸せな気分にする力がある。湯気の向こうで働く人たちを見るのが私は好きだ。その立ち上る湯気は、どうしてかホストファミリーの家庭にも、あまり見ないものだった。食堂が、私にとっていちばん家庭を感じさせる場所だったかもしれない。

「くれぐれもチームやバディから離れないように」

と、面倒見のいいサミュエルにくどいくらいに念を押されて、昼のミーティングは終わった。


服装や持ち物は、言われたとおり、私のホストファミリーの家にあった。カーキの上下。ホストファミリーの母親メアリ・アンは私より背が高く、私は袖《そで》もズボンのすそもロールアップする。それでもまだ、私はこれから自分に起きることを知らなかった。まだ夜明け前の朝に、待ち伏せ兵士のような出で立ちでクリストファーが玄関ポーチに立っているのを見るまで。

うきうきした気分は吹っ飛んだ。

彼が着ているのもカーキ色の上下、それに縫いつけられた、引き裂かれた幾多《いくた》の布片。遠目に木や葉っぱに見えるようになのだろう。なんと言うのだっけこういうの、と考えて、カムフラージュという言葉を思い出した。ミリタリールックに使われる言葉だったが、ファッションではなく本物。プリントでもなく、縫いつけ。知らない海の磯や珊瑚《さんご》に隠れる魚や、植物に擬態する昆虫を連想して、私は思わず吹き出しそうにもなる。けれど布地についた、えたいの知れない暗しみ。そこにある、知らない種類の匂いを感じて、緊張しもする。全体の大仰《おおぎよう》なばかばかしさみたいなものに、ギャグのひとつも言って場をなごませたくもなる。緊張しないで、もっと軽くいこうよ、と。クリストファーに対してこんな反応が起きたのは初めてだった。

外に停まった車は、曇りかけの空の色をしたボルボのステーションワゴン。

クリストファーの父親が中にいるのかなと思ったら、中は空っぽだった。助手席を開けられ、私は中に収まり、次いでクリストファー自身が運転席に収まった。

そうか、ここでは十七歳にもなると、自分で運転して学校に行くのか。これもまたひとつのカルチャーショックだった。日本の学校では、免許や乗り物は、危険なものとしてとにかくティーンエイジャーや学生から遠ざけられていたから。そういうものに乗るティーンエイジャーは、反社会的な存在ですらあった。日本はバイクや車を造って外国に売るのを国策のようにしているにもかかわらず。

後部座席には、ケースに入っていてもそれとわかる銃身の長い銃、ライフルが。あの日クリストファーが、空で構えて見せた長い銃。

一学年上の高校生が、当たり前に車を運転し、しかも銃を撃つ。そのリアリティは、冷たい異物として私に入った。金属のかたまりのように、消化もできず吐き出せもしない異物として。

少年たちが銃で野生動物を撃ちに行こうというのが、要するに《ハンティング》だった。

私はあまりに異質な文化に触れて、言葉がなかった。

引き返したいと言いたい気持ちが何度も去来したけれど、帰ってホストファミリーと退屈な時間を過ごし、行事といえば巨大スーパーマーケットへの食料品の大量買い出しだけ、という週末よりはましな気もした。

車が家を離れて、「氷河《グレイシャー》」と私が名づけた殺風景な白濁した川を渡ると、なぜだか安心感が出てきた。「氷河」に架かる橋は、いつも学校に行く時、空気が変わる最初の関門だ。学校に行くのはいつも憂鬱なことだが、今日は、いつもよりはましな世界へ行くのだと思えた。

車はいい。

車があれば、大人になれる。

アメリカでは車は神である。特に寒い土地では。

居心地《いごこち》の悪いホストファミリーの家を後にしながら、そう思った。

待ち伏せ作戦のまねを大まじめにやってるようなクリストファーは、私を夕方の六時には帰すと、朝五時にホストファミリーの父親ティムに約束させられていた。ティムは、家の二人の子供の父親ではない。黒い髪と濃い褐色の瞳と黒っぽいひげそりあとの父に対して、子供たちは二人とも青い目にブロンド。しかし奥さんのメアリ・アンの目と髪の色も、濃い茶なのだった。子供たちに、今ここにまったく存在しないメアリ・アンの前夫の影を見るのは、面白い。

ボルボは途中で三人を拾っていった。カップルが一組と、名を知らぬ年長らしき少年が一人。

フリーウェイの両脇は低い山で、森に覆われている。

ニューイングランドの紅葉をたとえる言葉はない。少なくとも十五歳の私の辞書には。燃え立つような、と言ってもまだ控《ひか》えめだ。黄、オレンジ、赤が、密度の高い原色の点描《てんびょう》をえがき出して迫ってくる。遠近感や立体感が狂うほどに。日本で見た紅葉は、これと比べるとパステルカラーの淡さだった。原色の紅葉は、息を呑《の》む美しさで、来るべき、白がすべての色を奪うという雪の世界を、まだ私は想像できずにいた。ここの冬は獰猛《どうもう》なほど寒いと人は言う。記録的な寒波の年でもあったのか、「ひどいときには一度くらいまで下がる」、と年長者はしきりに私に力説したのだが、一度がそんなに寒いかと思っていたらそれは華氏で、摂氏に直すとマイナス二〇度近くになった。そこまでの温度の低さは体の記憶にも概念の中にも、私にはない。

東京の公立中学校を出て、学校が始まる時期になってもしばらく何もせずぶらぶらしていた。八月になって、アメリカ西海岸の語学学校へ単身行った。ロス・アンジェルスに十歳上の従姉がいたので家にしばらく厄介《やっかい》になって、そこへ日本から来た叔父《おじ》と、ロス近郊のディズニーランドへ行ったりした。海軍兵学校で終戦を迎えた叔父は、父の幼なじみで、父の妹と結婚して親戚となり、会社経営まで一緒にする仲だったが、叔父にとって世界の中心は、いまだに〝海兵〟ではないかと思えることがあった。叔父は余裕があって愉快な人で、私たちきょうだいを可愛がってくれた。思えば私は、父とは行ったことのない外国の遊園地なんかに、叔父とは行ったというわけだった。

九月にアメリカの学校の新学期が始まって、アメリカを西端から東端まで渡ってここへ来ると、これまた外国へ来たみたいだった。トランジットのボストンの空港からして、ロス・アンジェルスからしたら外国で、同じ白人にしても服装も表情も顔色も顔のつくりからして、ちがった。空港にクラシック音楽が低く流れているのが文化というものかと思った。ボストンから国内線でメイン州ポートランドへ。そこは、世界の果てだった。そんな小さな空港を見たことがなかった。だいたいがエア・チケットを買うとき、オレゴン州ポートランドと間違って発券されそうになったくらいだ。アメリカ人にとってさえ、そこは地の果てだ。

ステーションワゴンの助手席から外を見ていた。

後部座席には途中で拾った三人。そのうち二人はいちゃつくカップル。他人がいようとおかまいなしにいちゃつく。そこには互いしか存在しない。まだ名前が顔と一致しない、同じ学校の顔見知りの生徒。だが、互いを呼び合う声で名前は覚えてしまった。ダリルとクリステル。唇を吸い合う音、唾液《だえき》の音……今にもセックスを始めるんじゃないかと思う。学校の友達が、場所が変わるとこんなに変わってしまうのは、人格が変わるようで怖い。でもこれが自由ということなのかと私は納得しようとしていた。信じがたいことに誰も彼らを気にしない。いちゃつくカップルと、銃の手入れをする男子が後部座席《リアシート》の構図。銃口が私のシートの後ろにある。そういうものがごくふつうに、車というひとつの箱の中に共存して、その箱の車は烈《はげ》しい紅葉の狭間《はざま》に拓《ひら》かれたフリーウェイを高速で切り裂いて行った。

リアシートの、銃の手入れをする男を私は知らなかった。私たちよりはずいぶん年上に見え、二十代前半か二十五くらいだろうか。ぱっと見、軍隊の人かと思った。明るい茶の髪を坊主刈りにしていて、小太りのようでその実筋肉でできているというぱつんぱつんの体で、陸軍《アーミー》みたいな服装をしていた。もっとも男の子はみんな陸軍のような服を着ていたけれど、彼は最もそれが体になじんでいた。卒業生だと紹介されたが、名前を忘れた。どのみち、彼の名はあまり呼びそうもない。彼は私がいることが明らかに不満そうだったし、彼のあだ名はアーミーに決まってしまっていたから。「なんでこんなもの連れてきたんだ」と、ドライバーのクリストファーに、あからさまに言っている。こんなもの、というのが私を指すのは、たとえ英語がわからなくてもわかる。

アメリカでは、車は天国であり地獄である。

この密室ではなんでも起こる。人は、この密室で起こることに耐えなければならない。いいことも悪いことも、ここで起こる。人はここで暖《だん》をとり、生き延び、屈辱《くつじょく》に耐え、いちゃつき、ときに子を宿し、髪の手入れをし、銃の手入れをし、いざとなれば子を産み、死に、たまには蘇生《そせい》するのだろう。あるいは殴られ、あるいは殺され、あるいは殺すのだろう。すごくいいこともすごくひどいことも、ここで起こりうるのだろう。

でも、どんなに居心地が悪くても、ちがう風景を持ってくるところは車の最大の救いである。走るべき地が、どこまでも続くことは、希望である。そして、絶望である。

ここにいるとそう思う、だからここの人びとは車を崇《あが》めたのだろうか。石油と、車を。時速八〇マイルで走る車は、暴力的なまでに風景を手繰《たぐ》り寄せては蹴《け》り飛ばす。

結局のところそのために、車はアメリカの神なのかもしれない。

私は神を持っていない。神を喜ばせるライセンスもない。

神に受け容れられるためには、私は誰かに受け容れられなければならない。

アメリカ人に対して、いちばん最初に覚えたお願いの言葉は、終戦後に日本人が言ったというギミ・ア・チョコレートとよく似ていた。ギミ・ア・ライド。それにプリーズを加える。

〝車に乗せてください〟

横にぴったりついている車がある。運転席が私の真横に並んだままだ。皺《しわ》だらけで真白い髪をした老婦人が、唇だけ真紅に染めて、震える手でステアリングを握っている。手の指も同じ真紅に彩られているのが見える。彼女の手の震え以外、すべてのものは静止して見える。

銃の手入れをする男の子を、私は背中で感じ続けていた。底光りする長く黒い銃身は、射程の長さを約束するものか、あるいは火力の強さを? 彼らは、〝アーミー〟を除いて十六からせいぜい十九のはずだった。それは数ヶ月前までの私の世界とあまりに隔たっていた。

高校一年生の生活が、まずは一級落ちに当たる九年生から、地の果ての国で始められて一ヶ月と少し。東京で中学校を出てからは七ヶ月ほど。

私たちの車が鼻先半分、横並びから出る。老婦人から外へと視点が移ると、景色はたちまち飛び去る。そのとき一人の男の子を思い出した。たった一晩、会っただけの子だ。とつぜん強烈な懐かしさに襲われ、泣きそうになった。

私の体はその瞬間、東京に引き戻されその蒸し暑い大気にむき出しで、高速で移動していた。

誰の友達だったか覚えていない。男の子のバイクの後ろに乗っていた。汗ばんだ肌が、走ると乾く。止まるとまた濡《ぬ》れる。アメリカに来る前にぶらぶらしていたとき、知り合った誰かの友達だと思う。東京は七月、梅雨の明けたばかりの頃。あんな季節が地上にあるなんて今は奇跡のようだ。たった数ヶ月前なだけなのに、今は地球から失われた何かみたいに思える。肌を出して歩けることも、もう永遠にないように。

*

タンデムで環状七号線を走っていた。目の前に、爆発的な光と音のかたまりが現れた。それは相対速度がうんと遅い巨大な一群で、道の真ん中を占拠《せんきよ》している。

暴走族だ。と思ったときには囲まれていた。おそろしく、しかし只中《ただなか》にいるとどこかが麻痺《まひ》した。瞬《また》きもせずにそれを見た。ノーヘルメットの坊主頭が、半車身くらい前に出て振り返り、何かを叫ぶ。敵意だけがわかる。なぜ敵意を持つかはわからなくても、敵意はわかる。

二輪たちを護るように外郭《がいかく》にいる車たち。けれどその箱からも、やわらかな生身の人間がこぼれるように身を乗り出している。闇にひらめく女の白い腕。振られる旗。しんがりの四輪が、灯火のパッシングをフラッシュライトのように繰り返す。それが、女の白い腕をコマ送りのようなモーションで見せる。何かを伝える信号のようにも見えてくる。車の一台が、ひときわ大きな、というか巨大な音量で、ある曲を流し始めた。曲の名は知らない。こういう音を初めて聴いた。空気を裂き装甲を貫く、レーザービームのような音だと思った。歓声が周りで起こった。

サイレンがかぶってきた。

テクノ・ミュージック。これが新しいテクノって音楽だと思った。かっこいい。ふるえた。

サイレンは本物だった。警察が来た。

群れも遅れて気づく。あきらかにうろたえて、部外者にかまう余裕を、失う。その間隙《かんげき》をついて私たちは前に出た。私たちもまた、つかまるわけにはいかなかった。警察にも暴走族にも。関節がかみ合うような、たしかなギアの音。スロットルが開く。血が濃くなる気がする。血が濃くなりながら、頭が冷たく醒《さ》めて自分が点のようになる。

標識が頭上に現れた。速くて読めない。車体は左に振れていった。Yの字の分岐《ぶんき》を、一台遊離して走った。残像と月の光と湿気とが、混じり合って夜を白っぽい粒子でできたもののように変えていた。しばらく惰性《だせい》のように走って私たちはバイクを降りた。

「ここ、どこ?」

私は言った。

「環七の終わり」

男が答えた。

「環七って環状の道では?」

だから環状七号線、というのでしょ。

「まだつながってないんだよ」

環七は地球のように、南へ行けばいつか一周して北から元の場所に戻る道だと思っていた。狭い道の入りくんだ高円寺という町の一画に住んでいた私にとって、徒歩で行ける世界の東の境界は、幹線道路である環状七号線だった。南の果てが、青梅街道だった。車に乗るとそうした幹線道路に出るまでは、対向車とすれ違いができない道も多く、ひどくゆっくり走らなければならなかった。古く開発された町なのだ。私にとって世界へと開けた道は青梅街道と環七で、どちらも辿《たど》った先を見たことがなかった。

だったら私は、世界の果ての、その果てにいる。

「この先は？」

環七がとぎれたところにバイクを停め、二人で歩いた。手をつないだ。というか、手を強引に引かれた。

「海」

環七の果ては、海だなんて知らなかった。私は海のないところに住んでいるとばかり思っていたから。東京には海なんてないと思っていたから。でもたしかに潮の匂いがする。遠くで波の打ち返すような音もするけれど、海の広さは暗くて見えない。昔々その昔、世界は平面でその果ては海が滝となって落ちていると考えられていた、そういう絵を見たことがある。今はそれが、信じられそうな気がしてくる。

「この先で働くんだ」

男が言った。月のない夜で、街灯もなく、ほとんど何も見えない。一緒にいる男の顔を思い出せない。

「海で？」

「ディズニーランド」

ひそかな灯火が宙に浮いている。あ、それが海か。

「ディズニーランドはアメリカにしかないんじゃないの？」

私は言う。

「できんだよ日本に」

「いつ？」

「何年か先だろ」

「どこに？」

「この先。埋め立て地」

「行ってみたいなあ」

「だめだね。すごく管理が厳しくて入れない。こんなふうに計画を誰かに話すのもほんとは禁止だ」

「学校は？」

「行ってない」

「いくつ？」

「十七」

「私も働こうかな」

それはなんだか楽しそうな気がした。少なくとも、私を待つ運命よりいいように思えた。

「やめといたほうがいい。あんたんとこはホワイトカラーだろ」

意味がわからなかった。ホワイトカラーとブルーカラーなんて、死語だと思っていた。

言葉がとぎれると男は、私を抱き寄せた。男って、こうするんだ。生まれて初めて私はキスした。黒い夜に唇と舌の感触だけがあった。どこかで灯《あ》かりが回っている。それが男の顔をゆっくり舐《な》めてゆく。強面《こわもて》気取《きど》りに隠した美しさが、じょじょにあらわれ、また闇に溶ける。

＊

クリストファーが運転する車でフリーウェイを一時間ほど走った。Y字に分岐した出口を出て、荒れた道をしばらく行くと、車を降りた。私たちを乗せたボルボのステーションワゴンは、曇り空のような色だが、今では空のほうが晴れている。

別の車で来た者を合わせ、総勢八人。二手に分かれることにした。私のチームはクリストファー、サミュエル、私。

森に近づくと空気が濃くなる。

色づいた葉が光の中、らせんを描いて舞い落ちる。

それは色の点描に近づいていくようでいて、歩くといつしかそこは、色も音も静まった森の中になっていた。

その森は、まったくの知らない場所だった。もちろん。

にもかかわらず、森に入ったとき私は、何かを思い出しそうな圧倒的な感覚に襲われた。懐かしさのようで、それ以上の何か。緑の香気をシャワーのように浴び、発酵する土の匂いをかぎながら、さんざめくような木々と風と陽光と、目には見えない小さなものまでさまざまな命の営みを感じながら。

思い出せない何か。

けれど大事な何か。

もしかしたら故郷みたいなもの。自分が来た所。

それが何かわからないまま、森が私にしみてくる。私が森に溶け出してゆく。私の息吹《いぶき》が木々の葉に移り、木々の緑が私の血の中を流れる。私の中で、鳥がさえずる。まるで私の中を、獣や虫が通ってゆく気分。森が動物たちを隠すように、私と森はモザイクになって、お互いにお互いをカムフラージュにする。すべてが大きな入れ子になる。私が森になり、森が私になる。

気がつくと私はチームから少し遅れていた。

急いで、仲間に追いつかなければならなかった。でなければ誤射されるおそれさえある。

強い匂いがした。匂い《セント》スティックと言うと、サミュエルが私に教えてくれた線香の匂い。おそらくは獲物の動物が好きな匂い。遠くに角笛のような音が聞こえた。ブル・コールと、これもサミュエルが教えてくれたホーンの音。でも仲間の方角が私にはわからない。匂いは風向きで変わるし、音もそうだ。その他にも森は情報で満ち満ちていて、私の五感などすぐ攪乱《かくらん》されてしまう。

冷たい汗が私の腋《わき》を伝い始めた。車の中で見た銃口が脳裏《のうり》に浮かぶ。

秋の森は金色の光が流れて美しい。

しかし森はおそろしい。なぜなら、そこに人間が潜んでいるから。

「あ」

そのとき私は小さく声を出した。今日の獲物《ゲーム》とされる獣がすぐそこにいて、目が合ったのだ。崇高と言ってよい角を持った、ヘラジカだった。角があるからきっとオス《ムース》だ。見ほれるほどの気高さ。

〝逃げて！〟

ヘラジカに向かって私は念じる。

ハンターの誰かが気づいただろう。私は身を守るために何をしたらいいか、わからない。

そのとき、私の眉間《みけん》のあたりに何かのイメージが流入してくる。原色の紅葉よりもっと鮮やかな何か。渦巻く光の吹雪のように私に入ってきて――。

木々の間にジェイソンを見た。あの年上の〝アーミー〟だ。彼の名はジェイソンというのだと、なぜか場違いなことを私の頭は考えている。踏まれた小枝が足元で折れる。鳥が飛ぶ。とつぜん陽《ひ》が照って、木々の隙間から光が射《さ》す。蠅が一匹、その光の中に浮いている。唐突に、周囲の塵《ちり》のひとつぶまで見える。

声が私に届いた。

いや声ではないし、英語でも日本語でもない、ダイレクトな何かだった。細胞にすばやくしみて理解される何か。

――見なさい。私が死ぬのを。

崇高な角を持つヘラジカが私に言う。そう伝えてくる。

〝いやだ。死んではいや〟

私は返す。ヘラジカに。

ざざっ、と獣が森を走る音と、人が彼らより劣った脚を回して追う音。足元で折れる小枝。乾いた落ち葉と湿った落ち葉の立てる音。こんなチェイス、人の勝ち目はなく思える。ほんとに勝ち目がなければいい。でも。

人間には火があり、銃がある。

ヘラジカは森の中の開けた場所に出た。森の中に、土俵みたいに丸く抜けた場所だ。別の角度から、もうひとつのグループも現れた。そこには光が射している。ヘラジカはそこへ追い詰められようとしている。そこへ、死地へ。

ビーッという鋭い鳴き声。ちがう動線。ほとんど同時の銃声ふたつ。

私は薬莢《やっきょう》が落下するのを見る。

それが落ち葉を打つのより、弾丸が目的に達するのが速い。まるで未来が送られてくるように、衝撃が来て、私の目の裏側で、閃光《せんこう》のイメージが飛び散って、その目もくらむ光に私は盲《めし》いた。


私の頭《ず》蓋骨《がいこつ》に熱い塊がめりこみ弾《はじ》ける。


撃たれたのは、私なのか。

意識だけで、私は考える。

何も見えない。けれど前後左右上下のすべてが感知できる知覚で、死を視《み》る、そして、地上と天空の生の輪舞を。


獣の屍《しかばね》はふたつあった。

ひとつは幼獣だった。

山からとつぜん飛び出してきた幼獣に、誰かが反応したのだ。

幼獣は胸に被弾し、動きを止めて崩れた。見事な親のヘラジカは、頭部に弾丸を受けていた。

クリーンキル？　と誰かがつぶやいた。クリーンキルとは苦しませない殺し方なのだろうか、でも親のヘラジカはそのまま数歩、幼獣に向かって優美に歩いた。そして優美な曲線を描いてゆっくり崩れた。

"Oh, dear."

私の口をついて英語が出た。なんでこんな英語がとっさに出たのか、きっと、そういう感嘆符を連発する女友達がいたからだ。シャーロット・アランというその子は、私が初めて仲良くなった子で、みんなに好かれていた。周囲は彼女の英語はブリティッシュ英語だと私に教えてくれたけれど私はちがいがわからなかった、けれどそのとき、とつぜんわかった。

"It's a deer, so what !?"

ジェイソンが吐き捨てるように言う。彼が私に話しかけたのは初めてだった。

え？

聞き返しながら同時に、この人は、鹿《ディア》だからどうした、なんてどうして言うんだろうと考えて、「ああ鹿《oh deer》よ」、と私が言ったと思ったんだとわかった。

あほかアーミー。

鹿じゃない。いとしい者《ディア》、と私は言った。

撃った獲物たちの近くに仲間がにじり寄ってきた。私は膝を土につき、大きな獣の鼻にそっと触れた。やわらかくて、しっとりして、まだ、かすかな息があった。

泣かない。

泣かない。

泣かない。

私は涙を押しとどめた、なぜって狩りについてきておいて動物が死んだのを見て泣くのは自分がバカに見える気がしたから、けれどうめきは私の口から漏《も》れ、細胞は震え続けていた。ヘラジカの睫毛《まつげ》が動き、細く開いた目が私を、たしかにとらえた。私の手に、ヘラジカの息が絶えるのが伝わった。

私から、声のない慟哭《どうこく》がほとばしる。奥歯をくいしばって涙をこらえる。獣は血をこぼしていない。獣の血は傷口近くで止まっている。ただ私のひりついた息が漏れる。グループのメンバーは、大物をしとめたわりには押し黙っていた。緊張した空気を共有し、青ざめて見えた。

「どうしよう」

つぶやきに似た声が耳に入り、そしてだんだん話がのみこめてくる。

「仔《こ》を撃ってしまった。州法違反だ」

種の維持とかそういう理由で、仔を撃つのは禁止なのだろう。

「どうしよう」

ダリルが言う。

「成獣しか目に入らなかったんだ。仔なんていなかったのに……」

クリストファーが言い訳じみた言い方をする。あたりにはまだ、硝煙《しょうえん》の匂いがかすかにする。撃ったのはクリストファーか。とつぜん飛び出してきたものを、とっさに撃ってしまったにちがいない。わざとでないのはよくわかる。

「ああ、父さんに殺される」

とクリストファーが言った。こんな動転した彼を見たのは初めてだった。正確には彼は、父さんが僕を殺す、と言った。

「この季節にこんな小さな仔のヘラジカはいないはずなのに……。なんかがおかしいな」

ジェイソンがつぶやいて、いまいましそうに私を見た。

「ばらせば」

と別の者。

「肉質でわかる」

「肉の量でもね」

ダリルとクリステルのカップル。

ジェイソンが次に言ったことが、場を制した。なぜだか、この人の言うことには強制力があった。

「八人いる。ばらして、一人ずつ遠くに埋めるんだ」

「彼女も?」

私を指してサミュエルが訊いた。「彼女は日本から来たばかりだ。用具だって持ってない」

「日本がどうした。ここに来たんだ。責任は持ってもらわなければ」

ジェイソンの言葉はやはり支配力を持つ。

ジェイソンは幼獣の耳を切り、ガーゼのような白い布にくるんで、くれた。彼にしては、優しいとさえ言えるマナーだった。そうかこれがチーズ布《クロス》かと、ガーゼのような布の感触を手に感じまたもや場違いな理解が私にやってきた。チーズ布というのが、持ちものチェックリストにあった。きっと、チーズをつくるとき固まりかけの乳を濾《こ》すときの布が、生の肉を包むのに適しているのだろう。ガーゼの感触は、小さなころを思い出す。それにくるまれた幼い獣の片耳が、私のてのひらにあった。これが《責任》の感触なのかと、考えた。

「クリストファー、てめえが面倒みろよ」

クリストファーはうつむいたまま黙ってうなずいた。仔の耳は、夢見るような毛並みをしていた。撫《な》でると私の手の中で、やわらかな毛で覆われて、まだあたたかかった。

＊

四十代の半ばになった今でもその耳のことを夢に見る。

十五のそのときから、もう三十年も経とうとしているのに。

二〇一〇年、私は四十五歳になり下手な小説を書いて生きている。四十五歳がこんなふうだとは、若い時期には思いもしなかった。思いもしないというより、見当もつかなかった。四十五歳になっても人は生きているということが。若くもなく老いてもないという半端《はんぱ》な状況でも人は生き、税金の申告は何年やってもやり方を忘れ、いつまで経っても収入は増えない。子供がいるわけでもない。

私は狩りの翌日、その耳を、ホストファミリーの家の裏に広がるだだっ広い草むら、雑木林の前に埋めた。犬や他の獣や人に掘り返されていなければ、もう土に還《かえ》っただろう。

他の七人が、もっと大きな肉塊を、それぞれにどうしたのか知らない。本当に埋めたのか。果たして本当に隠しおおせたのか。私はそれを訊かなかったし、話した者もいなかった。居合わせた者たちは秘密を守れたのか。それとも、誰かが真実を明かして相応の罰を受けたのか。罰金、禁固刑、狩猟ライセンス剝奪《はくだつ》のいずれかあるいは組み合わせか。

私たちはそれを隠して別のことをいつも話した。

わかったことがひとつあった。今のところ何の役にも立たないが。バラバラ殺人というのは、猟奇趣味というより実用本位なのだ。

つまりは、そうしないと持ち運べないし、隠せもしない。

ハンティングの帰り、私が送られる順番は最後だった。家が遠いからだ。てめえが面倒みろよと言われたクリストファーと二人になった車の中は、殺気だっていた。何か変事があったとき、新参者や部外者のせいにしたがるのはわかる。それに私はたしかに少しもたついたし、彼はみんなの前で恥をかかされた。二つのことの間に、明確な関係はない。でもそれをうっぷんとして向けられるのは、理屈でない分、たちが悪い。何ができるこの私に、この男の気持ちを別のことでなだめる以外に？　でも別のことって、何？

考えるうちに知らない道は、最後には知った道になり、通学路の復路と同じになる。

復路からすると「氷河」の手前には小さな林があり小径《こみち》があって、そこの脇にいつも、黄色いワーゲン・ビートルが打ち捨てられているのを見た。

学校の行き帰りにそれを見ると、なぜか気持ちが落ち着くのだった。ホストファミリーの家は学校から遠い部類で、学校の近くよりも土地が広く荒れた感じがする。おそらくはスクールバスの圏外なのだとも思う。その荒れて寒い感じの象徴が「氷河」で、行きにそこの上の橋を渡って林の小径に入ると気分が少し潤った。

家の近くのその小径の、もう少し林に近く道からは死角になった暗い場所に、クリストファーは車を停めた。クリストファーはそのアイス・ブルーの目をふせたままだった。なんのためにかを私は予感したけれど、陽が暮れようとする暗い寒い道で、カムフラージュの兵士じみた少年とそんなことをする図は心が冷える。私の身体はすでに芯《しん》が冷えていて、湿った落ち葉も私をしんしんと浸していて、願うことはただあたたまりたいということ、でも初めて重ねる男の肌によってではなく、あったかい飲み物とか、お風呂とか暖炉《だんろ》とか、できればこたつとか、そういうもので生き返りたかった。ボルボはホストファミリーの車のチェロキーよりあったかいとはいえ、冷え切ったときに温風というのは表面しかあたためない。私は逃げ出したいけれど、慣れないイベントに力を使い切ってしまって逃げ出すパワーはないし、逃げても無駄だと知っている。

車は、こういう場所では全能なのだ。

こういうとき、運転者を怒らせてはいけない。それは死につながりうる。なぜだかその直観を持っている。私の生きるすべは、運転者をできるだけ怒らせることなく、できるだけ気持ちよくさせること。ああ、ギミ・ア・ライドの屈辱とはこういうことか。

だったらどうすればいいのか。面白いことでも言えば？

狩りから持ち越された不満のエネルギーが、抱き合うか傷つけ合うか、そんなことをしないと収まりがつかないのがわかる。そして求めるのと傷つけるのは似ている。そんな経験が、ないのにわかっているのはなぜだろう。知っている、としか言いようがない。この世にあふれた男と女の記憶が私の中にも流れている。暗い炎のように、冷たい河のように。しかし男のあれっていったいどうやってこんなとこに入るというわけだろう？　不思議でならない。普通に対面して入るようなところに穴はない。それはどう考えたって脚の間に下向きに開いていて、男の性器は、身体の前面についていて上を向くという。それって女が異常な格好にならない？　お尻の穴まで見えない？　想像してみたら、さっき森に吊《つ》るされたヘラジカと同じでショックを受けた。

「こうされたかったんだろ？」

クリストファーが言う。

乱暴に押し倒されようとしていた。

息づかいを合わせてみるけれど心拍はぜんぜん上がっていかない。それでも、一人の男が私のために勃起しているといいと思った。

私はのけぞるふりをして、打ち捨てられたビートルを見ていた。細くて大きな径の、古風なステアリングホイールが目に入った。きっと中央には硬直したようなシフトノブが直立していて、そんなふうに男のペニスも勃っている。

クリストファーとの間に子供ができたらどんな瞳や髪の色だろうと考えた。ホストファミリーの継父のティムとはもちろん実母のメアリ・アンとさえ似ていない子供たちのことが、脳裏をよぎった。同じことが私にできる。驚くべきことに、子供はすぐ子供をつくれるようになる。

ママはこういうことが心配じゃなかったんだろうか？

娘が男とあまりに早くすること。

だってさびしい者はそうする。

男女が、幼くたって、理解の前に交われること。

男の子はつきあうのが楽だと思っていた。特に異文化内では。理屈でなくつながれるから面倒じゃない。時間もいらない。でもこのとき気づいた。男女が交わるのは理解しあえるからじゃなく、エネルギーの組み合わせが不安定だからだ。化学反応と一緒なんだ。不安定だから結びつきたがる。そしてすぐ離れたがる。

あるいは、友達が銃を持っているようなこと。それが私の親は、不安でなかったのだろうか？

なぜ娘の安全について、安心していられる？

ママはどうして、私をここへ送ったのだろう？

「ここが約束の地だから」という言葉がふと浮かぶ。

なんでそんな言葉が浮かぶんだろうか。

ライフルの長い銃身を思い出す。それが今もこの車のどこかにある。骨まで冷やす銃口の冷たさを背中や眉間に感じてセックスするなら、せめてセックスが自発意志のようにふるまうしかプライドを守るすべはない。これも世界中にありふれたことかもしれない。でも、自発意志のふりをするのもいやなら、どうしたらいい？　ねえママ？

したいような気がした。

したら自分が壊れる気は、もっとした。

私は、ビートルが私を逃がしてくれることを考えた。何かマジカルな力によってエンジンに火が通い、タイヤを動かす。ここから先を逃れるにはどうしたらいいかと、私は粗雑なキスで時間稼《かせ》ぎをしながら考えている。途中まで受け容れて逃げることを考えている自分を最悪だと思う。逃げることはできない。ここは人口密度が低すぎる。それに道に迷ったら、夜の気温は冗談でなく人を殺す。恐さと、少しの快楽と、どこかでないまぜになった屈辱感をまぎらわすのに私はビートルを見ていて、ビートルが私のたましいを保護し、しかるべきときに車体ごと天に召し上げてくれることを想像していた。空を割り光のはしごを下ろしてくれるパイプオルガンの音がして、甲虫をかたどったボディの背が割れ翅《はね》が現れて、ビートルは飛ぶのだ。古代エジプトで太陽を運んだというスカラベさながらに。

陽はとっぷり暮れてくる。

「帰らないと、父さんがあなたを殺す」

私は言った。彼の動きが止まった。

父さんがあなたを殺す。英語では誰でもこういう言い回しが自然にできるのだな、と私はヘンなことに感心した。

寒さの中で再び動き出す車輪ほど、頼もしいものはない。

〝父さん〟はクリストファーに説教をしてくれて、といって私を特別大事にしているわけではなく、家の法が守られないのを見過ごせないだけだったけれど、これほどにやはり頼もしいこともなかった。ここでは、祖国で死につつある価値が生きている。つまりは、大人は子供よりずっと強いし、父親は、強い。

一時間後に、ディナーだった。

学校の食堂みたいに湯気が立たないのは謎だ。

こんな寒い土地なのに、どうしてディナーが毎日ぬるいのだろうか？

どうして熱々に湯気の立ったものがないのだろうか？

ここの人たちが楽しんでいるらしいことが、私にはまったく楽しめない。


明けて日曜。

裏手の雑貨店に行くふりをして、ヘラジカの耳を埋めに行った。家の裏手は、要するに何もない土地で、五分くらい歩くと雑貨を売る平屋のスーパーみたいな店がある。キャンディ・バーとか安い化粧品とか香水とか、生活にとりあえず必須ではないものばかりを売る店だが、だからこそ私が、家とその近所で唯一好きな場所だった。

人や獣と、土はまるでちがうものだ。

なのになぜ、人や獣が長い時間を経ると土になってしまうのか。まるで魔法だ。土はいったいどういう魔法でそんなことができるのか。土っていったいなんなのか。私たちは、死んで土に還るのかそれとも？

神は人を土から造ったという神話を読んだことがある。信じられないそのことが、土の魔法を思うとき、信じられる気がしてくる。

午後。

ホストファミリーの夫婦は、車に乗ってスーパーマーケットやショッピングモールに日本人の子を連れて行くことが善行であるように思っているらしく、そのスーパーのどこがいいここがいいと、まるでそれが自分たちの所有物であるかのように私にいつも自慢した。買出しの儀式をハンティングで逃れたわけじゃなかった。それは「高等な民」によるデモンストレーションなのだから、延期してでも行われなければならないのだった。

冷凍コーナーで、あばら肉を売っている。真空パックに包まれ、あばら骨の波形を何本もくっきり出した、私の体の幅くらいある塊だ。波形をくっきり浮き出させたかたちで、石より固く凍っている。

そして大量に食料品を買って、それを冷蔵庫に詰め込んでいくとき、こういうことをなんと言うか、メアリ・アンはいつも私に教えてくれる。

「アメリカン・ウェイ・オヴ・ライフ。はい復唱して」

指揮者がタクトを振るように、ホストファミリーの母は右手人差し指を動かしながら言う。

「アメリカン・ウェイ・オヴ・ライフ」

私は復唱させられる。なにか屈辱的な感じがする。

私は東京の子なんだ。東京にはなんでもある。ここにないものも、たくさん。

次の台詞《せりふ》もわかってる。

「グッド・アメリカン・コンシューマー」

自分の方から面白くなさそうに言ってやることでかろうじてプライドを保つ。メアリ・アンにいばられるのもうざったい。はいはい、アメリカン・ウェイ・オヴ・ライフを実践する私たちを良きアメリカの消費者と言います。

こんな田舎のあんたたちにいばられる筋合いはない。私は腹の中で思う。私は東京の子なんだ。東京にはなんでもある。ここにないものも、たくさん。

買出しから帰ると冷蔵庫にアイテムを詰めていく。冷蔵庫は観音開《かんのんびら》きで、大男の棺桶《かんおけ》か、それこそ観音様が入る厨子《ずし》のように大きい。私が子供のころ、かくれんぼか何かで捨てられた冷蔵庫の中に入って、中からは開かないその空間の中で死んだ子供の話を聞いた気がする。この冷蔵庫には子供を何人押しこめられるだろう。たしかにこんなに大きい冷蔵庫は今まで見たことがなかった。けれど、見ているとすぐ目が慣れてくる。この国の縮尺になじむというか。ただ、ものが大きいのはかまわないけれど、ものとものとの間隔が広すぎるのだけは、閉口する。私が徒歩で行ける所は、家の裏手の小さな雑貨屋しかない。キャンディ・バーや安い化粧品に香水といった、生きるのにとりあえず関係ないものを売る寂れたその店が私は好きではあるけど、通りの向こうの公立のハイスクールの子たちがガンつけてくるのは怖い。私が通う私立の子たちより、一見して荒れている。通りより低地のその学校は、道の反対側から見ると水のないプールのように見える。水なしで放置されたプールがそうであるように、すさんでいる。キッズがフェンスに爪をかけてこっちを見る。

夜。

日曜の夜は、大きな肉が供される儀式めいた食卓であることが多い。

一階奥のダイニングの大きなテーブルにみんな集まり、かたまりで焼いた肉を家の主人が大きな二股《ふたまた》のフォークと鋭いナイフで切って家族メンバーに配る。

「肉を切ってほしい人は誰？」

いつものように主人のティムが訊く。リクエストを受けると切り分ける。これがなんだか宗教儀式じみている。

「私です、お願いします」

みな口々に答える。私も含めて。

なんだか芝居がかっている。

私はこのとき、何度かに一度は、宗教的理由で食べられないとか言ってみたかった。肉が嫌いというわけではなく、繰り返される演技じみたやりとりに反抗したかったのである。

「マリ、これは昨日の……」

「は？」

少しぼっとしていたので、ティムが私に向けた言葉は飛び飛びに届いた。失礼な聞き返し方を、丁寧《ていねい》に言いなおす。

「もう一度言ってください」

「君たちが獲《と》ったヘラジカだよ」

「えっ！」

それは本当に普通の肉として湯気を立てていた。でもあの肉を、私は知っていた。

「ヘラジカを獲るなんて、本当に誇らしいことだ」

ティムの顔には高揚が浮かんでいた。

私の肌は粟《あわ》立った。

食べたくない。

私はとっさに思ったが、それは欺瞞《ぎまん》な気がした。スーパーに売っている肉なら食らい、目の前で死んだ獣は食いたくないのか。

でもそれはただの理屈な気もする。私の感情は拒否を自然とし、それは私の身体のメッセージである。

そして誰にも言わないことがある。

焼かれたその死体は親。

死体はもうひとつあった。

父と、子。

いや母と子だったのかもしれない。

不思議なことにあの親のヘラジカには男性器がほとんど目立たなかったのだ。あんな立派な角があったというのに。

墓場まで持っていく秘密、という日本語があるが、私がこれを話せる日は来るのだろうかと思った。

私の内側が拒んでいた。

〝食べたくない。私は彼が死ぬところを見た。彼が息をひきとるのをこの手に感じた〟

やっとのことで口に出そうとしたそのとき、

――食べなさい。

私の身体に、〈意味〉が届いた。ヘラジカだった。

――食べなさい、それは私の肉である。

狩場《かりば》でヘラジカから来た声と同じだった。

〝あなたの肉だから、食べたくない〟

――食べなさい、それが私の肉であるから。

〝あ、な、た、の肉だから！〟

――私を食べればあなたは飢えることがない。

やはり拒みたかった。でも何かの強制に近い力が働き、私はそれを食べた。あ、な、たと呼んだ、それを。

――そう。食べる者と食べられる者は、ひとつであるから。

――ただ肉をむさぼらず、私を摂《と》り、私のもとへ来なさい。

咀嚼《そしやく》して呑《の》みこむとき、少しつらかった。喉の反射はそれを拒否して吐き出そうとし、それを引き込もうとする自然の力が、拮抗《きつこう》して、ほどなく勝つ。

やっと呑みこむと、不思議な平安がやってきて固く粟立った肌もなめされていく。

主体が入れ替わるような感覚が嘘のようにスムーズにやってきて、私は、あの肉が去ったあばらの空洞の中へと入ってゆく。あの森の中の、あの空洞の中へと。

肉が去ったあばらの檻《おり》に入って、私は死にたいのか。

あるいはもう一度生まれたいのか。

ヘラジカの肉が私に入って消化されながら、あるいは私がそれの中に入って溶かされながら、最後に残った生命の力でヘラジカは夢を見、同じ夢を私に見させた。

いや夢はいまや彼の生命そのもので、それが私に食われ味わわれていた。私たちは、ひとつとなったはじまりのときに立ち返った。はじまりのとき、そして最期のとき。弾丸は頭蓋骨《ずがいこつ》の後ろに冷たく、世界の種子のように埋まっている。

私は熱く弾けた弾丸に入り、葉脈のような神経系を旅し、冷えて、同じ夢を生きた。命を奪った者と奪われる者とが暴力的にひとつとなり、そこでは私とヘラジカはひとつで、ヘラジカの中に入った私がヘラジカと土に還り、私たちの肉は虫や微生物たちによって少しずつ持ち去られる。私たちはじつに遠くまで運ばれながら、じょじょに私たちであることを失ってゆく。地には幼いヘラジカの角に似た芽が芽吹く。芽も私たちなら土も私たちである。夢が、芽吹く。枝分かれするにつれてやわらかな緑の茎となり、そこから植物が芽吹くのを感じる。体がどんどん枝分かれして風を受ける。風を感じて私たちはそよぐ。黄金の太陽を受け黄金の実をつける。やがて黄金の穀物として地を満たす。そのひとつぶひとつぶが私であり、同時に私でない。私たちはやがて、新しき食《じき》として人や獣に食われる。

肉を呑みこんだら消化プロセスは逆戻りしない。

それは私になる。

あなたは、私になる。

声がくる。

――善きかな。

思い出す。

ヘラジカは、腹を上に、前後の脚を開かされて、森の木の枝に吊るされていた。

それが女に似ていると思い知ったのは、帰りの車でだった。

男の前で、腹を天に向け脚を大きく広げる。

生きたヘラジカは、決して他の動物の前にそんな姿をさらさない。恥ずかしいからではなく、それが無力以下、死と同義だからだ。

女だって、腹をさらして脚を開いているようなときには殺されうる。いともあっさりと。私はあのボルボの中でサディズムとマゾヒズムをも理解した。子供だって、なんの経験もなくたってSMを理解しうる。それは人間にそなわった自然の傾向なのだ。

解体に、残酷さは存外なかった。

解体はメカニカルに進む。

鋭いナイフを肛門から、刃を上にして差し込む。皮を引っ張りビーッと一直線に、胸まで切る。胸まで切れたら喉元まで切る。そして、身と皮の間に刃を入れて、そぐように皮を開く。動物の皮は、うまくむくと果物の皮のようにむける。人間も同じかは知らない。内臓は、傷つけなければ血も中身も出さず、ただごろりとそこに現れる。まず膀胱《ぼうこう》が現れ、腎臓が腸が現れる。膀胱は、尿の入った袋だ。ゆめゆめ破ってはいけない。腎臓は重く垂れ下がった果実のように左右にごろりと横たわる。それらの内臓を、傷つけないように取り外すと、横隔膜《おうかくまく》があり、あばら骨《リブ・ケイジ》に護られた呼吸器と心臓がある。肺の中身は空気ではないことを、私はそれまで知らなかった。

そして皮下脂肪。自分についた皮下脂肪を人は目の仇《かたき》にするけど、皮下脂肪の層があって、肉は血を出さずに形を保っているのかもしれない。白い脂肪の層の下に、血の通った赤い肉がある。動物の皮だけはぐことができたら、それでも動物は歩いていくのではないかと思えるほどだ。

血は、匂いはするけれど思ったほど流れない。

骨は、肉が滅んでも残る。動物の形のひな形であり、最後まで残るもの。それだけに、硬い。

後肢《こうし》は切りにくい。巨大とも言える球体関節である股関節《こかんせつ》があり、球体は対のくぼみにしっかりはまっている。股関節は、きっと彼らの走りや跳躍の命だ。なかなか外れないそれを外してみると、四つ脚の獣の腿《もも》とは、尻の半分であるとよくわかる。左右に分かれた大きな尻はそのまま腿となり、それに比べると驚くほど細い下肢《かし》で支えられている。ヘラジカの成獣の脚一本は、人間の大人の背を埋めるほどの荷になる。球体関節を持たない前肢《ぜんし》は比較的楽に外れるとか、背骨のわきはサーロインだから大事にしたい、とかジェイソンは講釈しながら刃物をふるっていった。

骨盤はチェインソーで斬《き》った。電動のノコ刃が、あっという間に骨盤を分断した。残ったものはほんのわずかになる。人が獣を獲って、食べるところは全部ではない。人は獣の筋肉を最も好む。獣はそうでないという。肉食獣は、草食獣の腸をまず食べるという。次に血を舐《な》める。筋肉はあまり好まず、腐肉食動物《スカベンジャー》にやってしまうことが多いらしい。

不思議なのはヘラジカの性器で、角に見合う男性器がなかった。「エンヴァイロンメンタル・ホーモンのせいか?」とジェイソンが言っていた。環境的ホルモン《エンヴァイロンメンタル・ホーモン》? 初めて聞く。何それ、と彼には訊けない。

「何もかも不吉だ」

とクリストファーが言った。

肉や中身をかき出したあばらの空洞は、鳥かごのような檻だった。あばら骨を檻《ケイジ》とはよくたとえたものだ。十五歳の私もあばらの檻を浮かせたやせっぽちだ。その私の関節をぽきぽきと折りたたんで、あばらの檻に入りたい、と思った。そうして私は地に沈み、地中の小さなものたちを養い、さらに小さなものたちを養い、やがて土そのものになる。土そのものになれば、私は私の孤独を忘れて、地球そのもののまどろみを夢見られるだろう。

十月末日がハロウィンということは、どこかで聞いたことがある気がした。でもそれが仮装パーティだということを私は知らなかった。まだ日本で知られていない文化だったから。ここのハロウィン・パーティは学校主催で、講堂にみんなが仮装をして集まるのだ。バンドも来るというし、楽しそうだった。

私には、仮装をするような服の持ち合わせはなく、キモノを着ればいいんじゃないというホストファミリーのメアリ・アンの勧《すす》めに、着物は仮装かよとカチンときたがどのみち着物も持っていなかった。考えたあげく、肩につくほどの黒髪を活かすことに決めた。

髪は顔の両側に三つ編みにし、ホストファミリーのメアリ・アンにもらった模様つきのリボンを頭に鉢巻《はちま》きのように巻き、ワンピースをすとんと着て、フリンジのついたお気に入りのブーツを履《は》いた。肌は、家の裏手の雑貨店で濃い目の色のファンデーションを買って、目は切れ長に黒々とアイラインで囲めば、インディアン・ガールの出来上がりだ。

学校に送ってもらうために、メイクや服装を決めていた自分の部屋から階下の居間に降りると、メアリ・アンもティムも、ちょっと驚いた顔をした。

会場の講堂に着くと、皆が心なしか一瞬驚いた顔をした。でもその後は普通にふるまった。仮装しているのが誰か、すぐにわかる者もいれば、まったくわからない者もいた。わからないのは、全頭のマスクをすっぽりかぶっているような者たちである。そんな狼男やフランケンシュタインが幾人かいた。歴史上の人物かもしれないが誰か私が知らない人の顔をかたどったプラスティック・マスクをかぶった者は、映画に出てくる銀行強盗のようで怖かった。クリストファー・ジョンストンは、キャプテン・クックのような扮装《ふんそう》をしていてすぐわかった。サミュエルは髪をジェルで撫でつけて犬歯のとがった付け歯を装着しただけのドラキュラ伯爵。それに水晶や毒りんごを持った魔女。馬や鹿などの動物の頭を着けた者たち、そして、少なからぬ数の、骸骨スーツや幽霊の格好の者たち。皆、どこか少しグロテスクで異形《いぎよう》で、なぜか、死に近い匂いを持っていた。

バンドの、賑《にぎ》やかでどこか物悲しい音楽にあわせて、集まった者たちはいつしか、輪になって踊り始める。それは、陽気というよりなぜか少し暗いパーティだった。私は必死に雰囲気になじもうとするが、なにせルールが読めない。隠れたドレスコードがありそうなのだけど、それも読めない。

誰が誰なのかわからないパーティは、怖い。

誰かわかる人は、安心する。

キャプテン・クックみたいなクリストファー・ジョンストンが、動物役に向かって銃を構えるまねをする。あの日彼が持っていたライフルのような、銃身の長い銃を。あれは遠くから撃つための銃なのだと私は理解する。その銃口がそんな一瞬、私に向けられ、止まった。

クリストファーと目が合う。彼と目が合うとやはりうれしい。彼は口の端《はし》に不敵な笑みを浮かべ、私に向かって引き金を引き絞るまねと、弾丸を送り出した銃の反動で後ろにのけぞるまねをした。

私の心臓が、そのとき凍った。


誰の家のパーティに流れるという話になったか、よく覚えていない。誰かの車に乗って、誰かの家に、十人くらいでいた。

家の人はいないのかもしれない。静まり返った部屋だ。応接間と言いたくなるようなインテリアの。

薄暗いその部屋に、子供たちだけ集まっていた。

壁には、鹿の頭部の飾りもの。まるで壁面から生えているように見える。何か凶々《まがまが》しい。

ここは、フランケンシュタイン役の家であるようだった。若きフランケンシュタインが、皆のホストをしている。

ヒットチャートに載っている音楽が流れる。たしか西海岸のアーティストの曲だ。でもここで聴くと地の果ての音のように聞こえる。

周囲には煙が立ち込めていた。その煙の元が、私のところに回ってくる。

煙草？　匂いがちがう。

マリワナ。

私は煙草も吸ったことがない。

でも回ってきた紙巻を、吸った。むせそうになるのをこらえた。頭の中に甘くてピリッとした味がまわり、気分がぼうっとしてくる。

仮装する友達の間を、小人が練り歩くのが見える。

壁から鹿が全身を現して歩きはじめる。

幻覚にちがいない。

でも逃げられない。

鏡？

一瞬、鏡に私が映っているのかと思った。

私の前には黒髪をおさげにした女の子がいた。

ちがう、鏡じゃない、友達やこの部屋にあるものが、映っていない。

ならば……

幽霊。

そこにいるのは幽霊じゃないのか。

幽霊にちがいない。そこだけ質感がちがう。

幽霊だ。誰かに言いたい。でも声がでない。ヴィジョンに対して私はなすすべがない。

やがて周囲は森になった。狩りに行ったのとそっくりな森に。そこには、インディアンの部族が暮らしている。それを、森の陰からライフルを持った白人が狙《ねら》っている……そして狙われているのは、ほかならぬ私なのである。

私は、叫びだしそうなのだが凍りついている。

仮装として、タブーなネタを演《や》ったということだけは、痛いほどわかる。自分たちが殺した先住民なんて、白人たちが見たいわけがない。

目の前にいる彼らは幽霊か、それともマリワナが見せる幻覚か。なんてことなくふるまっているが、私はマリワナなんて吸ったことがあるはずもない。マリワナで幻覚を見るなんてあるだろうか。あの銃を向けられていると知らないインディアンが自分に見えるのが怖い。自分は死にはしないと理性ではわかる、なのに銃口が死ぬほど怖い。クリストファーが怖いし白人たちが怖い。私はがたがた震えだす。誰にどう助けを求めていいのかわからない。白人しかここにはいない。

やっとのことで誰かに送ってもらいホストファミリー宅にたどり着く。遅い帰りを叱られるが、自分の経験したことを、誰にも言えない。どんなに怖くても。なんと言っていいのかもわからない。

一九八〇年十一月　十六歳

ハロウィンの翌日、十一月一日に私は十六歳になった。

十六歳になったその日、ハイスクール十年生であるはずの私に、校長先生から、ある提案があった。

アメリカに来てから、教育的配慮とやらで九年生へと一級落とされていた私が、元の級に戻れる条件が提示されたのだ。

日本について全校生徒の前で発表して、それを「アメリカ政府《アメリカン・ガヴァメント》」その他の単位に代えようというのだ。

そして私が日本について発表することは、全校生徒に発表されてしまった。

来年の四月だ。あと五ヶ月。

しかし、日本について何を言えばいいのだろう？

私は考え込んでしまった。

日本とはどういう国なのかが、まったくわからなくなった。

だから私がここにいるんだよ！　と怒って叫び出したくなるほどだった。

思わず、図書館で机を叩いていた。

「助けは要る？」

振り返るとアンソニー・モルガーノだった。十一年生の、物静かな男の子だ。黒い巻き毛で瞳も黒。ツイードのジャケットにコーデュロイのパンツ。まあ、ここの男の子の標準的な服装だった。前にも何かをしているとアンソニーと目が合うことがあった。私はすぐ目をふせてしまったけれど、見つめられていると思うほど自信過剰にはなれない。それに、男の子とは少し距離をとろうと決めていた。

「何言っていいのかわかんないよ」

私は言った。

「君のことを言えば？　君の生まれた町はどんな？　家は？　両親の仕事は？　日本人てものが、あるわけじゃないよ」

アンソニーが言った。この人の視線は、人を安心させるような、緊張させるようなところがあると私は思った。じっと見つめる。ゆっくりと、睫毛をふせてまばたきする。微笑する。彼に見られていると、自分が少しいいもののような、逆に汚れているような、そんな気がした。

私の記憶に、小さい頃の朝の風景が浮かんだ。

小さな頃の典型的な朝の風景は、祖父が小さな台に乗って神棚に灯明《とうみよう》を上げ、南無大師遍照金《なむだいしへんじようこん》剛《ごう》と唱えるその下のテーブルで、トーストを食べる子供たちの頬《ほお》に父がアメリカのホームドラマのパパよろしくキスをする図だった。

　しかしそれを説明するのがひどくむずかしかった。ブラックユーモアにさえ感じられてきた。まず、神棚と仏壇のちがいの説明ができないし、仏壇とは何が入っているかと問われれば先祖の霊なわけで、つまりは私たちは小さな墓場と一緒に住んでいるのではと思う。父の作法は、アメリカ人にしてみれば普通かもしれないがその時代の日本人としては少し変わっていて、そのうえ祖父と父とは劇的にちがっていて、そもそも父の好みをなぜフランス風とかではなく〝アメリカ風〟と私がわかっているのかがわからなかった、それに、ちょっと待て、おじいちゃまは拝む先を間違えてないか、南無大師遍照金剛は仏教では！　などと考えるとますます何も言えなかった。

「祖父は戦争の時代にロシアに行っていたらしい」

　意外なことが話しやすいのだった。

「らしい？」

「誰も知らない」

　実の子供である父や叔母《おば》でさえ知らないのだった。叔母でさえ、噂《うわさ》話のようにそれを話すのだった。一攫《いっかく》千金狙いの山師だとか、なんだとか。私は全部真に受けるわけでもなかったけれど、父が勤め人でない、というか勤め人ができなかったのは、そんな血のせいもあるのかなと漠然と思っていた。

「ロシア……中国じゃなくて？」

　アンソニーが少し考えて私に質問する。

「ロシアと聞いた」

「何をしてたの?」

「ロマノフの宝を探しに行ったとか」

「ロマノフ王朝!　わお。本当に?」

「知らない」

「知らないことが多いんだね。謎の一家なの?」

アンソニーは楽しそうに笑った。

私の中で、家族は虫の食った家族写真のようになってゆく。いや、それどころか、そんな写真は我が家にありはしない。家族写真が一枚もない!　家族には、共有された記憶がないと気づいてしまった。

「街はどんな?　東京ってすごいハイテクなビルが建ってるイメージがあるんだけど」

「生まれた町は……生まれた町は東京の中のそんなに中心じゃなくて、シンジュクというターミナル駅から西に行ったちょっとした郊外で……そうね、電気の川の下にあったの」

は?　という顔をアンソニーがした。私自身、意外なことを言ったので自分で驚いていた。

「電気の川の下にあったのよ、本当に。ごちゃごちゃした町で、電気を通す前に、町ができちゃったんだと思う。戦争が終わって、とりあえず生活を始めちゃったのね」

自分自身があたかも戦争経験者のように、こんな話をしだすとは思わなかった。私は続けていた。

「だから、後から人が住んでる間を縫《ぬ》って、高圧線の大きな鉄塔《タワー》を置いて、送電線《ワイヤー》をつないだ。私の家の近くにも、っていうか上にも、高圧線の鉄塔があった。高い所を走る鉄道からそれが、ずうっと先まで見えた。川のように」

首都高速もこんな感じだ、と私は思った。街、というより人の営みができてしまってから造った。ビルとビルの間をすり抜けて行く首都高速は、面白くてスリリングだけれど、ひどく混む。スリリングな分、事故も多く、事故があるとまた死ぬほど渋滞する。あんなのは高速ではない。でも、首都高は、好きだ。雑多で醜く、でも美しく愛着のある風景。もしかしたら、首都高を好きなのは、もうあまり変わる余地がないからかもしれない。

海で止まった環状七号線の記憶がスピードや匂いでよみがえり、ガラス張りの新聞社を右に見たり黄色い総武線とぴったり並んで走ったりする首都高のことを思い出していた。

頭の中で東京ができてくる。なんだか、つぎはぎだらけに。まるで造りかけの巨人のような。めちゃくちゃに。まるで動物の臓物を広げたような。できては壊し、壊しては造る街。

「私の家は、ちょっと変わっていたと思う」

「だね。もっと聞きたいな」

アンソニーはまた愉快そうに微笑んで言った。

でもどう変わっているかをまた言いづらい。ましてやこういう、荒涼としたと言えるくらいだだっ広い所に住んでいる人には。私の住んでいた高円寺という町も、私の家も、いろんなものが混じっていた。高円寺には風呂なしアパートも庭付き一軒家も、同じありふれ方で在った。私の家は暗渠《あんきょ》にした川のほとりで面積が百坪くらい、それは別の土地では特別大きな豪邸というわけではないけれど、高円寺にあると不釣り合いな感じがする。それが父の限界だったのだと思う。その釣り合いのとれなさに居心地の悪さも少しあったし、でもその家に愛着してもいた。門扉《もんぴ》の上に松が斜めにあり、入るとまるで門松《かどまつ》か狛犬《こまいぬ》みたいに欅《けやき》が左右に二本。その右側が土を盛った築山《つきやま》、左がなんというか小さな森のようになっていた。そこは植え込みではなく、なぜなのか木々の中に入れるようになっていた。だから小さな森だった。私はそこでよくしゃがみこんでいた。

「様式とか、時代が混じってたような」

そうだ、私は、東京オリンピックの年に日本で生まれた中学までの同級生たちより、少し過去を生きているような気がしていた。言葉にはできなかったけれど。そして、少し未来を生きているような気もまた、していた。だからここにいるような……うまく言えない。


日本について何か発表するためには、まずは東京の家に電話して、日本語の本を送ってもらおうと思った。私はなぜか語学は得意で、英語を話すことについては比較的すぐになじめたのだが、まだ私の脳は英文を大量には読めない。そして、文化に関する発表が無難ではないかと当たりをつけた。能だとか、歌舞伎《かぶき》だとか。経済はよくわからなかったし、明治以降の時代を選べば、ほんの数十年前に日本がアメリカとした戦争を私が説明しなければならなくなる。そんなの無理だ。その話は私の国ではタブーだった。戦争で親族を失くした人だって、生徒の中にはいるかもしれなかった。

しかし、最大の疑問とはそこにあった。

なぜこんな大きな国と無謀にも戦ったかは、まだいい。日本人がなぜ、昨日まで敵であったアメリカをこんなにもころっと愛したかだ。それは論理で説明できない。私自身に説明できないのだから他人に対してはもっと説明できないだろう。なのに、感覚的にわかっている自分もいる。

母もそうだったのだろうか。

今なら話ができると思う気持ちと、東京の空気を感じてあたたまりたいみたいな気持ちがないまぜになって、たまらなくなりベッドを出た。室内履きを裸足《はだし》に履き、ナイトガウンを着てしんしんと冷えた廊下を歩き、階段を降りて居間まで行く。すべてが寝静まっている。家の中で飼われている大型犬さえも。白い電話は発光しているように見える。ここに唯一ある、別の場所への扉だ。東京。あの思い出すといつも暑い夏みたいな故郷。

母に電話をするのは久しぶりだ。「ママに相談しないで」と母本人に言われてから、なんとなく電話しなくなっていて、そのうちいろいろなことがあって気がまぎれていた。

そして今日の電話は今までとはちがうのだと思った。めそめそ泣くためや出口のない相談をするためではなく、訊きたいことがあるのだ。戦争のこと。そのさわりでも。

声をひそめ、オペレーターに通話人指定《パーソン・トウ・パーソン》のコレクトコールと告げて、東京の家に電話をかける。出たのは母ではなかった。受話器の向こうの人は、明らかに英語に戸惑っている。女性だ。

「誰？　おばあちゃま？」

オペレーターを飛び越して私は日本語で言った。

「まり坊かい？」

のんびりした話し方が返ってくる。同居している父の母かと思ったその人は、母の母だった。彼女は、国鉄中央線の駅にしてふたつ新宿寄りの、東中野に住んでいた。正確には、その少し北の落合という町だ。川がふたつ流れていて、それらが落ち合う場所であるらしい。落ち合う、と言えば祖母と祖父は駆け落ちだったと聞いている。明治生まれにまれな大恋愛だったからといって幸せな結婚だったかはよくわからない、と母は言ったことがあるが、それがなかったら母も私もこの世にいなかったことだけはたしかだ。

「うん。ママは？」

「ママはどっかに行ったねえ。こういう電話は、昔を思い出すね。ママが若いころに、よくあったんだよ」

ハロウ、ミス？　とオペレーターが私に呼びかけているが、無視する。無視して祖母に語り続ける。

「国際電話が？」

「そう」

「ねえおばあちゃま、英語で何か言われるから、その後『イエス』って言って。わかんなくていいから『イエス』って」

祖母はその通りにイエスと日本語の発音で言い、そうして私のコレクトコールは母方祖母に受理された。

私は祖母としゃべりだす。まるで距離なんかないように気安く。

「で、おばあちゃまはどうしたの、国際電話が昔ママにかかってきたとき？」

「あわててママを呼んだの」

あわててママを呼んだの。日本人にはありふれたこんな話し方を、ふと新鮮に思う。祖母にとって私の母は娘なのに、家族の一番下の目線に自然と合わせてママと呼ぶ。私に向かってだけでなく、私の母に向かってもママ。ごくありふれた日本の話法。

「落合の家で？」

落合の、こぢんまりとした庭のある簡素な木造住宅を私は思い出していた。庭がむき出しの土で、板も茶色く、茶色い家、という記憶がある。

「そうだよ」

母に訊けないことも、祖母には訊ける。

「そっか、ねえ私、授業で課題があって戦争のこと調べてるんだけどさ」

やっぱりこれが言いたかったんだ。母にも父にも訊いたことがなかったのは、話してくれないという直観があったからだ。祖母なら話してくれるかもしれない。

「ママはね、東京裁判の通訳をしていたことがあるの」

祖母は唐突に言った。

え？

「ちょっと待っておばあちゃま、東京裁判って何⁉」

何か尋常《じんじょう》でないことを聞いたことだけはわかった。昭和二十年八月。日本が無条件降伏を受け入れると、日本の戦争責任者を裁く国際軍事裁判が開かれたことは、本で読んだことがある。たしか東京裁判の正式名称が、極東国際軍事裁判であったことくらいは、教科書にも出てた気がする。けれどもその裁判が東京のどこで、いつからいつまで開かれたのか、誰が裁かれたのか、私は何も知らなかった。しかもそんな教科書に載るような歴史的事件で私の母親が通訳してただなんて、今まで聞いたこともなかった。

「味方を裁くことだから、つらかったみたいよ」

電話が遠かったのだろうか、私の質問は彼女に伝わらない。かわりに、早起きはつらかったみたいよ、みたいにさらっと、祖母は言った。味方を裁くことだから、つらかったみたいよ。私は石を呑み込んだように何も話せない。とても寒いのに、手足は氷のように感覚をなくしていくのに、額や腋から脂汗《あぶらあせ》が出る。祖母の、母とよく似たその顔に浮かんだ微笑を、私は思い浮かべることができた。ありありと。

「ママ⁉」

祖母が叫ぶ。受話器を少し離した声だ。ママと後ろに強調を置く、どこか悠長《ゆうちょう》な祖母独特の発音。そういうのがなぜか母の癇《かん》に障《さわ》ることもあったのだが。

「ママが帰ってきたよ。代わるからね」

私に向かって彼女は言う。

「ママ、まり坊」

祖母が母に言うくぐもった声が聞こえ、しばらくして、母が出た。

私は動転して、作戦ミスを犯した。

「ママ、東京裁判て何？　ママはそこで通訳をしてたの？」

出し抜けに訊いてしまった私に、母は言下《げんか》に答えた。

「知らないわ！」

それは否認ではない。絶対の、拒絶だった。

体温が下がり、風景が色を失った。

その後自分が何を言ったか覚えていない。無関係の話題を持ち出したのではないかと思う。そしてその場をなんとか丸く、何もなかったかのように収める。そうしたと思う。いつでもそうしてきたように。

＊

私の家には、何か隠されたことがある。

ごく小さなころから、そう感じてきた。

特定のことが、どうというわけじゃなかった。

私の家の大人たちは、何かを呑みこんで、ゆえに過敏で、ときに過剰反応し、忘れるために別の何かに没頭していて、いつも互いに向き合う余裕がなかった。

悲しみの、震えの、石のように結晶した涙のかたまり、のような何か。

せめて、何を隠しているのかわかれば。

だけど、何かを隠している人に対して、何を隠しているのかと問うほどの無意味はない。

何かを隠している人は、自分が何を最初に隠したのか忘れている。別のものを出すときにでも、あれと関わった部分はないかと検閲《けんえつ》をかけ、それも呑みこんできたから。

だから何かを隠した人は、すべてに覆いをかけている。自分自身にさえ。

何かを隠している人は、だからとてつもなく重いものを呑みこんでいる。消化されることも排《はい》泄《せつ》されることもない。

なのに隠していることを必死で忘れようとしている。見られまいとしている。

痛ましさもいじましさも隠したつもりでいるが、それは見えている。見えているから、この人を私がなんとかしなければ、なんとか慰め喜ばせてやらねばと思う。

真実を知ろうとしてもさらに手痛い拒絶に遭《あ》うだけだ。

それに真実なんてないのかもしれない。

だから私も沈黙した。

それがわからない、ということを呑みこんだ。それを知りたい、ということを呑みこんだ。沈黙して、出す言葉にも検閲をかけた。うっかり、最もデリケートなところに触れてはいけないのだ。

その姿が自分の親にそっくりだということには気づかなかった。

いや、気づかないふりをしていただけかもしれない。

アメリカで一年を過ごし、挫折《ざせつ》感を抱えて帰国した私もまた、その地であったすべてを呑みこんだままで、今日まで三十年近くの時を生きてきた。


そう人は、自分が呑みこんだものになるのだ。


故郷はどこにあるのだろう?

今も考える。

私たち日本人は漂泊の民ではないだろうか。というより、故郷と自分の身心を、自ら切り離した民なのではないだろうか。だからこんなに国土を切り刻んでお金にできるのだ。お金は、殖《ふ》えもすれば消えもする。風景は、消えたら戻ってこない。

私たちの身心は土地と切り離されている。それゆえに、私は十五にしてあんな遠い地の果てまで行ったのではあるまいか? 太陽から遠く離れ、太陽の復活を願ううちに身と心のどこかを死なせてしまい、ならばせめて私の血肉が土に還るように祈り、たましいは、土地の先住者であるヘラジカの骨や、あの打ち捨てられたビートルという甲虫のかたちをした方舟《はこぶね》に復活を託した。

そんなふうに時おり感じる。

そもそも少女があんなに遠くまで行ったこと。それは誰の意思だったのか。私の？　親の？　親たちの親の？　誰の意思かわからないからこそ、手渡された者は、是が非でも実行せねばと思ったのかもしれない。

それでも、私の中のどこかが死んだ場所が、三十年近くたった今もほとんど手付かずにあるだろうことは、私に不思議な平安をもたらす。まるで、そここそが、私の核であり、私の静かで不動のセンターであるように。

祖国では、風景は過ぎ去るものだから。お金のように、すぐにかたちを変えるものだから。見知って愛着のあった風景がとつぜんなくなることに、私は慣れすぎて、それで平気なふりをしている。だけど内側では涙が流れ続けている。ここでは時間が積み重ならない。時間は砂だ。

一九八五年が、何度目かの国土の大規模破壊の前触れだった。

為替《かわせ》レートを恣意的《しいてき》に操作して円高ドル安に誘導しようという、先進五ヶ国の合意の会場となった高級ホテルの名を取って呼ばれた「プラザ合意」のあった年である。それは、私の家のひとつの終わりのはじまりでもあった。

第二次世界大戦からの復興このかた輸出産業で生きてきた日本が、円高誘導を受容するとは自分で自分の首をしめることだ。けれど、円高不況を懸念した低金利政策が不動産や株式への投機を加速させ、やがて多くの日本人が愛し熱狂したバブル景気がやってくる。土地は投機の対象となり開発されまくり、どんな土地でも価値が上がり、価値が下がることは未来永劫《えいごう》ないのだと信じられた。だからどんなに高くてもあるいは遠くても、それ以上にならないうちに買わなければならなかった。土地は神だった。また、何もつくらなくても為替レートのマジックで日本経済の規模は相対的に大きくなる、そんなうまい話はない。子供の頃、一ドルは三六〇円の固定レートだった。プラザ合意の年には二六〇円をつけたのが三年足らずで半分になった。もはや半額セールになった米国資産を日本企業は買いあさり、海外旅行は大ブームになり、賃金の安い国への工場移転などが相次ぎ、いっとき「奇跡」とも言われる日本の経済発展が成った。

でもやはり円高誘導は自滅的プログラムなわけで、その「余禄《よろく》」をとれるうちにとれるだけとろうと誰もが考えたようなバブル景気の熱狂は、今考えるとわからないことが多すぎる。

崩壊後のことは、誰でもよく知っている。けれど、たくさんいたはずの、「バブルの打撃を直接受けた人たち」の話を私はあまり聞いたことがない。

家電製品の製造と対米輸出を業務とする中小企業だった私の父の会社にとって、バブルは強烈な逆風か津波みたいなものだった。戦後の日本はある意味こういう会社でもっていたのだから、似たような人がごまんといていいはずなのだが。

バブル崩壊にダメージを受けた人ではなく、バブル景気そのものの影に入っていた人。

その人たちは、どこへ行ったのだろうか?

失われた場所こそ故郷である。

ダムの下に沈んだ町のように。

だから記憶をありありと体験したいと私は願った。今、そこにいるように。それしか、思い出せる方法は私にはないから。

それは、ロール・プレイング・ゲームの主人公になることに似ている。ただし、全知覚、持ちうる最大感知力つきの。遠くのものを五感で感じる訓練のようでもある。五感を総動員すると、イメージはただイメージであることをやめ、体験できるリアリティになる。身体が反応する。

誰がなんと言ってもいいが、それは、リアルなのだ。

最初にそれを偶然経験した今年、二〇〇九年の八月十五日から、私はよく生まれ育った家の中に「入る」。

そこに「いる」。

もう一度失った家に入って、なんでもかんでも手当たり次第開けてみる。引き出し。缶。瓶。秘密が本当に隠されているかもしれないと期待するからじゃない。でも、たまには本当に思いがけない発見をする。

電話は、受話器を上げてみるけれどどこにも通じていない。かけてみるけれどどこにもかからない。

二〇〇九年十二月　回線

二〇〇九年十二月八日。

街は暮色に包まれていた。病気で入院した友達を広尾の日赤医療センターに見舞い、外苑西通りを西麻布交差点方面に歩いていた。

携帯をだして母の家にかけてみるが電波が弱いらしくかからない。時はクリスマス前、黄昏《たそがれ》。冷たい風の強い日だった。日は短く四時半には逢魔《おうま》が時だ。でもこのくらいの陽の色は好きだ。残照もなく、といって夜の帳《とばり》も下りていないこのとき、グレーメタリックの粒子が大気に満ちているようなこのときが、人工の灯火が輪郭をいちばんうつくしく見せる。ある種のサングラスのシェードが、ものの輪郭を際立たせるように。

思い思いに意匠をこらした洒落た店みせのクリスマスの電飾に誘われて外苑西通りを歩く。高級住宅地や大使館やインターナショナルスクールを擁するこのあたりの街のクリスマスは、恋人ではなく家族に向けられ、私に育った家を思い出させ、アメリカを思い出させた。

携帯を取り出して、もう一度母に電話した。

東京の中で、結婚して夫と住む私の家から母の家まで、約二時間かかる。バブルで土地の値段が上がり続け、動線が伸び続け東京圏が拡大し続けるときに家を失い、なんとか代わりの住み処《か》を見つけるとは、そういうことだった。土地の値段が上がり続けるなど現実的に考えてありえない、少し待とう、などというまっとうな思考は、渦中《かちゆう》に巻き込まれていないときにできることだ。集団パニック、そして自分がその一部であること。それはトラウマと言ってもいい。それをこの身でくぐったとき、私には、戦争とその破滅的プログラムへと向かった日本人の様子が、少し理解できた気がした。

東京の拡散は、地価のあのばかげた高騰によって加速され、暴落によって固定されたのかもしれなかった。残ったのは、日本人からは最終的に流動性が失われた、そんな感じ。バブルを経て私の家族は東京の西と東に離散した。二十年以上そうだし、その件については二十年以上思考停止だ。とりとめなくとめどもなくアメーバ状に広がろうとする不思議な意思、それこそが、東京かもしれないが。そんな東京化の意思こそが、現代日本だったのかもしれないが。もちろん、離散などと言うほどたいしたことでもないと、頭ではわかるし人も言うかもしれない。けれど、そのえたいの知れない力学そのものや集団パニックを身をもって生きてしまったことは、身心に残る、別の刻印なのである。

私は母に電話するときいつも、このコールがずっとつながらなかったらどうしようと思う。二十年も、あるいはもっと。そんなふうに思っている気がする。でも、このコールがつながる限りは、母はいる。

今度は呼び出し音三回で母は出た。

黄昏の中に、別の国が開く。

電話機の中に、ぷつっと別の空間が開けるあの音。あれをいつも不思議に思う。そして、恩寵《おんちょう》のようだと本気で思う。

「ママ?」

私は言う。

「ママよ」

ママかと訊かれてママよと答えるのはちょっと冗談に聞こえる。けれど私は可笑《おか》しいというよりはっとした。それは、私が十五の私に対し〝偽ママ〟としてしたのと同じ受け答えだったから。とてつもなく変な気持ちになった。今、電話の向こうのあの人も、いつの時空かの私自身が演じている〝偽ママ〟ではないかと。

それでなくても電話は変な時間や空間につながるんじゃないかと思うことがまじめにある。こんな不思議な光が満ちている時にはなお。

「元気?」

私は言う。

「なんだか、電話がかかってくるとどきっとすることがある」

母が応える。

「なんで？」

「れいちゃんからかかってくるような気がして」

「ああ」

れいちゃんというのは、この前の月にとつぜん死んだ母の女子大時代からの親友だ。もう一人、ようちゃんという友達と合わせて、3S《さんエス》と自称する仲良しグループをつくっていた。三人という力学がよかったのか、仲良しはずっと続き、学校を出ても、お勤めをしても、結婚しても、そのうちの二人が子供を得て専業主婦になっても、続き、彼女らが七十になっても続き、ずっと、小さなすれちがいや他愛もない喧嘩《けんか》のたぐいがあったりしながら続いていくかに思われた。八十になっても。永遠に。

「電話って不思議よね。そんなことも、あるかもしれない」

「七夕か何かに、向こうと電話がつながる日がないかな」

母が言って、私は小さく笑った。

「それいいね」

私は彼女を、まるで生まれてはじめて見る老いゆく人のように感じる。八十という声を聞くと、さすがに重みを感じるけれど、目の前の人を見ると、私が八十と思っていたものが崩れていく。そんなに老いてはいなくて、普通に動き、話すことも普通、面白いし、観たテレビの話でも盛り上がるし、必ず同じ俳優を好きになるし、でもいつか必ず、いなくなることをお互い意識し始める。同時に、すでに長生きの部類に入るこの人とともに在って、人はどんなに長く生きても人生に時間が足りたと思うことはないのだろうと、はじめてわかる。

いつごろからか、3Sは、誰が死んでも互いに葬儀には行かない約束を交わしていたという。元気な姿だけを記憶しておきたいからだそうだ。だから、母がれいちゃんの葬儀に行くことはなく、それゆえになお、死は生を絶つものではなく、生と交じりながら続き、生きた者の生を浸していた。

「ねえママ」

なぜ今、これを切り出そうと思ったかはわからない。いつかは切り出さねばならないなら、今でいい。広尾から西麻布へ向かう黄昏は、クリスマスのイルミネーションに彩られていて、電飾のサンタ・クロースが私に手を振る。

ジョン・レノンのクリスマス・ソングが聞こえてくる。オノ・ヨーコの特徴的な声も入ってくる。なんだか、チェインソーのような声だな。

「ママに、昔東京裁判のこと訊いたの覚えてる？　あの時ママは、知らないって言ってたけど、嘘でしょう？」

勇気を出して私は言う。ああ、これを訊くのに、ここまでの時間がかかってしまった。

戦争は終わった、とジョンとヨーコの後ろで子供たちのコーラスが歌っている。戦争は、本当に終わったのだろうか？

「覚えてないわよ。いったいいつの話よ。なぜ今頃そんなことを言うのよ」

母が言う。少し声を硬くしている。でも私はもうひるむわけにいかない。別の話で場を丸く収めるわけにはいかない。

「今、だからよ」

私は言った。この穏やかな時間もいつか終わる。いつかは必ず。

「……終わったことよ。忘れてしまった」

「終わってない。忘れてもない。おばあちゃまが、ママは東京裁判の通訳をしたことがあると、私に言った」

泣きそうになるのをこらえる。二十九年も口に出せないことがある。そんなことが人生にあろうとは、二十九年をゆうに超えて生きてはじめてわかる。

「おばあちゃまは誇張していた。記憶の中で、娘をもっと立派なものに仕立てあげていただけよ」

母が応える。

「だけ、ではない。何もないことをおばあちゃまは言ってない」

土に深く埋めたつもりのことがある。たましいまで土に還りなどしないと、知るには約三十年は長いのか短いのか。それは呪《のろ》いなのか恩寵なのか。死ぬまでわからないのか。死んだらわかるのか。おばあちゃまやれいちゃんや、死んだ人たちならわかるのか。

「私がしたのは、資料の下訳みたいなこと、それだけ」

はじめて知った。でも、行って現場に立ち会う通訳とちがって、翻訳は生活空間を浸す。どちらの経験が重いと、誰にも言えない。

「どんな人の？」

「BC級戦犯。下っ端《ぱ》よ」

「ねえママ、A級やB級の級は、種類のちがいであって〝罪〟の重さではないのよ、知ってた？A級が重いわけではなくて、『平和に対する罪』ってカテゴリーをA級って分類しただけなんだって。級と訳したので誤解を招いたと、本に書いてあった」

「知らなかった」

母は、中学生のように言った。

私は思った、なにも知らないのね。

いいえ、知ろうとしなかったのね。気持ちはわかるけど、もう少し知ろうとしてほしかった。無意識にすべての謎をまるごと誰かに手渡さずに。

「A組、B組って訳せばのちのち誤解されなかったのかもね。中学校とか高校とか、女学校のクラスみたいにさ、A組は文系、B組は理系、C組はスポーツ推薦です、って感じに。A組戦犯、B組戦犯、ってどお？　ママの女学校のクラス分けは、なんだっけ？」

私は言った。なにか味のあるネーミングだった。

「東西南北中」

「北組にだけ英語があったんだっけ？」

「北と中。東西南は家政科」

「それがずっと不思議だったんだよね。歴史の教科書には、そのころは英語は敵性言語として禁止されたってあるから」

「私にもわからないんだけど、学校は教育の現場だから、学校の裁量権ってものがあったんじゃないのかしら。クラシックを聴かせる先生だっていたのよ」

「戦時中の話を読むと、ベートーヴェンを聴いていたら憲兵に取り締まられたとかいう話があってさ、それもおかしいよね、同盟国なのにさ」

「言われてみればそうね。西洋のものは区別がつかなかったんじゃないの？」

敵をそこまで知らない者たちが、よくも戦争などしようと思ったものだと感心する。

「そこで英語を選んだことは、ママの何かを変えた?」

「わからないわ」

十二月八日、メイン州ではきっと雪が積もっている。一九八〇年もそうだったし、今も。今このとき、何時なのだろうと久しぶりに考えた。すぐには時差が計算できなかった。薪《まき》のストーヴが焚《た》かれ、朝は車をかなり暖気しないと発進できない。屋内のガレージでもワイパーは窓に凍って貼《は》りつくので離しておかなければならない。しゃんしゃんと鈴の音が流れ子供たちのコーラスはやがてフェードアウトする。ハッピー・クリスマス。そう十二月八日、一九八〇年のニューヨーク、マンハッタンがこんな黄昏の時刻には、ジョン・レノンはもうすぐ殺される運命を知らない。

「ママはなぜ、英語を勉強したかったの?」

「他に面白そうなこともあんまりなかった時代だから」

ごく限られた条件の中で、いちばん広い世界に通じていそうな扉を選んだ。それは至極《しごく》まっとうで健康なことだ。そんな若い人間の像は、私の心を打った。

ジョン・レノンが射殺されたのを知ったのは、翌朝のラジオでだった。いや、ラジオで聞いているとき私はその情報を受け流していた。学校へと向かうホストファミリーの車——ホストファミリーの夫婦とはその学校の化学の先生と校長秘書のカップルだったのだが——が順にピックアップしていく近所の生徒のうち、九年生のリサが、鼻を膨らませながら〝誰が死んだと思う? ジョン・レノン〟と言った。

「子供のころ、自分の家には煙突もないしサンタ・クロースは来ようもないからサンタなんかいないって頭では思ってるんだけど、深いところで、いるんじゃないかって思ってる自分がいた。

だって、毎年、翌朝目が覚めると枕元に望んだプレゼントがあったから。私は宵《よい》っ張《ぱ》りで寝つきの悪い子供だったのに、クリスマス・イヴの夜に限って眠りに落ちてしまうのは不思議なことだった。そして幸せなことだったと思う」

「眠りについたのを見極めるのが、けっこうたいへんだった」

　母は笑った。

　父母はなぜ、そんなに一所懸命に子供の夢を守ったのだろう。思えば日本に古くからあった祭りでもないのに。〝戦後〟のものだからなのかな。戦後ってなんだろう。永久に続くのか？外苑西通りではトナカイの電飾オブジェが私を誘う。サンタ・クロースの橇《そり》を引くというあの動物は、ヘラジカによく似ている。

　リサはたいそう鼻息が荒かったのだが、残念なことにジョン・レノンの話題では車中は盛り上がらなかった。ああ、あの仏壇の鈴《りん》みたいので始まる歌は、ジョン・レノンのだったっけと私は思い、それだけだった。私はいつものように、林の小径の脇に打ち捨てられたビートルを見ていた。ビートルは屋根に雪を重たげに戴《いただ》いていた。

「ねえ東京裁判の資料ってやつ、落合の家で翻訳、していたの？」

「そうよ」

　とつぜん、なぜか別の話を私はしたくなった。昔の家の話だ。母と私が共有する最大の記憶は、あの家だ。そして、あの家が失われたことだ。

「あのさ、昔の高円寺の家の、奥の部屋へ向かう廊下の左側に、縦の地模様の入った昔風のガラスの引き戸の、つくりつけの戸棚があったでしょ？　下半分は木でできてる。そのガラスの引き戸の戸棚には、ふだん使わないきれいなものが入れられてた。繊細な陶器とか、お正月やお祝いにもらう鯛《たい》の容《い》れ物の何かとか。あ、ねえあの鯛の中身はなんだったのかな？　塩？　砂糖？」

核心に向かう前に私は饒舌《じょうぜつ》になる。

「お砂糖」

母が答える。

「誰があんなのくれるの」

「パパの会社の取引先の人とか」

薄い半透明のプラスティック成型の鯛の容れ物は、ところどころほんのりピンクに染められ、それは人の顔の面《マスク》にも似た質感だった。ハロウィンに、ああいう半透明の全頭マスクをかぶっている者がいて、ひどくこわかった。ハロウィンが、死者たちが戻ってくる祭りだということは、あとから知識として知った。だからどこか不吉な仮装が多いことも。しかし、ならば、アメリカ先住民の仮装こそは、本質的だったのに。

「あの戸棚にノリタケの陶器があった。カップは紙のように薄くて、触るとうっとりした。私はよくこっそり、あの戸棚を開けてあの陶器を見てた」

私は母に言った。

「あなたにはそういうお気に入りの美しいものが、いくつかあったでしょう」

「ママの三面鏡の脇の引き出しに入った、動く金の魚のペンダントヘッドとか」

「白い羽の帽子みたいな髪かざりとか」

「美智子妃が着けてたようなやつ。でも私、あの陶器にだけは触れなかった。割らない自信は私にはなかった。でもある日、記憶が定かじゃないんだけどある日、そうっとそうっとひっくり返してみたことがある。そこには、〈占領下の日本製《メイド・イン・オキユパイド・ジヤパン》〉と書いてあった。思い出してはじめてびっくりした」

それは、私が記憶に「入って」見たことだった。

「ママが言うのは、ノリタケの、赤や翡翠《ひすい》色の、鳥とかいろいろ描かれたボーン・チャイナ?」

確認するために訊いてみた。

「そうよ」

母が答えた。

「今もとってあるわよ」

私の心臓がひとつ、どくんと鳴った。

覚めて入った夢で見たのなら、そのとき私はどこにいたのだろう? なぜ、記憶にないことまで見たのだろう? 何が、それを見たのだろう?

「あのさぁ、パパが病気になったとき、霊能者に見てもらったことあるでしょ? うちでそういう人頼むの、はじめてだった。あの霊能者がさ、首吊り自殺した人の霊を高円寺の家で見たって、言ってたね。で、ママが病院でパパに話したら、『そういう家だったことくらい知ってるよ』と言ったという。あの話、私好きなんだよねパパらしくて。パパは何かを、証明しようとしたのかな?」

「証明って何を?」

と母が訊く。

「たましいなんてないと」

母はしばらく無言だった。そしてぽつんと言った。

「あるのかしら」

「なかったら、空しくない？」

「あったら、地上はいっぱいで重すぎない？　そんなふうに考えたら生きにくかった」

と母。

「ないと思ったら、私は生きられなかった」

と私。

「私にもあるのかしら？」

と母。

「あると思うよ。たましいがなかったら人はなに？　ただの肉体？」

「わからない」

父母は、たましいというものの話を利用されて、もう、だまされたくなくて、語られたくも語りたくもないと頑《かたく》なになったのだろうか。

「でもなんで、パパは自殺者の出た家ばかり好きだったんだろう？　ほんとに霊魂なんてこの世に存在しないと証明するため？」

父はそういった件では、少し意固地《いこじ》になっているようにも見えた。とても仲のよかった妹と晩年、絶縁してしまったからかもしれない。彼の妹、つまり私の叔母が、占いや風水や霊視や各種健康器具や食品に凝ったあげく、とある新興宗教の頑強なまでの信者となりそれを父にも強く勧めてきて父はとうとう縁を切ったのだ。そこまでの代償を払ったからには、霊魂の存在はいよいよ信じてはいけないことだったかもしれない。でも、父と叔母の両極端ぶりは、同じ時代の裏表だったようにも思える。

「自殺者の出た家って、他にどこ？」

「荻外荘《てきがいそう》。パパの車で青梅街道を荻窪方面に行くとね、天沼《あまぬま》陸橋のあたりにY字の分岐がある、そのあたりで絶対、『本当は荻外荘を買いたかった』と私に言うのよ。そこ通るたび、毎回よ」

「てきがい荘？」

母が言った。

「近衛《このえ》文麿《ふみまろ》の別宅。予算オーバーだったって言ってた。どれくらいオーバーだったかは知らない。まあ、言うだけはタダだから」

彼は東京裁判でA級戦犯として出頭を命じられ、出頭の最終期限日の未明に、この荻外荘で服毒自殺した。

「荻外荘を買いたかったなんて、そんな話、聞いたことない」

「パパは私には言ったのよ、毎回。ほとんど毎回。少なくとも三回に二回。でも、近衛文麿の別宅だよ？　オーナーが自殺したじゃん。なんでそんな不吉な家買いたい？　有名人の家だから？」

「えーと、待って、近衛さんが自殺したのは、昭和二十年、終戦の年のことだもの。パパが高円寺の家を買ったのは戦中のこと。東京大空襲の一年前に、下町から移ってきたんだもの。近衛さんはそのころはまだ、死んでなかったのよ」

「あ！」

私は、自分で勝手につくった盲点をひっくり返されびっくりした。そのとき何か不思議な感覚に打たれた。時間を戻せばすべての死者が生き返るという当たり前すぎるトリック。死者がまだ生きていた、という時は、すべての死者にある。それがとてつもなく不思議なことに感じられた。私たちの目の前にあるのも、実はそれだけのことではないかと。まだ死んでいない者の世界。やがてまちがいなく死ぬ者の世界。

「でも、近衛さんが生きてたならなぜその家、売り出してたの？」

と私。調べると、近衛文麿は日中戦争開戦時の首相で、太平洋戦争にかけて三度、内閣総理大臣をつとめている。その別邸荻外荘は政治の舞台にもなった所で、そんな邸宅を売りに出すだろうか？

「さあ」

母が肩をすくめるのが見えるようだった。「生きてる人だってよくするじゃない。お金に困ったとか」

「近衛さんが？」

「身辺整理とか」

「死ぬために？」

生者には生者の、死者には死者の、悩みがあるということなのか。

「なぜ不吉な話にしたがるのよ」

母の言葉に私はただ苦笑して、それには応えなかった。それにどのみち質問ではなかったにちがいない。

「売買情報がガセネタだったとかね」

「なくはない」

西麻布の交差点に差し掛かる。六本木通りを六本木交差点方面に右折する。角の花屋にはポインセチアが置かれ、針金と電飾でできたトナカイがいた。

「ねえ私は」

と私は切り出す。他に言い方を知らない。六本木通りは、華やかなそのイメージとは裏腹に、いつも暗い川の流れる谷のようだ。上を通る首都高速の完全な影に入るから。

「ママのこと、知りたかったんだよ。でも教えてくれなかったでしょう」

母は少し黙った。

「そうね。何を言っていいかわからなかったわ。人生が、まっぷたつに分かれてるのよ。昭和二十年以前の世界と、以後の世界」

「……初めて聞いた」

聞かせてくれたならよかった。

「私たちは半端《はんぱ》だったのよね。もう少し上だったら、自分の考えを持てたかもしれない。もう少し小さかったら、つらさをそんなに感じなかったかも」

働いていて三十で結婚して三十一に第一子、三十五に末子である第三子の私を産んだ母は、当時にしては遅い結婚と出産で、私の同級生の母親たちより年齢が上だった。五、六歳上だったかもしれない。母はきれいだと私は思っていて、外見的に年齢を意識したことはなかったけれど、私が感じてきた母にまつわる何かの影、独特の秘密や暗さ、言葉を呑みこんだような感じを、同級生の母親たちには見なかった。

私ははっと気づく。母の人生がそれまでと切れたという終戦の年、すなわち母が十六歳になる年齢《とし》とは、私の人生がそれまでと切れた年齢、すなわちアメリカから挫折して帰国した年齢でもあると。

「れいちゃんが恋しいわ。ようちゃんも」

ようちゃんは、子供を持たず、そのせいなのか定年近くまで働いていた。れいちゃんの死に先立って認知症となり、今では連絡がまったく取れない。れいちゃんと私の母は、認知症の妻をあくまで隠そうとする夫をどう説得してようちゃんと会うかとよく話し合っていた。しかしそのれいちゃんも、不意に消えてしまった。

偶然、歩いている私の目に昭和シェル石油のガソリンスタンドが飛び込んできた。

「ねえママ、ようちゃんは、シェルの重役秘書をしていたのよね？　セブン・シスターズってやつか。有能な人だったんだね」

私は言った。

「セブン・シスターズって、何？」

「石油メジャーの七つの会社を、セブン・シスターズと言った気がする。もちろん、世界の大企業が合併を繰り返し始める前の時代のことだと思うけど」

「スリー・シスターズも一人になってしまったわ」

母が、ぽつりと言った。

その言葉は私の胸を打った。３Sという仲良し女友達のグループ名は、スリー・シスターズの略だった！　若い、ごくふつうの、夢も悩みもいっぱいの女学生だった三人。大変な時代でも生きていた。笑いながら、泣きながら、彼女たちが願ったことの、すべてとは言わないがいくつかは叶《かな》えられただろうか。それとも人生は思いがけないことの連続だったろうか。ならば思いがけないギフトはあったろうか。たとえば子供を授かったこと。私は、母が専業主婦に収まったのを意外だとずっと感じていた。三人もいたものと母は言うけれど、それはそういう時代で、そのことが母には不本意だったのか、それとも幸せだったのか。私にはわからなかった。男二人と女一人という子供を授かったのは、母にとってどういうことだったのか。私は母を、少しでも幸せにしたろうか？

「一人じゃない、私がいるよ、ママ」

こんなの気休めだ、友でもないのに言うべきではない。わかって言っている。

だしぬけに、母が言った。

「別れたくない。あなたたちと、別れたくない」

「なんでそんなこと言うの⁉」

だけど知っている、いつかは別れる。それがいつかわからなくて人はいつも準備ができていないと思う。でも、準備ができることなどあるのだろうか。

「ごめんなさい。私はいい母親ではなかった。でもわかることがある。あなたは優しい。私よりずっと、優しい。私がお母さんにしたよりずっと、優しい」

母は声を詰まらせ、とつぜん、泣いた。

「それが、つらい」

「なにそれ！」

言いながら私の目からも涙があふれてきた。

「そんなことない」

私は優しくなんてない。弱い人間なだけだ。いまだに生き方がよくわからない。母が三人も持った子供を一人として持っていない。どう持っていいのか訊いたこともない。どう生きていいかわからない。教えてくれる人も、いなくなる。私はあなたにいなくならないでほしい。でもあなたがいつかいなくなることを、私は知っている。今はいる、今はいる、今は元気、そんな瞬間を積み重ねて、でもいつか終わりが来ることを知っている。わかっている、あなたの命の終わりは私の命の終わりより早いし、また、そうでなくてはいけない。でも、それでも、私は今この瞬間だけが永続してほしいと願う。私たちが二人ともいる、この瞬間だけ。

「ねえ」

往来で涙を流しても怪しむ人は街にはいない。泣くと、取り繕《つくろ》わない言葉が私から出てくる。

「どうして、東京裁判の資料の訳なんて回ってきたの？」

「あのころは、英語やってる人間が少なかったのよ」

「だからって、おいそれと見せるようなもんじゃないと思う。日本女子大英文科の関係で？」

「いや……あれは……たしか津田を出た人で」

「津田を出た人で？」

私の涙声が少し直ってくる。

「巣鴨プリズンの近くに住んでいる人がいた」

母の鼻声も少し直ってくる。

「男？　女？」

「女よ、津田塾の出身だもの！」

二人で泣きながら失笑した。

「その女の人が、巣鴨プリズンの近くに住んでいた。そこの家に、あなたは落合の家から行ったわけだよね？」

私は母に訊く。

「そう」

「巣鴨プリズンの近くというのは、今の池袋のサンシャインの近くだね。電車で行ったの？」

「うん」

母が言う。

「東中野から？」

「下落合。駅はそっちが近かったし、一駅で高田馬場に出られるから」

「下落合の駅の感じは？」

「今とほとんど変わってない。でも、山の手空襲で全部焼けて、落合から東中野の駅まで見渡せた」

「下落合からどうした？」

「高田馬場に出て山手線に乗って池袋まで行った」

「どんな風景？」

「池袋は今みたいな街じゃない。高田馬場は今に近かった。昔から神田川があって陸橋がかかっているから、高くて、たしか高い駅の骨組は焼夷弾《しょういだん》で焼けても残ってた。街も駅の小滝橋《おたきばし》側の一角が少し焼け残っていて、今みたいだった。中西薬局というのがあって……」

「じゃあ、高田馬場駅から山手線に乗り換えて、池袋で降りてみようか」

言いながら私は、自分が何をしようとしているかに気づいた。母と自分を、誘導している。あの、醒めて自分の夢の中に入っていったときのように、手がかりを探しているのだ。

不意に、小さい頃にとった電話で、女の人が〝ピーポゥ〟と繰り返したのを思い出す。そしてそのとき私の中に生まれた「小さな人びと」を。すると彼らが蝸牛《かたつむり》型の耳の奥の部屋からむっくり起き出した気がした。

「池袋はどんな風景？」

彼女が内的にそれを観るように、私は訊く。

「どんな風景って、焼けてるのよ」

「焼けてる、とは？　〝焼け野原〟ってけっこう、わかんない言葉なんだ」

「焼夷弾で焼けてるから、木の家は残ってない。ところどころコンクリートの塀だとか、石ころだとか。わずかに残った柱、あるいは立てた杭《くい》なのかな、そこに張り紙をして墨で『家族はどこどこで仮ずまいをしています』とか」

「焼夷弾って、ものを燃やすための爆弾だよね？」

「そう」

「非道《ひど》い。でもママの行った家があったってことは、焼け残った場所があったのでは？」

「まあそれで焼け残ったのか、バラックを建てたのか……」

母の中で、記憶が生きられている。そのおぼろな知覚が、私の中にも瓦礫《がれき》のように転がる。灰になったものさえある。それを、元の建物や街に、修復できるのか。地上から、本当の意味で消えてなくなろうとしている風景を。

あのやり方。私にできるか。今ここで、できるか。醒めたまま夢の中に入るやり方。

目を半眼にして、なるべく感覚を伝えてもらう。

空気中の、ラインをつなぎ続ける。

集中と接続を切らさないように語りかけ続ける。

頭の中で、接触の悪い電球が、点《つ》いては消え、消えては点く、そんな感じ。

私の中で永い眠りをむさぼっていた小さな人びとが、空気に散ろうとする情報を集めて私の耳に押し込んでくれる。そう念じる。

私に入って私から出《い》た小さな人びと。彼らは人の間に流れる人の媒質。あるいはものを成り立たせる原初の力か。

情報を受け取りつつ、摑《つか》みに行って、なんとかそれを触ろうとする。記憶が混乱していてもいい。私は事実なんかほしくない。史実などは要らない、私は人の、真実がほしい。ただそれだけを願う。

「どんな入り口の家?」

「引き戸だった」

引き戸はいい。手をかけられる。

「片開き?」

「そう」

右手を引き戸のくぼみにかけて、がらっと引く。レールの感触が手に伝わってきた。

一瞬、中の風景がフラッシュのように見えた。

「上がってすぐに一間、みたいな?」

と私が言う。焼き付けられるように現れて、一瞬で消えた映像の、残像を思い出すように。

「そう」

と母。

「そこに人が、一、二、三、四、六人、七人? くらい。畳に直接とか、座布団《ざぶとん》敷いてとか、車座《くるまざ》に座っていて、こっちを見る。白人が二人」

母が続ける。

「軍服のアメリカ人はいる?」

と私。

「……いる」

風景は現像液の中の写真のように、ゆらゆらゆれて、現れまた沈む。

巣鴨プリズンの近くの家を出てみて、焼けた街を、人の記憶から再現しながら歩く。焼けた街はパノラマだ。道なき道。踏みしめて歩く。私が歩く道は、ここしかない、ここから逃げないし逃げられもしない、というように。ここを歩く。このみすぼらしい道を忘れない。これが真実だから、ここを歩く。たとえ弱くてみじめで情けなくても。ここにこれから、瞬く間と言えるあいだにできるものを考えると、めまいがする。

建物が、浮かんでは消える。

母の記憶には混乱、欠落やぶれがある。それでいい、いっそ東京らしい。

ふと現実の東京が飛び込んでくる。上げた視線に六本木ヒルズがぬっとそびえている。

東京の幻。

幻の東京。

気がつくと私は裏路地を歩いていた。屋敷街に時おり現れる、古い小さな民家の集まった一画のようなところ。電話はすでに切っていた。番地は元麻布だろうか赤坂だろうかと思うけれど、表示を見つけることができない。どんどん寂しい雰囲気になり、行き止まりの傾いた木戸の向こうに今にもばらけそうにぼろぼろの古い木造アパートがあった。木戸が少し開いているので手をかける。

戸が軽くなり、向こうからも、木戸が開いた。

私そっくりの小さな女の子が私を見上げていた。幼女はなぜか泣きだし、その感じに、彼女は私よりも、写真で見た小さいころの母に似ていると気づいた。おかっぱで面長、目が強くて唇を嚙《か》むと片えくぼができる。

「泣かないで」

私は言って、彼女の頭にこわごわ手を置く。幸い拒絶はされなかった。

「泣かないで」

私はかがんで彼女の頬を手で包む。

私は思いなおす。

「泣いていいよ。君は、十分に泣いたことがないのか」

私は彼女を抱きしめた。私の肩に、子供の涙の熱さが沁みてきた。

第二章　謎のザ・ロッジ

一九八〇年十二月　ルーム・イレヴン

一九八〇年十二月、北緯四四度、アメリカの東の最果てメイン州、他人の家、午前一時半。

これはなんの音だろう？　静かすぎるから些細《ささい》な音がかえって気になるような夜中のベッドの中で、私は考えていた。

雨。

そんなはずがない。それに、ここで雨が降ったところで、こんな無数の虫の羽音のような唸《うな》りがするはずがない。

でもそうだったらいい。雨だったらいい。これは懐かしい故郷の音。何かがいらだっているような低周波ノイズ。雨音ですらない、雨の夜の記憶の音。

どこで鳴っているのだろう？　耳の中か、脳の中か。だったら私がおかしくなってしまったのか。

布団《ふとん》をかぶって耳をふさいでも音は頭の中で鳴っている。まるで、たくさんの小さな小さな人びとが、ひとつひとつは小さすぎて聞き取れない何かの言葉をてんでばらばらにつぶやきながら苛々《いらいら》と歩き回っているように。

　雨を、もう長いこと見も聞きもしていない。たまに晴れた比較的あたたかい日に、軒先《のきさき》から溶けた雪がしたたり光るようなことはあっても、灰色の雲から降りしきるのはずっと雪で、天から水が落ちてくる光景を見ていない。故郷では、雨ほどふんだんでじゃまなものはないと思っていた。それは数ヶ月前まであった世界なのに、永遠の遠さに感じられた。この雪が溶けないのも、永遠であるように。

「生まれた町は、電気の川の下にあったの」

　数日前に、アンソニーに訊《き》かれてふと自分の口をついた言葉を思い出す。

　故郷の家、それは電気の川の下にあった。高圧線の下、そのすぐ脇にあったのだ、家が。高圧線の鉄塔リレーは、ふさがれた川に沿うかたちであった。私はそこで生まれて十五年育った。篠《しの》つく雨の夜には、電線が低い唸りを上げるのを聴きながら眠った。なんの音なのかは、本当は知らない。私は、うんと子供のころ、それこそが雨の音だと思っていたほどだ。押し込められたような唸り。天から水が降るときにだけ、何かがよみがえる。古い何か。私がいないこのときも、たとえ今このとき東京の家族の全員が死に絶えても、電気の川は家の上を流れている。それは今の私には、世界でいちばん確実なことに思える。

　じ〰〰〰という唸りは、深夜二時になっても薄らぐことなく鳴り続けた。かすかな音量だがとぎれることがない。それはどうやら外からの音であるらしく、また、そう証明できなければ、私の体か心のどちらかがおかしいということになる。ナイトガウンを着て、ダウンジャケットを着て、ニット帽をかぶり、厚いソックスを穿《は》いて内側がムートンのブーツ型スリッパを履いて、凍えるような空気の中に立ち上がった。

室内で吐く息が白い。二階の廊下をそろそろと歩き、軋《きし》みにびくつきながら階段を降りる。かすかながら音が、少しはっきりしてきた。

階段の下には玄関の扉がある。外は雑草交じりの芝生の前庭をはさんで片道一車線ずつの、メイン州の州道だ。ただし、前庭と言っても隣家はとても離れているので柵《さく》も塀もない。それが私のいるところ。州道の斜《はす》向かいには金網がありパブリック・ハイスクールが在る。今はもちろん誰もいない。

階段を降りて右に行くと、手前から居間、奥にダイニングテーブル。ダイニングテーブルのさらに奥には、その中に凍ったチキン一羽やら凍った獣のあばらの四分の一やらミルク・カートンやらオレンジジュースやらを詰め込みながら私に「アメリカン・ウェイ・オヴ・ライフ」と宣誓よろしく言わせるくらいだからアメリカ人がよほど自慢に思うのだろう、巨大冷蔵庫。

居間の隅にある薪《まき》ストーヴは、扉つきの鉄の箱の中で薪を燃やす。暖房費の節約のために、オイルヒーターや電気の暖房などと薪ストーヴを併用することが、このへんの家では多い。日本では見られないことだ。日本の方が資源がないというのに。家の裏には薪を積んである場所がある。たまに扉を開けて薪を足すとき、中で炎が燃えているさまにはうっとりする。それは私に、おとぎ話で主人公が悪い魔女を放り込むオーヴンを思い出させた。ホストファミリーも何もかもいなくなればいい。悪い人たちじゃないけど、ときどきひどく押しつけがましい。復讐に、ときどき私はミルク・カートンからミルクを直飲《じか》みしてやる。ストーヴはあたためた空気を鉄管で各部屋にも供給する。箱の中の薪は、今はうずみ火なのだろう、ゆっくり冷えゆく金属から、チン、チン、と音がする。停めたバイクが、こんな音を立てていたのを思い出す。あれは金属が冷えていく音だったんだな。

なにものかの唸りはダイニングテーブルの奥から聞こえてきた。

冷蔵庫のモーター?

近寄ってみる。出窓のそばはひときわ冷える。出窓には、日本のある種のインテリア雑誌が喜びそうな、なに風と言うのか、ロッキングチェアで編み物をするイギリスのおばあさんの話にでも出てきそうな小花プリントの小さなカーテンがかかっている。そっと外を見ると、霜でできたような空気の中に、生きたもののサインはない。ただ雪が降っている。粉が天から注ぐように降っている。街灯は州道の遠くにぽつんとあるだけ。信号もない。車さえ走っていないのは、生きたものがいよいよ何もいないと感じさせる。裏の、場末のスーパーマーケットふう平屋の雑貨店のその裏手に、林があるだけ。

冷蔵庫に耳を傾ける。耳を、つける。モーター音がするけれど、あの、押し込めた怒りのような悲しみのような、子供の頃に聴いていた電線の音ではない。その間にもあの唸りは低く続く。

電話を見た。

アメリカに来てから、電話はいつでも、私にとって特別な物体だった。東京の家に、母に、つながれる唯一のものだ。白い電話は、まるで乳白色の鉱石のように発光して見えた。

電話に近づく。でも電話が唸りを発するわけがない。発していたとしたら電話機か電線か、電話局がおかしいのだ。

電話機が、唸っていた。

受話器をとってみた。驚いたことに、中から人に話しかけられた。いや、その若い男は、一方的にまくしたてるのだった。知らない言語で。アジアの音声だと私は直観する。中国語じゃない。タイ、マレーシア、フィリピン、ヴェトナム。ヴェトナムだと、なぜか思う。

「ヴェトナム語《ヴェトナミーズ》？」

相手の息のわずかな間をついて、私は言ってみた。向こう側で、小さく息を呑《の》む間があった。そしてまた、立板に水のごとく話し出し、唐突に、推定ヴェトナム語に交ぜて男はひとつだけ、英語を明確にこちらに向けた。

“I'll kill your people”

突然見知らぬ人に強い言葉を投げつけられ、反応できない。その響きは、私の意識を知らない場所へ飛ばした。

*

ヴェトナムではもうすぐ雨季がやってくる。知らない肉体の中で、私はそれを知っている。遠くで風が起こるのがわかる。それが知らない土の匂いをつれてくる。森をなぶる風。獣たちのいらだったような気配。かき混ぜられて水面に上ってくる川の魚たち。

俺たち兄弟はベッドに腰かけている。俺が腰かけるなら弟も腰かけ、弟が腰かけるなら俺も腰かける。なにせ、俺たちは二人でひとつの腰を持つ。俺は弟に、彼の大好物のアメリカのオレンジを渡す。片時も離れずにいるのにどこからかオレンジを取り出すなんてまるで、俺は白雪姫の魔女だ。結合双生児の一人一人には、お互いに対し絶対の死角がある。俺はじっさい魔女のような顔をしている。俺たちは腰の部分で結合して生まれた双子なのに、なぜか俺だけ早く年をとるから。俺は縮《ちぢ》みゆき、鼻梁《びりよう》ばかりが目立つ顔はまるで老婆だ。俺が老いるスピードは三倍とも七倍とも言われ、俺からみるみる瑞々《みずみず》しさを奪い、なのに俺の頭をますますさえざえと働かせる。弟は美しい。かつて俺の鏡そのものであった弟は、今は俺の過去。弟は俺を一片たりと疑うことなくオレンジに目を輝かせる。彼の口も目も潤んでくるのは、俺も感じることができる。俺の乾いた口にも唾液《だえき》が湧《わ》く。

ベッドのへりにともに腰掛けて、わき目もふらずに皮を剝《む》く弟。その手が独立した意志で動くのをふと不思議に思って、めまいを感じる。曇天《どんてん》を、一点溶かすような太陽。部屋に柑橘《かんきつ》の匂いが霧のごとく漂う。中国風の格子《こうし》窓の外では雨の最初のひとしずくが地を打つ。いつもせきたてられているように聞こえる中国人の声も、今は本当に焦っているにちがいない。早くとりこまないと洗濯物はずぶぬれだから。

オレンジの房にしゃぶりつく弟。オレンジには毒が。けれど弟を殺しはしない。俺は弟を殺したくなどない。ただ眠らせるだけ。

俺たちはなぜ、ひとつなのか。

ひとつなのになぜ、分かれたのか。

オレンジは俺の使い《エージェント》。

稲妻が天を走って俺は目を閉じる。雷鳴。地響き。雷はおそろしい力だけれど、雷が落ちた土地は肥えることを、先祖たちは経験的に知っていた。そして雷乞いの伝承が、歌と踊りが一族にはあった。伝え聞いた、地を養う天の鎚《つち》の歌。

雷はなぜだか俺に、俺たちが生まれる前に降ったといわれるケミカルの雨と太陽のことを思い出させた。

正確には、俺たちを生んだと言われる化学物質《ケミカル》の雨と太陽のことだ。

その雨は木々に働きかけ木々に急速に育つよう囁《ささや》き、繁らせ老いさせ、その寿命を果てさせた。彼ら異国の兵たちは、空の帝国から来た。空の帝国の者たちは森やふつうの村の粗末な民家に潜むゲリラ兵におびえ、ついには小さな鳥や昆虫や、木々の葉ずれをさえおそれて神経を病んだ。

その恐怖が彼らをして私たちの森を焼かせ、枯れさせ、親や私たちの内部にまでしみこんで体を攪乱《かくらん》した。その結果が私たちのような子供たち、と言われている。

でも俺は、急速に育ち枯れゆく森をなぜかうっとりと想像してしまう。村の老人たちにその話を聞いたりするたびに。

この世界が俺と同じような方法で滅びゆく図が慰めになるのか。それとも純粋な驚き《ワンダー》なのか。

俺は森を見上げている。森は肉眼で見えるほどの速度で成長し、森の中を夜ほどに暗くする。陽の射さない森で多くの生き物がおびえて脱出しようとする。しかし森は拡大を続け彼らを逃がさない。どこまで逃げても暗い森。ゆく手を阻むような森。目に見えるほどの速度で植物が成長するさまは、早回しというよりはスローモーションを見ている気分をもたらし、自分が相対的にどんどんどんどん小さくなる。純粋な驚異。スペクタクル。

森が目に見える速度で成長するさまを思い浮かべると、俺はどんどん小さくなって、赤子に帰る、そして始原へ。

オレンジが弟の手からことりと落ちた。

始原に帰るサイズにまでなった俺は、体内の秘密の通路を通って弟の中に入る。

脳関門と言われる場所に、本当に関所があって、屈強な番人がいる。俺の知る限りでは、俺たちのちがいはこの番人のちがいで、番人が守る先にあるもののちがいだった。弟の番人はグスタフと言う。俺のはカール。その屈強な門番グスタフ、弟を愛して命を投げ出すことなどなんとも思わないグスタフが、今はよだれを垂らして眠りこけている。グスタフを眠らせカールを眠らせない薬があるのを、あるとき俺は発見したのだった。

弟の内なる部屋は俺の部屋と同じドアの向こうにあり、ちょうど鏡に映した格好になっている。夢の中で何度も見たような懐かしさのある扉に、なぜか11と書いてある。ルーム・イレヴン。弟のが正像で俺のは鏡像だ。

こんこんこん。

11の正像のドアをノックする。

開《イッツ・オープン》いてるよと中から弟はなぜか英語で言う。扉は抵抗なく開き、部屋に一歩足を踏み入れると俺は女になっている。そしてなぜだかそれに違和感を持っていない。女の体の独特の重み、水っぽさ、ハイヒールシューズの重心の不安定さ、それらに新鮮な驚きを感じながらも、俺は違和感なく女である。弟の前で、女である。

弟は太陽。

俺は夜。

俺たちの中間に、世界を覆うほどの雲とスコール。

雷鳴が轟《とどろ》き、鏡が光った。俺の姿がそこにある。

女。

稲光が弟の体を白く照らす。俺のオリジナルは彼の裸体の下にまるでベッドスプレッドの模様みたいな平たい影としてある。彼が動くたび、俺はついて動くがくしゃくしゃになる。でもそのことを特に意には介さない。

「何見てる、こっちへおいで」

弟が言う。俺は魔法にかかったようにふらふら歩み寄る。オレンジの皮の甘苦い匂いの層を通過する。

弟の、若い蛇のような性器。むくむくと動くそれ。それが欲しかった。ずっと欲しかった、と思う。

俺がここにくるわけは、弟を中から書き換えるため。

俺は遠からず死ぬ。しかし弟の内側の人として生き続ける、それが俺の望みであり、弟もきっと、そう望むはずだ。なにせ弟は、美しいが白痴なのだから。

鍵があるのを知っている。鍵のありかも知っている。頭の中心の秘密の小部屋に入る鍵。頭の中心には生まれながらに持ったクリスタルがある。そのクリスタルの部屋に入り込んで制することができれば、それからは俺の周波数を、クリスタルは発信することになる。

けれど彼を、弟の中の弟を、眠らせることはできない。

我を失うのはいつも俺。

弟に貫かれてわかる、結合して生まれてきたわけを。俺が彼を欲しかったから。弟から放たれた無数の小さな人びとが、女である俺の中を駆けあがる。血管を逆流して俺をかき混ぜ、関節に達して芽吹く。それは半身でなく、俺もまた半身ではなく、過剰なそれは、関節から人として芽吹く。

あまりの生命力に、俺は死ぬ。

俺の母体はすべてを生み、死んだすべてを受け容《い》れ嘆き、そしてまたすべてを生み、死んだすべてを受け容れて泣く。

俺は死で俺は生。

雷鳴が轟く。

森が破れるときがやってきた。すべての終わりがやってくる。

美しさせつなさ悲痛さそして強烈な殺意。

お前らなど死ねばいい。異国の民が我らの民にそう歌う、高らかに。

崩れてゆく。

ただ祈る。

すべて緑になる日まで。

*

ベッドの中で私は目が覚めた。体を貫かれた感覚があった。そうされたこともないのに、なぜ体は知っているのだろう。体が火照《ほて》り、心臓がどきどきしていた。私はもう受話器を持ってはいなかった。"I'll kill your people" という声がまだ耳に残っている。

あいかわらずの寒い朝。北緯四四度。

いつ居間からベッドに戻ったのか、あるいはすべては夢だったのか、わからない。夜に着て部屋を出たダウンジャケットは椅子の背に、ナイトガウンはベッドの上に、かけられている。これも最初からそうだったか動かしてからその場所に置いたか、私は整理整頓《せいとん》が得意でないたちで、よくわからない。

薪ストーヴとオイルヒーターの熱が配管で各部屋に回されている。寒いが、耐え切れないほどではない。私は学校に行く服装をして階下に下りてゆく。

ダイニングキッチンでトーストと卵を食べながら、じっと電話を見た。あの中で、知らない男が推定ヴェトナム語でしゃべり続けていた。夢だろうとなんだろうと、そのことはリアルだった。電話の中に小さな男がいたようなあの感覚は。

「どうしたの具合が悪いの？」

ホストファミリーのメアリ・アンが訊いてきた。

「ヴェトナムの夢を見た」

私は言った。

「あれは間違った戦争だったわ！」

メアリ・アンが、強い口調で言下に言い放った。ほとんど脊髄《せきずい》反射と言ってよく、その過敏さに、私も思わず反応しそうになった。

じゃああなたたち、ヒロシマは?!

だが呑みこんだ。その口調が誰に似ているかわかったからだ。それはママ。東京裁判なんて知らないと言ったママ。応答でも意見でもなく話を終わらせるための言葉が、人に、万国共通にあるのだと私は知った。

押し込めてしまった言葉は、すでに出る力を失っている。外国語ではなおさら。

かわりに別の考えがやってきて、私は憂鬱になった。ああ、勉強しないと。日本について発表しないと本来の級に上がれない。一級下の子たちは子供っぽくて好きじゃない。日本で言えば中坊だもん。着ているものや持ちもので人をからかったり。でも何から勉強すればいいのだろ。日本について何を勉強すればいいか、誰にも訊くことができない。州都かL．L．Bean社のあるフリーポートかに日本人のどこかの企業の駐在員がいるらしい、でもその人だって何もわからないにちがいない。何もわからず、会社から言われたままに何かを売ったり買ったりしているのにちがいない。どうして私たちは私たち自身のこと、何も知らないんだろう？　いっそ、ヴェトナムのあの早く老いる若い男に訊いてみたくなった。私もヴェトナム語を話せればよかった。

でも、

東京裁判て何？

祖母の言葉が私から離れなくなった。

毎日の通学の道。ホストファミリーの四輪駆動車、チェロキーは田舎なりのメインストリートを走って、数人の生徒をピックアップしながら行く。私はヴェトナムとはどんなところだろうと考えている。こんなふうに風景が凍ることは、決してない土地。ヴェトナム……考えたことがなかったけれど、それはもしかしたら故郷の夏の乾いたやつと湿ったやつが繰り返すような気候かもしれないと想像した。想像してみると、懐かしい気さえした。大気を満たし、その場で水滴になって落ちそうな湿度、むき出しの、ゆがんで見えるほど熱い八月の太陽……。

ホストファミリーの車に、最初に乗ってくるのは一級下のロブ・フォン・ブラウンだ。一級下とは、つまりは今現在の私の同級生ということになるが、そのことを私は認められずにいる。もし私がこの学年中に本来の学年に戻れなければ、私はここに四年いないと卒業できないことになる。それは永遠に近くて、そんなことになるならいっそ死にたいほどだ。通りに面した反対側の白い家の前で、クラクションを鳴らすと、ロブ・フォン・ブラウンが出てくる。

「グッド・モーニング、ミスタ&ミセス・ジェイコブズ。ハイ、マリ」

とロブが言う。

「ハイ、ロブ」

と私も返す。

ロブが私の隣に座る。ロブがいつも何かしら持っているホッケー用品を私は見ている。北の地では、アメリカのハイスクールやカレッジの映画に出てくるフットボール選手に当たるのがアイスホッケー選手で、アイスホッケー選手であるのはとても名誉なことだ。中でもロブは自分のテクニックが完璧《かんぺき》と信じて吹聴するらしい。ホストファミリーのティムいわく「完璧からはほど遠い」のだが。生徒をあしざまに言うティムもどうかと思うが、私にはロブの優しげな顔と自慢癖が結びつかない。あんたって本当にホッケー上手いの？　それってモテるの？　ロブと話をしたいとしたらそんなことだが、うまく運べる自信は私にはない。それに私はロブに対して悪い感情はなかったし。私に対するロブは単に、彼の年にしては礼儀正しく私に接する子だった。その面《おも》差《ざ》しは、なぜだか私に、ヨーロッパの王子の肖像画を思わせる。独特の肌の白さとばら色の頬、肌の肌理《きめ》の細かさがアメリカ人とちがうと思わせるのかもしれない。これを絵に描いて釉《うわぐすり》のようなものをたっぷりかけると、あの独特の陶器のような肌の肖像になるんだろう。アメリカ人の肌はもう少し厚くラフだ。ロブはまだ大きくなりきらないがっしりした骨格に、ぽっちゃりした質の肉がついて、白い顔、小さくぽてっとした紅い唇にブルーの瞳、オレンジがかったブロンド。でも、あなたはヨーロッパの王子の肖像を思わせるなどと言ってその話にどんな展開のしようがあるのかと考えたりするうち、場面は窓の外の風景のように過ぎてゆく。

雪は、見ていると不思議だ。ひとつひとつ、生きていて行き先を知っているような感じがする。ひとひらの雪をもしその最後まで追えたなら、それはどこへ行きつくのだろう。あるいはものごとはかたちを変えるだけで、終着点も消滅もないのだろうか。

ロブをピックアップするとすぐ渡る橋の下を流れる水は、なぜだか凍ることがない。もしかしたら生活廃水なのかもしれない。土管から水がひっきりなしに出てくる。そこはどこか人工的な寒々しい風景なので私は勝手に氷河と呼んでいたが、生あたたかな川なのかもしれない。

次にリサ。リサは丸眼鏡をかけた小太りの少女で、縮れ毛のどこかをいつもピンで留めている。ひとつ下。リサはロブの隣に座る。

「グッド・モーニング、ミスタ&ミセス・ジェイコブズ。ハイ、マリ、ハイ、ロブ」

「ハイ、リサ」

最後のエイミー・ウィルコックスは同い年、男の子みたいな女の子で、そばかすだらけの顔、くすんだブロンドを肩のあたりで無造作《むぞうさ》に切りそろえていて、ついでに睫毛《まつげ》も同じ色、いつも少しまぶしそうな表情をしていて、性格がいい。いつも走るようにどかどか乗り込んでくる。運動神経抜群で、スポーツは何をしてもスターになる。エイミー・ウィルコックスを見ると、いつも心が少しなごむ。

「ハイ、エイミー」

私から先に言った。

エイミーはいつものまぶしそうな笑顔で私にハイ、マリ、と言って後ろのシートにどっかり腰掛けた。

エイミーを拾うと、ほどなくして分岐《ぶんき》にさしかかる。小さな林の中を抜けるような細い道で、家はない。往路右側にはいつも、あの黄色い打ち捨てられたビートルがある。

舗装の悪い道を、ワインレッドのチェロキーはぼこぼこと行く。いろいろなところから集まった人たちが、しばし一緒に旅をする幌馬車のように、この車のことを思う。この車はスクールバスよりはましかもしれない。私の隣に誰も座らないかもしれないということに怯えなくてもいいから。スクールバスで誰も私のそばにこなかったら、もう眠ったふりをするしかない。

そのとき私は、ある疑問に打たれた。

私はどこから来たんだろう?

どこから来てここを旅しているんだろう?

旅。なぜ旅なんて言葉が浮かんだか自分でよくわからない。

特徴的な短いドラムロールみたいな音にふと我に返る。ラジオから歌が流れてきた。

この歌が好きだ。車で出たきり妻と子供たちを捨て、間違っていると知りつつ流れ続ける男の歌。奇妙に明るい曲調のこの歌を聴くと、自分の気持ちがそこにある気がして安らいだ。

打ち捨てられた黄色いビートルは、今やドアの三分の一まで雪にうずもれている。

旅はどこまで続くんだろう?　私は家に帰りたいのに。

*

母が恋しい。母のところへ帰りたい。

四十五歳にして、死んでもいない母親のことをこんな言葉で思う私はへんだろうか?

母が恋しい。なのに母に会うとなると重くて、いつも過ごそうと思った時間の何分の一かしか過ごせないように自分をしむけている。そしてそのことで、冷たい人間だと自分を責める。恋しくなって電話をする。

電話では話せる。

なぜ面と向かうとあまり話せないのかと考えて、あることを思い出した。

どうして忘れていられたのだろう。

私は母を殺しそうになった。

私が母のもとを後にしたのは、一緒にいると殺すかもしれないと思ったからだ。

アメリカに行った一九八〇年から十八年。今、二〇一〇年からは遡《さかのぼ》ること十二年。

嘘やたとえ話ではない。本当に殺すと思った。殺すというのはそういうとき、非常に即物的なことで、「殺してやる」という感情なんかはない。実感も、あるとしたら殺した後だろう。人を殺した人が殺すとき実感がなかったと言うと、聞いた人は、ありえないという反応をこれでもかとする。でも私にはその感じが少しわかる。

母の存在にものすごくいらいらするようになって、感情や知覚のコントロールがきかなかった。知覚過敏は、ささいな刺激を文字通り刺すように感じる。まるで、自分が知覚の檻《おり》の中にいて、周りのすべてが針ややすりであるように。

私たち家族の二番目の家は、いつも薄暗いように感じていた。最初の家にある、陰陽のひだのような暗さとは別質の暗さがその家にはあった。くすんだ感じ、と言ってもいいかもしれない。くすんだ台所で包丁を握っているとき母に声をかけられたりしたら、振り向きざまに悪意なく、刺してしまうのではないかとこわかった。何にいらだっているかもわからなかった。

やわらかな腹を刺すだろうと思った。包丁は、刃が消えてなくなるように無音でめりこむのだろうと予感した。その感触が手に感じられたほどだった。私はかつて不思議だった、なぜ、大事な臓器を数々そろえた腹が、骨によって守られていずあんなにも無防備なのかと。そのとき思い当たった、ああ、そこは子供を入れて大きくするところだからかもしれない、と。だったら人間の原形は女だというのも本当かもしれない。私もかつてそこに屈葬のように入り水棲動物のような息をし、特別なチューブで母とつながり栄養をもらっていた。私は女で母から出てきた。そんな母を殺してはならない、と思って怯えたのではない。殺すかもと思ったとき、いいじゃない私の親なんだから何しても、と思ったからだった。そのときこそ心底こわかった。

アメリカに行った年から十八年の間に私は高校を卒業し大学を卒業し結婚し離婚し物書きになった。離婚はともかく、経歴的には大した瑕《きず》はない。でもうわべをひたすらよくとりつくろう癖は、アメリカで敗残したと思っている負い目からだろう。そんな間にバブルが列島を席巻《せっけん》し行くところまで行き、父が死に会社がつぶれて残った家族は都落ちをし、バブルは膨らみきって勝手に弾け、ざまあみろと言いたいところだが移った家の資産価値も暴落し、私たちに移動の自由はなくなった。今の状態のままで密閉されたかのような息苦しさに、言葉を与えることができない。私は、食えたり食えなかったりの物書きで、食えなければ実家に帰るということを繰り返し、誰かとつきあい、暮らし、壊し、つきあい壊した。母親との間には一見、何もないかのようだった。お互いに、決して語り合おうとしない領域がある以外は。

それがアメリカだった。

なぜ私をそこへ送ったか、母は、行く前も、行った後も、一度も私に説明したことがなかった。何を望んでいたのか。私に何を見て、どうなってほしかったのか。

私たちには秘密がある。

私のことなのにどうしてこんなに秘密なのだろう。

こんな大きなことなのに、父がどう思い、なんと言ったのかさえ知らない。父のお金だったのに。

気づいたときには、母を殺す、とまで思いつめていた。

私がこんなに空虚なのは、この人のせいだから。

ずいぶんと変わったような何も変わらなかったような十八年間。かみ合わないことばかりが起きていた。いや、そんなことばかり起こしていた。

死ぬことを考えていた。いや、もっと消極的に、生きていたくない、と思っていた。

ある日、家を出たきり戻らなかった。

適当な乗り物を乗り継ぐと、日本海へ出ていた。道路の先に壁のようなものがある、と思ったらそれは人と海を仕切るコンクリートだった。この国のありふれた風景。湘南だろうと千葉だろうと、同じようにある風景。いったい太古、この国の土地はどうやって海と接していたのだろう。遠いところへ行ってしまおうと思っていた。新潟というのはもっと遠い場所だと思っていたら、案外あっさり着いてしまうものだった。三月に、ぼてぼての雪が降っていた。まるで東京のような雪だった。コンビニに立ち寄り、地図を確認する。ああ、東京と新潟って、本州輪切りなんだ、そりゃあっさり突き抜けるわな。独り言を言い自嘲《じちょう》した。日本ってのはどこにいても数時間で海に出る。くくく、と笑うと震えが止まらなくなった。大笑いしたいのか泣き出したいのか、自分でよくわからなかった。コンビニを出てぼてぼての雪の中をダウンのフードをかぶって歩いて、防波堤に立つと、日本海はまるで大西洋のようだった。

難破船のような岬のホテルに泊まった。

時は一九九八年三月、そして日本でも凍死は可能なのだから。

ロビーに男が一人いて、ガラスの外の荒れた日本海を見ていた。

「君の名は？」

目を合わせると、氷河みたいな色だった。薄くなった、脂《あぶら》じみたブロンドが乱れていた。深い皺《しわ》が顔に刻まれていた。でも、笑うとかわいげがあった。

「マリ」

「フランスの名か？」

「日本の名です」

「フョードル」

自分を指して男は言い、握手を求めてきた。

「ロシア人？」

私は言った。

「ウクライナ」

男は言った。

「そこも寒い？」

「とてもとても」

フョードルは無精ひげの口元で笑い、ウォトカを一杯私にすすめてくれた。誘っているのもわかったが、わざと気づかぬふりをした。

私は部屋に戻って、ベッドに西洋人みたいに靴のまま寝そべり電話を見ていた。白い電話だ。そこまではホテルの枕元によくあるタイプだった。しかしダイヤル式。どうやってかけるんだろう今どき？　そう思ったら受話器をあげずにいられなくなった。受話器に耳をつけると均質なトーンが飽きもせず鳴っている。

ダイヤルの中心の円の中に、フロント7番、とだけ書いてある。

ダイヤル式の7は、戻るのに時間がかかる。中でどんなものが動いているのだろう。ぜんまいか、バネか。それがどこかの誰かを出すのが、今では手品に思える。

「フロントです」

どこか遠いところにいる人のように、本当に古い時代の手品師のような慇懃《いんぎん》な口調で、フロント係の男の人は言った。

ただかけてみたかったんです、とは言えなかった。

「外線はどうやってかけるんですか?」

私は訊いた。

「交換手におつなぎします」

と告げられるが早いか、二回の呼び出し音とともに、回線はこの世の別の場所とつながっていた。一九九八年の日本で電話交換手という人種が、いったいどこにいるのか想像がつかなかった。

「番号をどうぞ」

交換手が言う。これはエレベーター・ガールのような声と口調。

私は番号がひとつしか思い浮かばなくて、今まで三十年以上生きてきて、二十年近くも学校に行ったのに友達の一人も思い浮かばなくて、伴侶《はんりよ》も恋人もいない。子供もいない。私は人間関係を壊してばかりいる。私の人生にあるのは母だけのような気がした。そんな人生は空虚ではないか?　ならば私の人生の空虚さを、空虚さの中心に返してなんになる?　でも、実家の番号を告げた。

「コレクトですか?」

「ちがいます」

呼び出し音がして、それが何回か鳴ると、回線の先にまた別の空気が開けた。

「ママ？」

なぜだか泣きそうになった。

「どこにいるの」

抑揚《よくよう》なく、けれど冷たくない声で、母は言った。

回線ノイズ、遠くで聞こえる混線した会話、海鳴り、海猫。止まない海鳴り、海猫。

なぜかこの音を味わっていたくもなる。

音は不思議だ。近いものを遠くし、遠いものを近くする。

「私、帰らないから」

私は言った。間が持たなくてへんなことを言った。

「だからご飯の用意はいらない」

「そう」

母が言った。

間。海鳴り。海猫。

「ねえママ」

「なぜ私をアメリカに送ったの？」

「……………………だってあなたには他に行くところがなかった」

＊

一九八〇年、十二月中旬。

昼休みに、アメリカ政府《アメリカン・ガヴァメント》の教師、スペンサー先生から呼び出しがあった。なんの話かはわかっている。アメリカン・ガヴァメントの単位をかけた日本研究発表の、中間報告をクリスマス休暇の前にせよと言うのだ。

アメリカの学校の主だった教師にはそれぞれ個室がある。スペンサー先生の扉には名札があり、ノックすると、開いてる《イッツ・オープン》よという返事が中からあった。いつものしゃがれ声だった。

先生や職員の部屋は、決まってドアに正対するかたちで机を置き、机の上には家族の写真が飾ってある。これは州法を超えて連邦法で決まっているんじゃないだろうか。

スペンサー先生は、黒いジャケットの中に白いシャツを着てネクタイを締め、紫色のセーターを着ている。下は黒いコットンパンツだ。黒っぽい服装に黒い髪に人を射抜く深青の瞳。尖《とが》った鼻に、笑わない薄い唇。スペンサー先生は、イギリスのファンタジーか何かに出てくる魔術使いみたいだった。

「ハイ、マリ。準備は進んでいるかね？」

「ええ、まあ、ミスタ・スペンサー」

「進んでいるのかね」

「はい」

「どんなことを考えている？　力になれることはあるかな？」

「能や歌舞伎のことを発表しようと考えています」

私は言った。

「何を言ってる、我々が扱っているのはモダン・アンド・コンテンポラリー・マターだ、これは社会科学の授業だよ！」

ただ日本のことを発表せよと言っただけじゃないですか。

「お言葉ですが、先生《サー》、あなたはただ、日本のことを研究発表せよと言いました」

「能だ歌舞伎だとそんな石器時代のことを言ってなんになる。現代アメリカ人にとって最も興味のあることはひとつだ」

「と言いますと」

「真珠湾攻撃から天皇の降伏まで」

「天皇の降伏《エンペラーズ・サレンダー》!!」

とても驚いて、今なんとおっしゃいました《アイ・ベグ・ユア・パードン》？　みたいに突拍子もない声で私は訊いた。それが彼をいらだたせたのか、

「天皇が降伏した！　天皇がポツダム宣言を受諾して、無条件降伏した。日本の授業で習ったろう！」

と先生は語気を強めて言った。いや、軽く怒鳴った。抑えた怒鳴り方だったが、頭の切れそうな人が怒鳴るのは、凄みがある。

それが習ってないんです。と言いたくなるのを抑えて、必死に考える。ポツダム宣言を受諾したのは、天皇じゃなくて日本政府じゃないのか、でも首相は誰か思い出せない、というより知らない。いやたしかに、〝降伏〟のイメージをいえば、天皇の声〝玉音放送〟をラジオで聴いて地

に伏す人の図だったかもしれない。

少し開けたままのドアの外を、他の生徒たちが通っていくのが背中でわかった。

呑み込めない石を呑み込まされたような気持ちだった。同時に、妙に感心もしていた。そうかなるほど、ご聖断と玉音放送ってそういうこと……天皇の降伏……なるほどずばっと本質を言うね……あれは天皇の降伏宣言、堪《た》えがたきを堪え忍《しの》びがたきを忍び……

「ちがうかね？」

「そう……ですね」

これ以上何か言われたら危ない。私の中にはその用意がない。これ以上曖昧《あいまい》なことを言うところの人を本気で怒らせる。何か別のことを言えたら。

しかし、学校の授業で習ったろうと言われても、なにせ私たちは現代日本史を習っていない。習ったのはこういうことだけだ。

過《あやま》ちは繰り返しません。

過ちは繰り返しません。

過ちは繰り返しません。

クラスでいっせいに言わされさえした。

過ちは繰り返しません。

もう二度と戦争はしません。

この呪文《じゅもん》が目の前にいる相手に効くなら、何度でも言ってやる。だけどわかったのは、私は意味も効果もない呪文を習っていたということだけだった。

呪文をとってしまえば、私の中には何もない。

運良く始業のブザーが鳴った。

*

母のもとを去ってから、それから彼女に五年会わなかった。一度の電話もしなかった。

しかし、望郷の念とも言うべきものが、時につのった。そんなときは、母の家に同居する祖母――母の母――に、私は電話した。私の手の中には、一九八〇年にはなかった携帯電話というものがあった。

帰りたかったが帰れなかった。その頃の私は男と暮らしていて、その関係も壊滅的にうまくいってなかった。私は人間関係が下手なくせに、一人でいられない。本当の一人暮らしをしたことがない。家に帰りたくなると、携帯電話から祖母に電話した。それはもう私の生まれ育った家ではなかったけれど、私のいた場所であり、私がいつか帰れる場所のはずだった。それがいつかはわからなくても。

その頃、八十過ぎまで落合で一人暮らしをしていた祖母は、私の母の家に同居していた。二階の和室六畳間を割り当てられて、祖母は二階で、母は一階で、ほとんど別々に生活していた。どちらかあるいは両方がそうしようと言ったわけではなく、冷たいわけでもなく、母の家系は自然にするとそうなる、という感じがした。父の家系はもっと混沌《こんとん》として、よく言えば包括的で、いろんな人が混じりあって暮らしていた。だから父が生きていて父の買った家で暮らしていた頃、私たちは大きな家にごちゃごちゃに住んでいた。それは逆に、個室という概念のない家でもあった。

母と今は郊外で暮らす祖母の部屋に、別回線で電話があった。白いプッシュ式電話だった。今思うと、黒電話のほうがよほどいいラインと素材でできていた。

ある部屋の空気にピンポイントで穴を穿《うが》つように電話がかけられるのは、そしてそこに決まった誰かがいつもいるのは、ある個人を特定する携帯電話よりすごいことに私には思えた。部屋は不思議だ。ひとつひとつ、ちがう誰かの体のように思う。

私が家を出る前は、その家に母方直系三代の女で住んでいた。三人はほぼ個室に独居しているに近かった。が、私がいなくなれば当然、祖母にもわかる。祖母は母に訊くだろうが、母が明確な答えをするとは思えなかった。

「私、外国にいるの」

長らく姿を消していることへの万能の嘘は、これだ。それでいろんな他の嘘の話もして聞かせることになった。まるでさながら『千夜一夜物語』のシェヘラザード。祖母を心配させたくない一心で。イギリスなのとか、国際会議でフランスなのとか。我ながら想像力のない話だったが、祖母は喜んでくれているようだった。

「そうかい。それは優秀。百点満点」

わかっているのかいないのか、彼女は言う。祖母は教師だったからか、たまに百点満点、などという言い回しをすることがあった。祖母の実家は元をたどると栃木の武家で、祖母の祖母まで遡ると殿様の右筆《ゆうひつ》だった。時代が現代に近づくと、兄弟姉妹はすべてが師範学校を出て教師になった。小学校で学歴を終える人の多かった時代に、思えば特異なことだ。

祖母の様子がおかしいと思ったのは、いつごろだったろうか。

「京子、アメリカの学校はどうなの？　寒くはないの？」

祖母は、私を母と勘違いしていた。だったら、一日三度祖母の部屋に食事を運んでくる女性は、祖母にとって誰なのだろう？　それとも時間はもはやその部屋では直線に流れていないのだろうか？

それに、母はアメリカに住んだことなどない。しかも、学校？

母は留学したかったのではないだろうか？

「京子？」

祖母は昔風の敬称で母の「京」という名に「子」をつけて呼んだ。イントネーションがまた独特で、きょう、まではフラットに発音する。そして、こ、を少し上げる。聞いているとなんだか泣きたくなる。

そんなことをしてよかったのかは知らない、けれど私はそのとき、祖母に対してその娘を演じた。この人は母の母。ならばその娘になれば、私は私の母になれる。

母のことをもっと知りたい気がした。母と明治生まれの祖父母の間にあったことは、もしかして、こういうことではなかったろうか……。

「お母さん、私は反対を押し切ってアメリカに来てよかったと思うの。アメリカの学校は、とてもいいんだもの」

すると、祖母が言った。

「あなたが正しかったねえ。私らは古いんだ。私もおじいちゃまと、そのマウントなにやらに、いつか行ってみたい」

マウント・ホリヨーク大？　それは東部の名門女子大七校〝セブン・シスターズ〟のひとつじゃないか！

母はマウント・ホリヨークに行く機会を、父母に反対されてあきらめたというのか?

「よかったよかった」

祖母が電話の向こうで言った。

もしかしたら母の留学に反対したことを後悔し、やり直せるならやり直す機会がほしいと思っていたのだろうか。母と娘、おそらくどちらも一言も、そのことについては話さぬままに。

母方祖母との、偽娘を演じての対話は、折りにふれ続いた。私は、母とその父母のあいだにあったことがだいたい推察できたけれど、本当はそれを訊きたい相手は母であって祖母ではなかった。偽娘を続けることも苦しくなり、いつしか電話の間隔があき、やがて、電話をしても祖母が出ないようになった。もし眠っていたら可哀想だから、私も十回以上は呼び出し音を鳴らさなかった。


五年の沈黙を破ったのは、二〇〇二年、母からの一本の電話だった。

祖母が死んだという。

祖母は最後は老人ホームに入った。だから電話をしても不在だった。番号と電話機だけが残されていた。母は、自分たちは親を施設に入れる選択をせねばならない最初の世代だとのちに言った。その決断を本人に告げるのがつらかったと。それを自責したし、じっさい口に出して責める友達もいたらしい。

祖母と会ったのも、母と会ったのも、家を出た九八年以来、祖母の葬儀が初めてだった。どうも、とか言いながら私たちは祖母の終《つい》の棲家《すみか》となった福生《ふっさ》の老人ホームに、黒い服で集まった。

祖母が荼毘《だび》に付されてから二年経った法要は、祖父母の菩提寺《ぼだいじ》で行われた。祖父母は今の都道府県で言えば同郷の人で、那須町の人と壬生《みぶ》町の人だ。ともに元は武家で、今は無名の壬生町の殿様の方が那須町の殿様よりも勢力があったらしい。那須は那須与一《なすのよいち》で有名になっただけよと祖母が昔、私に言ったことがある。独特のおっとりした口調で淡々と。

那須の小高い山にある曹洞宗の禅寺に、数少ない親族が集まった。祖父の実家はかつてこの寺の檀家《だんか》総代を務めていた。寺は山を背負い、山は墓地でその墓の位置が地元での地位を表している。祖父母の家の墓は、山頂にあった。そういう世界観が、昔は好きになれなかったけれど、聞いておけばよかったと母が私に言ったことがある。

「これより合骨《ごうこつ》をとりおこないます」

と、家の墓の前で寺の住職が言った。

それは生まれて初めて見る法要の儀式だった。

目の前で墓石が動かされ、唐櫃《かろうと》と呼ばれる石室があらわになる。それをしたのが寺の住職だとはいえ心がざわっとした。石と石のすれる音にみな口を閉ざしている。母、私、そのときには私は二度目の結婚をしていて私の夫、兄二人、下の兄の妻とその娘二人。

石室はぽっかりと空いた地の子宮のようで、大きさに対して、ほとんど空っぽと言ってよかった。

肉も内臓も取り去られたヘラジカのあばら骨の空洞を思い出した。そして切断された骨と、私が食った肉とを。誰かが秘密裏に埋めたという、撃つのが違法なヘラジカの仔のことを思い出した。そして私が土に埋めた小さな片耳を。その夢のような手ざわりを。

住職は石室から祖母の骨壺を出した。石室の中には骨、骨というよりかつて骨であった粉が、散らばっている。その粉を住職は底の平たいスコップのようなもので幾すくいかして布袋の中に入れ、その中に祖母の骨壺の中身をあけた。そうして経を唱えながら混ぜ合わせると、もうどれが誰の骨だったかはわからなくなる。

これが合骨です。

と寺の住職は言った。

そのような儀式を、私は見たことがなかった。

あっ、と、そのとき隣にいた母が、小さく声を上げた。石室の傍に寄るとき、彼女と私はなんとなく隣り合わせになったのだが。

「私はここに入らないんだわ……」

母がつぶやくのを、私は聞いた。まるで、そうだ鍵を閉めるのを忘れてきてしまった、みたいな、素朴な真実の発露だった。いつか私が焼けた骨だけになっても、あの骨の中には混ざることはない、私はあの家を出たのだから……。石室を中心に馬蹄形《ばていけい》のように並んだ数少ない親族の、母はいちばん端にいて、だから石室にいちばん近い場所にいたが、それは隣にいた私にだけ聞こえる独り言だった。私は思わず母の手をとった。赤ん坊のころから何度となく握ってきた手は、いまや大きいのか小さいのかわからない。そして、乾いて節が張っていた。私はそれを握った。

「ごめんなさい」

再び私にだけ聞こえるような声で、母は言った。そして涙をこぼした。何に対してのごめんなさいかわからないし、訊けもしなかった。私はただ前を見ていた。

読経が終わると住職はおもむろにいまやひと袋にまとまった粉を石室にあけた。ざらざらざらざら。

母の手を握る。二人とも前を向いたままだった。

「いいよ」

私は言った。

涙があふれてきた。

わけもわからずに許せるというのは、無条件の許しなのかあるいは結局何もわからない証《あかし》か。母にも何もわかっていない。私にも何も。事態は何ひとつ、変わっていない。何もわからないままに許せるのは、恵みなのか、嘘かごまかしなのか、強さかそれとも弱さか。にもかかわらず大切な人の死は、一種の恩赦をくれる。

人は心もとない。人は一人だ。骨はあんなにも区別なく混じるのに。骨はあんなにも区別なく混じるのに、人はこれほどに孤独を感じる。皮膚一枚で隔てられてしまうほどに。なのに、他人の体表をたしかめずにいられないほどに。

あ、とそのとき私も小さく叫んだ。

私の骨が母の骨と合わさることも、おそらく、ない。

家族が箱に入って暮らしていた。でもそれは、誰かが他の家族から来て、できた家族。そしてその家族からも、誰かが出て行く。

その誰かとは、たいてい女だ。

私と母は、別れる。

すでに別れているように。

一九八〇年十二月　ザ・ロッジ

一九八〇年十二月。クリスマス休暇も間近。

アメリカで、勉強すればするほど私は混乱していった。

東京裁判というのは、子供が見てもおかしな裁判で、「戦争をしただけで平和に対して罪がある、と、戦争の勝者が言える」というおかしな論理に基づいていた。あまりに素朴に変なので、変だと指摘するこっちが変に思えてくるような、そんな論理だった。

やり場のない怒りを抱えた。

誰にも言えない怒りのようなものがあった。


一九八〇年十二月の放課後はほとんど自習にあてていた。

その日も学校の図書館に行こうと歩いていた。日本研究を強いられていることの唯一のいい点は、スポーツのクラブ活動を堂々と休めることだった。アメリカの学校のクラブ活動はシーズン・スポーツ制で季節によってちがう。この気候では、冬季は屋内でできる競技だけで、私はバスケットボールをとっていた。バスケのルールは秋季のフィールドホッケーとちがってだいたいわかるけど、バスケってもんがそんなに好きじゃない。というか、スポーツで点をとる楽しさが私にはよくわからない。

それは晴れた日で、比較的あたたかかった。私の体にはそれなりに寒さセンサーが備わり、零下三度と一〇度の違いがわかるようになっていた。風の強さや方向による体感温度の違いも。

図書館は校舎と少し離れたところにあり、簡単な屋根のある屋外通路を通って、雨の日も雪の日も横風が強くない限りはほとんど濡れずに行けた。図書館は校舎と同じ煉瓦《れんが》造りだがこっちのほうが古く見えた。正面の神殿のような柱がそう思わせるのかもしれない。入り口の上には、私には暗号でしかないラテン語で何かが書いてある。この学校に八年生からいたならラテン語が必修だから、この暗号を解読できるのだろう。自分がここのコードのようなものからつまはじきにされている感じがして面白くない。

屋外通路の突き当たりに図書館が、それを右に曲がると学校のアイス・アリーナがある。北の学校では、スポーツの最大のスターもそれにくっついたチア・リーダーたちもこの冷たい箱の中にいて、試合ともなるとそれなりの迫力はあるのだが、外からはちっとも見えも聞こえもしない。図書館の前に立って、不意に、図書館には入らずアイス・アリーナのほうに曲がりたくなった。アイス・アリーナの横には男子更衣室。これは楽だ。今は誰もいない。考えてみたら屋根つき通路を歩いている間じゅう誰にも会わなかった。通路の終わりから外を見ると、水滴の滴《したた》る軒から は澄んだ青空が広がり、純白の雲がひとつだけ浮かんでいた。風景は開けて風は凪《な》いでいる。今日はあったかいんじゃないだろうか。もしかしたら摂氏《せっし》零度からのマイナス温度が一けた台まで気温が上がっているかもしれない。華氏では何度かわからない。体感と華氏《かし》の目盛りを重ねられることは、おそらく一生ない。軒からのしずくが積もった雪に穴をぽつぽつ穿《うが》っている。目の前の雪は踏まれることを知らずに白かった。ここらの人間は誰も新しい雪を踏むことなどに面白さをおぼえないのだろう。手つかずで、まるで、完璧な世界。私はどこまでも歩いて行きたいような、行けるような気持ちになった。視界には、秋季のスポーツであるラクロスのフィールドが広がり、高い針葉樹が何本か、空に向かって伸び、その先には州道があった。

州道まで行ってみよう。そう思った。子供のころ、知っている世界の果てまで、とりあえず行ってみようかと思ったときのように。青梅街道を、向こう側に渡ってみようと思ったときのように。そう思ったら少し元気になった。

ラクロスのフィールドの脇には、キャンパス内の車道があり、除雪はされているが今は誰も通っていない。雪のないその道を通って州道に行けるはずだった。と思うとどうしても州道を見たいような気持ちに駆られた。私はロッカー・ルームまで戻って外用の靴――メイン州がおそらくは全世界に誇る数少ない製品であるL.L.Bean社のアウトドア・ブーツ、通称ビーン・ブーツ――に履き替えることも考えたけど、ロッカー・ルームは遠かったし、このちょっと高揚した気持ちが萎《な》えるのも、その間に冬の気まぐれな太陽が翳《かげ》るのもいやだった。メイン州では、立って歩く者はビーン・ブーツを所有する、という一項でも州法にあるかのようで、新参のよそ者である私にもそれは働く。ホストファミリーにいの一番に連れて行かれた店がL.L.Beanだった。そして冬がいったいどのくらい続くのか見当もつかないけれど冬には老若男女誰もがビーン・ブーツで通勤通学し、着いた先のロッカー・ルームでいい靴に履き替えるのだ。だけどなんか、そういうのも冬の序盤戦にして面倒くさくなってしまった。考えたことはなかったけど私はあたたかいところの生まれで。今日の天気は東京の冬を少し思わせた。よく晴れた日の乾いて澄んだ東京の冬。

私は、除雪後の雪がごく淡く積もっているキャンパス内の車道に一歩を踏み出した。大気中にきらきら光るクリスタルの細かな細かな粒のようなものが舞っている。思わずそれを追って行きたくなる。ラクロス・フィールドでは、なぜだか片方のゴールだけが横倒しのまま残されて、雪にほとんど埋まっている。サングラスなしにはまぶしいほどの白さ。なんてきれいなんだろう。

世界に、雪の純白と澄みわたった空の青ほど、心にしみるコントラストがあるだろうか。そうでなければ、誰が好き好んで極寒の地に住みたいだろうか。

急に体が冷えてきた。ダウン・ジャケットは着てきたものの、図書館に行くだけのつもりだったから帽子も手袋もしてこなかったことをちょっと後悔した。そしてビーン・ブーツも。

やはり戻ろうか。しかし結局、耳と手をあたためながら歩く。そしてたまに、口と鼻を覆って肺に入る空気をあたためながらカウボーイ・ブーツの足を運んで。調子が上がってくると加速がつく。州道に着くころには体があたたまっていい気持ちだった。体は血が巡って生きている、という当たり前のことを体で感じるのはいいことだ。州道と学校との間には、まばらな針葉樹の地帯があって、境界を示すかのようだ。針葉樹林を前に、キャンパス内の車道は、林に沿って州道に出るものと、環状に学校の正面玄関まで戻るものに分岐《ぶんき》している。むろん私は初めて知った。

振り返ると、学校を、初めて反対側から見た。初めてその全体像を見た。白と青の世界に、模型のように、アイス・アリーナや煉瓦造りの建物が建っていた。

「やあ」

声をかけられ、振り向くと知らない男がいた。急にあたりが暗くなった気がしたのは、彼が林を背にしているせいだろうか。私は空をたしかめた。まだ明るく高く澄んだ青だった。男は笑っていた。細身のブーツカット・ジーンズとカウボーイ・ブーツに赤系のチェックのフランネルのシャツ、それに青いダウン・ジャケットを身に着けた男だった。暗いブロンドをポニーテールにしている。学校にはいないタイプ、というかここへ来て会ったことのない服装や髪型の人で、けれど笑顔はやわらかかった。

「ここの生徒？」

私はうなずいた。

それ以外にどこからともなんとも訊かないのはなぜだろう。私もアメリカ人の養子に見えるのだろうか。

「おいでよ」

彼は言った。

「帰らなくちゃ。スクールバスは五時に出る」

私はスクールバスには乗らないけれど、ホストファミリーの車、とか言うのも面倒なのでそう言った。各方面へのスクールバスが五時に出るのは本当のことだった。夕方に、〝スクールバス〟と行き先のところに書かれた黄色いボンネット・バスが校舎の裏に集まってアイドリングしている風景は嫌いじゃない。スクールバスは、西部でも東部でもいっしょだ。そんなことが、なぜか私に〝伝統〟ということを思わせた。ここでは日本のように、大きなものがころころと変わりはしない。

「道を渡るだけだよ。ぜんぜん問題ない」

州道を渡ると、空気が変わった気がした。冷えたような、暗くなったような。州道からさらに分かれた細い車道を歩いた。カウボーイ・ブーツが濡れているのに、初めて気づくように気づいた。

「まだ?」

私は先を歩く男に訊いた。

私は振り返りながら歩いた。もう校舎は見えなかった。でも大丈夫、まだ学校の林が見える。林が見えるうちは大丈夫。

「楽しいところだよ」

男が振り返って笑った。人差し指が示した先に、掘っ立て小屋のようなものが見えた。なぜか、バーだと直感した。なにか猥雑《わいざつ》な場所。けれど嫌悪は感じない。アメリカに来てからというもの、嫌悪を感じるとしたらむしろあまりの清潔感と潔癖さだったから。そして清潔感や潔癖さへの嫌悪のほうが、言葉にしにくい。

気がつくと、周りの木々が深くなっている。私は振り返った。まだ学校の林はかろうじて見えた。

今ならまだ引き返せる。

「あったかい飲み物もあるよ」

逡巡《しゆんじゆん》する私に男が言って、結局それが決め手になった。今まで自覚しなかった寒さと冷えが私を襲っていた。

ドアが開く。人びとがいっせいにこっちを見た。男たちと、その女たちが。何人かは私の連れの男に声をかけ、私を遠慮なくじろじろ見た。男の幾人かから声が出た。その意味を私ははかりかねた。それはさながら、テレビで観た西部劇の一シーンだった。よそ者や敵役が酒場に入ってくると、全員の目がこっちを向く。しかし今は敵意ではなく、めずらしいものの品定めをするように私を見ている。がっかりした顔もすでにある。私は恥ずかしくなった。私は媚《こび》も売れない。何を言っていいかもわからない。こういうとき、何をすればいいんだろう。どうして私は自動的にこんなこと考えるようにできてるんだろう。どうしてこんなに女なんだろう。

店の中でネオンがまたたいている。ピンナップのように横たわって腋《わき》を上げるポーズをとる女と、ジョッキに注がれ泡立つビール、それに$《ドル》マーク。それらの点滅するネオンサインの、ジョッキにビールが注がれきって飛沫《ひまつ》があがると、女の着衣が一瞬消えて乳首が現れ、女はウインクする仕掛けになっている。$はそれより速いパルスでずっと点滅している。

中の空間は思いのほか広く、すごい人いきれで、いったい人口密度の低いメイン州のどこにこんなに人がいたのだろうと思うほどだ。汗とお酒の匂いが濃霧のように漂い、金属みたいな匂いと有機臭がそれに混じっている。ロックバンドの大音量。外から見て小屋が揺れていなかったのが不思議なくらいの。

その音楽に合わせてステージで、女がダンスしていた。そこはバーでカジノでストリップダンスを見せるところだった。女はポールにまとわりついてダンスをしながら、着衣をとってゆく。特徴的な羽根飾りを髪につけていた。インディアン、と私はつぶやく。自分のハロウィンの仮装に、何かが欠けているとは思っていたが、羽根飾りだった。肌色のつくり方も、ちょっとちがった。もっと赤みを入れるのだった。学校に一人、気になる風貌《ふうぼう》の女の子がいた。脚が長く、黒髪で、きれいななめし革のような皮膚をして、スモーキーな感じの目を大きな眼鏡で覆った無口な子だった。そう、あの肌は、インディアンとの混血ではないのか。私がつくった肌色より、赤みが強いのだ。今ダンスをしている女はそれよりもっと銅っぽい色の艶《つや》めいた肌で、髪はやはり黒。半分は下に垂れ半分は体のカーヴに沿っていて生き物のようだ。人ごみの中を男が一人、いかにもご機嫌とりといった感じで、用訊きにやってきた。彼もまたインディアンだった。ああ、知ってるのよ私だって。彼らをインディアンとは呼ばないってことくらい。でも。

連れの男がインディアンの男にチップを渡して何かをささやくとき、ステージの女と私の目が合った。すると女は長いこと視線を私から離さなかった。私は、男に勧められるままにドリンクに口をつけた。ホット・チョコレートでかけ値なしに美味だった。

男は私をバックステージに通した。廊下があり、部屋があった。あろうことかルーム11。ヴェトナムの双子がいたのと同じ部屋番号。同じ書体。それは、木に刻み付けられたプリミティヴな象形文字にも見えた。

門番はいない。グスタフもカールもここにはいない。いや、グスタフもカールも、最初からどこにもいないでしょ？　あの双子だって、きっと私のたんなる妄想。

右？　左？　私は思う。どちらの扉もそっくりだ。

向かって右だった。

それは、兄のほうの部屋だ、と、私は、朦朧《もうろう》としながら思った。朦朧としながら、あの双子の妄想は手放さないのだった。

「降ってきやがった」

扉を開けて男は言った。たしかに窓の外はいつの間にか大雪だった。外は真白で何も見えない。これで外には出られなくなった。雪が降ることじたいに音がないのは、なんだか奇跡的なことに思える。

それは既視感のある部屋で、やはりあのヴェトナムの部屋と同じつくりだった。ただ、真っ赤だった。

「いい部屋だろ？　ソ連みたいだろ？」

男が言う。

「ソ連みたいに寒いね」

私は返す。

「バカ言えソ連はもっと寒いぞ！」

男は急に怒鳴って空き瓶を壁になげつけた。私は足がすくんで、叫び声さえ立てられなかった。

「寒いんだぞ睫毛《まつげ》も凍《こお》るぞ！」

ここだって凍るよ。

そう言いたいけど言えないのは、この男がこわいからか、それとも、さっきもらったドリンクに何か入ってたんだろうか。

頭は変なことばかりさっきから考えている。ビーン・ブーツを履いて探索すればよかった。近場だからと言ってなめてはいけなかった。冬に外に行くにはビーン・ブーツ、それはメイン州の州法で定められています……私の頭がとまらない。誰か別の小さなナレーターが頭の中にいるようだ。これが誰かが実況中継している番組ならば、私に危険はないはず。足が溶けた雪で凍《こご》えて、お湯であたためたい。凍傷になってしまうかもしれない。

「脱げよ」

男が言った。

私は靴を脱ごうとした。履いていると、そのかたちで凍ってしまいそうに思えたのだ。

「おい、誰が靴を脱げと言った？　日本人かお前は！」

日本人だよ、と言っても、なんの助けにもならなそうだった。

「服を脱げと言ってんだよ服を！」

私はダウンを脱いだ。ウエストをしぼったデザインのツイードのジャケットを脱いだ。ブラウスをためらいながら脱いだ。その下に、日本から持ってきた肌着を着ていた。それも脱いだ。上半身はブラ一枚で震えた。

「ちっちぇえおっぱいだな」

指でブラの中の乳首をつまんで、男が言った。

私はなぜだか、笑ってしまった。

こわいなら、自分で望んだかのようにするしかない。でも、あのストリップのおねえさんのような、男を欲情させる体を私は持っていない。

「パンツも」

ボトムを男は指差した。黒いヴェルヴェット素材のパンツを下ろしかけると、男はパンティーを無理やり引っ張り出そうとする。

「なんだこのパンティーは。グークの文字が書いてやがる」

それは日本製の下着だった。グークがおそらく東洋人を指す侮蔑語であるのはわかる。

「なんて書いてあんだよ」

「おそらくは、綿一〇〇パーセントと」

男は一転、歯をむいてきゃははと笑った。まるで、それ以上に面白いことはこの世にないといったふうに、腹を抱えて。

「綿一〇〇パーセント、綿一〇〇パーセント。きゃははは。おいグークてのは、まんこが横に裂けてるってのはほんとか？　スマイルみたいにさ」

男はにっと、口を裂くように笑った。歯が汚かった。

「それともアトミック・ボムを浴びてそうなっちまったのかい？」

私を日本人だと思っていないなら、なんで原爆の話をするのだろう？　いや彼らの中に東洋人の区別はないのか。彼らの中には日本が中国の一部であるような奇妙な東洋の地図があるのか。

そのとき電話が鳴った。

男は受話器をとって何かをしゃべるが、早口で訛《なま》りがありよく聞きとれない。

店でトラブルらしかった。

男は舌を鳴らすと、ナイフの切っ先を私の喉元に向け、

「逃げたら殺すぞ」

と言って店のほうへ戻って行った。

私はそのままの格好で呆然と突っ立っていた。

こんこんこん。

音がした。

自分にかかわりがあるとは思わなかった。

こんこんこんこん。

もう少し大きく音がした。

「こっちへおいで」

部屋の壁に鏡があり、鏡の中から声がした。

鏡が回転するとわずかな隙間《すきま》から手が出てきた。私の手にも少し似た色の手だった。

私は服を拾おうとした。

「服なんかいいから早く!」

隙間に入るとき、私は小柄でよかったと初めて思った。私は一五七センチ。日本でさほど小柄だと思ったことがなかったが、ここに来たら立派に小柄だ。

その部屋には、さっきの女の人がいた。

隣と相似形のその部屋は、白ではなく、ログハウスのようなつくりだった。素朴なつくりのその部屋に、そぐわない感じの白いプッシュ式電話がある。

「電話を使わせて」

「内線だけなの」

「じゃあどこかに公衆電話が」

「ないわ。逃げなさい森へ。雪があなたの跡を消す」

「外へ出るなんて無理。ここにいさせて」

「それは無理。森は安全。私たちの森だから」

「ならばなぜ」

その先を私は問えなかった。

ならばなぜあなたは見世物になっている？

あなたの同胞の男もなぜ、あなたにそんな商売をさせるチップ係やポン引きなのか？

私の問いを察したように彼女は言った。なめらかなのだが、聞いたことのないアクセントのある英語で、なぜかとても心地よい。ずっと聞いていたくなる。

「小さな人びとが、何年か前に、カヌーに乗って私たちのもとを去って行ったの」

「小さな人びと？」

「私たちの部族の言い伝え。小さな人びとは私たちに必要なことをすべて教えてくれた」

「でも、あなたがたを見捨てた」

「見捨てていない。いつも見ている。本当に必要なとき、カヌーで戻ってくる」

「だけど水は凍っている」

「だからよ」

「じゃあ春になれば戻ってくるとでも？」

「ちがうわ。春がこないから私たちは囚《とら》われているのよ。ここは冬の国なの。呪いをかけられているの。ねえ、小さな黄色い少女」

彼女は私をじっと見た。

「春をまた連れてきてくれないかしら」

小さな黄色い少女、という言葉そのものは、正直言ってカチンと来た。それにカチンとくる自分がいやだった。小さな白い少女、と言われたのなら侮辱のようには感じないだろうからだ。けれど、彼女の声の響きにはなんとも言えないあたたかみがあるのだった。

彼女は細い指で、見たことのないほど細長い葉巻煙草をはさみ、美味《うま》そうに吸った。

「この肌、この瞳。あなたは、あったかい国から来たのよね」

言われてみれば。

「うん」

私は答える。

「そうか、あったかい島から来たのね？」

島？　ああ、日本は、列島だ。

「うん」

「やっぱりカヌーで来たのね！」

彼女の顔がパッと輝いた。人間の顔が表情で本当に輝くのを、私は初めて見た。

「空を飛んできましたが……」

「空飛ぶカヌー！　スカイウォーカーなの？　ならば、太陽を戻して」

「太陽なら毎日昇って沈むでしょう」

「欠けているのよあの太陽は。毎日三日月が上がっているようなものよ、ここずっと。だから、霜《しも》の巨人さえ蘇《よみがえ》れない。ここには流れる水も溶ける霜もない」

彼女はちょっと斜め上を向いて煙草をゆっくり吸い込むと、その煙をゆっくり、吐いた。そのしぐさは高貴で、煙は特別なものに見えた。

「太陽を戻してね。さあ！」

彼女は、窓枠《わく》の下に置かれた木の箱を開けた。

中に入れと目が言っている。こういう木の箱を昔見た覚えがあるけれど、どこでなんというものだったか思い出せない。

「さあ早く！　中にあるものを羽織って行きなさい！」

私が木箱の中に入ると、蓋《ふた》を閉められ、閂《かんぬき》をかけられる音までして私はパニックになった。それはまるで人一人のためにあつらえた棺桶《かんおけ》だった。女もグルだったのだろうか、グルならばどうしてこんな手の込んだことをするのか。絹のような手ざわりの布があった。その布を摑《つか》むと、手がどこかにあたったのか、木箱の底が抜けた。私は驚くが悲鳴は上げない。

トンネルがあった。持ってきた上着を羽織り、這うように進む。靴を履いていてよかったと思った。機能性のない靴だが履いていないよりましだ。穴が少し上りになっていて足元が滑った。靴底がグリップしないことを呪うことでかろうじて気持ちが萎《な》えるのを防ぎ、手指の爪の中に土が入りこむのに耐えながらふんばった。上に、感触のちがうところがあった。蓋であってくれと願って押し上げた。少し動いて、それから動かない。

雪が重いんだ。少しずつ動かし、雪をかくと、悪戦苦闘の末、外に出られた。そこは濃霧のような真っ白い雪の中で、人影はおろか、さっきのバーさえ見えなかった。そして、どこからなのか、電線が鳴くような懐かしい音がした。

森があった。

それは、一歩踏み出せば森に入ってしまうような場所へと出る穴だった。

森に入るな！

私の中で警告が鳴る。

森は危険な人間より危険だ。どちらも人を殺すかもしれない。でも人が相手ならいい気持ちにさせたり嘘をついて逃げたりして生き延びられる可能性があるが、森に一人では、一〇〇パーセント無理だ。迷ったら、もう一生は終わったと思っていい。

歩いて車道を探そう。歩き続けて、走る車を見つけよう。

でもその前に見つかったら？　森に隠れたほうがよくない？

《彼らは森を焼いた。我らが隠れる場所をなくすために》

頭の中で、誰が話しているのか。

やっぱりビーン・ブーツ、履いてくるんだった。

吹雪《ふぶ》いてきた。

吹雪の中に、匂いの道がすっと通った。

気づくと至近にヘラジカがいた。あのヘラジカだった。

――来い。

誘い、というには強すぎる静かな強制が私に届けられる。

《森に入るな！》

同時に私の中では警告が、鳴りっぱなしのアラームみたいに発せられている。けれど匂いの道に抗することができない。声が、頭の中に響いた。

――鏡の中に行けないと思うな。

懐かしい、〝それ〟の声だった。それはいまや、私の中で響いた。私は〝それ〟を食ったのだから、〝それ〟は私の血肉なのだ。

なぜだか血の底から力が湧いてきた。


……………………………………………………………


……ああ、そうだ、ああいう物入れを長持《ながもち》と言った。英語ではトランクと言う、と教えてくれたのは、パパだった。車のトランクと一緒だよ、と、車の中で運転しながら。なるほど、細長くて人が一人入りそうな大きさなのが似ているし、両方とも、移動の荷物を入れたりもするが手で持つことはできない、そんなものなのね。パパと話すのはいつも車の中だった。また話したい、車の中で。そしてもしあの女《ひと》とまた会えたなら、そのことについて話してみたい。

と思うと、私は暗い箱の中で目が覚めた。

そうかまたおばあちゃまの小部屋の押入れの、そのまた壁の中の小部屋で眠ってしまったんだ。と思った。

それは高円寺の家にあった実《じつ》に不可解な空間で、不可解ゆえに子供好みで、私はよくもぐりこんでいた。父方祖母の部屋は二階にある畳の広間と納戸に挟まれた二畳間で、そこにある押入れには、なぜか壁にもうひとつ唐紙《からかみ》の小さな戸があって、手前に開くと人が丸まって入れるほどの空間が穿《うが》たれていたのだ。しかも祖母以外は私しか存在を知らなかった。子供のころ兄たちとかくれんぼをすると、私はそこを奥の手にしていたが、入るとあまりに見つからないのでよく眠ってしまい、自分からのこのこ出ていくと、兄たちはかくれんぼをしていたことさえ忘れていた。

でも何か様子がちがった。

押入れの中の小部屋ならば、私は膝を抱えた格好で入っているはずだったが、仰向《あおむ》けに脚を伸ばして横たわっていた。

記憶が閃光《せんこう》のようによみがえった。

ここは東京の家ではなく、アメリカだった。

ならばここはどこ？　と問うと私は暗い箱の中に寝ていた。

もといたアメリカ北東部の小さな町の町外れのそのまた外れの、森の近くのバー兼カジノのストリッパーの部屋に私は戻っているのか、それともずっとそこで夢を見ていたのか。私の記憶が正しければ蓋の閂が閉められているはずだ。上蓋をどんどんどん！　と叩いた。すると蓋はあっけなくずれて知らない天井が見えた。

「や！　目覚めた目覚めた」

「にんげんがにんげんが」

小さな人びとがわらわらと寄ってきた。まるで白雪姫だが、自分がどうしてこんなことをしているかわからないし、小さな人びとの数だって七人より多い感じ。

それは荷物を入れる長持というよりは、死人を入れるための棺桶《コフィン》で、私は花にうずもれて眠っていた。花や、おそらくは薬草と。

「これはまさか棺桶では?」

小さな人びとは英語を話すので私も英語を話す。コフィンという単語がとっさによく出てきたと自分で思った。小さな人びとには面白いアクセントがあるが、どこのものだかわからない。わからないまま、それが私にもすぐ伝染《うつ》る。

「そのまさかだよあなた。これは大君《おおきみ》が死んだらわれわれの人びと《ピーポウ》が担《かつ》ぐことになっている」

小さな人びとの、誰かが言った。彼らは、古い時代の聞き慣れない英語を話しているように聞こえた。彼らは、小さくて鼻梁がとがり、年老いた魔女のような顔をしていた。

「大君はいつもこの棺桶で眠るの?」

私は訊いた。

「それでは吸血鬼だよ?」

小さな人びとの一人に軽妙に返される。小さな人びとはいっせいに笑う。まあ、たしかに。

「でもだって、この家のサイズは、この棺桶の主が決めているじゃない。この家は人間のサイズであって、あなた方のじゃない。だとしたら、夜には帰って眠るのかなと」

ベッドタウン、という言葉が私の中で初めてリアリティを持った。大君と呼ばれる人が、夜には会社から帰ってきて、ここで眠るのではと。

「大君はここにはいない」

「いない?」

「いないいないずっといない」「不在だから、意味があるのだよ」

誰か二人が、ほぼ同時に言った。

「空虚だからね」

また誰かが。彼らは小さすぎて速すぎて、誰が発言しているのか追えない。〝人びと〟というゆるいかたまりだと思うしかなさそうだった。

「死にかけているということ？」

「ちがう。もともと空虚」

「この棺桶は何？　あなた方は大君に仕えているの？　なぜ彼が死ぬ用意をしているの？　だったらあなた方の王なら、大君が死んだらあなた方も終わりじゃないの？」

「終わりではない。大君はただのこの世の器であるから」

「器？　なんの？」

「大君の霊」

「……だったら、何にでも降ろせれば、それでいいんじゃない？」

「そなたは勘がよい。でもやはり人形《ひとがた》がよい」

「そなたでもよいぞ」

「まさか！」

「あなた方が、先住民の女の人が言ってた『小さな人びと』？」

「どうかな」

「なぜ、いなくなったの？」

「どうかな」

巧みな英語を話す、が、英語の通じない人と話しているみたいだった。頭の中に痒《かゆ》いところがあるのにかけないような、そんないらいらともどかしさが私の中にたまった。

「ねえ、助けてください」

「われわれはもう消える」

「ここはどこ?」

そのとき別の声が言った。女だった。私はその方向を見る。

「ようこそ私、ザ・ロッジへ」

私が笑った。私と同じに、上半身裸の上に着物のような絹のローブを着ている。そのローブの模様が同じであることは、自分の腕や胴体にかかったものを見れば確認できる。でも私は自分がどんな顔をして彼女を見ているかが見えない。私が動くように、彼女が動く。でもこの部屋には鏡はなくて、私は私の動きを確認できない。

その私がなんなのか、私にだってわかる。だったらこの小さな人びとの正体も、サイズは別にしてさほど神秘的なものではないかもしれない。

彼女は——私は——娼婦だ。

流れゆく時間と、止まった時間がある。
前者の中で私は年老い、後者の中ではいつまでも十五、六だ。

第三章　マッジ・ホールに潜入せよ

二〇一〇年二月　千駄ヶ谷マッジ・ホール

カナダのバンクーバーでは冬季五輪大会《オリンピック》が行われていた。カナダと言っても私がかつていた場所のすぐ北ではなく、そこからはおそろしく離れて太平洋側だ。考えれば素朴な事実だが、カナダにはアメリカ合衆国と同じだけの東西の幅がある。冬季オリンピックは回を重ねるにつれ雪が減る。バンクーバーにもほとんどないらしい。十二年前、母を殺しそうになって実家を出たのは長野五輪の年で、雪がないと言っていた。長野はおそらく冬季五輪の南限だろうから雪不足もさもありなん、が、バンクーバーにも雪がぜんぜん降らないとなると、地球温暖化は本当で、今に冬季大会はシベリアやアラスカや北欧でしか開けなくなるかもしれない。それでもバンクーバーは寒いだろう。メイン州だって、まだ私には耐え難いほど寒いだろう。私がメイン州にいたら、温暖化は歓迎する。ウクライナ人の男だって、温暖化は歓迎するだろう。自分が死にそうなときに、人類や地球のことを考えてはいられない。

東京の今シーズンの冬は寒い、と誰もが言う。私は長いダウンコートを着て千駄ヶ谷を歩いていた。雪がちらほら舞い始めた。雪がよく降り、翌日には消えてなくなるのも今シーズンの特徴だった。

千駄ヶ谷を歩いていた。千駄ヶ谷にある出版社と仕事をしていて、打ち合わせがあったのだ。千駄ヶ谷は、昔を歩いているような気分になる町だ。私が子供のころとあまり変わらない。都心に近い山の手の町なのに、エアポケットのように昔の風情が残っている。祖母が住んでいた東中野や落合の界隈《かいわい》もそんなだった。

ふと、携帯電話から母に電話した。

開口一番、母は言う。

「外なの？　今日は寒いから早く帰りなさいよ」

親が言うことは昔から変わらない。そして少し圧迫感のある言い方をするのも、この人の癖と言っていい。わかっているが、少し話しにくい。人を何歳《いくつ》だと思ってるのかって感じも。

「知らない人についていっちゃだめよ」

「そんな年齢《とし》じゃないよ」

私は思わず笑う。が、たしかにそれで笑えない怖い思いをしたこともある。

「ねえママ、去年のクリスマスの前に電話したとき、話してくれたじゃない？　巣鴨プリズンの近くに住む女の人の家には、どういうわけで行ったの」

こういう話は不意打ちするに限る。

「どういうわけって……」

話が途切れる。

「千駄ヶ谷にマッジ・ホールというのがあったのよ。そこに出入りしていたら知り合ったのよ

「……」

「千駄ヶ谷⁉」

たった今歩いているその町の名を出されて、私はびっくりした。

「なぜ千駄ヶ谷にいたの？」

「津田で速記を習っていたからよ」

今度はするりと出てきた。

女子英語教育の名門、津田塾大学の関連学校、津田スクールオヴビズネスは千駄ヶ谷の駅前にある。私も夏期講習に来たことがあり、その前からずっとそこにあった。中央線の高円寺に住む子が行く最初の遠足は吉祥寺、勉強関係は代々木、千駄ヶ谷、お茶の水と相場が決まってる。ただし、津田スクールオヴビズネスに来ていたころ、私は授業をさぼってボーイフレンドと遊びにばかり行っていた。母の娘時代からそれはそこにあったのだ。二〇一〇年の今は、母が通った校舎とも私が通った校舎ともちがって、大学のキャンパスの一部とホールになっていたが。

母の速記の話は、私の好きなもののひとつと言っていい。

「よく私に、手紙やメモの最後に速記で〝with love〟と書いてきたよね。ああいうのを、人の話を聞きながらやってたんだね」

「たまに自分で起こせなくなったりしてね」

「速記にも悪筆ってあるんだ」

「もちろんよ。手元見ないで書くし」

速記は、言葉の音声を音素に分解し、記号にしてつづっていくやり方だ。日本語でもたぶん基本アイデアは一緒だが、子音だけでできた〝t〟という音とか、舌を歯ではさむだけの〝th〟

とか、日本語では音でない音が英語にはあり、それが丸や鍵形になって具現していくのが私は好きだった。私が大人になる頃にはもうあまり使われない手法だったが。母は私への封書の封筒を閉めたところに、よく速記で〝with love〟と書いてきた。

「うん」

母は答える。

「それでマッジ・ホールってとこへ行った、と」

本丸《ほんまる》を攻めるには外堀から。この人との話し方が、何十年もかかって私も少しはうまくなった。

「それは何？　どこにあったの？」

「マッジ・ホールというのは、たぶん進駐軍の施設で」

「どういうスペル？」

「M-U-D-G-E」

「人の名前かな。代々木のワシントン・ハイツみたいなところ？」

私は訊く。

「ああいうのじゃない。住居ではなく、将校が集まるようなところで、たぶん、もとは個人の邸宅だったんじゃないかしら」

「どんなところ？」

「洋館なのよ。入ると絨毯《じゅうたん》が敷いてあって……簡単な会議とかできる場所があって、後ろは、ビレッティング・セクションと言って宿泊施設だった…………忘れちゃったわ」

「なんでもいい、思い出すことを教えて。どんな小さなことでもいい。入り口はどんな？」

「木の扉、だったと思う」

「それを開けると？」

「なんとなく紅《あか》っぽい空間。絨毯が敷いてあって、それや壁とか、すべてに細かい模様があって……」

「調度は？」

「重厚な木の色」

「濃い茶色」

「そう濃い茶」

私の目の前に、霧が晴れるように広がる視界があり、そこに扉が現れた。私はそれに触れることができた。つややかな表面、その少し冷たいなめらかさ。扉の重さを感じて、私はそれを押した。

私はそこに、〝入った〟。

「階段があって、執務室があった」

母が言う。こうなるとこれは、誘導の言葉になる。

「手すりは？」

「やっぱり木で濃い色に塗られていて」

「つるっとしてた？　ざらっとしてた？」

「たぶんざらっと」

ざらっとした階段の手すりに触れながら、そこにも敷き詰められた絨毯を踏んで私は二階へ上がった。

部屋があった。扉が細く開いていた。

私はそこに入っていて、そうしたら、男がいた。

私は、入るべきではなかった客なのかもしれない。ノックもせずに入ったものだからびっくりされた。でもびっくりしたのはこっちだった。とつぜん、誰もいないと思ったところに人がいたのだ。それもアメリカ人の、将校が。

机は調度と同じ色で、スムーズな表面で光沢があり、家族の写真が並べられていた。机の後ろには、昔の商家が伝票を保管するような浅い引き出しがあった。それも他のすべてとマッチした色だった。

私は動転して、思いもかけない動作をしていた。

宙に英文速記でこう書いていた。

“How much ?”

その男が、苦笑した。そして、指で、

“I'm
NOT
for sale”

と宙に速記で書いた。大文字を表す記号まで入れて否定のNOTを強調して。

その動きは私を驚かせた。まさかこの人、速記ができるなんて！

私はまだ緊張していた。

〝速記《ショートハンド》できるの？〟

私は再び速記で宙に書いた。

男が大笑いしはじめた。

「言葉で話さないか？　私は売り物じゃないし、君だってちがうだろう？」

なぜ、とっさに出てきたのがハウマッチだったかなんてわからない。わからなくて恥ずかしい。でもその人は私が恥ずかしがらないように上手く言葉を運んでくれている。快活に笑うその人は、きれいな歯をしていた。ああ、アメリカ人のこういう洒脱《しゃだつ》さが好きだ、と私は思う。私が、あるいは、私の母、が。

――もう切っていい？

そのとき携帯電話から母の声がした。

――切らないで。

私は言った。つながっていて。

私は何かとつながっているの。

そして私は私の母として、アメリカ人の士官と目と目を離さずにいて、離せずに、いた。

私は、母だった。

――ねえどこにあったのマッジ・ホール？

同時に、携帯電話に向かって私は言う。

――津田の向かい。

小さな電話から、私にだけ聞こえる応答がある。それはまるで未来から話している私のスパイ《エージェント》か秘書《セクレタリー》の誘導。未来と今、過去と今とで秘密を共有するもの。私はあたりをたしかめる。総武線の線路をはさんだ前の角地を占める津田、その向かいといえば方向は、東で、

――そこには今、東京体育館がある。

――東京体育館って？

――そういう都のスポーツ施設。プールがあったりとかそういうとこ。そのまま線路沿いに行くと、昔ママやお兄ちゃんたちと行ったスケートリンクだよ。

――ああ、懐かしいわね。

子供の頃の記憶は、いつも子供たちが母にどこかへ連れて行ってもらった記憶だ。母に連れ回された、ということもできる。母には三十歳で結婚して一年後、二年後、五年後に、男男女と子供ができた。女性が三十歳で結婚するのは昭和三十四年当時としては遅かった。まだ日本人が大挙して恋愛結婚に雪崩《なだ》れ込む少し前の時代でもある。子供を三人持つのも、昭和三、四十年代やそれ以降に都市で結婚した人としては、例外的だった。同級生や兄たちの友達は、条例でもあったように二人きょうだいなのだ。そのことは悪くないしそれがあって兄たちも私もこの世にいる。この世が、そんなにいい所かは別にして。ただ、子供の頃に母といると、断片的に透けて見える結婚前の姿と、目の前の彼女の存在の間に、乖離《かいり》がある感じがした。子供だけに注意を向けた彼女は、私には、何かを必死に忘れようとしている人に見えた。何かの役を懸命に演じている人にも。彼女の中の「空白のようなもの」を私は無意識に埋めてやろうとしたのかもしれない。

マッジ・ホールの執務室。

そこもまた、紅《あか》い感じの部屋だ。

中にいる。幻覚なのか、人の記憶が開ける時空なのか、わからない、でもリアルに体感をともなって、私はその中にいる。

今その部屋の空気を、千駄ヶ谷のその場所に立ちながら、私ははっきり感じることができる。

士官が私に目で合図して、私たちは部屋から出る。

静かにドアを閉めて。階段を降り、マッジ・ホールの正面の重い扉を彼は開けてくれる。敷地を出ると、彼はスケートリンクの方向には行かず、線路を背に南の方向へ、神社があるほうへ歩いて行った。神社のある交差点を左に折れる。

——津田の脇の道を駅と反対方向に歩くと神社があるのわかる？

私は母に向かって電話で言った。

私は目の前の風景と、人の記憶とを融合させようとしている。

——わかる。

——そこを左に曲がると、昔はどんな感じだった？

——商家が何軒か。あ、マッジ・ホールは昔、大名屋敷か何かだったのかもしれない。その通り沿いに、出入りの商家みたいのが並んでいた。あと、鳶《とび》とかの職人とか、井戸掘り屋とかの家が……

——井戸掘り屋？　そんな人がいたんだ。

——ええ。一度、話しかけられて、話したことがある。水を一杯もらった。美味しい水だった。神田川のほうの水とは味がちがった。このへんは高台だから深く掘らないとなかなか水が出ない、って井戸掘り屋さんは言ってた。

——井戸は、ポンプ？

——最初はつるべよ。滑車。素掘《すぼ》りで、赤い土だった。水はどこを流れてたんだろう、あ、そうそう！

そのとき携帯電話の中で母が言った。

——そこは高台だから、自然に坂になってるでしょ、下ると、川があった。

——は？　川って、そこ外苑西通りだよ⁉

都内有数のお洒落《しやれ》な通りと言われる外苑西通りが、もとは川？

私の今いる緩やかな下り坂を下っていくと、それはやがて外苑西通りに突き当たる。

私はその坂を歩き、同時に、私は私の母であり、アメリカ軍の士官の後ろを歩いている。

商人や職人が住むと言われた通りを歩くと、そういう店や住居が顕《あらわ》れる。商店の者が米軍士官に声をかけてくる。メイアイ・ヘルプユウとか。ガールズ、という単語もたまにある。いい女の子がいる、というわけだろうか。私は同国人に少し腹が立った。と同時に、私という女連れでいる男にそういうことを言うのは、私がそういう女に見えないわけであり、そこに誇りのような屈辱のようなものも感じる。

——今は知らないけど、川だったのよそこは。

現在の母の声が、電話に入ってくる。母と電話で話すのが好きな理由のひとつは、母の声が好きだからだ。母の特徴はよくまねた。声や、字や、敬語の使い方を。あるいは、子供はみなそうかもしれない。

その声で目の前に開けた片道二車線の外苑西通りが、ゆっくり川に変わる。まずはもっと幅の狭い道に、そして川に。それは土の土手の川で、さらさら行く小川だった。また土の匂いがした。名も知らぬ草とわずかな生活臭、そして、風に乗ってどこかの梅の花の匂い。

——じゃあ、どこかに橋があったはず。

私は電話の中の母に言った。

——たしか「観音橋」と言った。太鼓橋みたいな？　たしか木の橋。……川のそばには貧しい集落があって。

「観音橋」、という名前で、風景がリアルになる。橋が顕れる。太鼓橋だ。一歩ふむと、私は重みを持って風景に根ざし、風景に包まれる。

洗濯物や漬物などを軒先に広げた掘っ立て小屋みたいな集落が顕れる。ほとんど板一枚でできた長屋が醬油《しょうゆ》で煮しめたような色をしている。長年の煮炊きの匂いそのもののような家々。そしてそういう貧しさと生活とは別種の感じの女がいる。どういう女か、言われなくてもわかる。彼女たちは私をじろじろ見る。値踏みをする。商売の邪魔をしないかとも見ている。でも何も言わない。アメリカ人といるから。

——あと日本青年館が。

——今もあるよね。一緒に行ったことがあるじゃない。宝塚歌劇の地方公演があって。

——昔は川に面したほうに入り口があった。忘れてた。

——昔も劇場だったの?

——昔はむしろ、地方から出てきた青年を支援するところで……その一環として、劇場があったんじゃないかしら。

——ああ青年館、だものね、若い人を元気づける場所だったのね。

——そう。

話しながら、私はアメリカの士官について行く自分を止めることができない。自分、あるいは、母。

私は何かが知りたいのだがそれが何かわからない。わかっていそうな人について行くが、何を訊いていいのかわからない。

私は懸命に秘書みたいな顔をして歩く。じっさい、秘書になれる訓練だってしている。少なくとも娼婦《パンパン》ではない。私の服装は質素だ。父親の古びた背広を裏返して私の体に合わせて仕立て直したもの。最初のボタンホールがミシンで縫いつぶされているのを、私は見る。橋の両側に何人かいて、ものほしげに将校を誘い、妬《ねた》ましげな目で私を見る、あの女性たちと、私はちがう。あの女性たちを、むしろ私は恥じる。

日本青年館の建物に入るのは初めてだった。白い階段を上ると私の靴の音がする。二階に天鵞絨《ビロード》を張られた劇場の重いドアがあった。中で公演が行われているにしても音は聞こえない。人の声が背後からした。そのとき目の前の重い扉が開けられた。ふっ、と風が動く音がする。レディーファーストで中に入れられる。男は、背後から来た人に女連れであるのを見られてはいけないからかもしれないが、それはとても自然なしぐさで空間はそこにごくごく自然に現れた。そこは劇場と扉の間にある緩衝《かんしょう》の空間で、暗く、天鵞絨で仕切られている。劇場から方言の台詞が聞こえてきて客が笑っている。私には何が面白いのかわからない。それは私が東京の子だからなんだろうか。そんなことを思っていると暗がりで腰を抱かれ、キスされた。

「そうじゃないの、私はそういう女じゃない」

キスの甘さに溶けながら、私は繰り返していた。

それが誰の体感か誰の言葉か、私にはもうわからなかった。私なのか、母なのか、女なのかそれとも日本人なのか、なんでそれを〝日本人〟なんて言葉で思うのか。

なぜ何度も、自分を娼婦のように感じなければならないのだろう。私も母も、そんな女ではないのに。でも、どうしてこれに身を任せることは快適なのか。快適、なんて、恋愛や売春にまつわる言葉じゃないのに、そう思う。私はあいかわらず着たきりすずめで、裏返して仕立て直した父親の古い背広を着ている。その袖口を見た時、自分の国や国の男を情けないと、思ってしまった。仕方ないのに。みな精いっぱいのことを、しているのに。不意に、泣き崩れそうになった。

二〇一〇年二月　通路

「汝《なんじ》めざめよ。さもなければこの地に永遠に冬が続くであろう」

声が聞こえて、目を覚ますとき、自分が自分に面と向かって不穏な言葉を投げつける場面がフラッシュバックした。

「ようこそ私、ザ・ロッジへ」

弾かれるように私は目を覚ました。

箱の中にいた。窮屈《きゅうくつ》な箱の中だ。

棺から出なければ！

蓋を押すと重みと抵抗感があった。それでも押すと私は外へ出て……、
昔の家の祖母の部屋にいた。

長持《ながもち》の中で眠っていたのだった。長持の上には座布団《ざぶとん》や紙袋に入ったカレンダーのロールが置かれていた。

あの大好きな二畳間。

二階の畳の広間と納戸《なんど》に挟まれた小さな空間。ほとんど通路と言っていい空間だ。それは祖母のスペースではあったけれど現代日本人が愛するような〝個室〟ではなく、誰でも通ることができた。通り抜けることも居ることも。

見慣れた祖母の鏡台があった。昔の女がその前に正座して身支度《みじたく》を整える、小さな引き出しの

台座の上に細長い鏡一枚という和風の鏡台だ。私は前に座って、布の覆《おお》いを上げた。

二〇一〇年の私がそこにいた。

こわばった顔をして。

これは、まだ、夢だ。私ははっと気づく。だって今は二〇一〇年。この家は地上のどこにもないから。

いや、これは夢の中の夢、はざま……夢と夢の、あるいは夢と現実の。

あらためて見回した二畳の部屋は、前と同じに見えたけれど何かがちがった。いや、同じなのだけど違和感に初めて気づいたというべきかもしれない。引き出しの中には昔と同じに、昔の女が髪を押さえるネットやヘアピンがあって髪につける油の独特の甘い匂いがした。二畳間の鴨居《かもい》にはぐるりと、大きく引き伸ばした白黒写真が黒い額縁に入って掲げられていた。白い山羊《やぎ》鬚《ひげ》のまるで孔子みたいな老人とか、和服の年かさの女、若い女性、三、四歳の子供など。それらがそれぞれ誰かを私は考えていった。三、四歳の子供は、父だ。特徴的な目と眉《まゆ》でわかる。

「おばあちゃまのお父さん、お母さん」

山羊鬚の老人とその隣の額縁の和服の年配女性を指して私は言う。年寄りの見当は簡単につく。なんのかかわりも感じられないのに血がつながっている人たち。若い女性は、年代から父の姉だろうと推測ができた。若く病気で亡くなったという。残りの婦人一人も見当がついた。昔に断片的に耳に入れた話がつながってゆく。

だとしたら……あれは……？

私の目が父の子供の頃の写真で止まる。

「パパじゃないのかも」

父はもとは双子で、片割れが死んでしまったと聞いた。昔の人は、人が死んだことを、今よりふつうに話した。あるときは死産、あるときは生まれて数年でと、話はいつも定かでなかったし、祖母から直接きくことはなかったから伝聞だった。だいたい父は戸籍の誕生日と本当の生まれ日がちがって、本当の生まれ日がいつだったのか、今でも私はよく知らない。

するとあれは、三歳くらいまで生きた父の双子の本当のかたわれなのか、それとも、死んでしまった子の元気だった頃の面影をしのぶため、双子のきょうだいに代理させたのか。

「死者の間…………」

思わず私はつぶやく。ここには、祖母がここにいたときに生きていた人の写真はない。それは祖母の鏡の間であり、死者の間だった。そこに一人で居て祖母が何を思ったのか、あるいは思わなかったのか。気丈で勘が鋭く、御嶽山《おんたけさん》などの修験道を信奉していた祖母。祖父とはその時代によくある話で好き合って一緒になったわけではないのだろう、孫の残したものは喜んで食べても、祖父とは同じ湯のみで茶を飲むことさえしなかった。長男である父への愛は絶対と言ってよく、それでいて嫁である私の母のことも好きだった。本当の本当のところはよくわからないのだが。

そして今は二〇一〇年、この空間は地上に存在しない。けれど、存在している。こんなふうに、踏んだ足や床の実感がある場所として。

私は立ち上がり鏡の間に接続された納戸を歩く。大人一人が腕を少し広げて通れるくらいの内のりがあり、両脇は桐の簞笥《たんす》や茶箱だった。暗くて細いこの場所も、私のお気に入りだった。

どこからか猫が来た。小さい頃家で飼っていた白黒の雌猫で、飼っていたとはいえ半野良だった。うちは彼女にとって、都合のいい通り路《みち》にすぎなく、私たちも責任なく彼女の美しさを愛《め》でたのかもしれない。納戸で出会ったのは初めてだった。呉服などを仕舞った納戸には、猫を入れないほうがもちろん好ましい。また猫も二階へはあまり上がらなかった。わずかな光を乱反射する猫の瞳がきらっ、きらっ、と光った。

納戸を抜けるとタイル張りの小さな洗面所がある。その隣が小さな便所で、手を洗う場所だったのかと、今にして思う。洗面所の正面は窓で、開いていた。隣の家の葡萄棚《ぶどうだな》が少し下に見え、北の方向を見晴らすと、中央線の高架が断片的に見えた。その方向へと、高圧線の鉄塔が、地に巨大な杭《くい》のように打ち込まれていた。

通路。

私の家は、今見ると通路みたいだ、誰の空間とも言えない空間が多くあった。家もまた、何かの通り路の途上にあるものみたいだった。

猫が、窓から隣家との間の塀に飛び移って去って行った。暗さと明るさのコントラストに一瞬めまいがした。

階下で電話が鳴った。

驚いて心拍が一瞬停止したようにさえ感じた。私の心臓はそれから倍ほどのスピードで搏動《はくどう》した。

出なければならない。出なければならない。出なければならない。電話には、出なければならない。

そう思うと、急に体が重くなった。

そうだった、これは、夢。

猫が隣家へと飛び降りていった二階の洗面所の窓から、振り返ると階段はすぐそこに口を開けている。階段の脇には床から天井まで木製のバーのようなものが並んで、階段に横から人が落ちないようになっている。四歩、いや三歩踏み出すだけで、私は階段を降りてゆける。出なければ。

でも夢で電話に出てなんになる？　私の理性が私に問いかけて体を重くする。もうそろそろ目をさまそうよ、起きて普通の社会人の生活をしようよと。

でも思う。祈るほどに強くこう思う。

夢だからこそ、何かの通路なのだ。それが何かは、今はわからなくても。あるいはたとえ、鬼や魔が通るのだとしても。

助けて。

誰に祈っていいのかわからなかったからこの家の死んだ人たちに、私は祈った。たとえこの家に住んだことがなくても、私たちをこの家に、人生の何十年というつかの間、送りこんだ者たちに。

「現実だけが現実でなければいけない法なんて、ない」

誰もいない昔の家で、私は言う。夢からさめかけの独特の感じで口が回らない。

でも言い切ると、嘘のように体が軽くなった。

一歩を踏み出すとその勢いが余って、階段を行きすぎ壁にぶつかりそうになる。私はとっさに階段の脇の木の柵《さく》の最後の一本を摑む、と、ひらりと体が回って、下はすぐ階段だから体が宙に浮いた。体が、ゆっくり落ちて右足が上から四段目の段に着く。そこでまた蹴りだすと体が浮いて、何段も飛ばしてふわっと落ちる。光がきらきらして浮力があるかのようだ。心臓はどきどきしている。電話、鳴り止むなと祈っている。でも体はさながらダンスをするように軽やかに跳ねながら降りてゆく。

階段は途中までストレートで最後に九〇度くらいの円弧を描いて一階に着く。階段の最後の柵は家の支えでもあるような丸い太い柱で、それに手をかけると、体が世にも優美にひらりと浮いて回った。そのとき、家に輝きが宿った。

そう、これは一九八〇年のこの家。まだプラザ合意後の円高も知らず、バブルも知らない、おそらくこの家とこの国がそれなりに平和でいちばん豊かだったわずかなとき。

長いことふんわりと宙を舞っている気がした。この家と、通り過ぎていったすべての人たちと私は輪舞《ロンド》を踊った。時が巻き戻り今は一九八〇年の十二月。庭の木々は本格的な冬を前にした剪《せん》定《てい》が入ったばかりですうすうしている。いや、一九八〇年と二〇一〇年がらせん状に重なる時空に今私はいる。

長い間、宙を舞いながら見ている、階段を降りたところの、左手が応接間、大きな地模様つきのガラスの二枚引き戸を、その向こうの玄関を。これではまるでポール・ダンスだ。どきどきしながらもこの浮遊感はどこかうっとりする。応接間なんて、考えれば贅沢《ぜいたく》、考えれば不合理、どうして玄関から入ってすぐに他人を迎えるための部屋がなくちゃならないんだろうと思ったことがある、けれどそこを私たちに開放せよと親にも祖父母にも言ったことがない。暗黙の約束が了解されていて守られていた。そのあと十年も経たずに日本からなくなっていく、上手くは言えない約束のようなものが。

足が一階の床に着いた。電話はまだ鳴ってくれている。とりに行きたくて気がはやるのに、私は、応接間を左手にして玄関を見てしまう。

この家に玄関から入る者は父しかいなくて、他の者はみな勝手口から入っていて、勝手口は外からは鍵がかからなかったから、みんなが鍵を持たずに出、帰って来た。家がまるで通路であるかのように。父は、唯一外側からも鍵のかかる扉を、いつも内側から開けてもらっていた。私は玄関の鍵を持ったことがなく、父もなかったのではないだろうか。自動車通勤をしていた父の車が角を曲がってくるエンジン音を聞き分けるのは、いつも子供の私と猫だった。

今も玄関の前に座れば父が帰ってきそうな気がする。父が今帰るはず、ないと知っていても。電話がまだ鳴っている。鳴っていてくれ、と祈る。どのコールも最後の一回かもしれないのに私は玄関を動くことができないから。父は、夫というより父というより、家長だった。だから社長というものである必要もあった気がする。だから応接間も必要で、特に祖母が存命だったころ、うちの応接間にいつも誰かしら遠縁と称する人たちが訪ねてきていた。切り出し方はさまざまだが彼らの目的はたいてい、金の無心《むしん》だった。そのうえ彼らのうちの少なからぬ人数が一時期父の会社で働いていた。そんな彼らと子供たちが接触しないためにも、玄関脇の応接間はいい場所だった。私はそのときある認識に打たれた。この家は、戦時中に大陸に行っていた祖父が送金してきた金で買ったという、叔母つまり父の妹の話を、不意に思い出したのだ。だとしたら、この家は、旧円で贖《あがな》われたことになる。家が建った時代ではなく、その前の時代を体現した家だったのかもしれない。

そんなことの何ひとつ、父が生きているときには気づいてあげられなかった。知ろうともしなかった。私の頰を涙が流れた。

電話が鳴り続けていた。

急いで階段の方向へ向き直り、左に折れて、木の引き戸を引くと、食卓のある空間に出た。食卓があり、電子レンジがあり、私たち子供が小学生だった頃からずっと世界地図が貼ってあり、仏壇があって神棚もある部屋だ。その部屋から勝手口にかけてこれまた通路然と細長く廊下のように接続された台所に、黒い電話があった。

電話はまだ鳴ってくれていた。

手をかけたときが最後の一回でないことを祈りながら受話器をあげた。

オペレーターが英語で、多少いらついた感じで、マリ・アカサカからキョウ・アカサカに電話がかかっているがチャージを受け容れるか、と私に訊く。

母の名前は京という。人に字を問われると、東京の京一字です、と答える。そのときの母はどこか誇らしげに見えた。また私が、それ以上に好きな名前も、地上になかった。いまオペレーターは私をキョウ・アカサカと呼んでいる。

「彼女を受け容れます」

私の母として、私は言った。料金を受け容れます、と言うところを、彼女を受け容れますと私は言っていた。英語としてはおかしなことも不審なところもない。

「ではどうぞ《ゴー・アヘッド》」

オペレーターは微塵《みじん》も意に介することなく回線を私に渡した。

「ママ……」

回線の向こうで、一九八〇年十二月、十六歳と一ヶ月の私が言った。あいかわらずの泣きそうな声で。

「どうしたの今日は？　不思議な体験でもしたの？」

「なんでわかるの？」

あなたは過去の自分だから、とは言えない。私は黙った。

「怖かった。でも夢だったのかな？」

マリが言った。

「夢じゃない。私も同じ体験をしたわ。もっと潜るのよ」

「潜る？」

「潜る。あるいは上がるのかもしれないけれど、いずれにせよ真実は、現実と思ってる層にはないの」

そう言って私はしばらく黙った。ときには沈黙が効果的なこともある。マリの中に、何かがしみていくのを待つ。

「森に行ったでしょう？」

「なぜ知ってるの？」

「私も行ったから。人生の特定の時代にだけ、行ける森」

「でもあれが本当のことだとは思えない」

「ロッジがあったわね？」

電話の向こうでマリが息を呑むのがわかった。

「どうしてわかるの、ママ？」

どうして、に私は答えなかった。

「そこに何かがある。何かが隠されていて、発見されたがっているのよ」

「怖いよ」

「怖かったでしょ。でもロッジじたいは、怖いところではない。そこはあなたを映している場所だから。あなたが怖がらなければ、怖いところではない。いいことを教えてあげる。鏡と対面するときの秘訣《ひけつ》」

彼女が再び息を止めるのがわかった。私は続けた。

「笑うのよ。そうしたら鏡も笑う。そうしたら笑ったあなたを、抱きしめる。鏡はあなたより先に行動できない。あなたがあなたの望むように行動すれば、鏡は従う」

「……………うん」

「そうしたら鏡の向こうに行ける」

「…………うん！」

「鏡の向こうへ行けたら、ロッジの向こうがある。ロッジの向こうに、また別のロッジがある」

こんなふうに言っていて、言う自分を私は不思議に感じていた。それは私が思ってもみなかったことで、まるでどこからか来る情報をただそのまま読んで、同時通訳して流しているような感じだったのだ。

「マリ、聞いて。森の王をさがしてほしい。森の王をさがして、話をしてほしい。森に大君《おおきみ》と呼ばれる王がいる。王は……森番をしている」

「王のくせに？」

「いわゆる〝王〟というものとちがう。森と世界の摂理そのもの」

「どうやってさがすのよ！」

「強く思う」

「はぁ？」

「やる！」

「そんな人いない。そんなの人じゃないし」

「感じる。そうしたら王は現れる。王は、あなたの中にいる。世界の摂理そのものなのだから、なた、あなたの中にも」

「意味わかんないよ。私の中にそんな人がいるとして、会って何になる？」

私は黙った。今度は意図でなく、本当に言葉に詰まった。どこからか情報が流れてくるあの感じも途切れた。私は私で、丸裸になってさらされた気分だった。

「…………誰でも自分に帰る旅をしている。でも私は道に迷ってしまった。森の大君なら何かを知っているかもしれないけれど、私では会えない。お願い、あなたしか頼める人がいない」

「ママ？」

「それが」

その後に出てきた言葉は、私自身を心底驚かせた。

「それが私があなたをそこへ送った理由。あなたにしか頼めなかったから。ごめんなさい、つらい思いをさせているかもしれない。でも、あなたにしかできなかったから」

言うと私は泣き出した。

それが私をそこへ送った理由。

「わかった」

彼女が張りのある声で言った。私が初めて電話で聞く、彼女の張りのある声だった。

「連絡を取り合おう、ママ」

彼女が、言った。

でも、私はどうしたらこの子と連絡を取り合えるのだろうか？

「そうね……でも私、また働くことにしたから、いつも電話に出られるわけではないかも……」

私は彼女の元気になった感じを喜びながらも、すっかり素の自分に返って答えに窮《きゅう》していた。

「わかった、私はたまにこっちの朝の時刻に電話するけど、ママ出なくても平気だから。私は、ママが専業主婦なのが不思議だったから、働いてるとむしろうれしい。なんの仕事？」

作家、と答えそうになって、それは役がちがうと呑みこむ。とっさに出てこない。

「昔の職場よ」

「科学捜査研究所？」

「そ、そう」

私は、言われて思い出した。三十歳まであった母の職歴の中で、科学捜査研究所というところの話が、私自身、いちばん好きだった。それを、別の私自身に言われて思い出す。母のその仕事は、警察庁が欧米から科学捜査を導入する時代のアメリカの会社の通訳だったから、今もある仕事なのかはわからない。でもその職場が私の憧れだった。できれば、子供にばかり向いていないで仕事をしてほしい、仕事をするならあの仕事がいい、と一人で思っていた。

思えば、ヘラジカを探したりするのも、手がかりを追う科学捜査官と似ているかもしれなかった。足跡、匂い、あるいは血痕。

「話ができてよかった、ママ」

電話の向こうで、彼女が言った。彼女、十六の私が。

「私もよ、マリ。あ！」

「なあにママ？」

「外に行くときは、必ずビーン・ブーツを履きなさい。あれは風土が生んだ傑作なのよ。ビーン・ブーツは、安全が確認されるまで脱がないこと。いざとなったら走ること。体を信じて」

「ママ……」

「大丈夫。あなたを見守っている。あなたには帰る場所もある」

私には今はっきりわかった。

私がこの子を救わなければ。

私しかこの子を救えないし、私を救えるのもまた、この子だけだ。

しかしこの子は過去にいる。この子を救うには、過去を変えなくてはならない。どうやってかは、わからなくても、そしてもしこの子が動けば、否応なく私が変わってしまう。

それでもいい。

私とこの子は結合双生児。相似形の人間で、根っこが一緒で頭が二つ。一つは少女期に閉じこめられ、一つは老いゆく。

第四章　ピープルの秘密

一九八〇年十二月　私の国の隠されたこと

私は、課題の勉強が追いつかないことを理由にバスケットボールの部活を休んでいる。バスケットボールなんて大して好きではないけれど、帰りの足が出るまで何かをしなければとてもじゃないけど間が持たず、だったらある中でいちばんメジャーなのにしようと思っただけの私にとって、部活を大っぴらに休めること、これだけはうれしかった。

図書館で勉強しながら、その言葉を何度も反芻《はんすう》しては新鮮に感心した。

「天皇《エンペラーズ》の降伏《サレンダー》」

天皇の降伏。

もう一度、声は出さずに言ってみる。

たしかにその通りだけれど、日本に十五年暮らしていて私は、これほど単刀直入な真実を聞いたことがなかった。私の国の大人は、真実を言わなかった。なぜかは知らない。あれだけの大勢の人がその点においてはほころびもなく沈黙を守っている。それは驚異的だった。ただし、それは外から見れば、まず最初にわかってしまう類の嘘なのだ。

たしかに、天皇の降伏である。日本の戦争は、天皇が終わりと言うまで終わらなかった。天皇が終わりと言って、すべての人がいっぺんに膝を折った。その光景だけは教科書にだって載っている。決して内容を授業で教えてもらえはしないのだけれど、教科書に、必ず申しわけのように写真が載っている。

アメリカ北東部、メイン州の片田舎――州じたいが片田舎みたいなものだ――で、アカデミックな雰囲気はあるとはいえ、日本の降伏とか占領期に関する資料などはほとんどない。

けれど、私は英語で書かれた分厚い歴史の本の中に、いわゆる玉音放送というやつの原稿の写真を見つけた。この原稿を読んだものがラジオで流れ、それを聴いてすべての日本国民がひれ伏した、日本の中学の教科書にはそんな写真が載っていた。一九四五年八月十五日、今では終戦記念日と言われる日のことだ。なぜ「記念」するのか、負けたのに？　なぜ「敗戦」じゃなく「終戦」なのか？　疑問が私の頭に、ポンポン浮かぶ。あれはどこだったか。皇居前広場……そう、二重橋の前の。二重橋ってどんな橋だか、東京に住んでいて知らないのだけど……あれ？　橋ってどこにかかってるの？　アメリカでは誰にも訊《き》けない疑問が私の中で渦を巻く。

膨大な英語を読むのも一苦労だ。英文を読むのと、図版の日本語原稿を読むのでは、漢文調で毛筆ではあるけれど、日本語原稿を読むほうが楽と踏んだ。これは一節だけが突出して有名になっているあの原稿だ。堪《た》え難きを堪え忍び難きを忍び、というやつ。

堪え難きを堪え、とかいうのも考えれば意味不明だけれど、読みはじめると、のっけからもっと変な感じがした。

「朕《ちん》ハ帝国政府ヲシテ米英支蘇四国ニ対シ其ノ共同宣言ヲ受諾スル旨《むね》通告セシメタリ」

あれ？

天皇が降伏したのでは、ない。

他ならぬ、天皇自身が言っているのに。

天皇は交戦国に対して降伏するとは言っていない。

それはまわりくどい力学で、天皇が、帝国政府（日本政府）に対し、宣言を受諾することを、アメリカ、イギリス、中国、ソ連の四国に伝えてくれと頼んだ、とか命じた、ということだ。

古い言葉だけに、典型的な使役動詞がそのまま使われているところはわかりやすい。

ストレートに、できる限りの英語にしてみる。文のキモと思われる部分を大文字にする。使役動詞だ。命じるニュアンスのある make にする。頼んでしてもらう have でも、悪くはない。いずれにしても、かんじんの相手に考えが伝わるまでに、一過程多い。まあ、まどろっこしい。どんな英語の動詞が適切かわからない部分は、日本語のままにした。英語は、こんなふうにブロックを重ねるようにできていくのが面白い。漢字というのもまた、ひとつひとつが煉瓦《れんが》みたいで面白い。

I (the Emperor) MADE the Imperial (Japanese) government to 伝達 (to?) the four countries, USA, Britain, China, and Soviet Union, that Japan had accepted the 共同宣言……

あの有名な一節はどうだろう。

堪ヘ難キヲ堪ヘ忍ヒ難キヲ忍ヒ

We tolerated the intolerables

書き始めてペンが止まる。

主語は、誰？

英語の最も基本的な問題につきあたった。英語ではこのように主語を省略できない。〝I《アイ》〟である気もしてきてしまう。Iは堪え難きを堪え忍び難きを忍んだ。が、限界に達した。しかしそのIとは誰だろう。朕《ちん》なのか。

〝We〟にするにしても、それが、私たち天皇家なのか、大本営なのか、日本国民なのか、そこに朕は含まれるか。はたまたPeople（人民）なのか。それによって内容はぜんぜんちがうものになる。

こう例を挙げてみて私は、Peopleの意味に少しだけ触れた気がする。それはきっと国民と同一ではない。人民の、人民のための、人民による政治、というアメリカの有名な演説の、人民に当たるのはPeopleだった。この〝人民〟が、国民になろうという意志を持ったのであって、人民が最初から国民だったわけではないという気がする。

とにかく、堪えたり忍んだりした主体に、いくつもの可能性がとれて、安易に決めることができない。

アメリカの本には、日本人のよく知っている図版はついていない。その代わりに、きっちりした楷書体で漢字とカタカナ混じりで書かれた原稿と（生真面目《きまじめ》な先生が書いたみたいだ）、そのレコード盤の写真がある。独特の甲高《かんだか》い声。玉音といわれるあれはその時呼びかけたのではなく録音だったのかと、初めて私は知る。

レコードについてキャプションがある。

「また殆《ほとん》どの日本人にとってヒロヒトの肉声を聴くのはこれが初めての機会であり、ヒロヒトの声の異様さ（朗読の節、声の高さ等）に驚いたというのもしばしば語られる。また沖縄で玉音を聞いたアメリカ兵が日本人捕虜に『これは本当にヒロヒトの声か？』と訊《たず》ねるも、答えられる者は誰一人居なかったという話が残る」

〝ヒロヒト〟とは、誰だったのだ？

外国のテキストではエンペラーとさえ呼ばれない人。

彼はなんだったのだろうか？　独裁者？　声も知られていない独裁者がいるだろうか。ヒトラーの声ならドイツ中に、いやヨーロッパ中に知れ渡っていたはずだ。

なのに、それが天皇とすら声でも姿でも確認できない人が、天皇の名のもとに、終わり――という意味のこと――を言ったら、戦争が終わった。

とても不思議な感じがする。

私の国の秘密と言っていいくらいの。

そして私の国で、大人たちは何かを隠して生きるようになった。

何を？

私が知りたいのはそのことだったが、それこそは、どう調べていいのかわからない。

「なんでそんなことを訊くのよ」

その夜、久しぶりに東京の家にかけた電話で、母はあからさまに不機嫌になった。

「ママは玉音放送をどこで聴いたの？」

という質問に対する反応がこれだった。それでも、精いっぱいマイルドな質問から始めたつもりだったが。

このごろのママなら話してくれると思ったのに。なんだか以前のママに逆戻りしたみたいだ。この間話したときは、前の職場に復帰するなんて言っていたのに、それとは別人みたいに。この人は、娘が建設的な質問をすることより、めそめそするだけの方がいいのだろうか？

母は昭和二十年、終戦の年には十六だったので、年齢からして玉音放送を聴いた可能性があるはずなのだが、そういう話を聞いたことがなかった。思えば祖父母からも、私は聞いたことがなかった。たまに、年配の先生が話すことはあったが、それは繰言《くりごと》のようにエンドレスで、親たちからは子供への害悪とみなされていた。

「歴史の授業で必要なの。それが聞けないと単位がもらえない。ママは私が留年してもいいの？」

そのうえ一級落とされたままで、というのは言わずにおいた。

しぶしぶママは話し出した。

「落合の家のあたり。でもよく覚えていない」

「思い出してみてよ。どんな風景だったの？」

「昭和二十年の五月二十五日に山の手空襲で、みんな焼けたわ」

そんな話、聞いたことがなかった。

「落合の家も？」

「落合の家も。落合から、南は国鉄の東中野の駅まで全部見渡せた」

だとしたら、私の知っている落合の家は誰がいつ、再び建てたのだろう。でもその質問は今、適当ではないと空気を読む。電話は空気を敏感に拾う。

「悲しかった？」

「悲しかったというより、空が不思議な色をしていた。もういい？」

これ以上話したくないというときのママに打つ手はない。それでも私は、もうひとつ訊きたいことがあった。

「ねえママ、二重橋ってどこ？」

「皇居の前よ」

「うん、私が言いたいのは、橋がかかってるってことは、川があるってことなの？　ってこと」

「お濠《ほり》よ」

「堀？」

「もとは江戸城だもの」

「あ！……そっか」

あたかも初めて聞くことであるように、私はその真実を受け止めた。知っているのに、つながっていなかったこと。そうあれは江戸城だった。そんなに遠くない昔。江戸城で、裃《かみしも》を着てちょんまげを結《ゆ》った人たちが政権をとっていて、市井《しせい》の人たちも着物に正座で、私たちはその人たちと連続性をまるで感じられない。その人たちは、時代劇という私たちと関係のない娯楽の中にしか存在しない。たしかに存在したのに。そんなに遠くない過去に。知っている風景があっけなく崩れ、土地の古い層が出てくるような感覚に襲われた。少しさかのぼるだけでまるで異質な生活様式が出てきて、しかもそことまったく切れているのだ、日本人は。

クリスマス休暇に向けて、地域の覇権を賭《か》けて一軍《ヴァーシティ》アイスホッケー・チームは戦っていた。赤のユニフォームが私たちの高校で、ホーム戦だからスクールカラーを身につけている。相手の高校は黒のユニフォーム。階段状になった観客席の通路で、チア・リーダーたちがポンポンを振っている。寒いところでミニをはくので、心なしかだるそうに。でも、美人たちがけだるそうなのは、てきぱきしているのよりも色気がある。チア・リーダーのてきぱきした動きじたいは、色気のないものだ。

ホストファミリーは、学校の一軍ホッケー・チームを応援することはメイン州のよき市民の義務であるかのように思っているふしがあった。学校のチームのほかにも贔屓《ひいき》のチームの試合には必ず家族で出かけるのが、冬の夜の繰り返される行事になっていた。アイス・アリーナは独特の匂いがする。冷蔵庫の庫内のような匂いと、何とは形容できない有機臭と。その匂いを、知っているのに思い出せない。

ゲームが始まる。ここでは骨のぶつかる音がする。肉体を鎧《よろ》う甲虫めいた防具《プロテクター》の、下の皮膚に包まれた赤い血と肉の下の、白い骨。それらがぶつかる、ぼくっともぐしゃっともつかない音が、プラスティックがぶつかり木製スティックとスティックが交錯する高い音の下に、圧縮されたようにある。生まれてこのかた、聴いたことのない類の音だ。骨格というのも、ずいぶんと衝撃を吸収しているのだと私はさとる。ときどき、匂いのかたまりがわっと鼻孔《びこう》に押し寄せる。汗とも腐敗臭ともなんともつかないあの有機臭。

アクリル板で観客席と仕切られた氷上で、肉のぶつかりを骨が受けるのを見聴きするうち、奇妙な感覚に私はとらわれた。そこにいる者たちがみな死者であるような。死者たちがユニフォームの色にも肌の色にも瞳の色にもとらわれない、平等な真白い骨をぶつけあい、蘇《よみがえ》り、また死ぬ……。

味方ゴールの直前で、パックがインターセプトされて一瞬で形勢が変わる。周囲の観客が半立ちになる。エッジの切り替わった刃がきらりと光を反射する。相手チームが押し戻され、バックスケーティングで戻る。すぐに味方が猛攻をかけはじめる場面に雪崩れ込んで行って、誰もが熱狂に引き込まれていく。形勢が逆転するこの瞬間だけは、いつ見ても楽しい。いつ見ても魔法的だ。

そのとき、あっ！　と私は短く声を上げた。とつぜん自分が後退していき、時空が巻き戻った。声たちが入り混じる中、私はどこか遠い場所から、氷が割れるシーンを見ていた。

選手たちが溶ける氷の狭間《はざま》に引き込まれて消える。音もなく、するっと消えて、私はそこが、凍る前は水の池だったことにあらためて衝撃を受けている。さっきまで男の子たちは水の上を飛ぶように動いていたのだった。まるで聖書のキリストのようだったじゃないか。男の子たちをすべて飲み込むと、薄青の透明な水はしばし凪《な》ぎ、また白濁して、盛り上がり、どこからかみるみる結晶化しはじめた。

水が凍ろうとして膨張する水面に霜が立つ。その柱と同時に男たちが、せり上がりで舞台に現れる俳優のように氷上に戻り始める。

氷が地面のように硬く戻ると、男たちは支えられその上でまた死闘を始める。

もはや誰が味方なのか敵なのかわからない。味方でも潰《つぶ》すようにも見える。敵も味方もないのかもしれない。それは祭りのようにも見える。

私は不意につぶやく。

「死と、再生」

しかし時間は直線的に行ったり来たりを繰り返しているのではなく、同じ人間に見える者が、実は連続していない。彼らは水に沈んで浸され別のたましいを帯びて還ってくる。それはかつての敵だったり、親だったり、動物だったり、精霊だったり、あるいは殺した者だったりもした。

味方がシュートを決める。

スティックを振り上げて喜ぶ選手たち。

歓声に私は我に返る。

一九八一年　アメリカの恥部《アメリカン・シエイム》

年が明けた。一九八一年。

アメリカの正月は、大晦日《おおみそか》から日付が変わった時点でなんのありがたみも見出されなくなる一月のはじめで、すぐに学校が始まる。

一月二日から図書館での勉強を再開した。

外は今回も雪だ。発表は四月。あと三ヶ月。だが、遅々として進まない。ひとつには第二次世界大戦を敗者の視点から書いたものなんかここにはないからだし、もうひとつには、私が英語を読むのが苦手だからだ。母国にいるときだって本が大好きとはいえなかったが、アルファベットときたらまた、脳の表面を滑り落ちていくみたいだった。

仕方ないので、まずはアメリカ史の概略をつかもうと、日本から持ってきた日本語のアメリカ史の本を読み始めた。日本にいる時は、歴史に関心を持ったことはほとんどなかったのに、ここではなぜか興味をひかれるのだった。すると、アメリカの歴史は戦争の歴史ではないかと思えてくるくらい、アメリカは間断なく戦争とそれに類することをしてきたことがわかる。イギリスからの独立戦争、南北戦争、メキシコとの戦争、第一次世界大戦、第二次世界大戦、朝鮮戦争、キューバ危機、ヴェトナム戦争……。そのアメリカに太平洋戦争でこてんぱんに負けた日本では、それ以降戦争を考えるのもタブーといわんばかりになって、私はそういう教育を今まで受けてきた。でもそのかわり、受験戦争や交通戦争、企業戦士、など、日本ではいろんなことが戦争の名で語られて、そのことには疑問を持つ人がいないかのようだった。

けど。と私は思った。そのアメリカ人が、日本人の戦争アレルギーほどの過敏な反応をした戦争が、あった。ヴェトナム戦争だ。私はホストファミリーの母親、メアリ・アンのことを思い出していた。即座に「あれは間違った戦争だったわ！」と言ってこちらの質問も意見も封じたメアリ・アン。触れられたくないことが、そこにある。彼女は決して、特別に繊細な人とも反体制的な考えの持ち主とも思えない。しけた巨大スーパーに車で出かけてカートいっぱいの食料品を買って帰ることを素晴らしい「アメリカン・ウェイ・オヴ・ライフ」だと言って私にも賞賛を求めるメアリ・アンは、むしろアメリカの多数派の代弁者なのではないか、という気がした。

私は興味をひかれ、書架からヴェトナム戦争に関する本を集めて目の前に積んだ。その中から一冊とり、読み始め、しかし英語はなかなか頭に入らなくて、図版を眺めた。戦闘機、ヘリコプター、町、森、兵士たち。図版を見ていると不思議な気持ちがした。私がヴェトナム戦争に持っていたイメージは「泥沼」というものだった。戦局が泥沼化した、というのは決まり文句みたいだったし、そこはじっさい蛭《ひる》がうようよいる泥沼のようなジャングルであると思っていた。しかし、私の目の前にある写真たちはみな、クリーンだった。金髪をクルーカットにした兵士たちも、クリーンでシャワー浴びたてみたいできらきらしていた。

「何読んでるの？」

私に後ろから声をかけてくる男の子がいた。アンソニー・モルガーノだった。

「ヴェトナム戦争」

私は答える。

「アメリカンの恥部《アメリカン・シェイム》ってやつ」

「なの？」

「だろうね。隣、座っていいかな？」

図書館には長い机が三列あって、椅子が対面に七脚ずつ置かれている。人はまばらに、十人ほど座っていた。鈴蘭《すずらん》のかたちのライトは各自が好みで点《つ》けるようになっている。私は点けた。アメリカの建物は暗い感じがする。瞳の色が淡いからだろうか。黒人はどうするのだろうか。もっとも黒人は全校に一人しかいないのだが。オイルヒーターが空気をやんわりとあたためている。午後の陽射しが明かり取りのステンドグラスから差し込んでいる。今日は晴れている。まるで〝ロッジ〟に行った日みたいだ。あの日のことはよく覚えてない。

それより私はこういうときのアメリカ人の訊き方、〈Do you mind ＋動名詞？〉というのを、いつ聞いても面白いと感じていた。「何々していいですか？」ではなく、「私が何々するのをあなたは気にしますか？」という問い。私が許す場合は、〝No〟と答えないといけない。〝気にしませんから、どうぞ〟なのだから。アメリカに来たばかりのころよく、相手がそれをしてもいいのだから〝Yes〟と答えて、相手に複雑な顔をされていた。

アンソニーは、若干《じやっかん》間を詰めて私の隣に座った。特徴のあるカールした前髪が揺れる。暗褐色でもなく黒髪というのはここではめずらしい。

「アンソニー、ヴェトナム戦争ってどんな戦争だったか知ってる？」

「〝間違った場所の間違った戦争〟」

即座に早口で彼は返しつつ、それが人の言葉であることを示す、引用符のしぐさをした。両手の人差し指と中指を、ピースの要領で出してから鉤型《かぎがた》に曲げて「〝 〟」を表す。「人びとが言うには、間違った場所の間違った戦争」。アンソニーも「間違った戦争」と彼自身の言葉で考えているわけではない。それはただ支配的な考えなのだ。

「そう言ったら話が終わってしまう。もうちょっと、言うことはない？」

「〝泥沼の中の狂気《マッドネス・イン・マディネス》〟とか」

次は、宣伝コピーのようだがちょっと気に入った。

「私の知っているヴェトナム戦争のイメージもそれだな。というか、それしかない」

と私は言った。

「僕にもほとんどそれしかない。『アポカリプス・ナウ』は観た？」

アンソニーが私に訊く。耳慣れない言葉がなぜだか脳内で火花を散らすように記憶と結びつき、

「フランシス・コッポラの？」

と私は言っている。

「そう」

〝ヴェトナムの狂気〟を描いたフランシス・コッポラ監督の超大作映画『地獄の黙示録《アポカリプス・ナウ》』は、私の渡米の前に日本でも評判になっていた。長引きに長引く製作期間、膨れ上がる費用、降りるスタッフ、仲たがい、天災、事故。考えうるありとあらゆる厄災とともに、それは公開前から伝説じみていた。テレビCMはこれみよがしに長い期間打たれていたが、結局私が日本にいるうちには公開されなかった。アメリカ本国に来たら、映画館などとんと見かけなかった。

「私はまだ観てない」

「すごい映画だよ」

「コマーシャルは、いやってほどやってた」

ジャングルの泥沼から、人の頭が出てくる映像を覚えている。泥ですっぽり包まれた頭の、眼が開くと、そこだけが人間を表すサインのようだ。瞳は、ブルーだったか。

「泥沼の中から頭が出てきて、泥に覆われた顔の中で、眼だけが人間、みたいな」

水面から顔を出すまねをして、眼を見開きあの役者のまねをした。

「あの人が、〝泥沼の中の狂気《マッドネス・イン・マディネス》〟の人？」

「いやあの人は、〝狂気〟の人を探しにジャングルの奥まで行った人。でも、あの人自身も正気を保てたのか……『ディア・ハンター』も『タクシードライバー』もそうなんだ。ヴェトナムに行って帰った人たちはみんな、狂気を帯びた獣みたいなものとして描かれる。彼らは歓迎されざる帰還者なんだ」

「国の命令で戦ったのに？」

「それが、間違った戦争ってやつじゃないかなあ？　まあ、このへんで、君を君の勉強に帰してあげるよ」

"I'll let you go back to your study."

アメリカ人のこういう言い回しも、私には笑っちゃうほど面白い。でも笑ったところで相手には伝えにくい。外国にいたり外国語が不十分だったりするときに感じるフラストレーションとは、つまるところ、こういう小さなことを伝えられないことだ。人の心の基本的なところは、こういう小さなことでできている気がする。どうしても、というわけではないが、私が私であるというような小さなこと。伝えたところで、面白がってもらえないと思うと、言う気も萎《な》えるがこういうことは、ずっと外に出なくても大丈夫なのだろうか。

でも、本当に相手に気を遣っているのか自分が切り上げたいのか、わからないけれど、相手の都合のかたちにして、自分が引くというやり方言い方――切り上げるときにこういう決まり文句が存在することは、面倒で、同時に楽だ。

あ、これも使役動詞だ。私は気づく。

"Let"

使役動詞って面白いな。

そのときふと、私が心から面白いと感じるのはこういうことを考えているときだと思った。私には日々の生活のほかのことで、どう笑えばいいのかがわからない。

間違った場所。

そんな言葉がふとリアリティを持った。

七九年に、中学校でクラスメイトの男子の一人が「『地獄の黙示録』を観ないと八〇年代は始まらない」と力説していた。なぜそんな話になったか覚えていない。そんな話題を中学生がよくしていたわけでもない。めずらしいからこそ記憶に残っているのだ。彼は、私ならその気持ちを共有してくれると思って言ったにちがいないが、今になっても、『地獄の黙示録』を生んだ国に来てさえ、私にはその意味がわからない。そして時間が止まったようなこの場所で、八〇年代がどんな時代になるのか、私には想像しにくい。こうしている間にも、日本は貿易黒字とやらを増やしている、はずだ。それに対してアメリカは、不均衡を正すために関税撤廃などの要求をしてきてるって、たしか日本にいる時、ニュースでやってた。そう言えば、ジャパン・バッシングとか言ってた。私がこんな課題をさせられるのもジャパン・バッシングの嫌がらせかな？　ちがう気もする。けれど、結局ここには世界のどんな波も届かない、そんな感じもする。

読んでいるテキストは何ひとつ頭に入ってこない。

「ねえアンソニー、なに読んでる？」

しばらく静けさが続いた後、私はアンソニーに尋ねた。

「化学と生物学」

「忙しい？」

「そんなに」

「私があなたの時間をとるの、気にする？」

「ぜんぜん」

「できればこれ、読んでもらえない？」

私は自分が読んでいるテキストを指差した。

ぜんぜん気にしないと言いながらアンソニーは、怪訝《けげん》な目を私に向けた。

「英語、読めないの。まあちょっとは読めるけど」

私は言った。

「話せるのに？」

「話すのは、人が話すのを聞いて組み合わせればいいから」

「いやそれ才能だよ。僕はフランス語をとってるけど、少しは読めてもぜんぜん話せない」

「私のお母さんが通訳をしていたからかな？」

「英語と日本語の？」

「そう。翻訳も少ししていたけど」

「それで君がアメリカに来たのかな？」

「よくわからない」

「お母さんはどんな人？　君と似てる？」

「……よくわからない」

「継母《ステップ》？」

「ううん実《リアル》の。ねえ、親に関しては、リアルの対ってステップなんだね。リアルに対してなら、いっそのことフェイク・マザーとかフォルス・マザーとかのほうが、楽しくない？」

これから、電話してママの機嫌が悪かったら、それは偽ママなんだと思おう、と思った。いい考えだ。そう思えば、傷つくこともない。

「面白いね、そんな世界は」

アンソニーははにかんだような顔で、声を立てて笑った。私たちは司書ににらまれ、首をすくめた。

「このへん、読んでくれない？」

私は本のある箇所を指差した。若いアメリカ兵たちが缶ビールを飲んでいる写真と、ヘリコプターの風にあおられて顔のあたりに手をかざしている兵士の写真がある文章の、冒頭と思われる場所だ。ヘリコプターの風は熱帯の木々の枝をもたわませていた。

「ＯＫ」

アンソニーが言った。

ひそやかに、朗読が始まった。私は耳をそばだてる。

アルファベットが無機質な表音文字であることをやめ、耳をざわっとこする。

……ヴェトナム戦争は
呼ばれる
名誉なき戦争

あれ？　と私は思った。

英語は日本語と構文がちがう。朗読されて、初めて気づくように私はそのことに気づいた。英語は私にとって、いつだって倒置法みたいだったんだ。

朗読は、会話と似たようなものだと思っていたら、ぜんぜんちがうことだ。次に何が来るかまるでわからない。単語は最初、ひとつひとつ置かれる。

次第に、私の中に入ってくると、彼ら単語同士が連絡をとり始める。そして、もとから行くべきところを知っていたように、整列し始める。訓練された兵士たちのように。

でもそれは、脳味噌《のうみそ》が、ひっくり返されてかき混ぜられるような体験で、耳を傾けているだけで体力を使う。たまには、前に置かれたものを忘れてしまう。それを記号かサイン・ランゲージのようなもので書きとめておければ便利だと思い、だから速記というのがあるのだと思い至ったが、私はもちろん速記を知らない。

アンソニーがひとつ息を深く吸い、声を変えた。

……「『通常の戦争』の兵士だったら、どんなによかったろう」

あ、引用なんだ、ここは兵士の言葉の、と私は思う。見知らぬ若い兵士が目に浮かぶ。きっと白人で、二十歳くらいで、髪の毛はこざっぱりと刈り込まれ、きっと、少し暗い目をしている。誰の目も見ない一人語りのようなやり方で、言っている、きっと。

……「僕は思った。こんな待ち伏せや落とし穴に怯《おび》える毎日じゃなく、ヒロイックな戦闘がある戦争を望んでいた。けれどここはノーマンディでもゲティスバーグでもなく、」

「ゲティスバーグってどこ?」

私は朗読をさえぎって言った。これが大事な感じがしたから。ノーマンディはなぜか耳から脳に達するときノルマンディとわかったから、もうひとつも地名だと推測した。自分の声は唐突で、兵士の気配を消してしまった。

「ザ・シヴィル・ウォーの事実上の決戦の地」

朗読者のアンソニーが、素の彼に戻って言った。

「ザ・シヴィル・ウォー?」

私は返した。知らないことは語尾を上げてそのまま返すしかない。

「アメリカ国内が北部を中心とするアメリカ合衆国と南部を中心とするアメリカ連邦に分かれて戦った」

「同じ国の中で？」

「そう」

「内　戦《インナー・ウォー》？」

私は適当な英語をでっちあげて訊くが、意味はどうやら通じた。

「そう。国の内側《ドメスティック》の戦争」

それって〝南北戦争〟のこと⁉　南北戦争って内戦なんだ⁉

「味方にも多くの犠牲を出した一八六三年のゲティスバーグの戦いの後、リンカーン大統領がゲティスバーグの激戦地を国立墓地にする式典で行った演説が、有名な『peopleの、peopleによる、peopleのための政府』というやつだよ」

えっ、あれは、大統領就任演説ではないのか！

「なぜ戦死者のために行ったのかしら⁉」

〝people〟の意味が気にかかるけれど、それ以上の大きな関心があって、そちらから訊くことにする。言葉はこういうふうに、一度にひとつずつしか言えないから優先順位をつけるしかない。

アンソニーが答えた。

「桁外《けたはず》れの死者が出ると、その死には目的があり、その目的は崇高なものであると言わなければ、人の心がばらばらになってしまう。個人の心も、集団の心も。ゲティスバーグは南北戦争の分水嶺みたいなものだけど、アメリカ合衆国軍はまだ勝利を収めたわけじゃない。みなが、大量の喪失を乗り越えて、その犠牲に値するだけのことをなしえなければいけない、とpeopleに思わせる必要があったんだ」

「でもそれってただの言葉では？」

「人は自分を支える物語なしに生きてはいけないんだよ。それはつまりは、言葉だ。先を読んでもいいかい？」

私は重要なことを聞いた気がして話をしてみたかったけれど、アンソニー自身が先を読みたがっている感じがした。

空気がやってくる。異国に送られた異国の兵士の。まだ、少年のような、それでいて老いたような。


……「なんのために戦っているかさえわからなかった」


アンソニーがまた息継ぎをする。

この息継ぎと間は、大事なことが次に来る。私は予感する。


……「この戦争の　別の汚名を『泥まみれの戦争《ザ・マディ・ウォー》』」

アンソニーが本から目を上げ、その目が私の目と出会った。二人の目と目は、同じパブリックイメージを共有した、と伝え合った。その目に私は予感する、もしかしたら、ヴェトナム戦争に関しては、一歳年上のアメリカ人であるアンソニーも、私ほどに知らないことがあるのではと。

それが、アメリカから隠されたがっていることなのではと。

そしてまた声音を変え、少し大人っぽくニュートラルなナレーターをアンソニーは演じた。

……しかしこの戦争が、一方で、兵士たちの快適さを追求した戦争だということは、あまり知られていない。

アンソニーがこのとき息を呑んだ。息継ぎとはちがう。

それはペンタゴンが　奇妙な〝砂糖と《シュガー・アンド》スパイス〟　を加えた戦争だった。

手であの引用符をかたちづくって、その中に〝砂糖とスパイス〟をくくりいれながら、アンソニーが感情を抑えた声でまた読み始める。

その〝砂糖〟がRTD、　ローテーション・ツアー・デイト　と呼ばれる制度、

「こんな制度は初めて聞いた。ごほうびをふりかけるだなんて」

アンソニーがぽつりと、地声でつぶやいた。

「どういうこと？」

私は訊いた。

「ちょっと待ってよ、僕も知らないから」

ツアーのローテーション日程、とでも訳そうか？　私は考える。ちがうか、ローテーションするツアー日程、か？

……RTDは　兵士の□□を一年と定める。それまでの戦争は、目的を果たすか□□□か死ぬまで　終われなかったが、ヴェトナムでは一年で兵士は帰れた。そして予定は　カンパニー単位でなく　個人単位で　組まれていた。

わからない単語は大勢に影響なさそうなので無視したままツアー・デイトという語を味わっている。なんだかロックスターみたいじゃないか。たしかに奇妙な響きがある。けれど奇妙さは、それ自身に備わるというより、それが置かれた文脈で発動する。「文脈」なんて言葉、今まで考えたことはなかったのに。この文脈の気味悪さは、ロックスターのスケジュールみたいな語を、徴兵された兵卒に使うようなところ。日露戦争だろうが第二次世界大戦だろうが、出征した旧日本軍の兵士は、戦いが終わるまで帰れなかったはず。それは第二次世界大戦時のアメリカ軍だって同じだったはず。それがヴェトナム戦争では、学年みたいに、一年だけ。どこかで戦争のリアリティが変わった、あるいは変えられたのではないだろうか。

そんなうちにも朗読は進み、私はいくらかを聞き逃している。

……それは兵士の最新ストレス研究の産物だった。

でも、朗読の、特に一対一の朗読のいいところは、読み手がある程度、私を読んでくれているところだ。本当に聞き逃してはいけないところは、事前になんらかの合図をくれる。

……スパイスは、Ｒ＆Ｒ

「ロックンロール⁉」

私は反射的に返してしまう。

「レスト＆レクリエーション」

静かに、と私をさとす調子でアンソニーが答える。

休息と娯楽だって⁉　戦争に？

頭の中の小さな通訳者が騒ぎ立て、まだ訳語を完全には確定しない。

しかし私は、どうしてこんなことをしているんだろう？　英語でそのまま理解できれば日本語に訳す必要なんてないのに。でもそれを好きな自分がいる。

……Ｒ＆Ｒは、五日間与えられるフリーの戦闘休暇である。

兵士たちは、十都市から好きな場所を選べた。東京、マニラ、シンガポール、クアラルンプール、バンコク、香港、タイペイ、那覇、シドニー、ホノルル。香港などでは□□□のピークで一年につきＲ＆Ｒの□□はワンハンドレッド・ミリオン・ダラーズ。

「ちょっと待って」

私はとっさに計算した。数字の数え方や単位のちがいはなかなか身体に入らない。英語は千で区切るが日本語は万で区切るというようなところ。英語を一人で音読するときだっていつも数字だけ日本語だ。ミリオンが百万なのは知っているのでそれを百倍した。

「うわお」

頭の中の小さな通訳者が伝えてきた数字に面くらい、私はついそれを口に出してしまう。一億ドル！　アンソニーが朗読を止めて、目だけで私に同じことを語る。すごいよね、と。私はさらにそれを円換算する。一ドルがいま何百何十円かとっさに思い出せないけれど、二重に驚く。それは少なくとも数百億円なのだから。それだけの膨大な予算を、兵士たちの休息と娯楽につぎこんだということなんだろう。

「休息と娯楽」と私はノート通訳者のように書きつけている。そしてR&R、それにアンダーライン。とても久しぶりに、ノートに日本語を書いた気がする。というか私はそれを見ている感じもする。

アンソニーが、彼にとってものめずらしい文字を、ちらりと見た。

……戦闘が□□□でなく時々であることが、兵士の健康によいという仮説が、当時あった。任務ローテーションが個人ベースであるため、そこでは、カンパニーから一人だけヘリで空輸される図がよく見られた。

〝□□□でなく時々〟とくるのだから、□□□には日常的とかいつもという言葉がくると推察される、そうして兵士の体と心の健康に気を配り、させることは人殺し。よくわからない言葉たちから、不意に立ち上がる風景。知らない湿った土の匂い。

濃い森の上から近づいてくるローターの音。大きくなるにつれ木々がざわめく。空が暗くなりヘリコプターが陣営の真上でホバリングする。降りてくる、垂直に。噴きつけられる気流で草はぺたんこになでつけられている。ヘリのような乗り物は、この世にほかにない。まっすぐ降りて、まっすぐ上がる。空中の一点で止まる。私は、ヘリが真上からはしごを垂《た》らして私を吸い上げることを考えた。さながら聖書の一シーンだ。もちろんヘリは着陸して兵士一人を拾い、また浮上するのだろう。世界の終わりにイエス・キリストが善き者たちを召し上げてくれる。どこかで聞いた。高円寺駅前で伝道していたモルモン教徒からか、あるいはこの間のクリスマスか。

これはまるでミステリー・ツアーだ。知らない土地に一人ぽとりと落とされ、吸い上げられるとまた次に、どこに落とされるかわからない。

そしてまたあのナレーター役の声がやってくる。

……そこでは死と隣り合わせ　なのに敵が見えない

私は、ある光景を思い出した。

私はメイン州ポートランドの空港に一人ぽつねんと立っていた。ここに初めて来た日の話だ。ボストンで乗り継いだセスナだった。夕方で、あたりはもう暗くなり始めていた。あるいは単にヘヴィな曇りだったのか。私を迎えに来た人は、母親の大使館勤務時代の友人だったが――それでメインなんていう辺境が母に思い浮かんだらしいが――“I'll be《すぐ》 right back.《戻るよ》” と言ってどこかへ行ってしまった。それきりしばらく戻らなかった。バゲッジで問題があったのかもしれない。今思えば「すぐ《ライト》」戻ると言ったのが私は、I'll be back に挟みこまれたrightの意味がわからなくて、"I'll be back." と穴になっていた。それは否定文ではないのだから彼が戻ることは約束されていて、要するにどう戻るかを形容しただけだ、気にしなくていい、と思うけれど、そこの空白が、否定より怖くて不安で、夜の知らない空港に取り残されるのではないかと思った。

……見えなくても気が抜けない　ゲリラは一人を狙いうちする　それは警戒しても来ず、どんなに気をつけていても……

そう、あのとき私は、相手の不在がいつまでかわからないことが、不在そのものより、怖かった。

……そんな日常だけれど、そこでは、あらゆる品が入手でき、たのしみがあり、アメリカン・ウェイ・オヴ・ライフがあった。兵士たちはいつだって　〝リア・ウィズ・ビア〟に即座に戻ることができたのだ　一定時間の戦闘さえ終われば。

「ストップ！『リア・ウィズ・ビア』って何？ ビアはわかる」

私はアンソニーに訊いた。明らかに韻《いん》を踏んだ、洒落《しゃれ》た表現だけど、おそろしく変な言葉を聞いた気がした。

「えーと、戦争には、フロントがある。フロントって、わかる？ 敵とぶつかりあうところ」

前線、ね。私はうなずいた。

「それに対してリア」

アンソニーは、手で、前と後ろを指し示した。

前がドンパチのあるところなら、なんて言うんだっけ、ああ、後方か。私は理解した。補給や休息を一時的にするところ。ならばこれは〝ビールつきの後方〟とでも訳すべきもの！

「うわあ」

意味が風景になって浮かび、私は思わず声を上げた。後方に戻れば仲間と冷えたビールで乾杯、ってか。食糧や最低限の薬さえなく死んでいった前線《フロント》の日本兵との、なんというちがいだろう。

私にもようやく理解できてくる。

つまりは、ヴェトナム戦争とは、アメリカが幾多の戦争の経験と研究から得た、最新ピカピカの合理性を、投入してみた戦争である。

にもかかわらず、ヴェトナムは、アメリカがそれまで戦ってきたどんな敵ともちがったらしい。そしてそれが本当に敵だったかどうかも、アメリカ人はわからないままに深入りしていった。

どうやらそんなことであるように思われる。

いや、わからないからこそ、深入りしたのかもしれない。

「なんだか気持ち悪い」

私は言った。「この変なスポーツ・パフォーマンス理論みたいなやつとか……」

「僕もそんな感じがする」

――アメリカン・ウェイ・オヴ・ウォーってやつか。

そのとき、別の声がした。そして嘲笑《ちょうしょう》が。

「おぇっ!?」

私は驚きすぎて、日本語とも英語ともつかない音で反応した。アンソニーが、びっくりして私を見た。図書館司書さえ、私を見た。ごめんなさい、手のしぐさだけで私は言う。

「どうしたの？」

一方、私の瞳は、正面にいる別の人をとらえていた。

私の視線の方向がわかるのに何も言わないのは、それがアンソニーには見えていないからにちがいなかった。

私の正面の椅子に、あのヴェトナムの結合双生児が座っていた。

今日はそろいのツイードのジャケットにレジメンタル・タイを締めて。まるでアメリカのプレップスクールの子みたいに。二人が一人にくっついているほかは、彼らはここの誰にも引けをとらない将来のエリートみたいに見えた。

「なんでもない」

アンソニーに、私は言った。「続けて」

アンソニーが朗読に戻った。

正面にいる双子の弟はおそろしく美形だ。なめらかで、白人が憧れる〝陽焼け《タン》〟という形容がぴったりのなめし革みたいな色の肌をして、アーモンド形の潤んだ大きな目、黒曜石《こくようせき》の輝きを持つ瞳に真白な歯。黒い髪は艶《つや》があってさらさらして、それが動くとき本当にさらさらと羽衣《はごろも》みたいな音色がしそうだった。彼の右横わずかに後方に、縮んだ老婆のような兄がくっついていた。彼は建物の魔除けのガーゴイルのように悪魔的な貌《かお》だった。兄は、自然状態だとその横顔が見えた。

——〝people〟の、秘密を少しだけ教えよう。

目の前の美形の男が私に言う。それが空気を伝う音なのか、もっと別の伝達の仕方なのか、私にはわからない。

"You are just my imagination."

私は、いつかどこかで聴いた気がする歌の文句を、想った。「あなたなんかただの私の想像よ」

それは、伝わったらしく、返答があった。

——在るから想像できる。想像できるから、在るんだよ、ガール。

目の前の美形の男が微笑む。老婆のような兄も一緒に。そこだけは、ぞっとするほど似たやり方で。

——我らピープルをひとつに思って「一掃」しようとしたのが奴らの間違い。奴らピープルを一人一人にしたのが、我らの勝利。そんな本より、俺たちと話したほうがあんたのためになると思うけどね？

(アメリカが負けたの!?)

さまざまな言いたいことの中から、よりによっていちばんつまらないやつを私は想ってしまう。これじゃ単なるバカだ。

——ガール、そんなことも知らずによくアメリカに来たなあ。いいか、誰も勝った戦争を恥に思ったりしないだろう？

(あ)

——もっと話がしたい。

目の前の男が机に上体を乗り出してきた。そのきれいな顔で言われると幻惑されそうになる。でもそれは、二重の意味で幻なのだと自分に言い聞かせる。そこに誰かがいるのも幻。きれいな顔だからその人に魅力があるというのも、幻想。私はその問いかけには応じなかった。

――俺はあんたら民に憐《あわ》れみを感じるんだよ。なんたって一掃されかけた民だからな。

(日本人が⁉)

――そうだよ、本当に何も知らないな。ヴェトナム戦争に絨毯爆撃《じゅうたんばくげき》って非難があったが、実のところ当たってない。本当の絨毯爆撃ってのは一晩で十万人殺した東京大空襲みたいのを言うのさ。それにあの二発の原子爆弾‼　アメリカはあんたら日本の民を、人間だと思ってなかったわけだろ？

何かを返さなければと私は思った。

(でも、ひと一人一人に顔があって考えがあって家族がある、同じ人間だ、なんて考えたらそもそも戦争なんてできないでしょう？　それは僧侶《そうりょ》の考え方よ)

――そういうのがアメリカン・ウェイ・オヴ・ウォーに毒されてるんだよな。戦争にはもっとやり方がある。ばらばらばらばら爆弾を落として、帰ったらでっかい空輸ヘリが持ってきた冷たいビールやでっかい肉にありついてTV観て〝リフレッシュ〟、みたいな戦争じゃなくてさ。

(それがアメリカ式の戦争ってことでしょ)

――そんなにいばることかよ。

(私、戻らなくちゃ)

これ以上聞いたら自分がおかしくなる。そう思った。

――ガール、君に戻るところなんかあるか？　戻るとこなんかないからそこにいるんだし、しかもそこにもいられないじゃないか。

私は応答しなかった。図星な気がした。

――怖がらなくていい。俺は君の友達だ。

（消えて）

すると結合双生児は図書館からは消えたが、今度は私が彼らの真っ赤な部屋に入りこんでいた。

私はあの歌を、少し歌詞を変えて必死で頭の中で歌う。

It's just my imagination.

……しかし、

別の声が聞こえてきた。アンソニーの声だった。今ならまだ私は帰れる。

――あんたそこへ帰りたいのか、本当に？

目の前で薄れゆく男が言う。私はそれを無視する。部屋のリアリティが粒子に崩れてゆく。


……いかに一年きりだろうと、□□□も崇高さもない　間抜けな緊張が続こうと、

朗読の声のほうに集中すると学校の図書館のリアリティが少しずつ戻ってきた。凍えた指に血流が戻るように。

……戦争は　死の恐怖そのものである。にもかかわらず　その周りには、アメリカからそっくり空輸されたような光景。

アンソニーが、朗読を終えようとしていた。

……兵士たちは、二重の非日常を生きていた。

第五章　米軍の谷、贄《にえ》の大君

二〇一〇年八月　風の谷

この風景は破壊されている。

遮《さえぎ》るもののない太陽は、暴力である。今年は特に。二〇一〇年はもしかしたら、日本の夏の暑さが疫病と同じくらい致命的なものであると、人びとが知ることになった年と後に呼ばれるかもしれない。暑さでもう何百人もが死んだ。こんなことは今までなかった。

本当に暑い。

そのうえ自然のかたちを少しも尊重せずに拓《ひら》いたこの土地には、人が太陽から逃れる場所はどこにもない。そこでは人が嘘をついた。障害物を取り除き地所を平らにして土留《どど》めを打つだけで、住めるところですと嘘をついた。土地の値段はこの先上がることはあっても下がることはありませんと嘘をついた。ある時期膨大な人に語られた嘘だが、我が家に対してのそれは、一九八七年のことだった。その嘘の名をバブル景気と言う。

数限りない人が嘘をついた。銀行からして嘘をついた。誰にでも融資をした。遊ぶ金欲しさの人にまで。国家はそれを、都合がいいから見過ごした。

そんなことは長続きするわけがない、そんな嘘はわかりそうなものだ、というのは、部外者が、後から言えることだ。でなければ、世界各地で似たことが繰り返されるわけがない。日本経済は、見ようによっては二度の土地バブルでずたずたになった。一度目は国内の。その負債が返せないまま、二度目のアメリカ発世界規模の大波をかぶった。サブプライム・ローン破綻《はたん》、リーマン・ショック。百年に一度、という今の不況の言われようは、一九二九年の世界大恐慌さながらだ。

私の実家の家業はバブル前駆期からはじまった円高で息の根を止められ、バブルのピークに長年住んだ家を抵当で失った。東京の動線が、未知の生物の触手のように止まることなく伸び続けるときに別の家を探すのは、純粋な思考停止体験である。

そして二〇一〇年八月十五日。「終戦記念日」と呼ばれる〝敗戦〟の日、JRと私鉄のクロスする駅から、放射状に出るバスの一系統に私は乗った。待つこと十数分、乗って約二十分。このバスに乗るまでには地下鉄とJRを計三本乗り継いだ。

バスの沿道には埃《ほこり》っぽい住宅地と郊外型のレストランだけがある。人みな、炎天下には戸を閉ざしひたすら耐えている。クルマの屋根やボンネットの上には陽炎《かげろう》のように空気がゆらぐ。バスの中にはおしゃべりひとつなく、誰もがぐったりしている。途中のグラウンドから金属バットの音が響く。放射状のどのバスの終着地も小高い山だ。山ひとつの単位で、開発がおこなわれたから。東京は西へ行くと明らかに山になる。そして遠い「山」の開発のほうが都心に近い「湾岸」に先立ったのは、時代のテクノロジーとして、土地がないところに土地をつくるより、あるところを崩すほうが楽だったからなのだろう。ちなみに、放射状のバス路線同士の、横の連絡はまったくない。

終着地は島のような場所だ。小さなスーパーとクリーニング屋と天然酵母パンの店がある。こわいことに、放射状のバス路線のどの終着地もそういうひとそろえの店が、ひとそろえだけ、ある。喫茶店の一軒もないのにパンが天然酵母ということこそ、不健全ではないか。

終着地で降り、たった一人の歩行者を追い越した。空気は陽光と湿気で、音が鳴りそうなほど飽和している。息が肺に入らない。過ぎゆく自動車の中の人たちは密閉した窓のなかで黙っている。風が一瞬だけ起こり、私をかすめた。ゆるく長い勾配《こうばい》。見通せば逃げ水。かつて団地として開発された地区の外周道路沿いには、少しずつだけちがうかたちの一戸建てや一戸建て風集合住宅がどこまでも建ち並んでいる。まるでこの世の外壁のように。

円環の、外に出る。風景がいきなり変わる。

いつ見ても、内臓がせりあがってくる感じがする。

これも東京。これこそ東京。

そこには破壊されたような住宅地がある。

ここはふたつの暴力が出会う場だ。人の暴力。自然の暴力。

自然は優しくなんかない。自然は人を癒すためになんかない。山に車で行くとする。どんな低い山でもいい。そこから一歩踏みこむだけで、自然はあなたを歓迎したりしない。そこには樹皮をも貫くストローの口を持った虫や特定の動物とだけ共利関係を結んで生き残ろうとする毒植物や、動くものにならなんでもとびつく蝮《まむし》が棲む。その優しくなんかない自然が、いちばん野蛮に、中途半端に壊された。めちゃめちゃな生態系分布で繁る草、咲く花。直線で削られた斜面。手負いの猛獣に似た山のその姿、斬られた肉のように赤い血のにじみ滴《したた》る断面を癒すすべも知らずに大気にさらすその姿が、私に、何かを思い出させる。だが何を思い出したいのか、それはまだわからない。まだ、思い出せない。ずっと思い出しそうな何かなのに。

誰がつけたのか「風の谷」という名を刻んだ石碑は墓標に見える。

なるほど谷なのだ。大地がそこから落ちていき、全方向から落ちてすり鉢というよりは浅い亀《き》裂《れつ》の底に、昔からの沢地が残されている。そこを平たく埋めて住宅地をつくった。昔からの沢は、今では錆《さび》を溶かしたような不穏《ふおん》な色と臭気をたたえてよどんでいる。

谷の向こうはまた小山。「風の丘」。急で高い斜面は、中腹には縄文遺跡を抱き、頂には思い思いのかたちの一軒家をのせていて、家と家の間は、空いている。開発の途上でバブルが終わったから。コンクリートの土台だけのブロックは、その上がまだ建てられていないというよりもぎ取られたように見える。空を貫くように、鉄塔が立つ。むきだしの電線が張り巡らされている。おそらくはそれを目印に、真昼間にカラスが旋回する。

二つの小山にはさまれた元谷地の、万年仮設の歩道を私は歩いていく。工事現場を表す黒と黄色の縞《しま》模様の柵の間が、歩道である。この道路は整備されると不動産屋は言った。新しい道もどんどんできると。が、いっこうにその気配はない。もう二十年以上経つのに。

知っている。ここは見捨てられたのだ。

そしてそれについて泣くこともできない。

葦原《あしはら》の一帯があり、湿地の曖昧な水際を、這うように、恐竜時代から生きてきたような、大きく肉厚で一年中真緑の葉やシダ類や、つる草の類《たぐい》がからみ合っている。

ここが一九八七年から私の実家だ。

斜面に臨んで母の家が見える。家じたいはこぎれいと言ってよい。

ただ、自分たちがどうしてここにいるのか、ぜんぜんわからない。

会うと、母娘は話すことがない。

そのうえ、夏は暑さを、冬は寒さをもろに受けるこの家では、話すこともひどく大儀《たいぎ》だ。私が来ると母はたいてい、部屋を薄暗いままにして、家具や背景と溶け合うように横たわっている。二階はより太陽に近く熱波がこもるので、二階建ての家で一階の居室のみを使っている。あとは抜け殻。子供たちの抜け殻。一家四人で住める家を必死で探したのに。今となっては、立派に二十代だった子供たちと母親が雁首《がんくび》をそろえてどうしてそんなことをしたのかわからないが、同じ箱にもう一度入らないと、家族が壊れてしまう気がした。誰も口に出さずただそんな強迫観念だけを共有していた。たとえ離散しても集まれるのが家族なのに。結果的に家族は離散した。出たり入ったりの私が最後に出て行き、祖母が死に、母だけが、ここを出て行けない。子供たちは、それぞれそのことに少なからず罪悪感を覚えるが、どうしようもない。

母は暑さと寒さに釘《くぎ》づけだ。

家の中を動かない空気と一緒に、ただじっとしている。母娘二人で。

母とは毎日電話で話す。電話で話すと、まるで地の果てから私を逃してくれた人が私を支援してくれているようで、胸を打たれる。けれどじっさいここへ来てみると、一刻も早く帰りたくなる。といって、疲れて気力をなくしているため、しばらくは動きたくさえない。一晩泊まることになる。私が母の家に泊まることを、母は過剰にすまながる。仕事もあるのに、遠路はるばる悪いわねと。一緒にいてほしいのか否か。母が何をしたいのか、他人にどうしてほしいのか、私は一度もわかったことがない。

二人は太古の人びとやある種の動物のように、ひたすら太陽が沈むのを待つ。真夏の太陽ほど歩みののろいものがあろうか。

　ときどき米軍機が頭上を通る。

「クソ米軍！」

　母は決まってこの言葉を発する。私たちがここに来る前からクソ米軍はいたはずなのに、母はいつもこれを、思い出したように言うのだ。

　母には一貫性がない。

　母は何かを忘れていっているように思う。

　あるいは、母から何かが零《こぼ》れ落ちてゆく。

　強すぎる陽《ひ》が、ものを変容させてしまう。

　ただ悲しい。

　私はテレビをつけた。冷房をつけても冷えない居間で、さっきまで母が身を横たえていた小さなソファに横になって、目を閉じた。他にすることが何もなかったから。


　ふと、生まれ育った高円寺の家にいる錯覚に襲われた。

　目蓋《まぶた》を閉じても明るい視界の中に、懐かしい風景が半透明に透けて見えていた。

　私は居間の小さなブラウン管テレビの前で、ソファに横になっていた。頭頂の方向に、太い大黒柱が見えた。昔の柱って太いな、と思う。そのぶん家の内のりが少なくなるから不合理ともいえ、今は流行らない。柱には幼い頃の兄が貼ったスティッカーがついている。きょうだいが幼い頃の身長の刻みも。ソファの後ろは棚のような段になっていて、ひと昔前なぜか家々によくあった鮭《さけ》を獲る熊の木彫り像とか、大黒様とかが、あるはずだった。テレビの置かれた壁面には、偽暖炉もある。暖炉っぽいが火を焚《た》けない単なる壁のくぼみ。瞑《つぶ》ったままの目の隅に、誰かが作った鉤針《かぎばり》編みのパッチワークのカバーが目に入る。私の横たわるソファにかかったカバーだった。その純粋な幾何学模様に意識を集中すると、らせんがほどけて、ものごとがいまだものごとの姿をとる以前の世界に引き込まれ、世界が光の粒子から再構成される。

私は、そこにいる。

*

失った高円寺の家にいる。

夢の中で私は起き上がる。

直立して足の感覚を確かめた。感覚は、いろいろな部分から成る。踏む床の固さ、ひんやりした平らかさ。足という小さな面積に垂直にかかる体重、それを引く重力。手を拳《こぶし》に握ってみる。開いてみる。てのひらを見る。そういうことをきちんとすると、私は夢の主体になれる。私は歩き出す。

でもとつぜん夢見の主体になったからと言って、能動的に何をしていいかわからない。私は逍《しょう》遥《よう》する。

居間と続きの北側の空間は、ひんやりする。ここに食卓がある。さわってみるとべたっとする。私の家の台所に近いものはすべて、水で拭《ふ》いただけではとれない薄い油膜に覆われていた。テーブルは、合板の表面に木目を貼ったもので、今見るとちゃちだ。私の家のものはそうだった。家の造りつけの家具や建具は丁寧《ていねい》につくられ美しいのに、両親が買うものはたいていい安物だった。

こういう貧しさを見るとせつなくなる。北の窓には、つる草のような格子《こうし》が取り付けられている。今でもどこかの家で見ることがあり、郷愁に駆られる。昭和の一時代に流行った様式なのだろう。テレビのある間《ま》とテーブルのある間は、大黒柱を境に南北に続いた空間だけれど、光の性質がまるでちがった。今、テーブルのところに立って南を見ると、その質のちがいにびっくりする。夏と冬というくらいに。逆に暑い夏は、ここから、たとえばへちま棚越しの夏の光を見るのが涼しかった。テーブルの北に仏壇が、西には神棚が、それぞれあった。今もある。祈る人をなくしても。

テレビの前のソファ――これも安物だ――の後ろは、背もたれより少し高いくらいの棚で、やはり熊の木彫り像とか大黒様とかがある。なぜそんな棚のようになっているのかと考えて、後ろが収納なのだと思い至った。ソファの後ろは壁を隔てて玄関で、行ってみると、なるほどやはりそこは玄関の靴入れだった。

玄関からは、二階へ続く階段の側面が見える。二階へ行ってみようかと思い、なぜだかそのとき、台所の電話のことを思い出した。

電話をたしかめなければ！

急いで台所へ行こうとする。台所は、ちょうど階段の真後ろにあたる細長い空間で、玄関から行くには、クランク状に三回曲がるようなかたちになる。しかし玄関から行くのがある意味最も遠いその空間に、行き着くもうひとつの方法を私は思いついた。

玄関を入って右手、靴入れの対向は応接間だ。その応接間に入ると、間仕切りのような薄い扉を開けて三畳間に出られる。この三畳間は勝手口のすぐ横の部屋で、小学生のころ私はそこに住んでいた。北東に向いたあまり陽の射さない一間で、模様のついた窓ガラスの上には見覚えのあるシールが貼られていた。畳の上にはカーペット。私はこの部屋を極力洋風にしようとしていた。勝手口の三和土《たたき》へと出る戸の前には、私が小学生のときに置いた、おうちのかたちのふわふわしたラグがそのままあった。私の部屋はと言えば、後で気づいたのだが、前の時代にいたお手伝いさんの住み込み部屋だったし、勝手口と応接間とにつながっていた。

三畳間から勝手口に出る。薄い扉を中から外へ押すと、父および祖父を除く全員の靴がそこにあった。つまりは、女子供はみなここから出入りしていた。家長以外は正面から入らない、というわけだ。勝手口の空間は、家の居住空間より一段低く、土間と言っていい場所だったのだと、初めて気づく。二槽式の洗濯機、タイル張りの水場、漬物の桶《おけ》。

仕切りの引き戸をがらがらがら、と引く。一段上がって、台所から家に入る。

「ただいま」

声に出して言ってみる。答える人はない。台所は廊下のような、ガス台や食器棚を除いた残りのスペースは人一人が歩けるほどの細長い場所だ。昔の家って、なんだか煮しめたような濃い茶色をしている。北側の窓にはやはりつる草模様の格子がはまっている。この窓から漂い流れる匂いで、晩のおかずがわかったものだ。冬の、空気が乾いて透明な日に母が焼きりんごを焼く匂いを今も私は思い出せるし愛している。それが私にとって、母と家の最も幸せな匂いだったかもしれない。

廊下のような台所を歩くと、食卓のある空間との境に、子供が台所に入らないように、蝶番《ちようつがい》で開閉できるようになった柵が今でもある。その台所のどんづまりの左手に、黒いダイヤル式の電話がやはり、あった。

〝まま〟

と私が油膜を爪でこすって書いた落書きがある。

受話器を上げてみた。電話は、ただ固有の発信音だけを発していた。そのまま、とても長く思える時間、待ったが、何も起こらなかった。

電話の上には小さなガラスの棚があり、ティーカップやおそらくは砂糖入れなどの洋食器が並んでいる。これもやはり、大して高くないものだ。箱がいくつかあるので手に取ると、マッチに角砂糖。角砂糖は、上にピンクの薔薇《ばら》の飾りがやはり砂糖でつくられている。日本人が、端的《たんてき》に砂糖を夢見た時代があったのだろう。なんだか泣けて、電話の前でしゃがみしばらくうずくまっていた。

ひとつだけわかったことがある。


過去に戻って加えた改変は、保存される。


電話機にもともとあった〝ま〟という落書き、おそらくは何十年もの昔に私が自分の名を書こうとして途中で飽きてやめた落書きに、およそ一年前に過去に戻った私が〝ま〟と一字を書き加えた落書き〝まま〟が残っている。

過去が改変できるなどありえない。改変できたとして夢の続きとどうちがう？　私の頭が、そう言う。でも心が、体のすべてが、前回書き加えられた〝ま〟の字を愛《め》で、そこに救いを見出している。油膜を爪でひっかいた字のわずかなくぼみを、指の腹でさすると、涙があふれた。そして次の刹那《せつな》に私は言う。

「ままがそのまま」

洒落にもならない言葉が唇から漏れ、独りで苦笑いした。

「ママはそのままかも」

言って引き出しを開ける。鉛筆がある。消しゴムがある。そして母自作の電話帳が！　今でも母が持っているやつだ。

めくって私は、あ！　と思わず声を上げた。

それは私が知らない時間のその電話帳だ。

その表紙の裏に、別紙で、私のアメリカの滞在先が書いてあった。見覚えのある字で、住所とホストファミリーの名、そして、電話番号が。


電話が、できるかもしれない？


今ここで、かけてみようかという誘惑に駆られる。

いや、と思いとどまる。

話せるかもしれないけど。なんの準備もなしに十五の私と話したら、傷つけるだけかもしれない。私は何とかして、あの子を助けると心に誓った。その気持ちに嘘偽《うそいつわ》りはない。けれど、嘘偽りのなさには、それ相応の技術がなければ偽りと同じになってしまうかもしれない。でも、ここでかけなければ、いつまたこの場所にこうして来られるかはわからない。ここは意図と偶発が奇跡的に出逢うときにだけ、ひらける時空。しかし、この場所からあの場所に働きかけられたら、今度こそ決定的に歴史に反さないか？　それは秩序に反さないか⁉

まずは、電話番号を、またもボディの油膜をひっかいて書いた。まるで死にゆく人のダイイング・メッセージみたいに。

そして意を決してもう一度受話器を上げた。この電話を、自分からかけるためにとり上げたのは、一九八七年以来だった。

烈《はげ》しいローター音が耳を襲った。私は現実を思い出してしまう。私は、〝風の谷〟と呼ばれる、米軍機が飛び交う空の下の家に母といた。

いや？　ローター音は、電話の中からする‼

＊

気がつくと箱のようなものの中にいた。箱の尺は私の身長よりずっと短く、私は身を屈《かが》めてそこに入っていた。

こんな不自然な状況でも、自己認識はすぐにやってくる。二〇一〇年八月十五日。四十五歳の私。

状況は完全に把握できていた。夢から醒めて、夢見る前の状況をすぐ思い出せるのと同じに、理解していた、私は生贄《いけにえ》だと。ローター音は鳴り続けていた。

私は箱ごと、風の谷に埋められる。箱に入れられて埋められることは、決まっていた。駐留している占領軍の米軍が、毎年八月十五日に生贄を求める。じめじめした谷は贄が育てられる場所だ。その谷でその年に十六歳になる乙女が選ばれる。さもなければ、日本のどこかの都市に無差別爆撃がおこなわれるのだ。それが私だということは、私はその身代わりで、私には娘がいて、娘を逃がすためにこんなことをした。私は〝トロイの木馬〟のように米軍基地内部で自爆テロをおこなうのだ。もうこんなことをやめるよう彼らに訴えるために。誰も知らない。私と娘だけの秘密だ。

エンジン音から機影を思い浮かべることができる。それくらい、米軍武装ヘリはよく知った日常の訪問者だった。けれど今日は意味が違う。彼らは儀式的な編隊を組んで上空にいる。私を連れにやってくる。その編隊から、一機がゆっくり降りてくる。残りは上空でホヴァリングしている。空気を波紋にして伝え地上のものを打つローター音。大気を裂く熱い気流のダウンウォッシュは草樹をひれ伏させ、沢をかつてなくあらわにする。

生贄は、夜明け前にその沢に半身を埋められ放置される。生贄がその後どうなるのか、集落の者たちは知らない。集落の者たちは、物資《カーゴ》をもらい、当分の間潤う。

箱に入った私がローター音から逃れる場所はない。光、熱、すべてのものがローター音に押され肉と体液を刺す。雑木林に集まるうるさすぎる蟬《せみ》さえ、今は声をひそめている。谷は音を増幅する。身体に、倍音の高周波が聞こえる。低周波も。耳でなく、細胞が共鳴している。水の分子と分子を高速で擦《こす》り合わせて。電子レンジみたく。これが集落の人びとが日々耐えている殺人音響なのだ。だからここは年々暑くなる。その熱は、ものを内部から爆発させるまでどこにもいかない。

カラスたちがどこかで狂ったように飛び立つ。カラスたちを見ていると、上空にはいくつかの気流の断層があると思えてならなかった。ここのカラスは、潜水して獲物をとる水鳥のような、他で見たことのない動きをする。上空で旋回していると、翼をたたんで急降下するのだ。そして沼に刺さる。沼は、人が思うより深い。誰も沼の深さを知らない。

私の頭にとつぜん、鳥葬をおこなう古代の谷があらわれる。ちょうどコンピュータで画像処理された映像から映像エフェクトのレイヤーをはぐ感じで。崖の下には黄金を抱いて眠る沼がある。その上にある祭祀場《さいしじよう》で獣肉とともに生きた処女や少年が太陽神に捧げられる。黄金を抱かされ、彼らは深い水に投げこまれるのだ。彼らは魂の永遠と復活とを願われる。そしてある日、祈りを捧げるいにしえの祭司たちの頭上から、ぴかぴか光る米軍の最新型ヘリがやってくる。祭司たちはそれを神の使いの出現と思いこみひれ伏す。

そうか、乙女たちは殺されるのではない。性的奴隷になるのか。なぜか私に理解がやってくる。ならば私はなおさら招かれざる者。いい、どのみち奴隷にもならない。できるだけ有力者を殺して自分も死ぬから。

私は覚悟した。

何か、頭の部分の板を叩くものがあった。人のノックより細かい何かで、今はローター音よりそれが気にかかる。叩くというより引っかくような音で、聞いていると規則性がありそうでなさそうで、なぜかはわからないが身体がむずむずして私は動いた。頭を天板にぶつけると、頭のところの板がふたつに割れて、頭が少し外に出た。箱がそんな構造になっているのを私は知らなかった。

私は窮屈な箱の中で頭の向きをかえ、箱を叩いたものを見る。

「野鼠《のねずみ》?」

鼠など忌《い》み嫌う私だったが、そのときは可愛かった。野鼠たちが去ると、何かが私の鼻先に止まった。

かぶと虫だった。かぶと虫って、けっこう重い。かぶと虫はひとしきり私の顔の上を歩くと、硬い背を割って羽を出し、飛んだ。飛んだ先を見て、息を吞んだ。

そこにヘラジカがいた。雑木林をカムフラージュにしてヘラジカが立っていた。あのヘラジカだった。十五の私が殺して食べたヘラジカ。いや、私はそれをどこで殺して食べたのだろう？　記憶が混濁《こんだく》する。

あのヘラジカは私に対して特別な吸引力を持っている。フェロモンを発して、彼を欲しくてたまらなくさせるような何かがある。そのとき思う、食べることと性交することは似ている。どちらも相手とひとつになる。身体の中を、狂おしい欲求とエクスタシーがないまぜになったものが突き上げてくる。

とつじょ思う、自爆テロなどには意味がないと。非力でも、生きて他の方法を考えるべきだ。でももう遅いのか、何もかも。

上空で何かが起こっていた。カラスの大群が、沼に急降下するやり方でヘリにぶつかっている。ヘリのガラスが血と羽毛に汚れている。こんな光景は初めて見た。鳥は、人類がそれに憧れて空を飛んだのだろうに、人が飛ばす機械たちにはとんでもない厄災《やくさい》となる。エンジンが鳥を吸い込んであの大きなジャンボジェットが落ちることだってある。

私は自分の代わりに大きな石を三つ詰めて、箱の天板を閉めた。家族も集落も、このときにはどうでもよかった。上空はパニックで、ヘリコプターは一時撤退を余儀なくされていた。ヘラジカが私を呼ぶ。人間には見えない匂いのラインがそこにある。

洞窟《どうくつ》があった。水辺の湿った洞窟で、入り口は草木で半ば覆い隠されていた。この洞窟の伝説は聞いたことがある。近くの小学生が話していた。富士風穴に続いているとか、心中した男女がいるとか落武者伝説があるとか、小学生が好きそうな内容だったが、そんなことはどうでもよく、私は薄暗がりの中にある匂いのラインを辿った。

外でいよいよ、私を連れ去る光線が来たのがわかった。

周囲のものがふっと持ち上がる。私の身体も、一瞬。私は一度振り返った。風の谷が光で満ちているのがわかった。何も語られず陰惨な噂だけがあったその儀式は、実は光と妙なる調べに満ちていて、そのときにはヘリさえいないかのようだった。すべての音が止んだ中で、木、草、精霊たちのすべてが歌っている。苦しいかと思ったそのことが、甘美であることに私は戸惑う。私は、快楽や感謝さえ覚えてしまいそうな自分に戸惑い、恥じもした。でも私には行くべき先があった。米軍の調べには、意志を捨てて眠り込んでしまいたいような心地よさがあった。が、私の中には獰猛《どうもう》な生命力があった。私は洞窟の中を、ときに四つん這いになって進んだ。

いつしか、森に出ていた。


この森はどこだろう。

私は二本の脚で歩いていた。

来たことのない森だった。当然、怖かった。にもかかわらず、どこか懐かしい感じもした。季節は見事な秋だ。思わず見ほれてしまう。色づいた葉を誇る木々。踏みしめる土は、葉っぱでふかふかして、そこここからぽと、ぽと、と落ちるどんぐりが弾《はず》む。竹とんぼのように飛ぶ種子が、透明な空気を漂っている。それはくるくるくる、とらせんを描いて落ち葉の中に着地する。遠くの小さな虫が空中で静止する様までわかる。なるほど、ヘリコプターというのは、鳥というよりは虫に憧れたものではないかとふと思う。そういえば、かたちもちょっと甲虫っぽい。

外には何も存在しないかのような静かな森だった。にもかかわらず、そこは生命の気配で充満している。静かだからこそ、かすかな気配がわかる。小動物や昆虫、微生物の営みまで、すみずみまで生きていないものはなく、この森に生かされていないものもない。この静かな森の外、女の私の脚で歩ける距離に、私を連れにきた米軍機がいるとはとても思えない。

私はヘラジカを見失っていた。歩くうち、寒くなってくるのを感じた。気がつくとあたりが白い雪に覆われていた。足は千切れそうに冷たく、空腹もはげしかった。空気はいよいよしんと澄み、動くものの気配はない。葉をまばらにした木々が、月をその枝で支えるように戴《いただ》いている。月は手が切れそうな冴《さ》え方だ。

まずい、と思った。身体が動かなくなってきたのだ。そのうえ頭が朦朧《もうろう》として眠くなってきた。もうしばらく歩いて、つまずいて倒れた。木の幹にすがった。木の幹はあたたかかった。それはヘラジカだった。驚くにも体力がいるものだ。疲弊《ひへい》しきったときに奇跡に接すると、ごく自然に受け容れる。

——来なさい。

ヘラジカが私に言った。あのヘラジカ独特の伝え方で。私の身体にまた生命力が点《とも》り、私は立った。ヘラジカは今は、私を駆り立てた匂いを出していない。私は内側の静かな生命力の火だけを感じ、雪の森を歩いた。私はただ私を生きさせるためにだけ、生存している。あたりは夜になっていた。

煮炊きをする匂いがした。人の暮らしの匂いだ、と私は思う。今は、ヘラジカの性的興奮をもたらす匂いより、人の営みの匂いが恋しい。そう、人の営みというのは火がつくったのだなと、私は思った。そして火と動物は相容《あいい》れない。

——入るがよい。

ヘラジカが、私に伝えた。

「誰がいるの?」

ヘラジカは沈黙していた。

「あなたは何?　森の神様?」

——私は神ではない。時に神の意思と言葉を運ぶ。が、神ではない。

ヘラジカはとつぜん、獣にかえったように、方向を変えて走り去った。

それは奇妙な小屋だった。石でつくった円柱の壁に、藁《わら》か小枝のようなもので葺《ふ》いた屋根。煙突はなく、匂いとかすかな煙と蒸気は、壁の隙間から漏れ出ている。

「ネイティヴ・アメリカンの小屋?」

思いつきが口に出る。

ドアがあった。

私はノックした。他にどうしようもなかったから。

ドアが開き、中に明かりがあるのが見えた。見たことのない明かりで、火ではなく、冷たく内部から発光している生き物のようでもある。さっきまで煮炊きしていたかもしれない火は、今はうずみ火で、それもまた息をする生き物のようだ。息を吸い込み、吐いては赤黒い光を弱々しく発する。

——ようこそアメリカの方。

女が言った。それは、女だった。私はアメリカ人じゃない、アメリカ人から逃がれてきた、と言おうとしたがタイミングがとれない。

女の話し方にはこちらの言葉を封じているようなところがある。女は顔を薄い衣《きぬ》で隠している。身体の線もよく見えない。けれど女とわかる。そして、東洋人ではないかと。それも、私の同胞にきわめて近い、やわらかな東洋人に感ぜられた。何かそれは、匂い、みたいなものだ。それに日本語だし、と私は考えて、そのそばから、今聞いているものが日本語であるという確証が消えていった。この言語は何だろう？　と私は少ない思考力で考える。それでも私に日本語のように受け取られているもの。これはヘラジカが話したやり方と、きわめて近い。だとしたら、彼女が交信しているときにしか、話は通じないのか。

——お待ちしておりました。

女が続ける。

「待っていた？」

そんなばかな。

私は迷いこんできただけ。

女は私の疑問には答えなかった。私の言葉もまた、闇の粒子の中に消失していくようだった。

私は小屋に招きいれられた。

——寒かったでしょう。このあたりは、ずっと冬なのです。

壁がやはりほの明るく発光しているのがわかった。さわる勇気は私にはなかったし、さわっていいものかもわからなかった。

——お脱ぎください。

言われると、衣服が冷えきって私の体温を奪っているのがわかった。

——誰にも見えません。

人の目の前で真裸になるのは、実に小さな子供のとき以来のことで、なんともいえない解放感がある。壁は、やはりある種の生き物なのかもしれない。呼吸に似たリズムで光に強弱がある。

何かをもらった。

——食べると元気になります。

それはよく見えなかった。たったひときれの食物だった。空腹に負けておそるおそる口に入れると、穀物のような果物のような味わいが鼻孔へと抜けていき、パンのような餅《もち》のような食感があった。暗がりで真裸で食物を食べていると自分が透明人間になったような気がする。しかしだからこそ、自分が回復するのが、生命力そのものを体感するように、私にはわかった。

——お着替えください。

私がつかの間の解放感を味わっていると、女が、まるで虚空から現れるように私の後ろにいて、衣服をかけてくれた。その衣服は、この世のものとも思えないほど軽くあたたかく、いい馨《かお》りがした。馨りがついているわけではない。香を焚《た》きしめた部屋にあったとか、そういうものでもない。強いて言えばそのものじたいに芳《かぐわ》しさがあるような、そんな感じだ。袖《そで》を通すとあたたかく、眠くなった。

——どうぞこちらへ。

女に手を引かれた。

おかしい。

ここは空間がゆがんでいるのか。ここにこれだけの長い廊下があるはずがない。それとも私の見落としで、小屋の背後に廊下でつながれた別棟があったのだろうか。

しかし私は女に手を引かれて長い廊下をさらに歩いた。

廊下のようなものの終わりにはドアはなく、御簾《みす》のようなものが、ほの暗い中に浮かんでいた。

——ゆっくりお休みを。

女は私を寝具へと入るよう促す。それは寝具、だと思う。真白で、あまりの白さのために闇の中の繭のように見える。そして、丸く。

私はもぐりこんだ。寝具は借りた衣服と同じ芳しい馨りがした。

——春になるまでお休みを。

去りゆく女の言葉を背中で聞いた。変な、不穏な言葉だと思った。けれど眠くて、寝具の中に溶けそうだった。この地方独特の言い回しかもしれないと思おうとした。冬が深い土地なのだ……。

眠りというものが、物質として知覚できそうな眠気。私は溶ける、私は落ちる、そのとき。

何かがいる。

同じ寝具の中に。

手が、伸びて来た。

誰かが、いる。何も見えない。

嫌！

私は抵抗するけれど、甘美《かんび》なまでの眠気に勝てない。そのうえその人は、いい匂いがした。

女？

女のようにやわらかい。

男？

男のように力が強い。

やはり私は贄なのか、という思いがよぎる。今度こそは抵抗できないのかもしれない。この中にいるものこそアメリカ人ではないのか。

しかしそれは、人というより波のように私を巻き込み、すると驚いたことに私が変態した。骨と筋肉に力がみなぎり、殻を破るように大きくなると、それを組み伏せ、征服して、剣のような自分の一部をそれに突き立てた。快感が身を貫いた。

はっと気づく。誰かが歌っている。

いや私が？

私が歌っているのかもしれない。

でも私？

自明であったことが崩れて、もうない。私から出た器官があり、そこから明らかに何かが流れ出る。同時に、何かが私に侵入してくる。それも圧倒的な快感。流出と侵入さえ区別がなくなる。私は剣になる。私は器になる。

境が震え、消えてゆく。

私の境が、他者の境が。

誰かが歌っている。

いや私が歌っている。いや私は私でない。私でもそれでもない何かを私は直接知覚している。でも知覚している意識が誰なのか、言うことができない。

歌は振動であり、それに合わせて私たちは小爆発を繰り返すように大きくなる。

私だったもの、他者だったもの、そんな境は今はない。私たちはただ寝具の中の液状の生命のようなもの。

どこからかリズムが響く。私たちの周りにたくさんの小さな人びとが鉦《かね》や太鼓を打ち鳴らしているかのように。

私たちは大きくなる。可能な限りの果てまで。その果てを、私は知ることができない。私は果てをおそれ、果てに恋焦がれている。

これは何?

もしかして宇宙。

何を視《み》る?

もしかして、

神。

二〇一〇年八月　贄《にえ》の大君

気がつくと、黒く重い受話器を固く握って耳にあて、私は失われた高円寺の家の台所に立ちつくしていた。耳を聾《ろう》するばかりのローター音はもう受話器の中から聞こえず、平坦な発信音が鳴っていた。私は、電話機のボディの油膜に刻まれたアメリカの電話番号を見た。国番号なしでエリア・コードからだった。オペレーターを通すしかない番号だ。KDDの番号は覚えていたのでダイヤルした。ダイヤルを回すと回転盤が戻る音がする。それじたいが、何かをつないでいるように聞こえる。

オペレーターが出た。嘘みたいに。エレベーターガールみたいな話し方をする女だ。とても遠い世界にいる人みたいだ。

「アメリカに」

と私は言う。

「コレクトですか?」

オペレーターが訊いてくる。

「ちがいます」

私は言う。いったい、一九八〇年にコレクト以外の国際電話をかけるのに、交換手を使う人間などいるだろうか。もちろん交換手は平然としている。私は番号を言った。

接続作業段階に移ってしまった通話を聞きながら、私は、アメリカの国番号を訊き忘れたのを後悔した。

マリ、出て。

私は念じる。

マリ、出て。

今がいつでも、あなたがどこでも。

しかし私はもう一度、本当の後悔をする。

どうやってかけるかなんて問題じゃなかった。考えるべきは、本当にあの頃の自分が出たら何を伝えるかだった。それを真剣に考える前に、私はかけてしまった。呼び出し音はもう鳴っている。

何を伝えるの、あの子に?

この混乱そのものを?

そのとき、通話がつながった。ホストファミリーの誰かだったら、「間違えました《ソーリー》、ごめんな《ロング・ナ》

《ンバー》さい」と言って切るつもりだった。いっそ、そのほうがいいかもしれなかった。何もわからないままに話をするより。それじゃあの子の母親と同じなのだ。ごちゃごちゃ考えながら、何言ってんだよ私、と思う。あの子の母親って、それ私の母親だよ。

しかし、電話に出たのはあの子で、気配だけでそれがわかる。空気の、沈黙の、緊張したような甘いような感じ。それだけで私は涙が出そうになる。

「マ」

リ、と名前を呼ぶはずだった、その途中で、あの子の声が私にこう言った。

「ママ⁉」

ママ？

同じ音が二つ重なって、ある根源的意味が生じてしまった。

そしてそこに根源的疑念を表す抑揚とが。

あなたは私のママですか？

私が訊かれている。

「ママよ」

驚くべきことに、答えた私の目からそのとき、涙があふれた。生まれてこのかた母親であったことなどない、これから先もそうであるとは思えない、私の両の目から。

「助けてほしいの」

何を言っているのだろう？　私はこの子を助けると自分自身に誓わなかったか？

「助けるって何を、ママ？」

「ママを」

私の口から反射でそう言葉が出た。私はこのとき、反射というのが、人間の最初の欲求ではないかと思った。そしてそこには、真実があるのではないかと。ママは自分の母であり、自分でママと名乗るときには自分である。

私は大急ぎで文を組み立てて言った。

「大君をよ。前に言ったでしょう？　森には大君がいると」

「なぜ私が助けるの？　ママとなんの関係があるの？」

マリが訊いた。

「それは大君が……」

言って私は言葉に詰まる。

大君が、誰だと言うの？

私は頭の中が真っ白になり、マリも沈黙し、しばらくメイン州のあの家のキッチンの凍《し》み透《とお》るような静けさだけが私に送られた。あの広いアメリカ合衆国の北と東の最果ての。

私は、私と思えない自分の言葉を、なんとか補足する、彼女の助けになることを言わなければと必死に考えた。

彼女が電話口で、あ、と小さく言った。

「切らなきゃ」

家の誰かか犬が動くような音がしたのだろう。小動物の敏感さで、彼女は言った。そして通話が切れた。

通話の切れた受話器をまだ耳に当てながら、私は、言えなかった言葉のことを考えていた。

大君が、かつて私だった何者かだとするなら、それはあなたなのだから助けなければあなたが死ぬ、あなたが死ねば私も死ぬ……。

整理すればそういうことになる。

死ぬのは〈あなた〉なのか〈私〉なのか。

「大君が……」

切れた通話へと私はむなしく言って受話器を置く。反射が幾重にも行き来して、どれが本当かわからない。どうかけても、失敗するしかなかった電話。小さなころ、遊園地の鏡の迷路で泣いたことを思い出す。反射、それは私があなたである世界。あなたは、と十五、六歳の私であるマリのことを思う、あなたは私の十五、六の頃であり、あなたにとって私は未来。過去が変われば未来も変わる。たとえあなたにそうわからなくても。

＊

轟音《ごうおん》で目が覚めた。今度こそ本当に目が覚めた。

夢のなかで何度も、別の夢に向かって目覚める。そのことを、夢の間で忘れてしまう。

本当に目覚めるまで。そう、こんなふうに。

米軍の戦闘機が飛んでいる。暑い暑い夏がジェット音を増幅している。音は湿度で重く沈むと、そのことも私は疑わない。母の反応はもっと生理的だ。

「クソ米軍！」

と彼女は吐き捨てた。

そうだった。ここは母の家の居間だった。私はついここでまどろんで、ここにほど近い谷あいの沼地で米軍機に捧げられる夢を見はじめたのが、はじまりだった。あるいはそれは、ヘリコプターだったろうか、ヴェトナムみたいに？　思い出せない。全身にじっとりと汗をかいている。うなじの髪も、ソファの革も、何もかも私の表皮にぺっとりと貼りついてきて気持ち悪い。長い旅をしてきたように疲れていた。そうだ。私は電車とバスで二時間かけてこの家にやってきたんだ。東京の最果て。しかし、この疲れが本当に東京の東西の長きを旅してきた疲れなのか、夢で多くの経験をしすぎた疲れなのかわからなかった。時計を見ると、夕刻、すべては二時間足らずの間に起きた。脳は体験と想像の区別がつかないとどこかで聞いたことがある。だったら夢で疲れても無理はない。

私はまた目を閉じて体験を頭の中で記述し始めた。

どのみち、母の繰り言を聞くより、寝たふりをしてるほうがよかった。

夢を反芻する。今度はなぜか俯瞰《ふかん》の視点で想起される。けれどやはり、「私」の姿を見ることが、私にはできない。なのに記述はできていく。これは、言葉でだけ可能な世界だ。視覚的に思い浮かべることができない世界を、言葉では記述できてしまうのはなぜだろう？

言葉はもしかして、不在というものを表すためのものなのではないだろうか？

私は記述をはじめた。

大君はかつて人の子、一人の女だった。谷あいの集落で育てられた。そこは実は共同体の贄《にえ》を育てる集落だった。彼女はある日、しかるべき手順で生贄に捧げられるがなぜかそれを逃れ、逃れおおせ、逃れた先の森で真白な繭のごとき寝具に招き入れられて「何か」と交わりを持ち、しかるのちこの世に新生した。

彼女は人間であり、人間ではなくなった。

彼女は捨てられた。親や生まれ育った共同体から捨てられてこうなったことを知っている。が、そのことを嘆き悲しむ気持ちにも恨む気持ちにもならない。集落や父母を思い出せるけれど、その記憶は、懐かしいというには遠い。それに憐れみを垂れるべきは、彼ら、私を捨てた人たちのほうであろうからと思うのだ……。

第六章　十六歳、敗北を抱きしめて

一九八一年二月二十六日　憂鬱な木曜日

ママから変な電話があってから、私は不安定になっている。ママの言うことはどう聞いてもおかしい。〝ママを助けて〟だの、〝大君《おおきみ》がどうの〟だの……

大嫌いな木曜日、昼休みに宿敵スペンサー先生に呼び出された。

「あれは進んでいるかね？」

あれというのは、この授業の単位と進級がかかった、日本に関する研究発表のことだ。四月の発表まであと二ヶ月を切った。

今日はスペンサー先生の目が私を射ぬく。視線と態度の圧力をやわらげるために、私は視界のすみで先生のジャケットの生地《きじ》や机の木目を見ていた。

「はい」

私は適当に返事をしつつ、急いでいるふりをした。教員の個室の戸はいつも少し開いている。もうすぐ始業時刻なので廊下を教室へと移動する生徒たちの声や足音を私は背中で聴く。

「天皇《エンペラー》の戦争責任のことは、取り上げてくれるねもちろん?」

　四月のこの発表ですべてが決まる。私がもう一度留年するか否か。留年すると本来の級より二級遅れることになる。何年経っても毎年替わる小さなクラスメイトがやってきては去り、私だけがここに閉じ込められる。そんな恐怖にとらわれる。一年だけでも永遠に思えるのに。

「すみません、なんと仰いましたか《アイ・ベグ・ユア・パードン》?」

　私が言うと、スペンサー先生は繰り返す、いらいらと。天皇の戦争責任のことは取り上げてくれるねもちろん、と言ったと、一字一句繰り返す。

　ちがう。

　私の訊きたかったのはそこじゃない。

「天皇の戦争責任」て、なんのことか、なぜあなたは徹頭徹尾「天皇」という言葉を出してくるのか、それを心底から訊きたかった。〝アイ・ベグ・ユア・パードン?〟という馬鹿丁寧《ていねい》な返しは、嫌味のつもり。通じないけど。

　喉から出そうになる言葉が、しかし押しとどめられる。それが本当の質問ではない気がしたのだ。

　始業のブザーが鳴る。チャイムなどという可愛いものではなく、非常用ブザーのような音。これが、いつまで経っても慣れないし好きになれない。

　罪人のように廊下を歩き、スペンサー先生に続いて教室に入り、空いた右利き用の椅子に私は収まった。

　急いだふりが通用しなかったのは、午後いちの授業が他でもないスペンサー先生の「アメリカン・ガヴァメント」だからだった。椅子の片側から肘掛《ひじかけ》のように書板の張り出したものが、この学校の机で、これを机と呼ぶか椅子と呼ぶかいまだに判断に苦しむ。左利きには左に書板のついた左利き専用がある。右利きに左用は役立たずで逆もしかり。すごいおデブさんはどちらにも体を入れることができない。よって、省スペースではあるが合理的かはわからない代物。私は、日本の学校の机を思い出した。生徒一人ひとりにまるで領土のようにがっちり与えられた机、人を場所に縛り付けるあの感じが大嫌いだったのに、ふつうに日本の高校に進学できていたら私には輝く青春があったはずだと思い込む。充実したクラブ活動や恋愛を思い浮かべる。

しかしそれより何より恋焦《こ》がれるのは東京の冬の光だった。窓の外を見る。東京には空がないと言ったのは誰だったか。東京の冬の空は美しいのにと私は思う。空がないのはこんな所だ。雲があるだけで空じゃない。それにしても、この机じゃ逃げ場がないってもんだ。隠れる場所もない。机の下の空間に別の世界を持つこともできない。裸で視線や言葉に狙い撃たれる感じ。せめていちばん窓際でよかった。学科の生徒は九人、教室の面積は日本のそれの三分の一くらい。生徒が自分で履修科目を決めて一時間ごとに移動する。

アメリカン・ガヴァメントは、「アメリカの議会は上院と下院から成る」、というようなことを学ぶ科目であるが、今のところ覚えているのはそれとあとわずかなことだけだ。

スペンサー先生は「三八ページを開いて」と授業を始める。

でもそれより私には考えなければならないことがある。

思えば、ずっと前からそんなふうに感じて生きていた気がする。

さっき、スペンサー先生に訊きたくて訊けなかった本当のことがわかった。

私には、何をどう考えていいのかわからないのでどうしたらいいだろうか、ということなのだ。

軽蔑されても、それが訊きたかった。

「これ」を考えると思考停止になる、というツボがある。スペンサー先生はそこに触れてくる。おそらく私だけでなく、日本人全体にそのツボがある。そこに触れられるとフリーズしてしまう。日本の中学校では、近現代史に触れることは暗黙の、公然とした、タブーだった。事実は載せないわけにいかないので教科書には載っている、けれど誰もがそのことにおいては申し合わせたように足並みをそろえ、カリキュラムは卑弥呼から始めて明治維新あたりで時間切れになるようになっている。この連携は、見事というよりほかなかった。

発せられる強いメッセージはたったひとつ、それは考えてはいけない問題だ、ということ。特に、子供や学生が。まして、問うてはいけなかった。なぜ考えてはいけないのか、ということも。

私たち子供がなぜそれを訊かなかったかというと、訊くと大人が困ると思ったからだ。私たちは、彼らがパニックに陥るのを見るのが嫌だった。もちろん、変なとばっちりを受けるのも。王様は裸だと言った子供は黙殺される、それだけだ。黙殺とは、いるのにいないことにされることだ。

天皇の戦争責任。何かがそこにある気がする。

天皇の戦争責任。

その言葉を考えていると冷や汗が出てきた。耳鳴りがして、それは複数の音で、お互いにこすれあうようだ。吐き気がする。体が芯《しん》から、ゆさぶられるように震える。手が震えているのが見える。その手を挙げて退出を願い出ることもできない。冷や汗が止まらない。変な声が出てしまいそうだ。もう耐えられない、と思ったそのとき、私は体の外に出ていた。

私は空中に浮いた視点で私を見ている。さっきまでの身体不調がいっさいない。不思議な不思議な静けさ、ノイズのなさ、まるでなめらかな弦楽に支えられたような世界。

ゆっくりと下りて近づき、隣に座っていた男子生徒ＰＪの黒いジャケットの生地を仔細《しさい》に見ていた。近くで見ると光沢のある、フラットでなめらかな生地だった。ＰＪはそれがれっきとした正式ファーストネームで、なんの略でもありはしない一級下の男の子である、と考えるともなく考えると、バン！　と衝撃とともにとつぜん背景が真っ赤になって、ヴェトナムの結合双生児が目の前のベッドに身を半ば横たえていた。

私はその真っ赤な部屋でドアを後ろにして立っていて、背景が引いていくような感じがした。ドアは少し開いていたが、後ろは振り返れなかった。ＰＪのであると思ったジャケットは、あの、男のものだった。正確には、あの男たちと言ったほうがよいのか。

「よう、リトル・ジャパニーズ」

美しい顔を正面に向けて、彼《い》が言った。あくまで礼儀正しい笑顔としぐさで。しかし、発語者は間違いなく、彼と腰で結合しているもうひとつの胴体の持ち主のものなのだった。

「どうした、今日はプレッピーみたいな格好してよ」

美しい顔が下品な物言いをするとさらに印象的になる。私は、キルトスカートにセーターを着ていた。スカートは緑と紺《こん》のチェックで、セーターはこの地方の人がよく着る、丸首で胸のあたりまで襟《えり》ぐりと同心円状の編みこみ模様があるものだった。ある種の伝統的セーターにアランやカウチンといった固有名があるように、このセーターにもたしか固有名があったと思うが忘れてしまった。要は、土地に根付いてそのくらいよく知られた衣服だということだ。この土地の人のふりをしたいんだろうと言い当てられたようで、私はそれを脱ぎたくなる。

「あなたたちだって」

私は言い返す。

「あなたたちだってまるでリトル・ジェントルマンだわ」

彼、いや彼らは、タキシードを着ているのだ。

「俺たちは植民地のパロディをしてる。人びと《ピープル》がそれを忘れないようにね。お前さんにその自覚はあんのかい？」

「私たちの国は植民地だったことなんてない」

「へえ！」

ふと、雨の前の匂いがした。ずっと嗅《か》いでいなかった匂いだ。遠くから雨のくる音がする。それともヘリコプターのローターの音だろうか。彼に凝視されている。品定めされるように頭のてっぺんから爪先まで。私のこの格好は学校に行くためのものであなたたちに見せるためのものじゃない、と弁明したくなる。

「あんたの母親は、優れた国に娘の教育を任せようとしたわけだろ。それって、植民地の人間の考え方じゃないか？」

私は息を呑んだ。

「いや、しかしちょいと変な話だな。日本が本当に植民地なら、宗主国《そうしゅこく》には息子を送るはずだわな。ガンジーだってホー・チ・ミンだって宗主国で暮らしたのち、宗主国やその他の支配者たちを倒すリーダーになったのさ。あんたに男兄弟はいないのかい？」

「いる」

「だったら女のあんたが、一族を代表するほど優秀なのか?」

「そうは思わない」

「一族にはなんか深い考えでもあってのことか?」

その反対なんじゃないか、と言ったらますます自分の立場がなくなる。

「わからない。やめて」

「いやあ、すまない。でもガール、植民地であることを恥じることはないのさ。誰だって、植民地にされたくてされたわけじゃないんだから。俺たちの国もそうだ。中国がやってきた、フランスがやってきた、日本がやってきた、アメ」

「日本が?」

アメリカが、と言いかけた男を遮《さえぎ》るかたちで驚いた私が言うと、

「そうだよ」

男が答えた。

「日本がヴェトナムに侵攻した?」

「そうだよなんだと思ってる。お前は一族でいちばん優秀どころかアジア一のバカじゃないか?」

と男は本心から呆《あき》れた顔で言った。とは言え、呆れている主体は、双子のもう一人のはずだ。

小さく、醜く、急速に老いゆく兄のほう。

「私は特に優秀でも特にバカでもない! ごく普通の日本……」

ごく普通の日本人、と言おうとして、これがごく普通であることこそ問題なんじゃないかと思ってしまった。

「それよりさっきからその腹話術みたいな話し方をやめてよ！　それじゃまるでパペット人形だわ。混乱する！　いらいらする！」

怒鳴りながら不思議な気持ちがした。私がアメリカに来てから、一番感情を素直に出すのはなぜかこの人に対してなのだ。

「パペット！」

聞いて彼はこれみよがしに噴き出して笑った。演劇の練習をする美しく未熟な俳優のように。さしずめ私は練習相手だ。しかし私はこの茶番じみた劇で気持ちを吐き出している。

「パペットは外交で非常によく使われる手だよ」

「ど……どんなふうに？」

私は、この人から情報を得たいという気にもなっていた。

「ここヴェトナムにもフランスの傀儡《かいらい》政権があったし、日本も中国で。……おい何を驚いた顔してるんだよ。マンチューリを知らないのか」

マンチューリ……満洲？　ここはお国を何百里、離れて遠き満洲の、というあれ？　軍歌は、親族が大勢集まって法事や宴会があったりすると、必ず酔って歌う人がいるので知っていた。軍歌を歌う人たちはだいたい絡《から》み酒の飲み手で、子供だろうと誰かれ構わず絡んできた。そのうえ、葬式だったら香典も包まずただ酒を飲む人たちで、母や祖母が辟易《へきえき》していた。

「しかし俺は日本人をその点においては尊敬しないでもない」

「なんの話？」

「満洲って国さ。国って一から建てられちゃうんだ、ってのは大発明じゃないだろうか。その点はもう少し誇ってもいいと思うんだがな。イスラエルの建国はあれをまねしたんじゃないかと思うほどだ」

ひとつの国だったんだ、満洲って？

私は黙っていた。情報量が多すぎて処理できない。私は軽いパニック状態にある。

「お前が混乱するのはお前が混乱しているからにほかならない」

謎かけみたいに言われて、どう反応していいのかわからない。さらに英語では。こんなとき、人は比較的いちばん当たり障《さわ》りのないことを言ってしまうのかもしれない。

「彼を、どうしたの？　あなたの弟を。美しくて白痴だという弟を。彼と入れ替わったというの？」

「俺たちはひとつになったんだ。祖国統一、みたいにね」

美しいほうの顔が私にウィンクした。

「お前が特別無知なわけじゃないってんなら俺たちは、日本人というものに同情する」

「同情なんて要らない。私たちは復興した。もう戦争の傷跡なんてない！　世界第二位の経済大国なのよ！」

私はヒステリックに叫んでいた。自分がそんなことを考えていたことに驚きながら。

「そうだな。やはり感服と言ったほうがいいな、なんたってひとつの民族がそれほど歴史を忘れて生きていけるとは！」

何か、ものすごく本質的なことを言われてしまった気がする。

雨が近くなる。私たちの上にも降り注ぐ。記憶のように打撃のように。強い風が吹いて、見たことのない幅広の葉が煽《あお》られる。

「仕方ないわ、勝てなかったのは。圧倒的な物量の差の前には」

私はまるで実感のないことを言いながら、自分が何を擁護しているのかがよくわからなかった。けれどこれが唯一、私の聞いた話だ、と思ったとき、私がそういう話を聞くとき、重きは「仕方ない」のほうにあった気がしてならなくなった。「物量」は、仕方のなさを説明するにはいちばんいい。誰だって、5が1より大きな数字であると知っている、というような意味で。それはあきらめやすい。あきらめやすい、とは気持ちを切り替えやすいということだ。ああ、そうか、だから日本人はなんでも数字に置き換えるようになったのか。数字が大きいほうが勝ちなのか。それが価値なのか。軍国主義の看板をおろして、経済戦争に集中した。平和の名のもとに。価値が経済に一本化されたのか。戦後、それでエコノミックアニマルって呼ばれるようになったのか。いや、しかし「仕方ない」はおかしい。そんなに明白に「仕方ない」のなら、負ける戦だとわかっていたことになる。順当に負け戦とわかっていながら打って出るには、それなりの知略が必要だったはず。太平洋戦争が真珠湾攻撃で始まったことくらいは私だって知っている。時代劇の背景を知っているという感じで知っている。それが玉砕《ぎょくさい》で終わったことも。

玉砕。聞こえはいいが、犬死に。知略からは最も遠い。

なぜそんな痛ましいことに突っ走っていったのか。仕方ない、という明白な状況認識があったなら、せめて有利な講和を……。

生まれて初めて、こんなことを考えた。考えたときにはそれは、強い怒り同然だった。ただ、誰にぶつけていいかわからない怒りだった。

男が、嘲笑のような憐れみのような笑いを漏《も》らしながら言った。

「圧倒的な物量の差の前に、か。あんたみたいな子供にまでそう言わせるとはおそろしい想像力の無さだな。いいか？　あんたらは勝てなかったかもしれないいさ」

私はうなずいた。

「しかしな。負けない方法は、あったと思うよ」

「マジで？」

「俺たちにはそれを言う資格がある。なぜなら……知りたいか？」

「知りた……」


……急な強い引力を感じて教室に還っていた。

スペンサー先生の、鋭い目が私を睨《にら》んでいた。

「大統領の権限をひとつ述べなさい」

私が指名されたと同然だ。クラスメイトたちはこの光景に慣れっこになっている。私がターゲットになるのを見て見ぬふりする。私の手足が冷たくなる。あてずっぽうに言った。

「宣戦布告《デクラレーション・オヴ・ウォー》」

「ちがーう《ノーウ》！」

怒号が飛んできた。

「宣戦布告は議会の権限だ！」

スペンサー先生が叫ぶ。

そのとき、何かが私の中で切れて、私は大笑いしはじめた。冷たくなった手足に血が再び通い、それどころか血は血管の中で煮えたぎって破裂しそうな感じさえする。

私の中の何かが、二つに分かれた。

「しびれるねえデモクラシーってやつは！」

あははは、発語しつつ私は震えていた。私でなく彼がしゃべっているみたいで。私の体を通っていくのは私の息か。わからない。しかし、私は続けている。

「でも、ある。大統領は慣例として、軍の指揮権を根拠に宣戦布告なしで戦争をはじめられる。たとえば議会を待って先制攻撃のチャンス《オポチュニティ》を逃しそうなときとか、議会を待ってる間に敵に先制攻撃されないように、とか。たーだーし！」

芝居がかった勿体《もったい》をつけて言うと私はひとつ、息を継いだ。自分が、知っているとも思わない単語がすらすら出てきてつながっていくのにもびっくりだし、自分の息継ぎの音にもびっくりだ。

「ヴェトナム戦争へのなし崩しの介入後、この権限には制約がついた！　はははは！」

言い切った私を、先生もクラスメイトたちも呆然と見ていた。私は息が切れていた。なのに笑っている。私でないような満面の笑みで。


やっぱり木曜日は嫌い。

スペンサー先生のアメリカン・ガヴァメントの授業の次に生物があり、嫌な科目が連打。それに今日は、さっきのアメリカン・ガヴァメントのバトルで疲れ果てたから。

二月末になると、東京では少しは寒さがゆるみ始めたろうか。この地の冬は永遠に終わりそうにない。

生物は、ホームステイ先のティムが教師なのがちょっと居心地悪いし、わかりそうでわからない単語ばかりがあるから嫌だ。単語じたいがわからないことには話にならない、という単語がある。アメリカン・ガヴァメントではそれを基に定義ができているから、なおざりにできない。生物は、それが物質だから少しちがえばちがうものになってしまう。

たとえばカーボンダイオクサイド。よく出てくるありふれた単語だがわからなくなる。頭に入らないというより細胞に入らないという感じ。それが証拠に毎回頭で考えないとわからない。カーボンは炭素、ダイは2を表し、オクサイドは酸素が少し変化したもの、だから二酸化炭素、といつも構成単位から組み立てないとその物質は立ち上がらなかったし、それでもなお炭水化物《カーボハイドレイト》と区別がつかなくなることなんてしょっちゅうだった。

「二回にわたって、ヴェジテーションを勉強していきます」

と、今日のティムが言った。

ヴェジテーション。これもまた類推がききそうできかない単語の典型だった。ヴェジタブルに関係があるのはわかる。けれどヴェジタブルがどうやって派生的な意味を持ちうるのか、前後の流れを聞いていてもちっともわからなかった。

急いで辞書で引くと「植生」とある。それは、どんな植物が地球上のどんな場所に生えているか、ということだった。英語のヴェジタブルは、日本人が「野菜」と思うより幅広い意味があるようだった。

花をつけたちがう植物の小枝を三本ずつ、ティムは四人ずつに分かれた三つのグループに配った。今日はこれらの葉や花をよく観察してスケッチすることが課題、と言い渡された。顕微鏡は各自に一台ずつあった。

「これらが、地球上のどういった場所に生息する植物か、観察して推測してください」

香り。懐かしい香り。

小枝の一本を手にしたとき、私の何かがふるえた。

圧倒的な何か、それでいて烈《はげ》しくなくやわらかく包みこむような何かが流れこんできて、私は声を出しそうになった。胸にあたたかいものが満ちて、息さえそっと吐かないとそれが涙としてこぼれそうだ。でも、それが何か、わからなくて、私はただひたすら甘い何かで満ちてふるえていた。

この花はなんだろう。ここらへんの花じゃない。なんだっけ。中国の花だっけ？　記憶が凍っている。

小枝に、ふわっと丸いほころびかけのつぼみがひとつと、咲いた花が二つついている。花びらはやわらかく繊細で、やはりやわらかく密集した雄しべが中心に円を描いている。花はひとつは満開で、満開になると五枚の花びらがフラットに、雄しべをせいいっぱいあらわにするように開く。けなげと形容したくなるような、直径せいぜい三センチの小さな白い花。こんなに華奢《きゃしゃ》で繊細な花びらを、ずっと見ていない気がする。たしかにここではこんな花は見ない。もっと花弁が尖《とが》っていたり、小さかったり、固かったりする気がする。これはこんな寒い北に咲く花じゃなくて、といって、暑いところでも咲かない花。暑いところでは花びらがこんなに薄く繊細ではしおれてしまうだろう。寒さと暖かさの拮抗《きっこう》するようなところ、出逢うようなところ……何かを思い出しそうで思い出さない。桜……桜じゃない。桜とは何かがちがう。軽く息を吹きかけると、花びらも雄しべも、ふるふるふるえた。まるで私自身の心のように。

そのとき涙がこぼれそうになって私はあわてて顕微鏡を操作した。今日の私はどうしたっていうんだろう。ピントがなかなか合わなかった世界の輪郭がシャープに像を結ぶにつれ、他のすべてがぼやけていった。

目を疑った。

雄しべが人となり、輪になって、その数は、時計に刻まれた時刻のしるしくらい、いや、もっと多くなり、私に手を振る。ゆるい西風にゆれゆれて揺れる雄しべのようにざわざわ手を振りざわざわしながらたしかに増える、そして何かを私に叫ぶがそれは本当に風に揺れる雄しべくらいにひそやかな声で、私には届かない、私は我と我が目を疑い瞬きをする、とそれらが、雄しべに戻って、雄しべの先についた花粉がまるで立体化学モデルのようにくっきり見えた、万物は、そうカーボン＋2《ダイ》×オクサイドのように、異なった分子と分子がなぜだか結合してできている、分子は原子でできていて、原子は……なぜだろう糊《のり》もないのに引き合う。目をこらせば今度は花粉のひとつひとつが人のようでもあり、しかもあまたの私のようでもあり、私は悲鳴を上げそうになる。でも目を離せない。私は吸い寄せられる、花の中心に。私が落ちてゆく、花の中心には私がうっとり収まれそうな凹《くぼ》みがあり、そこへ行きたくてたまらない。ばかな、と一片の理性で思うけれども私の降下は止まらない、私の欲求も止まらない。私はその中心に降りてゆく。声を聞く。歓声、歓声、歓声。私は、しかし自分がどんなかたちをしているのかわからない。ただふんわりと花の中心に着地する感覚がある、私はむき出しの感覚で花の味を匂いを味わう、すると花が閉じて、暗がりの中で、暗がりの液体のようなものに自分が溶かされていく。歓声も今は消え、私の驚きも叫びも中心の真空に呑まれ吸い込まれてゆく。私は呑まれ、抵抗するけれど、私が私でなくなる気持ちよさ！　頭は抵抗しているけれど、身体が変わりゆくその事実を身体はよろこんでいる……。

　眠りに落ちるような、かつてなく冴《さ》え渡るような感覚がやってきて、私はひとつの種子に実を結ぶ。生命の可能性そのものである種子に。

　気がつくと私は人だった。私は誰かに見られていた。

そこは森だった。まだ寒いのに、春、とわかる。なぜだろうかと考えて、あの花を見た。あの花を覗き込んで私がここへ来たという花だ。

なぜか懐かしい花。

そして私は、私を見るその人を見ていた。が、その人がまぶしくてなかなか直視できず、私の中でその人の像はいつでも少し遅れて結ばれつつ、決して一定のかたちにならない。

私は、ちがう姿をしていて属性の何もかもがちがうが私だった。それは、夢の世界に似ていた。夢の中で、自分の姿が変わっているが自分だとわかり、しかも自分の姿を自分で見ることができない。ただ、自分がどういう者であるかを知っている。その意識が全身のすみずみにまで行き渡っている。

私を見るこの人は誰だろう。

そう思った。

この人は、私と似ている。そうも思った。いやそれも、知っていた。

大いなる愛を感じた。それが、この人を見る私の目から、私を見る彼、いや彼女、いやどちらかわからないその人から、全身に流れこんできた。

「大君《おおきみ》」

私はその人を、そう呼んだ。

周囲にはあの小さな人びとがいた。顕微鏡をのぞきこんだときに輪になっていた人びとだ。彼らは思い思いに動いていた。

しかし私が「大君」と声を発したとき、小さな人びとは結晶のように整列した。

私はなぜだか正しい言葉を発したのだ。

大君と呼ばれた人が私を認め、認められたそのとき私の全存在が認められていると感じ、涙がこぼれた。私は愛に包まれ、自分をかつてなく強く感じた。

――――我が子よ。

大君は私に言った。そう聞こえたのではなく、直接意味が、いっぺんに、流れこんできて、そこには、我が子、という言葉にしたらひとことの中に、万もの状況や感情があった。それらが私の中でかたちをとると、美しい幾何学のようになった。

「母上！」

感極まって私は言った。なぜだか、母、と。

母という、胸を突く響き、甘さ、深さ。なぜ母と呼んだかはわからない。なのにそれが正しいと感じている。

あたりは森だった。季節は……春の、はじめのはじめかもしれない。土が少しやわらかくぬかるみ、鳥がさえずる。光が白く明るいが、空気は冷たい。そうだ、春は光が白くなるんだった、と、私は遠い記憶を思い出している。春のはじめに白く眩《まばゆ》くなり、春爛漫《らんまん》という頃は、白濁してきて雨がよく降る。私は祖国のことを思い出している。なのに自分がどこから来たか思い出せない。しかし今見るもの聞くもの感じるもの、なぜだか何もかもひどく懐かしい。

私は大君と呼んだ人について歩いていた。森を抜けると沢があり、里があった。そこに、あの花が咲いていた。私の心を、名前もわけも明かさないままひどく揺さぶった花。

「ああ梅の花よ！　梅花《ばいか》！」

私は叫び、その可憐《かれん》な白い花を見た。まだ冷たい空気の中にけなげに、ふるえるように咲いている。そう、私の故郷で、春を告げる花といえば梅だった。そんなことをなぜ忘れていられたのだろう！　梅の香とともに、遠い記憶がよみがえる。どこだと言えない故郷が、私を包むようによみがえる。記憶を、私は生きる。私は泣く。あまりのせつなさ懐かしさに。私は泣く。梅の香と白い光に。

私は大君について歩いているけれど、大君のかたちがとらえきれない。たしかに人間のようでもあり、男のようであり女のようであるときがある。と思うと木と交じっているようであったり、部分的に動物に見えたり、光や結晶そのもののように見えたりもする。かたちが現れたり崩れたりする。


私はしばらく〝王国〟に滞在した。

時間は定かではない。

そこは美しく平和な理想郷のようだった。王国で言葉を話すのは小さな人びとだけで、彼らは私を大きな人と呼んだ。大君が私の心に直接伝え、また小さな人びとが私に語ってくれたところによると、王国は四つの季節の国で、中心にいる大君が訪れ歩くことで、ひとつの季節の国が開き、残りの三つはまた大君が巡ってくるまで眠る。

中心とそれをかこむ四つの王国。そのヴィジョンを大君から直接伝えられたとき、

「曼茶羅《まんだら》」

という言葉が私の口をついて出た。どうして自分がそんな言葉を知っているのか、わからなかった。しかし自分もまたその曼茶羅の一部であることを、私は知り、心の底からそれを喜んでいた。

ある日大君から離れて王国を歩いていた。小さな人びとが幾人か一緒だった。しかし彼らも、

かたちが定まっているようで定まっていないようにも見え、確たる姿をとらえられるのかわからない。彼らは他愛のないことからベルのような声の詠唱に至るまで、いろいろなことを声を使ってした。彼らの声は、周囲のものに影響した。たとえば動物を寄せるとか、たとえば新芽を手品のように芽吹かせるとか。

気がつくと私は独りで歩いていて、何かの違和感を覚えた。梅の香ではない花の香がする。記憶の中にない香りだ。鼻腔に貼りつくようにまったりと濃厚な香り。歩を進めると、黄色い花が咲いていた。どこかで見覚えがあるけれど懐かしさはない。見回すと植生が変わっている。葉が厚く大きく、私が知っているものより濃い緑で、花は咲き乱れ色鮮やかで、極彩色の鳥が飛ぶ。

「これはもっと……」

記憶の中からあてはまる語を探している。

「暑い国に咲く花なんだ」

「そうだよ」

木の陰から小さな人が一人、出てきて言った。

「王国に乱れがある。ここに咲くはずのない花が咲いたり。いないはずの動物がいたり。果ては……来るがよい、人の子よ」

小さな人は歩き始めた。小さいのに、速い。

「これは……⁉」

歩いていると、森が唐突に切れ、大地が灰色のぬかるみと化した場所に出た。

「異国の兵が攻めて来るのだ」

「そんな！」

「なんとかしてはくれまいか」

「大君は⁉」

「大君ではだめだ」

「大君は見て見ぬふりをするのじゃ」

私自身を揺さぶるような感情が湧いてきて、私は大君のために何かを言おうとしたが何を言っていいのかがわからなくて言葉が硬直した。

＊

私は肩を揺すられていた。

生物のクラスメイトが、私にあの黄色い花を差し出していた。

「この花は……！」

今さっき、この花が、王国に咲いていた。言おうとして、口を閉ざす。

王国ってどこだよ⁉

自分で自分を疑う。

私は教室にいる。

私は白い花のついた枝を手にしていた。梅だった。梅の香がした。この花の名を思い出せないときも、思い出した今も、胸をしめつけられるせつなさの香り。故郷の香り。でも私の故郷ってどこだろう？

私はいったい何を見、体験したのだ？

いやそんな体験が本当にあったのか。

それとも私は、狂いかけているのか。

一九八一年三月五日　一週間後の憂鬱な木曜日

一週間後。また木曜日が来た。

三月になったのに相変わらずの天気。

およそ人間関係で、いっときスカッとすることは、後でしっぺ返しがある。先週、嫌いなスペンサー先生をやり込めたけれど、やり込めた人は忘れても、やり込められた人はそれを忘れない。そのしっぺ返しは忘れた頃にやって来たりする。どうしてこんなことだけ、万国共通なのだろう。

一週間後の「アメリカン・ガヴァメント」の授業で、スペンサー先生は、私を含めたクラス全生徒の前でこんな提案をした。

「私はマリ・アカサカのためを思うので彼女に、一方的な発表の場でなくディベートの機会を提供しようと思う。諸君も協力してほしい」

はーい、と、クラスメイトが大して覇気もなく返事をした。

まだ幼い顔たちは、何を先生がするのかと思っている。

なぜこんな茶番が出来《しゅったい》するのだ？　私は思っている。

「あの……ディベートって、ある議題について人《ピープル》と話し合うわけですよね？」

私はこの空気にいたたまれなかったし、これからされるということのルールがわからないので挙手して訊いた。

「ちがーう！」

スペンサー先生独特の、つっぱねるような「ノー」だった。

「ちがう⁉」

「ディベートはディスカッションではない。私はこう思う、あなたはどう思うかなんて話し合いではない。議題は『天皇に戦争責任はある』。今日のリハーサルではそれを否定する立場に立ってもらうが、本番は、肯定する立場に立ってもらう」

「すみませんが、意味がぜんぜんわかりません」

私は、恥をしのんで言う。後でかく恥よりはましだ。

「だーかーら、あなたは今はヒロヒトを弁護《ディフェンド》する。本番はプロセキュートする」

ディフェンスは守る、だとしたらもうひとつは攻撃系だ。

「プロスティテュート？」

「何を言っているんだ君は！　売春《プロスティテュート》するわけがないだろう！　訴える《アキューズ》、訴える《スウ》、だ！」

「それでは私の意見は……⁉」

というより私の見解はまだ固まっていなかった。

「あなたの意見や立場、それは重要ではない」

「重要では、ない？」

アメリカではなんにせよ自分の意見を言うのが重要ですと、本に書いてあったし留学エージェントも言った、と誰かに訴えたい気持ちになった。

「でもそのほうがあなたのためだ」

とスペンサー先生。

「なぜです⁉」

「意見で評価するならば、人は自分と似ていない意見には辛い点をつける。他人の〝意見〟に対して人は感情的になる。それは人の自然なのだ。アメリカにはまだパール・ハーバーの屈辱を忘れられない人も多くいるし、第二次世界大戦の戦死者を家族に持ち、日本人に悪い感情を持つ者も多い」

私はここで違和感を覚えた。カルチャーショックと言ってもいいかもしれない。日本で、一九七〇年代にさえアメリカを憎むという人は周りにいなかった。私の祖父母や父母とて、屈託はあるかもしれなくてもそんなことは言わなかった。ましてアメリカは戦勝国だ。このちがいはどこからくるのだろう。

「それらのアメリカ人はまだ深い傷を抱え、憎しみも新鮮なのだ。しかしディベートならば、感情的にならず、主題に対する理解、どれほど正確な証拠を集められるか、そしてどれほど提示技術があるか、という点で評価ができて、意見のちがいにまどわされずにすむ」

なるほど、最後のところは正しいと認めざるをえない。私は妙に感心していた。今まで生きてきて、これほどの正論を言った大人もいないような気がする。意見を言いなさい、と言うくせにその答えは決まっていて、それ以外認めてくれないというのが、日本の大人のものの訊き方だった。実のところ、子供は意見など持ってはいけなかったのだろう。

しかし、とはいえ、今から起こることには胃が縮む思いだ。意見でなく考えを提示せよなどと言われたことが生まれてこのかた一度もない。

「ディベートをしたことがないのか？」

スペンサー先生が私に訊く。驚いたような蔑《さげす》んだような、あるいは少し哀れむような目で、彼は私を見た。

「ありません《ネヴァー》」

スペンサー先生は、今度はぎょっと目を見開いた。この人のこういうところにはいちいち神経を逆なでされる。

「それでは、ここにいるみなさんの助け《ヴォランティア》をお願いする。右手の諸君はマリと一緒に〈親ヒロヒト〉。左手の諸君は〈反ヒロヒト〉。それでは十分間話し合って」

こちらのグループは六人。向こうも六人。

どちらのグループも書板つきの椅子を馬蹄形《ばていけい》にして話し始める。こちら六人はしばらく押し黙っていた。私が話さなければ誰も話す材料がないのだ。しかし、この中に、私ほど当惑し無知なものがいるだろうか。

「ねえ、どう思うわけ？」

まだ幼い顔の八年生が私に訊いてきた。彼女はおそらく飛び級をしているのだろう。

「そうね……天皇《エンペラー》は」

と言ったまま私は腕を組んで押し黙る。頭が真っ白だった。天皇を対外的にエンペラーと呼ぶことくらいは知っている。

しかし天皇とは、誰だ。

「ナポレオンみたいなもの？」

「ちがう、テン《ヘヴン》のオウ《キング》……」

「それじゃ、神じゃない」

幼い顔の八年生が言った。

「神ってわけでも……」

「じゃあ王《キング》？　ロイヤル・ファミリーみたいな？」

オランダあたりの王子みたいな頬をしていると私が思っていたロブ・フォン・ブラウンが、わりと無邪気にこう訊いてきた。皇室一族のことをたしかにロイヤル・ファミリーと日本でも呼ぶことがある。けれど、それは英国王室とはちがう気がした。といって、どうちがうかはまったく言葉にできなかった。

「王では、ないと思う」

「じゃ、なに？」

「……ずっと、ずっと、何千年も、何万年も前から、同じファミリーが続いていて」

「うへえ《ジーザス》！」

「という話なの。神話なの。本当のところは知らない。英国王室《ロイヤル・ファミリー》とのちがいは……そう、ひとつの家族が、一度も代わったことがないということかな」

私はしどろもどろになって言う。まるでめちゃくちゃを説明しようとするように。

「今まで一度《ネヴァー》も？」

「……ええ、たぶん」

明治のたしか大日本帝国憲法に「万世一系」という言葉を見た覚えがある。

「それは彼らが嘘をついてるよ！」

「そうかもしれない。でも、日本ではサムライが政治の実権を持っても天皇家《インペリアル・ファミリー》をあえて滅ぼそうとしなかった」

私はこんがらがった記憶の中から日本史の糸をほぐし出そうとしていた。天皇家らしきものは神話の天孫降臨神話から始まる、たしか。それから彼らは奈良に都をつくり、統治組織をつくり、統治制度を、たしか中国をまねて律令制というのをつくり、京都に都を移し、京都においては公家文化を花開かせた。ああ、私にも神話と現実の区別がつかない。天皇家とはいったいなんなのだ。それから貴族の——貴族と公家の区別もいまいちつかないし、それと皇族との区別もよくわからないけれど——用心棒的存在であった武士が力を持ち、平氏が朝廷から実権を奪うと、今度は対立する武士の源氏がそれを滅ぼして政治の実権を握り、それがたしか鎌倉幕府じゃなかったっけ。源頼朝の。……ちょっと飛んで戦国時代がやってきて、織田信長なんかがいて豊臣秀吉がいて、戦国時代を最終的に平定した徳川家康が、その家系を十五代続けて三百年近くの管理社会をつくり、対外的には鎖国しており、それが……

黒船で破られるまで続いた。

だとすれば現代日本ができる直接のきっかけはアメリカの鉄の船、黒船なのか？

ええと、話を戻せば、天下統一を阻《はば》む一大勢力だった寺院、比叡山延暦寺を焼き討ちした織田信長、神仏をも恐れないらしい信長でさえ、天皇は討たなかった。

なぜ？

最高実権者だったら、討って自分がとって代わろうという考えになりそうだ、ふつう。ふつうの国では。

「じゃあ日本の民衆は搾取《さくしゅ》されるままになっていたというの？」

丸眼鏡の女の子、リサが言う。

「ちがう、天皇は民衆を搾取したりしなかった」

たぶん。

「でも彼らだけ並外れていい暮らしをしていたはずだ」

「いや……ロシアのロマノフ王朝とかフランスのなんだっけ、ブルボン王朝とか、そういうものじゃない。宮殿も、彼らが祈る場所も、ゴージャスな場所ではなく、質素だった。彼らは、天皇家は、日本の土地と民のために祈ってきたのよ」

「祈ってきた⁉」

「それがもともと彼らの役目だもの」

なぜだか私からこんな言葉が出た。そんなことを思ったこともないのに。日本人ならば言われなくてもわかっていることがある、というふうに。

「ローマ法王みたいなものなのか？」

そう訊かれ、

「少しちがう」

と私は答えた。

「シャーマンだってこと？　アメリカ先住民みたいな？」

「アメリカ先住民はよく知らないけれど……天皇は生きた神だと、言われていたことがある」

なんというか、彼らと、話している時代が合っている気がしない。

「そんなの嘘っぱちだよ」

「私も本当だとは思わないけれど、でもイエス・キリストだってそうでしょう？　明らかに人の子なのに、神の子だという。なぜそう信じられるのかしら？」

「イエスは神のひとり子《ご》だわ！」

あの八年生の女の子がとつぜん食って掛かってきた。

「いや天皇だってね！」

私が言いかけたが、続く言葉を見つけられなかった。だけれど私は自分に突発的に湧いたエネルギーの大きさに自分で戸惑っていた。自分が天皇のためにむきになるというのも不思議な感じだった。

「ちょっと待ちなよ！」

言い争いになりそうになった私たちを、グループの中のＰＪ・ウェーバーが仲裁した。彼はよく人を見ていて、やんわりと割って入る。どこかフェミニンな印象のある男の子で、角を立てないことを知っている。

「感情的にならないで。僕たちがしなければならないのは、その天皇、なんだっけヒロヒト？の戦争犯罪の弁護だ」

とＰＪが続けた。

私の頭に、統帥権《スープリーム・コマンド》、という言葉がよぎる。統帥《とうすい》権、つまり陸海両軍を率いる権利は、天皇に属すると、それは日本史の教科書にも書いてあった。だったら、最高責任者が罰せられないのは、あきらかにおかしいという話になる。でもそれを言っては弁護にならない。

「一点だけ、ある」

今まで発言しなかった男の子が口を開いた。

「何？」

みんなで彼を見る。

「東京裁判、正式名極東国際軍事裁判は、□□法によって裁かれた裁判だから無効だと言った人がいる」

「なにだから？」

と私。□□のところがどうしても聞き取れないし、意味も類推がきかない。

「それが起きたときにはまだなかった法律によって、過去の出来事を裁くこと」

「この場合具体的には？」

「第二次世界大戦下の戦時国際法に、『平和に対する罪』なんていう概念はなかった」

「そのなんとか法だから無効と言ったのは誰？　いつ？」

「極東国際軍事裁判でパル判事が。インドの人だ」

「インド人がなぜ？」

　そもそも東京裁判にはインド人の判事もいたのか！

「原則を崩すのは、法の本質にかかわることだから反対したのだと思う。あとは、反植民地主義。インドは長いこと英国に支配されたから。日本人そのものに共感ないし同情を持っていたとか、日本軍に許されるべき事情があると考えたからではないと思う」

「法の本質にかかわることだ、から……？」

「重要なことだよ。法には法の原理がある。民主主義だってそうだ」

「だったら出来事が起きたときに存在しない法律でもって起きた出来事を裁いたの？　それは民主主義的なこと？」

　私は考えるのに疲れてきた。原則があって、力の論理があって、結局力の論理が最後にすべてを覆《おお》うように感じられるのに、原則の議論をしなければいけない。自分のすべての質問がばかげているようにも、思えた。

「それは……新しい神話をつくる必要があったからじゃないだろうか。戦争を終わらせるという神話」

「誰の神話？」

私が言ったそのとき、グループごとの話し合いは打ち切られた。

その神話の舞台が私たちの国だった、とでもいうの？


「それではディベートを始めます。論題は『日本の天皇には戦争責任がある』。まずは肯定側のオープニング・ステイトメント」

「すみません、いきなり決めつけなくても」

私は挙手して先生に言う。

「論題は肯定形の文章であるのがルールである。決めつけているわけではない」

わけもわからず始まる。それでも始まればゲームはつつがなく進む。向こうのグループから一人、男子生徒がごく自然に前に出て話し始めた。

「これから、日本の天皇、ヒロヒトの戦争犯罪に関するディベートを行います。まず、ことの端《たん》緒《しょ》を説明いたします。一九四一年十二月七日、日本軍は卑劣にも真珠湾を奇襲し、アメリカ合衆国への宣戦布告なしに戦争を始めました。ヒロヒトはこれに」

「異議あり！　主観的判断が入っていますっ！」

こちらのPJがすばやく先生に向かって挙手して言った。なるほど、と私はその発言に対して思ったけれど、それは私が言いたくてとっさに言えなかった言葉だった。私は人の話に割って入るのが、母国語でも苦手なのだった。

「ＰＪ、オープニング・ステイトメントに異議は出すべきではない、けれど肯定側のマイケルの言い方にも問題はある。たしかに彼の主観が入りすぎている。注意するように。マイケル、続けてよろしい」

「エンペラー・ヒロヒトはこれに最高責任を負っており……」

話は続く。ＰＪは張り詰めた場をふっとなごませた。が、私にはディベートのルールがぜんぜん見えてこなかった。圧倒されて、周囲で繰り広げられることを見ているばかりでおどおどしている。この教室で話すのをいちばん期待されているのは私だろうに。プロセキューションのステイトメントとやらが終わったら今度はこちらが同じことをする、にちがいない。それを思うと心臓がどくどくしてくる。視野が狭くなってくる。あれ、私の役割はなんだっけ。ヒロヒトを……守るんだったか責めるんだったか……守るんだった。

「ではディフェンス側のステイトメントを」

向こうの番が終わり、こちらに水を向けられた。こちらのグループはもちろん私以外の誰も立ち上がる気配はなかった。みな無視に近い態度を決め込んでいる。それは決まったことだった。私のために始まったことなのだから。私がいるのに、私に代わろうとする物好きはいない。私は前に立ち、十一人の観衆に向かいあった。相手方の視線が痛いし、無関心やあくびもまた心に痛い。私は貧血を起こしそうになりながら、『聴きよう聴きまね』といった感じで、さっきのスピーチの反対コピーを始めた。

「真珠湾への奇襲は、奇襲ではなく通達が遅れて攻撃の後になってしまったのです。日本の」

大使館ってなんて言うんだっけ……そうエンバシー、単語を探しながら論を組み立てるのはひどくむずかしい。

「大使館《エンバシー》のミスだったと言われています」

「マリ、それは憶測だ。証拠がない」

スペンサー先生が割って入った。

「あの、ここに異議をはさむのは控えるべきなのでは、サー？」

私はおそるおそる言ってみる。ルールを少しでも理解するための捨て身の作戦だった。

「これは指導だ。異議ではない。あなたはディベートを理解していない」

理解していませんとも！

それに、本当に言いたい、というか知りたいことはこうだった、『真珠湾がなぜそんなに卑劣と言われるのか、何十年もの間、恥を知れみたいに言われ続けるのか、その意味がわかりません。あなたたちは合理的な民とされているけれど、この件の怒り方はどこか、生理的だ。原爆を二発も落としておいて始まりの些末《さまつ》なことを言い続けているみたいに、我々からは思える』。

「あなたのすべきはヒロヒトの弁護だ。そのことをヒロヒトの立場と関連づけるように、述べなさい」

「えーと」

よって、
だから、
無罪。

っていうのは？

そう言って終わりたい衝動に駆られた。

「天皇は陸海両軍の統帥《とうすい》権を持つ」、と日本史の教科書にあった一説を頭の中でばかみたいに繰り返す。だとしたら、真珠湾への攻撃にもゴーサインを与えたのは天皇その人、ということになる。しかし私が習ったなけなしのことは、「あの戦争は軍部、特に陸軍の暴走で間違った方向へ行った」、それだけのことだった。責任者としての天皇に触れたことは、何処をどう思いだしてみても、なかった。

「ヒロヒトは反対しました。軍部の独断です」

「軍の最高責任者はヒロヒトだろう！」

スペンサー先生が言った。

腹は立たなかった。むしろ、「ですよね？」と疑問を共有したいくらいだった。それは私自身が感じる日本史の不思議だった。

おそらくは私一人で話す時間だったところ、スペンサー先生とのへんてこりんなやりとりで間が持ってしまい、私の持ち時間が終わった。ほっとして席についたのもつかの間、新たな局面が始まった。次は《クロス・イグザミネーション》とのことだった。

こちらのグループの皆が「この件は自分にはわからないから」という目と身振りで私を見、また私しか話せる者がいないのだとさとるが早いか、今度はわけもわからないまま両陣営から一人ずつ立たされ、前へ呼ばれたのだった。

私はとうとう、究極の問いを先生に発さざるを得なかった。

「私は今、何の役なんですか？」

「ヒロヒトの弁護！」

席を立つ前に引いた辞書の映像が不意によみがえった。クロス・イグザミネーションとは反対尋問の意味。相手側から尋問されるのか。

それは志願者がいないわけだ。

「天皇ヒロヒトには、戦争を始める意思はありませんでした」

私は考え、話し始めた。ヒロヒトの弁護役として。

「しかし、始めましたね」

相手側もオープニングと同じ人だった。

「軍部に利用されました」

私は教科書にあったことを私なりに解釈して言った。

「それはヒロヒトが軍部のパペットだったということですか？」

「パペット……」

もし私がパペット、操り人形、だとしたら。パペットの主体はどこにあるのだろう？ ふつうに考えたら人形遣《つか》いということになる。人形遣いが外にいる。この考え方をあてはめれば、人形遣《つか》いは軍部であり、天皇は傀儡だったということになる。しかしそれならばなぜ、天皇だけが「ご聖断」を下せて戦争を最終的に止めることができたのだろう？ それはパペットじたいに最初で最後の究極の力があることになる。日本を代表できる力だ。そのとき私には奇妙な別の考えが浮かんだ。パペットじたいに、魂が宿っているなら、と。何か特別な霊力が宿っている、または宿っていると思われていたら。

私は天皇を侮《あなど》る理由も、といって格別崇《あが》めるべき理由も持てない、ふつうの日本の戦後の子だ。戦争なんて大昔のことだと思っていた。でも天皇に対する歴史上の日本人たちの態度には、どこか不思議なものがある。たてまつりながら利用する。最高権威を与えながら実権は与えていない。しかし、最後の最後に彼に向かってひれ伏す。などなど。最後の最後には、彼にだけなのだ。もし皆、天皇というものの霊力を借りたいだけだったら。だとしたら織田信長ではないが、たしかに天皇を温存するだろう。幕末の薩長のように、天皇をかつぎ出すだろう。だとしたら天皇は、本質的にパペットということにならないか。だとしたら天皇には天皇個人の意思はなく、天皇自身がパペットであり人形遣いなのである。つまり、器にして、力なのである。

「一国の君主が軍部のパペットになるのは由々《ゆゆ》しき事態ではないですか？　それはモダン・タイムズのネーション・ステイトではなく未開の国ですね？」

相手方に訊かれた。

「ネーション・ステイト？」

私は訊き直したが、音が聞き取れなかったと思われただけで、ネーション・ステイト、という単語がまた繰り返された。

「異議あり！」

私の陣営から声が上がる。

「被告人とその国を侮辱しています」

“Objection, your honor！”これが状況からして日本語訳だと異議あり裁判長、って台詞だとわかる。しかし、your honor、あなたの栄誉、とは誰の名誉《オナー》なのだろう？

「異議を認めます」

スペンサー先生が言った。

スペンサー先生が私たちの異議を認めてくれる！

それはごくふつうの一瞬だった。しかしそのとき私は、民主主義というものに触れた気がして打たれた。感動でありショックな体験だった。ああ、民主主義というのはきっと投票や多数決のことじゃない、それはおそらく私たちの血肉から最も遠いというくらいにかけ離れた概念なのだ、と。そのことが骨身《ほねみ》に沁《し》みてきた。

アメリカン・ガヴァメントの簡易ディベートが終わり、私は悄然《しょうぜん》と廊下を歩いた。本当に疲れていた。本当に疲れているのに次はまた苦手の生物だ。歩いていると、後ろから名前を呼ばれた。ホストファミリーのティムだ。

「どこへ向かってる？　今日の授業は場所がちがうと言ったじゃないか」

「あ」

そうだった。

私はティムに追いつき、廊下をいつもと逆に歩いた。大して大きくもない校舎の、二階の廊下がやけに長い気がした。突き当たりはラウンジで絨毯《じゅうたん》が敷かれてソファがあったりする一段低いオープンなスペース、そのソファでネッキングするようなカップルもいるけど、その手前の左手に、一度も見た覚えのないような小さめのドアがあった。

扉を開けるとそこは、まるで季節がちがうように暖かい部屋だった。

いつもふんわりあたたかい校内ではあったけれど、より暖かいところに来てみると、季節が冬だったと思い出させられる。部屋は思いの外広かった。私以外の十一人の九年生はもうそろっていた。机や椅子や顕微鏡などはもうそろえられていた。というか、それはもともとそういう部屋で、何かのクラブハウスなのではないかと思った。こんな部屋の存在は知らなかった。

温室がある。

ああ、これは私が外から「煙突」と呼んでいた場所か。学校の建物は二階なのにそこから突きだした部分があるのだった。学校全体は煉瓦でできており、これもまた、重厚ながらお伽《とぎ》話めいた雰囲気を持った建物だった。ここで好きなもののひとつは建物だ。時間を感じさせ、飾り気は少ないが物語を感じさせた。

十二人の生徒たちの前で、生物と化学の教師であるティムが、温室の中から三本の木を順々に指さした。

「これらは、わが校の生物部の部員が、校内のオイル・ヒーターの熱を利用して育てた植物です」

そうか。ここは学校中のヒーティング・システムの配管が集中する部屋か。そして生物部の部室なのか。熱の通り道。もとは本当に煙突だったのかもしれない。配管を引き込んだ温室の中に、この地に咲かない花が咲いていた。

「正確には、熱と光を使います。熱と光を使うことで、ここには育たない植物や生物を育てることが可能になります。これらの木は、この北緯四十四度の自然の中では育たず、花を咲かせず、実を実らせません。しかしこれらの木々もまた、比較的暖かいなりに別々の緯度に生えています。これらのひとつが育つところで別のものは育たなかったり、その逆だったり、あるいは、ボーダー領域があります。地球上では、場所によって生える植物が、かなり細かく異なります。では、これらはどのへんに生きる植物でしょうか？　また生きる場所によって、植物はどう違うのでしょうか？　植物はどう風土と調和し、それを利用しているでしょう」

一人の男子生徒が手を挙げて言った。

「……紅《あか》い花は、温帯に咲くものではないかと思われます。ピンクのは、温帯の中でもより暖かめの土地。そして黄色は、熱帯に近い温帯、場合によっては亜熱帯、ではないかと思われます」

観察時間が終わって、推測を問われた生徒――名前は忘れたか最初から知らない――は、正解を全部答えてしまったようだった。とても小柄な、小学生みたいな、眼鏡をかけた男の子だった。どうやら生物部の部員だ。授業時間はまだ半分くらいだった。教師のティムはいったいどうやってこれから間を持たせるのだろうと思っていると、彼は言った。

「よい答えです。正解は、紅色がプラム、ピンク色はピーチ、黄色は、ホアマイと言います」

ピーチ?……桃か。なるほど見たことがあるはずだ。しかし、それよりつましい小さな紅色の花、プラムがなぜこんなに懐かしくいとおしいのだろう。香りまで鼻腔によみがえり、それは私の心をふるわす。プラム……謎だ。それにホアマイ。それはいったい何語だという顔に、多くの生徒が支配されていた。英語ではない。中国語? ネイティヴ・アメリカンのどこかの部族の言葉と言われても信じる。けれど、北アメリカ大陸に咲く花には見えない。

「この三つはどれもアジアに分布し、さっき彼が言ったとおり、プラム、ピーチ、ホアマイの順に緯度が下がります。映像で見てみましょう」

地球を上空から舐《な》めるように移動していく。南へ、南へ。地球は自転をしながら公転している。太陽からの距離、それが気候と季節の正体。それが映像を速回しにするとよくわかる。緑が芽吹き、育ち、成熟し、あるものは黄色や赤になり、枯れ、よみがえる。あるいは、ある土地では、そういう四季の移り変わりは存在しない。

ティムはここで息をひとつ、ふうと大きく吐いた。そして吸い、言った。

「南ヴェトナム、旧サイゴン、現在はホー・チ・ミンと呼ばれるあたりでは、ちょうど今頃、この花、ホアマイで新年を祝います。彼らの言う新年とは、私たちの太陽暦《ソーラー・カレンダー》によるものではありません。天体の運行上、春の始まりとされる日のことです。月暦《ルナ・カレンダー》に基づき、毎年算出され、イクイノックスの何週間か前に当たります」

イクイノックスってなんだろうと私は考える。イコール《イクオル》と関係ありそうに思えて、ああ、昼と夜が半分半分になる日かと腑《ふ》に落ち、春分と秋分の意味を初めて理解した。外国語で聞くとかえって本質的に理解することがある。

ティムは続けていた。生徒たちは、続く話にあっけにとられた顔になった。ティムは続けた。黄色い花を手に掲げて。

「いつかしたいと思っていた話です。同じ正月を、南ヴェトナムではこのホアマイ、北ヴェトナムではこの桃で祝います。日本でもそうするのかな、マリ?」

ティムは急に私に話を振った。

「あ、いえ、日本でも正月は祝いますが、日本の正月は一月一日です。桃は、まだ咲かない冬です。まだどんな花も咲きません」

一月一日を、ジャニュアリー・ザ・ファーストと英語で言うと、それがただカレンダーを一枚めくっただけの日に感じられた。たしかに新春、というのにどうしてまだあんな寒い日なのだろうと思っていた。冬のいちばん寒い時期さえまだなのだ。

「そうですか、ありがとう。ところで南北で正月を祝う花がちがうのは、ヴェトナムがかつて分断されていたからではありません。ヴェトナムは南北にひどく細長く、北は中国と国境を接しています。文化やお祭りには中国の影響が強く、中国では桃で祝う祭りを、南ヴェトナムの南端、南シナ海に近いような土地では気候が熱帯に近くて手に入らないため、この花で代用しました。現在ではこちらが正月の花として有名だろうと思います。ただ彼らは桃の代用であるこれを、不思議なことにピーチ・フラワーとは呼ばず、プラム・フラワーと呼びました。プラム・フラワーという意味の中国語、そのヴェトナム読みが、ホアマイです」

ティムはここでひとつ、誰の目にもわかるような息継ぎをした。

「これを話したかったのは、私たちアメリカ人がした大規模な環境破壊と非人道的行為を知ってもらいたかったからです。私たちはそれから目をそらしてはいけないのです」

——おいおいマジかよ、何話しちゃってんだ、オッサン。驚いたな、こいつがヴェトナムの話をするとは。

私の頭の中で、また、〝彼〟が言った。彼、正確に言えば〝彼ら〟ヴェトナムの結合双生児たちは、いまや私の中の小さな人びとだった。必ずしも、歓迎される存在でなく。私は、思わず身構えた。

〝やめてよ、私を乗っ取るのは〟

——人聞きが悪いな。俺はお前が言いたくて言えなかったり無知でやはり言えなかったりすることを、言う助けをしている。

〝やめてください。言いたいならあなた方が言えばいい〟

——残念ながら、

〝残念ながら？〟

——まあ、聞こうや。こいつは面白い独白だぜ。

じじつ、ティムは、一人芝居をする俳優のように続けていた。真剣なのはわかるが、生徒たちがあきらかに当惑している。

「ヴェトナム戦争で、アメリカ軍はゲリラの隠れ場所をなくすという名目で、森を枯らしました。

それが、あなた方も名前だけは聞いたことがあるだろうけれど、枯葉剤作戦です。アメリカはジャングルでのゲリラ戦に苦闘しました。そこで、森がなければゲリラもゲリラ戦ができないと考えたんだね。エージェント・オレンジ、高濃度のダイオキシンを、広範囲に散布した。で、何が起きたか？」

ティムは新しい映像を流した。

そこには濃い緑の森があった。季節の移り変わりのない、常緑の、黒いほどに常緑の森だ。私の知る森ではない、ここ北米の人たちが日々の暮らしからしばし離れてリフレッシュに行くような檜《ひのき》や樺《かば》の香りの森でもない、椰子のように幅広の葉が風に揺らされている、暑い地方の密林だ。

そこへ、プロペラ機がのんびりした感じでやってきて、白い霧を撒《ま》いていった。

「ここから速回し映像になります」

木々は、節という節から芽を吹き、その芽があっという間に葉を生い茂らせ、狂ったように陽に向かって伸びようとして、あっという間に寿命を自ら食い尽くすように、みるみる枯れた。あとには、灰色のスープのような、あるいは溶けた脳味噌のような、不気味な大地が広がっていた。

生徒たちの間に、うめきともなんともつかない悲痛な声が上がった。それはあまりに変わり果てた大地の姿だった。

「枯葉剤の主成分は、ダイオキシンとして知られるケミカルです。これが遺伝子異常、生殖異常を引き起こし、ヴェトナムの大地と人に今も大きな傷を与えています。ダイオキシンは、農薬の主原料です。しかし、アメリカ本国で使われるダイオキシンの、数千倍の濃度のダイオキシンが撒かれたのです。アメリカは、デモクラシーのアメリカは、アジア人の土地など、命など、どうでもよかったのでしょうか?」

そのとき、教室の生徒たちが私を見ているのに気づいた。私がその教室で唯一の——全校でも三人しかいないが、東洋出身の異国籍人、いわば生粋《きっすい》のアジア人として唯一の——私を見た。なんと、私には、私の出身地ゆえに、することがあり、それを期待されているのだった。私は何も知らないのに。

しかし——スイッチが入った。通訳の回線みたいなものが。

私は彼だ、けれど私は今度は私の責任で話す。より正確には、人の言葉なのだが私の責任で話すし、話したら私の言葉とみなされ、責任は私が負うことになる。

「ねえ、あんたね」

彼の言葉は、いきおいこんな調子なのだ。けれど私を通すことで、すこしだけあのずけずけした感じがとれる。いや、今度は、そうすると私が決める。

「枯葉剤の濃度に関して、そんなに苦しむ必要はないと思うよ。枯葉剤は陸軍の作戦ですが、えー、なぜかって言えば」

なぜなの?

同時通訳で話者を追い越してしまった感じだ。

「えーなぜかって言えば空軍の飛行機では速すぎたからですけど、枯葉剤作戦っていうのは、そうですね、大規模な農業で農薬を撒くのと同じことです。プロペラ機でゆっくり撒きます。オクラホマやアイダホでするのと同じですよ。枯葉剤だって、アメリカ国内で使われているのと同じ農薬です。その農薬を使ってつくられた野菜を食べながら、農薬が悪の権化だなんて言わないでしょう?」

「しかし濃度が」

「おそらくは……ヴェトナムの人民《ピープル》を殺してやると思ってのことではないと思います。悪意や、蔑視《べつし》はあったかもしれませんが、だからってヴェトナム人を殺すために何千倍もの濃度にしてやるというのでは、説明がつきません。枯葉剤はあくまでも補助的な作戦ですから。枯葉剤濃度の説明はおそらく、高度です。農薬散布と同じ要領で、低く飛んで薬をスプレーしていきますが、低いなりにかなり高く飛ばなければ、撃ち落とされます。ゆっくり飛ぶわけだし。だから、濃度は、散ってしまう分を計算に入れたんだと思います。それでも、濃すぎはしましたが……おそらくそれは、結果です。作戦として稚拙《ちせつ》だとは思います……濃度に関しては……濃度に関しては、結果だと思います」

「ありがとう、マリ」

ティムは、ほとんど個人的に私に感謝を述べているように見えた。

「我々はただ、公正でありたいだけです。公正でなければ、見誤ることがあります」

「我々《ウィー》とは？」

「我々人民《ピープル》です。ただ」

「ただ？」

ここからは純粋に私の発言だった。

「それを言うなら、明らかに殺意があったのは、私の故郷日本で低空から民間人に絨毯爆撃《カーペット・ボミング》をしたアメリカ軍の行為の方です。オイルを撒いて、燃やすための爆弾を落としたんだ。そして原爆は？　刑法だって、明らかに殺意のある殺人は罪がより重くなかったでしょうか？」

私の発言はクラスメイトの猛反発を買った。

終業を知らせるブザーが鳴った。

「わかってもらいたい。人間のすべきは、母なる自然を守ることであって、壊すことでないことを！」

猛反発しながらも、クラスメイトたちは終業ブザーには実に忠実だ。我さきに立ち上がる。ティムは、我《われ》さきに立ち上がろうとする生徒たちを、一瞬制するように、言った。ほとんど叫びだった。

皆が去った教室に残った、ここでは教師であるティムと私は、しばらく二人きりで見つめ合った。ティムの目をよく見たのははじめてだった。黒曜石のような瞳。同じ黒だけど、東洋人の黒とちがう黒。ティムがどこから来たのかと思ったのも、はじめてだった。それまではたんに一人のアメリカ人だったのだ。二人とも、憐《あわ》れみのような共感のようなそれでいて反発がまじったような、曰《いわ》く言いがたい目をして。

「第二次世界大戦の罪のことも、考えなければいけないのかもしれない。君の言うとおり」

ティムが言った。

「あなたはなぜ、あんな話をしたの？」

私が訊いた。

「おろしたくなった」

「おろす？　何を？」

「僕の罪悪感」

「あなたが何をしたというの？」

ティムは黙っていた。

彼の抱えたある〝重さ〟のことは、なんとなく伝わってきた。

アメリカ人も罪悪感を持つ、という、思えば当たり前のことに、私は打たれた。人がおそらく文化とかかわりなく持つ、人としての感情にも。

第七章　世界曼荼羅に死の歌を

一九八一年三月六日　金曜日

夜中。


目が覚めて、眠れなくなった。昼間したディベートのことを考える。

みんなの前で晒《さら》し者で誰も助けてくれず助けようもなかった緊張を思い出すとますます目が冴《さ》えて、ベッドから起き出した。ガウンを着て、ムートンの室内履きを履いて、机の前に座り、スタンドライトをつける。この机は、もとはドレッサーと兼用だったのか、前に鏡がある。ふだんはあまり気に留めなかったし、第一この前に座ってあまり勉強したことがない。家は学校と違って寒いので人間の基本的なことときりする気がしない。つまりは、生存すること。

この机の上にあるのは、英語で書かれた教科書が何冊かと、母親が送ってくれた日本語の歴史の本何冊か、それにジャックにイヤフォンをさしっぱなしの小さなラジカセひとつ。ラジカセは近隣のシアーズで買った。日本の雑誌で見てシアーズとはどんなかっこいいところかと思ったら、化繊のダサい衣料や安い電化製品を売っている閑散《かんさん》としたスーパーでがっくりした。だから私の机の上には置きたいものが何もないのかもしれない。アメリカ人が条例で決められてでもいるように置く家族写真もない。ひとつだけ例外は、裏のうらぶれた平屋の雑貨屋で買った"Babe"というコロンのピンクの小瓶。甘ったるい香りのその安物コロンが、まるで魔法の小瓶であるかのように机に鎮座していた。それはアメリカのものだしいかにもアメリカ的な香りと言えたけど、私にとっては、アメリカにまだ憧れを持っていた頃、東京の輸入雑貨屋で眺めていた品だった。アメリカに来て初めて私は、コロンをつけるという習慣を持った。私は女なのだという意識も。

イヤフォンを耳にさし込み、カセットテープを再生する。中学の友達二人が送ってくれたカセットレターだった。寝る前に聞き始めて途中でやめたものだった。

かつての友達の声が流れ出す。

「マリ、今日本では漫才ブームでね……」

途中から始まる会話がそんなことを言う。そして二人はたしかにかけあい漫才みたいに話し、ときどき下手な大阪弁を入れたりする。漫才ブームというのが私には理解できない。意味不明だ。そんなのは、今さらブームになるようなものだろうか。古い芸能の再興ブームかそれとも何か画期的な才能や方法でも開発されたのか。たった数ヶ月の間に、日本は大きく変わってしまった気がする。一方で彼女たちの言葉のはしばしに、アメリカは自由の国という思いこみと、そこへ行った私を根拠なく羨《うらや》む気持ちと、でも自分たちも楽しい毎日を送っているという報告と、そしてこれがいちばん根拠がないのだが、アメリカ西海岸の解放感への憧れがあった。彼女たちにとってアメリカとは西海岸であり、それ以外のアメリカを思い浮かべたことなどないようだった。アメリカには東北の果てなんていうのも、あるんだよ。

それに、考えたことある？　《天皇の戦争責任》なんて。

たった数ヶ月前まで同じ紺の制服を着て同じ教室に釘《くぎ》づけされていた友のことを私は思った。すると、二人が今この瞬間に生きているということが明らかと思えなくなってきた。このテープが録音されたのは去年のうちで、受け取った時点で録音してから十日やそこらは経っていた。それが、郵便がここに着くまでの時間。その時間のあいだにすべてが変質している気がする。とり返しのつかない過去が、今、そして何度でも、話しかけてくる。そのうえ人などどこにもいない。

「テイク・イット・イージーよ～」

友達の一人がテープの中で言った。耳の中に入るほどの小さな人の囁きのように。

「そうよ～、ていくいっと・いーじーヨ～」

もう一人が冗談めかしたことさらの日本語英語で言って、笑った。

テイク・イット・イージー。私はつぶやくと、アメリカに来て誰にもそんなことを言われたことがないのに気づいた。

私だって、テイク・イット・イージーしたいさ。でもそうできないときも、あるんだ。わかってくれとは言わない。

カセットテープを止めると、耳という入り口を塞《ふさ》がれた私は、この地上で孤絶した人間に思える。

入り口を塞がれた耳の底に、夜の静寂がとろりとした液体のように溜《た》まっていった。

ふと鏡を見すえ、

〝I《アイ》〟

と、私は英語で言ってみた。

Iは一人だ。

I《アイ》は私とか僕とか拙者とかとちがって関係でできてない。Iからアクションを起こさない限りは世界に何も起きない。Iは数字の1みたいだ。前には、ゼロしかない。Iがいなければゼロな世界。そんな世界観がここでは採用されている。それももっともだとは思うけれどひどく疲れる。時々、黙っていればすべてが問題なく終わった社会のことを私は懐かしんだ。

〝I〟

Iの続きはしかし、私の意志というより、意志の空白に、向こう側からすべりこむように出てきた。〝Hirohito,〟

〝Hirohito....., the Emperor of Japan〟

私は天皇の弁護ではなく、ヒロヒト自身の役を自分がしようとしているのに気がついた。それも、戦争犯罪の被告人として召喚《しょうかん》されたヒロヒトの役を。

鏡の中の私が私をじっと見ている。その私に対して、私は何かを言おうとする。体が冷たく緊張してくる。

変な感じがした。スタンドライトひとつ点けただけの真夜中。教室でも感じた、変な感覚。天皇ヒロヒトとして〝I〟、「私は」、と発語しただけで、奇妙な感覚に襲われた。私がまるでその人であるような。そしてその人は、〝I〟という英語の体感でとらえがたい。自分が世界の中で唯一無二のものとして際立つのではなく、反対に、自分が透明になってひとつの穴となっていく感覚。圧倒的に無防備で、それが一国の最高責任者だったとは到底信じられないような感覚。

教室でもそうだった。Iと言った後に言葉が出てこなかった。それよりも、この世のすべての言葉が自分に流れこんでくるような気がした。それは私マリが何も知らないというよりは、あの人が自分という器の中から言うべき何かを探していたように思えた。あの人は透明なのだ。自分が透明であるとき、自分と世界を切り分けるのはむずかしい。ましてIになるのはむずかしい。

気づくと、真夜中の暗い家の一室で、鏡の中の私が本体で、言葉に詰まっている鏡の前の私をじっと見ている。私の体は、その見られている感覚によってのみ存在している。

私、天皇ヒロヒトは。

私は発語してみた。つまりは、本当の肉体が、私をとり戻そうとした。英語でなぜだかヒロヒトのスピーチを始めようとした。なぜかはよくわからない。ただ何かを言わなければこの局面を打開できないから。

でも変な感じだ。圧倒的に変な感じだ。こっちが肉体なのに、自我がない感じ。肉体は焦っているのに、心は安らかだ。私はただ、世が栄え安らけきことを祈っている。いや私にもかすかな私の感覚はあるのだが、それを「私」でも「I」でも表現できない。世界のすべてに私がいて、私の中にも世界のすべてがある。

何を言えばいいのだろう？

「朕《ちん》、はどう？」

すると驚いたことに、鏡の中の私が言った。私に向かって、天皇が用いていたという古い一人称を勧めてきた。おずおずと、しかししれっと、天皇のあだ名でも呼ぶように。それは呼び水だった。本当の水のように、私の中に入ってきて私の感覚が変形していく。体の輪郭は暗くて捉えられなくなる。手足の冷たさが、かろうじて私の境界を教えてくれる。しかしその境界がかたちを変え、朕、という字が夜の中でぐにゃりとかたちを変え、氷の器のようになり、私に視覚はなく、私はただ私の鏡像から見つめられていた。

朕というのは、器のような感覚がする。器じたいは空《から》なのだ。

そのことを表す言葉を私は持たず、私は沈黙する。北の国の夜に浸される。しかし私を浸すものこそが、私であるのだ。それが器であるという主体に他ならない。私は私ではない。私は他者である。たとえば私は森の中にいる。だまし絵のように木々にまぎれた大小の動物も私で、木も私、そして私もそれらに溶けている。しかしそれを「私」という主語を使って、「朕」を使ってさえ、どう言えるのか。私は透明だ。私は沈黙する。北の夜のごとく沈黙する。私はずっと、沈黙していた。語っていたのはただ、他者たち、あるいは、死者たち。

ママが以前、鏡のことについて何か言った。それを思い出したい。鏡を見ていて混乱したときの秘訣《ひけつ》、みたいなことをたしかママは教えてくれた。ママと話したくてたまらなかった。

この変な感じに耐えられなくて、私はアイラインを引くペンシルで、鏡にこうなぐり書きする。

“YOU ARE NOT”

You are not me.

「あなたは私ではない」と。

そこには主体はなく、あれも自分であり、これも自分である。すべて自分であり、ゆえに自分はゼロの器である。そんな人が、いるだろうか。時間も過去から未来へ流れない。時間は降り積もる、たとえば今日の雪のように。今日ここに降る雪は、創世以来のすべての水を含んでいる。時間が水のように循環している。それが天皇という人の内実であるかどうかの真偽はともかくとして、そんな時間に生きている人がいたなら、その人のことをなんと言ったらいいのだろう。

夜が明け、学校に行くと、今日から「アメリカ政府《アメリカン・ガヴァメント》」の学科の学習助手《チューター》が私につくことになった。

　チューターは、特定の科目の学習が遅れている生徒にその科目で優等の生徒が教える、いわば補習システムであるらしい。上級生がつくことが多いが同級生のこともあり、場合によっては飛び級してきた年下の同級生であることもあるという。これは私が日本人だからつけられたわけではなく、アメリカ人の生徒にもふつうにつく。むしろ、私に今までチューターがつかなかったのが不思議だ。

　放課後に指定された場所に行ってみると、一学年上のアンソニー・モルガーノがいて私に向かって手を挙げた。

「なぜあなたがここにいるの？」

　思わず言った私に、

「僕が君のチューターだから」

　と彼は答えた。

「なんで？　あ、ごめん、失礼なこと言う気はなかったの」

「かまわないよ。理由は九年生のとき『アメリカ政府』の成績がよくって、十年で〈世界史〉、で今〈英米法〉の成績がよい、そういうことじゃないかと」

「そう、あなたでよかった。本当によかった」

　私は少し安心した。私はアンソニーの隣に書板付きの椅子を持ってきて座った。アンソニーが言った。

「それはよかった。でも、あの発表のことで困ってるなら、言っとくけど、僕は日本のことはあまり知らない。アメリカ側からの資料で手助けができるだけだ」

「日本のことを知ってる人はあんまりいないと思う」

「でも僕は知りたいと思うよ」

「私も、わからないのよ」

「そんなわけないでしょ、自分の国なんだから」

アンソニーが笑った。

「嘘じゃないってば。すぐわかるよ。『自分の国のことも知らないとはお前はアジア一のバカか』とか言われてるんだから」

私はなぜかアンソニーに対しては自分を取り繕《つくろ》おうとしなかった。

「スペンサー先生に？」

「ちがうちがう、別の人。あなたの知らない人」

私の頭の中に入ってくるヴェトナムの結合双生児だとは、さすがに言えない。

「……それよりあれ、単なる発表じゃなくてディベート形式にされたの」

「ええ？　主題は？」

「『日本の天皇には戦争責任がある』だって」

アンソニーは一瞬黙って、ひとりごとのように言った。

「それはむずかしいなあ！　いや、検察側だったらば簡単だとも言えるけれど……弁護がなあ！」

そして彼は、私が疑問を挟《はさ》む暇《ひま》もなく続けた。

「しかし、『天皇の戦争責任』を争点にするとは……歴史の逆をいきたいわけか？」

「どういう意味⁉」

「極東国際軍事裁判では」

「いわゆる『東京裁判』ね」

「そう、いわゆる『東京裁判』では、天皇の戦争責任を問わないことを、GHQは最初から決めていた」

「えっ⁉」

「本当だよ。去年課題で調べたんだ」

「それじゃ意味がないじゃない！　天皇は……天皇は最高責任者だよ。最高責任者を裁かなかったら、その法廷はなんのためにあったの？」

　思わず、食ってかかってしまった。

　天皇が、最終的に罪に問われなかったことくらいは私にもわかっていた。私の知る限り、天皇は無傷でそこにいた。日本国民はそれを許していて、激動を生きた昭和というこの時代の天皇に、不思議な慈愛と憐れみすら持っていた。いや、彼を慈愛の大君だとすら感じていた、誰も口にこそ出さないけれど。

　けれど彼が裁かれなかったのは、結果だと思っていた。結果としてそうなったのと、もともと裁かれないことに決まっていたというのとでは話がまるでちがう。

「言いにくいことだけど、それは司法というよりは、アメリカと連合国の正しさを、世界にアピールするための政治の場だったと思う。だから通常法廷より融通がきく軍事法廷であり、それはマッカーサーの法廷だ」

　私は沈黙した。一瞬、頭を殴られたような衝撃だった。言うべきことが見つからず、沈黙した後、記憶の中からひとつの言葉が浮き上がってきた。

「『新しい神話』……」

私はつぶやく。

「新しい神話?」

アンソニーが訊き返す。

「授業中にこのディベートの準備として模擬ディベートになった。そのとき、一人の子がこの法廷は、その時には存在しなかった法で過去の出来事を裁くものだから、法の反則だみたいなことを言ったのよ。私は、『民主主義の警察のようなアメリカがどうして、自らそれを破るようなことをするのか?』と彼に訊いた」

私は自分の以前の発言がそっくりは思い出せなかったので比喩を使って言った。アメリカのことを〈民主主義の警察〉と。

「その答えが、『新しい神話をつくるため』……か。僕は、民主主義の警察を自任するからこそ、アメリカはそういうことをしたのだと解釈している」

「でもそれをしたら時間軸を飛び越えていいことになってしまう。昔は存在しなかった罪を適用したり、逆に予防的に起きていない罪を裁いたりできるかもしれない」

「勝者の記述が、つまりは歴史じゃないかな」

「でも解釈が私的なものになってしまう」

私は食い下がった。本当は、恣意的《しいてき》、とか、そういうことが言いたかったのだが、その語彙《ごい》がなかった。

「しかしそういえば」

とアンソニーが言った。

「たしかに、東京裁判には、私的な感じがある……これはそもそもマッカーサーの裁判だけれど、マッカーサー本人は、真珠湾のリベンジとトージョーの断罪ができればそれでいいと思っていた」

「トージョーって東条英機の？」

「うん」

「トージョー一人がそんなに悪いかなあ……」

私はひとりごとのように言う。そしてふと思う、ヒトラーみたいな人が一人いた方がわかりやすかったのではないかと。

「天皇を訴えないという方針をアメリカ政府に出したのもマッカーサーだ。天皇を裁くと日本に暴動が起きたり日本が共産主義化したりするのを恐れたからというのが一般的な見方だ。が、マッカーサーにはもともと天皇の責任への興味が個人的になかったのかもしれない。あるいは、天皇なら個人的に許せたのかもしれない。とにかくマッカーサーは真珠湾とトージョーだけに興味があった。そのふたつだけ裁いてさっさと終わらせたいと思っていた。ただ、国際政治の場として裁判を開いたために、検察側にわれもわれもといろんな国が参加してきて、日本への恨みを晴らそうとした。日本兵の残虐行為とかね。なかには、植民地をとられただけの恨みもあったかもしれない。でもそれがある意味ふつうの軍事法廷だ。領土、資源、エネルギーなどの問題は古典的だし。……東京裁判は、ふつうの軍事法廷と、それまでなかったまったく新しい概念を出す場と、ふたつの極端な側面があった。逆に言えば、残虐行為への断罪がなければ、『平和に対する罪』なんていう極端に概念的なものは出せなかったと思う」

「『平和に対する罪』を犯した者が、A……ランクAの戦犯なのよね？」

私は〈A級戦犯〉を英語でなんというのかを知らなくて、そう言った。

「クラスA」

とアンソニーが正す。A級戦犯をそう言うのか。

「クラスA、が、いちばん罪が重いのよね?」

「そんなことはない。ABCは種別であって、罪の重さじゃない」

ええっ! 私は声に出さずに驚いた。私の国では、今でも、A級戦犯というのがいちばん重い罪だと信じられている。それは私に限ったことじゃない。スポーツの大事な国際試合で負けたりすると、いちばん致命的なことをした人が〝A級戦犯〟とメディアに呼ばれて叩かれたりする。なんて恥ずかしいことを言ってたんだろう。

「A、B、Cのクラス分けはニュレンバーグ裁判の形式をそっくり引き継いだものだ」

アンソニーが言った。

「ニュレンバーグ?」

大事そうな固有名詞はやはり訊かないわけにいかない。英語読みをしているが、きっとアメリカの地名ではない。ドイツ? たぶんニュルンベルクとかそんなの。

「ドイツよね?」

「うん。第二次世界大戦後にナチスを裁いた国際軍事裁判があった場所。東京裁判はそれをベースにしている。クラスBの『通例の戦争犯罪』が、捕虜の虐待であるとか、民間人の殺傷であるとか。クラスCの『人道に対する罪』はホロコーストに向けられたもので、日本には対応するものがなかった」

「そうなのか……」

A級戦犯、には、「少数の大物」という響きさえ、母国ではあったのだ。だから、A級戦犯に指定されて無罪になった者は、その後現実に各界の大物ともなった。昭和の自分の国では、どうしてこんなに何もかもわからなくなっていたのだろう。自国にも世界にも知らないことが多すぎて、私は疲れてくる。いくらやっても今さら無駄な気もしてくる。

二人で沈黙していた。外は曇天だが妙に明るく、ときおり雪の切片がひらひら舞った。

「『新しい神話』と言えば、外国に新しい憲法を書くっていうのも、そういうことかな」

アンソニーが、雪のひとひらのように、疑問を口にした。

「外国に新しい憲法を書いた？　誰が？」

「アメリカがさ」

「誰に？」

「日本に」

「話が飲み込めないんだけど。日本では、折りにふれ憲法を変えることがいいか悪いか、議論される。特に第九条、『我々は戦争を永久にしない』というところ。だけど、」

〝戦争の放棄〟と言いたかったが、私は放棄に相当するむずかしい言葉を知らなかった。

「その憲法こそ、ＧＨＱが書いたものだよ」

「なんですって⁉」

今度こそ、頭を正面からぶん殴られた気がした。

「見てごらん？　これが日本の憲法のドラフトだよ」

アンソニーは持っていた資料の一ページを開く。当然のことながらそこに、英文が載っていた。紙にタイプライターで打った図版と、それを活字にしたもの。

日本国憲法の、ドラフト？

〝ドラフト〟とは〝草稿〟とかいう意味かとアンソニーに訊きたいが、すると〝ドラフトとはドラフトのことか？〟と訊くこととなり、意味をなさない。まさかプロ野球のドラフト会議ではない、なんてぐるぐるする頭で考えると、ドラフトとは徴兵の意味もあったと思い出した。なぜまったく意外なもの同士が同じ単語なのか？　私は英語の心がわからない。少しくらい話せても読めても、そこに入れない。

しかし見せられたドラフト原稿を読む。私はアンソニーの横で音読する。知らない単語が出てきやしないかと、たどたどしく。母親に本を読まされる子供に戻った気分だった。しかしかた苦しい文章はむしろ、構造的にはわかりやすそうだ。

「チャプター1　ジ・エンペラー」

第一章が、天皇だ?!

「これ何年の文書なの!?」

私は思わず訊く。憲法の、第一章が天皇!?　これって明治の大日本帝国憲法じゃないの!?

「一九四六年」

終戦が一九四五年。その一年後。間違いなく、現行憲法だ。戦後憲法。平和憲法。

その現行憲法の、いちばんに書かれたことが、今でも天皇だとは！

しかし驚きはおくびにも出さないそぶりで、私は英文を読む。

「ジ・エンペラー・シャル・ビー・ザ・シンボル・オヴ・ザ・ステイト・アンド・オヴ・ザ・ユニティ・オヴ・ザ・ピープル、ディライヴィング・ヒズ・ポジション……」

天皇は国の象徴にして……ピープルの統合の……あ、シンボルはステイトとユニティ以下両方にかかるから……で、続く現在分詞ディライヴィングは天皇の在り方を形容する節で……。

〝天皇は、国とピープルの統合の象徴であり、彼の地位の派生してくる源は、主権を持つピープルであって、他のいかなる源でもない〟

頭の中で翻訳が確定する。驚く。

これって、まんまじゃん！　私たちの憲法、まんまじゃん！　いや、私たちの国の憲法が、ほとんどこのまんまじゃん！　文末が少し違うだけだ。

私は日本語の日本史資料集を出して、突き合わせてみる。

そこにはこうある。

第一章　天皇

第一条　天皇は、日本国の象徴であり日本国民統合の象徴であって、この地位は、主権の存する日本国民の総意に基く。

アンソニーが、私の開いた本の知らない文字を不思議そうに見ている。その文字は私にさえ不思議なものに見えてくる。我らは象形文字を操る民だ。

「ねえ、九《アーティクル・ナイン》条　は？」

私はアンソニーに訊く。

「アーティクル・ナインは、ここ」

アンソニーが英語の文書のその箇所を指す。

そこには、チャプター2とあり、つまり章があらたまって、第二章だ。第二章のタイトルは、〝Renunciation of War〟。これがあの「戦争の放棄」というやつか。九条。有名な九条。日本でほとんどそこだけ、有名な九条。日本の憲法が平和憲法と言われるゆえんの、九条。日本国憲法！　と言えば九条！　と、まるで合言葉みたいになってる九条。それって、第二章だったんだ。

そして第二章は、九条のためにだけ存在するんだ。

renounce は、推測がつく単語だけれど、初めて見る。私は意味を訊く。と言っても、似た単語で言い換えをしてみる。

「renounce って、abandon という意味？」

アンソニーがそれに答える。

「abandon には途中で投げ出す、とか、見捨てるとか、あとは、自分は持っていたいのだけど外部からの力であきらめざるをえない、みたいな意味あいがある。たとえば“The army abandoned the town to the enemy.”（ある軍が敗走して、占領していた町を敵の手に明け渡す）とか」

「たとえば“I saw the abandoned yellow Volks Wagen Beetle.”とか」

「なにそれ？」

「学校に来る途中の道に、見捨てられた黄色いワーゲン・ビートルがある。abandon のイメージ、これでいい？」

「いいよ」

「じゃあ、abandon に対して renounce は？」

「自発的にやめる」

私はこのとき、ショックのあまり失笑した。なんてことだ。「自発的にやめる」と、他人の言葉で私たちが言うとは！　そのうえそのことさえ、アメリカ人に教えてもらうまで知らないとは！

私はまた音読を始める。たどたどしく読みくだす音読には、何かあったら教えてほしいというサインが含まれているのに、自分自身、気づく。私は音読を続ける。

「チャプター2　リナウンシエーション・オヴ・ウォー。アーティクル……8」

ローマ数字で書かれた数を、解読するように読む。Ⅱは2、Ⅷは……8。

あれ？　と思う。〝憲法九条〟は、草稿では八条だったんだ。

続ける。

「アーティクル8　ウォー・アズ・ソヴェリン・ライト・オヴ・ネーション・イズ・アボリッシュト。……国《ネーション》の主体の権利としての戦争は、廃絶《アボリッシュ》される」

〝自発的に放棄する〟という動詞が、受身形に使われるのも変な感じだ。倒錯的。

さらに続ける。

「武力……の……脅し……威嚇や使用を他のいかなるネーションに対しても、争いを収めるための手段として使うことは、永遠に、自発的に放棄される」

日本語の資料集を見てみた。そこには、今苦労して読んだ英文が、こんなふうに、少しアレンジされて書いてあった。

「日本国民は、正義と秩序を基調とする国際平和を誠実に希求し、国権の発動たる戦争と、武力による威嚇又は武力の行使は、国際紛争を解決する手段としては、永久にこれを放棄する。
2　前項の目的を達するため、陸海空軍その他の戦力は、これを保持しない。国の交戦権は、これを認めない」
ああ、そう、この、まどろっこしい日本語！　「陸海空軍その他の戦力は、これを保持しない。国の交戦権は、これを認めない」とか、わざとわかりにくくしてるんじゃないか、っていうか主語と述語も合ってない、『陸海空軍その他の戦力は、これを保持しない』の『これ』ってなんだよこれって、っていう、中学生でも突っ込みどころ満載の、下手な日本語。

しかし、あの英語が、この下手な日本語になったこと。意味としては、ほゞとんど同じの。これが、日本側の抵抗や折衝の成果だというのか。いや、これが折衝の成果であるところが、力関係、というやつなのか。あまりの無力と屈辱感。膝を折って手を地につけたいほどの。

こういう無力さを、私たちは何も教わらずに育った。ほとんど誰からも、語られずに育った。それは、誰のためだったのか。語らなかったのか、語れなかったのか。

今知ったことを、消化することができなかった。先生たちの多くもそう言った。憲法第九条は日本が世界に誇るべきものだと言う人たちによく出会った。それが私たちを負かした占領軍の手でしかも英語で書かれたと教えてくれた人はいなかった。たとえもらおうが拾おうが人に押し付けられようが、いいものはいいのだから守っていこう、と言う人に至っては、これからもいそうになかった。

しかし、それよりなお、ひとつのことが私には気になった。

天皇の項で「日本国民」と書かれているのは、元の英語版では「人民《ピープル》」。

戦争の放棄の項では、日本語版は「日本国民」が主体として戦争を放棄しているかのように書かれているが、英語版はそんな感じではない。

人民、国民、国家。

それらは指すものがちがう。

そういうものたちが、日本語では同じ「日本国民」という語で表されてしまう感じがする。それはどうしてなのか？

「国民」とは誰なのか⁉　英語の「ピープル」とは誰で、両者は同じものか⁉　国家のもとにいる人たちは、みな「国民」なのか？

たとえば天皇は"symbol of the State and of the Unity of the People"と、英語版にはある。これは日本語版の「日本国民統合《ユナイト》の象徴」と同じか⁉　かなりの開きがあるように思える。ピープルがある理念や概念のもとにまとまって、初めて「国民」になるんじゃないのか⁉　だったらピープルが集まるための、その象徴こそが、天皇であり、統合を象徴するものが天皇というのは、順番がちがうのではないか⁉

頭がぼうっとする。やけに暑い気がする。ここに咲くはずのない花の香さえ漂ってきそうな暑さだ。

「そうか、これは、自分たちですべきだったことね」

「占領下の国力のないときにはやむを得ないと思う」

「ちがう、私たち自身が、新しい神話をつくる必要があった。その神話と、新しい契約を結ぶ必要があった」

契約なんて、なんだかキリスト教かビジネスみたいな言い方だったが、私は、腹の底からそう思った。

何か、蘇《よみがえ》ってくるヴィジョンがあった。墓地のような場所。武器、人びと。

「ゲティスバーグ……」

うわ言のように私は言った。何か、大事なことを言うように。

「ゲティスバーグがどうかした？」

「そう、あのときアメリカは、アメリカ合衆国軍、通称北軍は……神話をつくった。神話が、ぜひとも必要だった。それがあの有名な『ピープルの、ピープルによる、ピープルのための、政府《ガヴァメント》』。人びとには新しい神話が必要なのよ、こういうとき。こういうとき、そう、人がたくさんたくさん、死んだようなとき、たくさん殺したとき、あるいはたくさん殺すために、そしてそのためにたくさんの同胞も傷つき死んだとき。『ピープルの、ピープルによる、ピープルのための、政府』、民主主義は、そのために人が戦って死んだんじゃない、あまりにたくさんの人が死んだから、創られた。そして人びと《ピープル》はまとまった。そしてそういう神話は人びと《ピープル》の中から出てこなければ、ピープルが腹の底から望んだ神話でなければ、生き延びないし、人びとも生きられないのよ……死んでしまう、死んでしまう、私たちは死んでしまう、日本人は。神話がない。アメリカのくれた神話はいいものではあったけど、それでは長くは生き延びられない、私たちはそのとき、どうするの？　私たちは死者に何をしたんだろう、私たちは死者の上に住んでいるのに、死んだ人にどんな栄誉を与えられた？　もう戦争は繰り返しませんと呪文みたいに言うこと？　あれが過ちだったと言うこと？　では過ちのために死んだ人はどうなるの？　死んだ人が徹底的に無意味だ。あんなにたくさんの、死んだ人たちはどうなるの？」

　言いながら脈絡がめちゃくちゃになっていき、何かが私の中で破裂しそうだった。涙をこらえていた、と気づいたときには、私は泣き出していた。

「亡霊がいる。亡霊がいる。まだ、たくさん」

　アンソニーの前で泣きたくはなかった。こんな無防備さも無知さもさらしたくはなかった。これを人に見られて、アンソニーが誤解を受けるのも嫌だった。でも私は涙を止められなかった。

「ねえマリ……会わせたい人がいる」

一九八一年三月七日　土曜日

その週末の土曜は変わりやすい天気だった。アンソニー・モルガーノが昼頃、古いオールズモビルのセダンで私を迎えに来た。オールズモビルだのビュイックだのといったアメリカの車は私に、板チョコレートを思い出させた。

「新しくてもオールズモビルよね」

私は言った。黒い雲から一瞬太陽が顔を出した。アウトドア用のL．L．Ｂｅａｎでさくさく雪を踏み、助手席側に二人で回った。三月になって、日本では梅が咲いて散り、そろそろ桜を待つ頃だというのに、ここの気候にも風景にも変わりがない。雪にも、毎日履くアウトドア用ブーツにももう飽きてきた。

「僕のはほんとに古いけどね」

アンソニーは言って、私の側のドアを閉めてくれた。知らない家に来たときのような、知らない匂いがする。それは不快でなくても、いつも違和感をおぼえる。でもすぐ、なじむ。

毎日通る、私が「氷河」と名付けた小さな川に架かる橋を渡る。今はじめて気がつく、私がここを氷河と呼んだのは、風景が荒涼として、流れる白濁した水の色が氷を思わせたからだけれど、それは凍っているからではなく逆に、水が温かいからだと。コンクリートで固めたグレーの土手に直接土管が入れられ、生活排水か工業排水をここへ流しているのだろう。

林の中の小道を通り、雪にうずもれた黄色いワーゲン・ビートルを見た。

「ほら、あれが見捨てられた《アバンダンド》ビートル」

「ほんとだ」

ほどなくオールズモビルはターンパイクからフリーウェイに入った。

「ここに来たばっかの頃を思い出す……フリーウェイの左右、木々は燃えるようで……」

「秋はきれいだよね。短いけど」

「私、ハンティングに行ったのよ、なぜか」

「へえ。スティーヴ・ワッツとかと？」

彼は同級生の男の名前を言った。

「クリストファー・ジョンストン」

「ああ、クリストファー。どっちも、ホッケー・プレイヤーだ。いわゆるジョックスってやつ」

「ジョックスって何？　あなたと仲良くはないの？」

その口ぶりから、あまり仲は良くないと、そんな感じがした。外国の学校に数ヶ月いるだけで、誰と誰が仲が良く誰と誰とは良くない、と見て取るのはむずかしい。彼らは私にとってはまずはアメリカ人で白人という、ひとかたまりのものだった。

「仲良くは、ないな。でも話くらいはするし、友好的にはふるまう。小さな学校で仲悪いなんてのは、居心地悪いだけだから」

「ジョックスって何なの？」

「簡単に言えば運動系のスターで、学校階級《スクールカースト》の頂点だ。いくら他のことができても、勉強やアートだの音楽だのできても、これにはなれない。これにはチア・リーダーがくっついてる」

「へえ」

そう言われると、見えてくる学校内の階層みたいなものがあった。見えてくる、というか、うすうすわかっていたことが、はっきり確認されたのだった。

そういう序列は日本の学校にもあったけれど、カーストと言うまでがっちりしていない。私は、〝自由の国〟アメリカの学校にも、それなりの生きづらさがあると痛感した。日本の教室って逃げ場がないと思ってたけど——だから私がこんな所まで来てしまったんじゃないかと——これを聞くと日本の学校にはまだしも抜け道がある気もしてきた。たとえば面白いことを言う子というのも人気者になれたし、文化系の人気者もいた。そのとき私は初めて、中学時代の友達が送ってきたカセット・レターで話していた〝漫才ブーム〟の意味を理解した気がした。要するに、強い男や男の子っぽい男の子より、人を笑わせたり場をなごませたりする男が一番人気になりつつあるのじゃないかと。文化の何かが、日本では変わりはじめているんじゃないだろうか。

私はどこかでわかっていた。ここの階級はもっと固い、岩盤みたいだ。自力では突破がむずかしい。私のような外国人は特に。クリストファー・ジョンストンに声をかけられてうれしかったのは、そういう階層の男だったからなのだろう。誰にでも、いちばんの主流をかぎわける本能はあるにちがいない。それは、自分がどうしたらそこでいちばん有利に過ごせるかという、自己保存本能とおそらくかかわっている。好きと嫌いとにかかわらず。男はそれに、なれるかなれないか。女にはもうひとつの道がある。そういう男に認められるという道。女はそれを知っている。ただ、クリストファーは私を人格として見なかったし、私もまたそうだった。

「あのね、アンソニー」

私は、進行方向を見たまま、言った。

「そのとき仔鹿《こじか》を撃ってしまった、誤って。みんなで埋めた」

あれはもう、何十年も前のことのような気がした。まだ六ヶ月も経っていない出来事なのだ。

窓の外の飛び行く風景を見ていた。風景が飛んでも飛んでも同じ白であることが、ここに本当に閉じ込められている感じがした。

「クリストファーの友達の知らない人が、仔鹿の耳を切り取って、切り取って……私に持たせた」

ここに緑が萌《も》え立つ日も、その緑が赤や黄色に燃える日がくるのも、もはや永久にないことに思えた。

「そうか。つらかったね」

アンソニーも前を見たまま言った。それがよかった。過度に同情されないのが。なのに聞いてもらえるのが。

私たちのひとことひとことの間があいている。その間を、風景が流れてゆく。

「そうね。それがつらいって、思わずにいた。たぶん、思わないようにしてた。私は動物の肉を食べて生きてきたのに、そんなことを思うのは傲慢《ごうまん》だって」

「そんなことは、ないよ」

「こっそり埋めるくらいなら、食べてやればよかった。そのほうがずっとよかった。食べて、祈るほうが」

「何を祈るの?」

「なんだろう。私の肉として生きてくださいと」

「『取って食べよ、これはわたしの体である』みたいだね?」

そう言ってアンソニーは右手をステアリングから離して私の顔の前に差し伸べた。体はやはり前を向いたままだった。

「それ、なに⁉」

「イエス・キリスト《ジーザス・クライスト》がそう言った」

「私の肉を食べなさいと？」

「まあ、本当に言ったかは知らない。弟子たちの前で、パンをとって祝福して裂き、彼らに与えるときそう言ったと聖書に書いてある。カトリックのミサ《マス》では、これを擬したコミュニオンという儀式がある」

「交流《コミユニオン》？」

　私は語源みたいなものを訊いたつもりだったが、アンソニーは儀式の内容を答えた。

「小さなウェイファー——パンみたいなもの——をプリーストが口に入れてくれる。キリスト《クライスト》の肉だと思って食べなさいということだと思う」

「それが交流《コミユニオン》なら、キリスト《クライスト》は生身の人だったとずばり言う方がいい」

「なぜ？」

「嘘がない気がする」

「君は、仏教徒？」

「……うん」

　一応、誰かが死ねば、お坊さんを呼んで亡骸《なきがら》を焼いて。

でも自分の神を知らない。イエス・キリスト《ジーザス・クライスト》がそれだとも、思えない。

「あ。いや、そうじゃない！」

　不意に認識がやってきて、私は言った。

「何が？」

大きな声だったのでアンソニーがびっくりした顔をして、私を見た。

「『私はあなたです』ということなの。祈りっていうのは」

自分で自分の言ったことがわからないまま、私は続けていた。

「ほら、手を合わせる。あるいは、組み合わせる。どんな宗教でもこうするのはなぜ？　私とあなたはひとつであるって、そういうことじゃない？」

車はＹ字の分岐からフリーウェイを降りる。ゆっくりゆっくり、ダンスのように、ターンパイクを曲がる。


フリーウェイから降りて、また林を通り、小さな橋を渡った。ゆるいアーチを描く橋を降りていくとき、視界を割って何かが現れた。雪の原の向こうで、大地が動いていた。

それが何であるか、一瞬わからなかった。青く、黒く、白く、光り、沈み、うねっていた。よく知っている、よく知っている、内臓がせり上がってくるほどに懐かしい。でもそれが何かを言うことができず、私の喉はからからに渇いている。やっと私は、言葉をひとつ、出すことができた。

「ウミ」

「なんて言ったの？」

「ＵＭＩ！」

私は日本語を吐いていた。それを日本語でしか言えなかった。アンソニーがそれをなんと言ったのかと訊いてきても、英語が出てこなかった。〝英語で「うみ」をなんというか〟なんてバカな質問をしそうになった。私はただあの青黒くうねり白く泡立つものを指さして、あーとかうーとか言う子供のように、うめいていた。こんなところに海があるなんて。自分のいる荒涼として広大な森と道と雪だけの土地が、とつぜん、島であったと知るような驚きだった。

〝I……I〟

私が言えたのは、二重母音でできたたったひとつの英語だった。なぜだか「私」という言葉を、生まれて初めての言葉のように、私は言った。何度も繰り返すと、意識がうねってきて、私の中の沈んでいたものが、重くて大きな力でかき回され、表面にあったものが下に行き、つながっていたものがばらばらになって、自由に組み換わりはじめた。

「どうしたの？」

アンソニーが訊いてきた。声が心配している。でも私には言葉が出てこない。ただIと繰り返す。

言葉は、その繰り返しのループの中からとつぜん噴きだした。

〝Sea！〟

〝Sea？〟

〝Sea！ Sea！ Sea！ Sea！〟

私の心は満たされかつ圧倒されていた。まるで、自分自身の心がそこにあるのを見つけたように。やっと獲得した言葉を言うのは楽しい、でも言えば言うほどseaという単語とあの巨大な水とはかけ離れていく、けれどその分、私そのものと海そのものがひとつになる。

海が光った。巨大な鏡のように。

海が光った。巨大な亀裂のように。

吸い込まれる。

そのとき、体が飛んだ。あるいは、意識が。

こういうのはいつも、いきなりだ。


垂直の断崖《だんがい》があり、その先の洋上の光のかたまりへと、私は突っ込んでいった。泣くように尾を引くエンジン音。それとも人の叫びか。私はむき出しに、地面ですらなく洋上に放り出されている。不思議と怖くはない。光のかたまりはゆったりとたゆたっているので、こちらのスピードが速すぎ、早晩突っ込む。直視すると影をも消すほどの光量、けれど目が閉じられない。もうすぐぶつかる、その過程がスローモーションみたいで、私は腕で自分の前面をかばうしかできない。

光は粒子である。

とつぜん、そんな認識がやってきた。

光は珠《たま》となり、私を囲む。

声がした。

「大君」

珠たちはより大きな球体をかたちづくり、その中心核に私がいる。私を囲む珠たちはそれと同じ構造を持ち、粒子が中心核の周りを回っている。

「大君」

私の肌をふるわすほどの声が来る。光は今は、波のように私にぶつかる。

光が点滅する。さまざまな声が発される。

「すめろぎ」

「陛下」

なんのことかわからない。

「我らは、洋上に散った魂、我らは、樹下に散った魂、我らは、日の本に散った魂、我らは、貴方様の赤子《せきし》」

光たちは、ふるえはじめ、その幾万もの虫の羽音にも似た振動は、肌を裂くほどに激しく何かを恋い慕い、同じ強さで、嘆き悲しんでいた。

声たちは混じり合って、内容を聞き取れなくなる。ハウリングのように、音というより痛みとなって私を刺す。それでもその声が言うことを聴こうと全身を耳にする。

何かがつながってきた。回線がつながるように。

――Why？

音というより意味そのものが、私に入ってきた。存在をかけた問いかけだった。なぜ英語なのかを考えていると、答えがあった。今度はくっきりした現代日本語だった。

〝直接聴くと、お前が壊れるからだ。お前の回路が、お前を守っている。さあ、ここを出るんだ〟

その声の主に私は手首をつかまれ、光から離れる方向へと、強く引かれた。光には粘着性と重みがあって、なかなか抜けられなかったが、私の手首を引っ張った力は強く、速く、私を引き出した。

少し距離を持つと、声たちが何を言っていたのかがわかる。その意味も最初は英語のようなもので来た。

――Why have you abandoned us ?

さらに離れると、日本語で意味が来るようになり、

「大君！　我らが大君！」

「なにゆえ我らを見捨てたもうたのか？」

「私は……」

私に答えるすべなどあろうか。

「あの人たちは誰？」

私は私を光のかたまりから引き出した者へと問いかける、しかしその者もまた、光である。

「あの人たちは亡霊だ、いや、英霊だ」

その者が言う、
ならばと私は思う、あなたは誰？

「じゃああなたは、誰？」


「あなたは、誰？」

「ぼくのおばあちゃんだよ」

その人の目は、ここの海の色だった。黒くて、青くて、白い濁りがあった。薄暗い空間に、瞳だけが底の知れない水のようだった。そしてだんだん周りがみえてくる。深い皺《しわ》の刻まれた顔。知らない部屋の、ベッドかソファのようなものに私は横たえられていて、アンソニーが老婆の後ろにいた。

その乾いた手で、頬を包まれた。

「安心して良い。ここは亀の島。たった今、お前の友が死んだ」

老婆が言った。

「誰が⁉」

「鉄の馬に乗った者」

「あ！　あぁっ！」


私の体はその瞬間、東京に引き戻されその蒸し暑い大気にむき出しで、高速移動していた。

一九八〇年、五月。

私は環状七号線を走っていた。オートバイのタンデムで、地上約一メートルの空気を切り裂いて、初夏。すでに、夜でも蒸し暑くなることがあった。どうしてこのバイクの後ろに乗っているのだか忘れてしまった。初めての二輪車の後ろは、体がついていかないほどに速くて私は前の男にしがみついていて、そんなときには思考も記憶も置いていかれる。汗と湿気が混じり合って肌がすべっこくなっている。手がすべりそうで怖い。薄い着衣の下に、筋肉と呼吸が感じられ、体熱と、体熱が発散する霧のような汗の感触がそこから伝わってきた。

急に、がくんと車体が前のめりになって、減速した。私のヘルメットが前のヘルメットにぶつかり、体が密着した。運転する男が何かを言うのが、体を伝う声の振動でわかったが、内容は伝わらない。ただ、いいことでないという感じしか。

前方にまばゆい光のかたまりがあった。それはまばゆく、ふわふわと浮遊しながらまとまり、どこかこの世ならざる美しさと恐れをもたらす。私たちは奇妙なスローモーションにとらわれて、遅い動きの中でさらに遅く進む光たちはアメーバのように広がり縮み私たちの行く手を阻み、聴きなれないエンジン音や、怒号、爆発音のようなものさえ、そこから聞こえるようになった。私は怖くて、しかし目を離すことができなかった。

「突っ込むぞ、つかまれ！」

前にいる男が叫ぶ。この男はいくつだったかと私は思い出そうとする。十七歳、そう十七歳。これは私の十五の初夏だ。

光に飛び込む一瞬、さく、ともぬぷ、とも言えない感触が全身に伝わってきて、気づくと私は知らない手に首筋を触られていた。見れば私へと伸びてくる、無数の手、手、手、手。何かを求めて口々にうめきをあげる。私の悲鳴は声にならない。そしてその手の主たち、がりがりに痩《や》せた、カーキの群れ、その行軍《こうぐん》。なぜ、空中に歩行者がいるのか。わからない。

兵隊？

まさか。

靴の音を立てながら、あるいは靴を、引きずりながら。甘く饐《す》えたような匂い、油の燃える匂い。行軍の外側には飛行機が飛ぶ。聞いたことのないプロペラとエンジンの音。

兵士？　ならあの飛行機は零戦《ゼロ》？

まさか。

苦しいほどに暑い。

「英霊だ、見るな、つかまれ！」

前から声がする。

私たちは、光のかたまりに包まれたまま運ばれた。

海が見えた。平らな土地が海になる。世界はそのように姿を変えると言わんばかりに。私たちは洋上に飛び出していた。

満月と、水に映った満月との鏡合わせの間に、光とともに私たちは突っ込み、花火のように炸《さく》裂《れつ》した。

十七歳の男と十五歳の私は、洋上に盛り上がった土の上にいた。どうやって着地したのかはわからない。怪我《けが》も痛みもなかった。

「ここはどこなの？」

「アメリカ島だよ」

男がぼそっと言った。見ると、月明かりに照らされた横顔が、きれいだった。

「アメリカ島」

私は繰り返してみる。

「俺たちはそう呼んでる」

「俺たち、って？」

「〝創造主〟さ。ちゃちな創造主だ。俺たちが、アメリカ島を造っているから」

「アメリカ島ってなんなの？」

「アメリカ人がインディアンから騙《だま》しとった島《ユートピア》の、レプリカさ」

「あ、これは、このあいだ、あなたはここがディズニーランドって言ってたでしょ？　ここは、ディズニーランド用地でしょ、ただの？」

そこは夢とはほど遠い荒涼とした風景だった。しかしたしかにさながら小さな神の所業だった。何もなかっただろう場所に、陸地が出現し、大きな手で好き勝手にこねまわされて、山が、谷が、川が、つくられていた。

私たちの前に川があった。ここは本当に島か中洲《なかす》のようだった。まばらな林があり、そこに動物の影が見えた。

「動物がいる」

私は獣の影におびえて言った。暗い中で獣の姿を見るのはこわい。

「大丈夫、まだ電気が通っていないから。電気は近代の魂だよ」

「何言ってるの？」

目が慣れてくると、木立の中に今度は、人のようなものが見えた。

「人がいる！」

「先住民さ。インディアンだよ。大丈夫、死んでる」

死んでる？

よく見ると、顔の半分は回線がむき出しだった。

私はそのとき、弾かれたように思い出す。

「ねえ、あの人びとは、なんだったの？　環七にいた人たち」

「先人だよ、この国の。死んだ先人たちだ」

そう言って彼は煙草に火をつけた。旧式の、重い音がしてゆらゆらした炎が出るライターで。

見ると、私に正面を向けた彼の、顔半分は、なかった。吹き飛んでいたのだ。

私は悲鳴を上げて目を覚ます。

私は薄暗い部屋にいた。波の音がした。ああ、アンソニーのおばあちゃんの家で、私は夢を見たのか。

いや待て、
私の友達が死んだと、彼女は言った……

「あの人が、死んだの？」

十五歳の初夏に、私をバイクに乗せて環七を走った、あの人が。名前も知らないことを今さら悔やむ。まるで、名前を知れば私に何かできるとでもいうように。

アンソニーの祖母という人は、静かにうなずいた。

「どうして⁉」

「死者のために死んだ」

「わけわかんない」

「そういう者が必要なのだ」

「必要ない」

私は言下に言い、しかし老婆は私を無視して続ける。

「なぜなら、意味なく死んだ者たちがいるからだ。お前の国に見捨てられた人びと《アバンダンド》が」

アンソニーのおばあちゃんは、私の頭を彼女の胸に抱いた。乾いて、柔らかく、知らない雨や土みたいな匂いがした。垂れ下がった乳房にすがりたいような、なぜかそんな衝動に私は駆られた。

「かわいそうに、お前は死体を見てきたな」

直接胸の響きで聞く言葉は、人を安心させる。私が速いオートバイの後ろでどこか安心できたのも、それを感じていたからかもしれなかった。と思うと、涙が出てきた。名前も知らない彼、彼が本当に死んだのか、たしかめるすべもない。

「死体は、見ていない」

父の父と、母の父くらい、近親者の死は。今何かを見たとしたら、それは幽霊。そんなものは、いない、ということにこの科学の世《よ》ではなっている。

「いや、お前は死体を見たし、これからも見る。お前の心に、首を吊った死体がぶらさがっている。心当たりはないか？　木にぶらさがった果実《フルーツ》のような死体。それは、たくさんの、埋まった死体のひとつの結果《フルーツ》でしかない」

「あなたが何を言っているのかわからない」

私はひとつ、嘘をついた。ぶらさがった死体なら、見たことがあった。そして、老婆の意味することも、なんとなくわかった。

「もう一度、鏡の中にゆけるな?」

老婆の問答は一見脈絡がない。でも私にだけ、深く刺さる。

「なんでそれを知っているの?」

「ゆけるな?」

「もう、いやだ。疲れた」

私はすねた。すねたい、というのがこの気持ちにいちばん合っていた。

「そなたでなければ救えないものがあるのだ」

あの海のような瞳に見つめられていた。左右に三つ編みにしたこの人の白い髪は、もとは私たちのような黒ではなかったかと思えた。何か神聖な縄のように、重そうにそこに下がっていた。

彼女は、ここの人ではない気がした。東洋人と似ている。そして少しちがう。たとえば鼻がちがう。でも、何かがとても良く似ている。

アメリカ先住民？

「ここでは冬が終わらない。凍らないものは、海しかない。わかるな？」

彼女が言った。外は曇天で、強い風が吹き、海のうねりが聞こえた。とても寒い。窓ががたがた言った。窓を見ていると、壁に丸みがついているのがわかった。四角でなく、円形をいくつかに区切った部屋であるようだった。

「ここはどこ？」

「岬」

老人は言った。

「ここはケープ・エリザベスという町で、これは灯台なんだ」

アンソニーが補足するように言った。

老人の目は、私たち二人のどちらも見ず、海の方向の鉛色の空へと向けられていた。

そうか、海は凍えるようだが、それでも陸よりは冷えない。寒いところでは、人は海にへばりつくように住むのか。

あたりは薄暗く霧が出て、すると光がここから発せられていること、それだけが、ぼうっと光る光の道筋で、わかった。

「地球上で死した者たちの魂はすべて、一度海に溶け、海のごとく大きな魂へと合わさり還り、それから天に召される。それがつつがなく行われるように。そして死んだことに納得できず、洋上に漂う魂、彼らは永久に彷徨《さすら》う魂たちに光を当てて海へと鎮《しず》め、やがて天へと導くこと、それが私たち〝潮見〟の役目」

二〇一一年三月十一日　アメリカ島

二〇一〇年から二〇一一年にかけての日本の冬は、ひときわ寒いものだった。

それに先立つ夏は酷暑と呼ばれるほど残酷に暑く、暑さが理由の死人が全国で何百人も出た。短い秋は、秋というより乾いた夏のようで、その透明な光は美しくはあったが人に心の準備の暇《いとま》を与えなかった。そしていきなり、寒く長い冬が来た。

冬は居座った。寒がりの私は、気力がだんだんなくなってきて、節分のあたりから冬が終わることばかり考えていた。それでも、頭ではわかっていた、東京の冬はあのメイン州の冬とは比べものにならないほどあたたかいと。ただ、頭でわかるだけで、その寒さを体のリアリティとして思い出すことは、もう私にはできなかった。燃料を燃やしていなければ、数時間で人間が簡単に凍え死ぬ場所があることを。その土地のことは、私の心のどこかに小さく凍った場所として、無感覚に存在している。心のどこかに死んだ場所があるように。

冬を終わらせなければ、十五歳の私が永遠にその土地に閉じ込められている。

そう言ったのは、今の私だったか、あるいは十五の私だったか。あるいはそのいずれかに、誰かが言った言葉だったのか。

頭が混乱してくる。私は言っていることがおかしい、そう思ったほうがいい。そう思えたら楽だ。けれど、私には過去の私と話した記憶がある。あるとき電話がつながって、過去の私と話した。その私を、救うと、私は本人に約束した。私が救わなければ、あの子は凍った土地に閉じ込められている。

自分が自分に約束を。別人として。ははは。嘲笑したくなる。やはり変な話だ。そのうえ私は私の母を騙《かた》って。科学的に信じがたいうえに、人としてもでたらめな話だった。しかし信じられる自分がいた。信じて、どうにもできない自分がいた。

そんなことを思いながら、迎えた三月十一日はまた変わらぬ日常のはずだった。

二〇一一年三月十一日は、薄曇り。冬のかりっと晴れた日が減って薄曇りの日が増えると、大気がかきまぜられて不安定になっている証拠だと私は感じる。春は遠くない証《あかし》だと。空気が動くのは、それがあたたまっているから。桜だって蕾《つぼみ》を用意している。けれど、そこから本当のあたたかな春はなかなかこない。それは毎年のことで、その意味では二〇一一年も普通の年だった。

ところで、二〇一一年の私は、夫と「アメリカ島」と私が名づけた土地に住んでいる。ここにかつて、陸地など影もかたちもなかったことを私は覚えている。そこに、陸が忽然《こつぜん》と現れ、人がどんどん流れこんだ。今ではそれ以前の風景のほうが幻のようだ。交通の便がバスしかなかった土地に電車が引かれ、なぜかマイアミビーチにちなんで「舞浜《まいはま》」や、漁師町だった浦安の新市街地として「新浦安」などと名づけられた海辺の路線の駅には、瀟洒《しょうしゃ》な住宅やタワーマンションが建ち、シンボルロードと呼ばれる広くまっすぐな片道三車線の道には、両側にふつうの住宅地の道一本分くらいありそうな歩道、沿道には家電量販店とショッピングモールにトイザらスにベビーザらス。中央分離帯には本州には自生しない椰子《やし》が植えられ風にそよいでいた。別にそれが好きなわけではなかったけれど、東京駅まで近かったのと、そのわりに景色が開けているために、私たちはその土地に住んだ。流れ着いた、と言ってもいいかもしれない。ふたつの椰子の実のように。

アメリカに行く前、私は出会ったばかりの年上の少年のオートバイの後ろに乗って、ここまで来たことがある。漆黒の海で、月がなければ空と区別のつかない場所だった。暗く、黒く、心のように揺れ動く重いものが先にあるだけの場所は、文字通り地の果てだった。そこに、一九八三年アメリカ資本のテーマパークがオープンして、すべてが変わった。そのテーマパーク、東京ディズニーランドは、日本の遊園地の概念を永遠に変えてしまった。ある意味、日本の遊園地を、高度経済成長期の親子や恋人たちが出かけた遊園地というものを、葬り去った遊興施設だった。そして日本のかつての多くの遊園地が今はただゆっくりと廃墟になるのを待っている。ただ一時代の渇望を満たし、やがて時代と人に遅れて見捨てられる。炭坑や、巨大団地のように、高速のインターチェンジに寄り添ったラブホテルのように。

私が立つ土地、それは土地のようではあったけれど、「ランド」と思ったことは私にはなかった。それは「アイランド」だった。どこか隔絶された場所で、電車を降りるとリトル西海岸みたいな別世界が広がっている。そういう土地に住むことに優越感を感じる人もいる。私はといえば、いずれそこを出て行くのだろうとどこかで感じていた。ただそれがいつかはわからなかったけれど。四十をとうにすぎても私の本質は根無し草だった。

とにかく三月十一日は春を予感させる明るい薄曇りの日だった。

午後二時半過ぎ。

私は新浦安の椰子の植わった片道三車線の大通りの歩道を自転車に乗って移動していて、突然バランスを崩して転びかけた。

地面の凹凸だと思って止まる。

舗装のタイルがスライドしていた。スライドしていたとしか言いようがない。あんなものを見たことがない。舗装と下の土地が、別の動きをしているのだ。ビルやホテルや海に近いタワーマンションが、ゼリーのように揺れていた。立っていられなくて、自転車を横倒しにして地面にかがみこんだ。やがて地面が割れて黒い水がみるみるしみ出した。マンホールが、見ている前で一メートルも地上に突き出した。

黒い水はあとからあとからしみ出し、低い場所を池のようにした。人はただ啞然《あぜん》とその光景を見た。

地は割れ、水が現れた。

経験したことのない強い揺れだった。

「アメリカ島は」

アメリカ島は、私たちには属さない。

なぜかそんな言葉がやってきた。

アメリカ島は沈む。

できる前の、ここアメリカ島を幻視した。建設途上のディズニーランドを。蒸気船がミシシッピ川を通う前。まだ配線がむき出しのアメリカ先住民。

新浦安の街の電気が落ちた。電気が切れた街の人は、一瞬、自分の動力が落ちたように感じるのだと、私は知らなかった。私が生きるのは電気じかけではないのに。

小さなワンセグ携帯のニュース映像やユーチューブに刻々アップされる動画だけが、今や世界を運んでくるように、私たちは感じていた。その中で、ニュース映像が流れ、ここよりもっとずっとひどいことが映しだされていた。津波に内陸何キロまでも浸された土地。けれど小さな画面の中では、津波はまるでプールサイドにあふれる水のようだった。いや、津波というものがそういうものだと、私はまったく知らなかった。人びとはずっと、プールサイドに安心して住んでいたようなものだ。

携帯によっては接続が切れてしまい、つながっているわずかな携帯を持つ人の周りに人が虫のように群がった。

目の前の地面に大きな亀裂が入って、黒い水が湧き出した。地面が巨大スクリーンになった。足下を浸してくる水を感じながら、私は、意識だけ、あるいは魂魄《こんぱく》だけの私は、いつしかテレビの中の風景に歩み行っていた。

そこはきつい潮のにおいがした。

そして何とも言えない有機臭がした。土や、金属、石油の匂いも。それらがどっと、塊《かたまり》のように押し寄せてきた。

＊

「来る！」

誰かが叫んだ。

「高台へ逃げろッ！」

私は高い場所へと一目散に駆けた。

足がもつれてうまく走れない。

水が押し寄せてきた。あの懐かしいような吐きそうなような変な臭いがやってきて、一拍遅れて水がやってきた。水は圧倒的な量と、冷たさと、重さをたたえて、しかし瞬間移動するように、塊として機敏に動いた。

高台は、まるで島だ。

ぽつんとそこだけ水から突き出ている。そこはこんもりとした森で、神州と呼ばれているとなぜか私は知っている。

空は鉛色で海も鉛色だった。島だけが森のように鮮やかな緑で世界に浮き立っている、そしてなぜか私一人がその島にいる。

私は世界にたった一人。誰でもいいから人に会いたい。

そう願うと、水の向こうから銀色にきらめく何かが迫ってきた。細長い、バナナのような、木の葉のような、器のような、そんなかたちのもの。

「カヌー？」

思ったこともないことを言う。そんなことをどうして自分が言うのかわからない。波がその大きな斜面を私に向け、銀色の容器のような何かに入ったものを私に見せた。人。少女。不安げな、助けなければ死んでしまう少女。その目と私の目が合ったとき、私は無我夢中で叫んでいた。

「マリ！」

私は叫び、手を伸ばした。

私の娘！　十五歳の、私の娘！　まだやせっぽちで、初潮もこの間迎えたような私の娘。でも私の手を離れて確実に大きく娘になっていく娘。

「ママ！」

私の娘も私に向かって手を伸ばす。その手が一瞬、からんだ。私はあの子の感触を感じる、でもその手は氷のように冷たい。しかし、どうして何もかもこんなに克明《こくめい》に見えるのだろう。雲の切れ目から太陽が見えて、その太陽は黒い。

恐ろしい力の引き波がカヌーを持ち去り、私の指の間からあの娘の手をこぼれ落ちさせた。私は左手でつかんだ木の枝を離さず、右手でつかみかけたあの子の手を離してしまった。

「ああ、ああ、あああああ」

五本の指の記憶は、それが冷たかっただけによりくっきりとした輪郭で私の手に残っている。でもそれはもう、ない。どこにもないしどこへ行ったかもわからない。

その先の記憶がない。

森を出て、瓦礫《がれき》だらけの土地を歩いていた。平野だった。

ここはどこだろう。

そう、焼け野原。みんな焼けたのよね。空から爆弾が降ったんでした。あら、空から降ったのは雨だったのかしら、それとも何か、別のもの？　こんなに何もかもびしょ濡れ。なにしろびしょ濡れ。

あれ、私には記憶がない。

そうだ、お父さんやお母さんや、お兄ちゃんを探さなきゃ。それには、うちのあった場所を探さなきゃ。

いえ、娘、娘でした、私が探しているのは。娘なんです、私が探しておりますのは。爆撃から逃げる途中、娘の手を離してしまったのでございます。嗚呼《ああ》、母親失格です、母親失格です。

いいや、私はあの子を見捨てた。自分が生き延びるために、あの子を見捨ててしまったのです。なんて身勝手な人間でしょう。私にはもう生きる資格はないのに、どうしてのうのうと歩いているのでしょう。

ここはなんて寒いんだろう。

ああ、あの娘はとても寒がりなんです。

空から雪が舞ってきた。ひらひらひらひら。

地は灰色でぐちゃぐちゃだった。死人の脳味噌は、こんなふうに液状化するのではないだろうか。

まるで船酔いそっくりの、中身が揺れ続ける頭と吐き気のする体を引きずり、私は歩いた。ぬちゃ、ぬちゃ、ぬちゃ、と歩いた。大地はゆるい粘土のような踏みごこちで、私の足跡以外の人間の形跡はなかった。四つ足の生き物さえも。

夕刻が近づいているのか空が鉛色になってくる。もうすぐあたりが見えなくなるかもしれないとあせって歩く。だがなにぶんにも方角の指針がない。どちらに歩いたかもわからないまま、どのくらい経ったろうか、私は高い構造物を見上げていた。

「高圧線の鉄塔?」

同じ構造物はずっと先まで続き、間は電線でつながれていた。

「電気の、川」

そんな言葉を自分が憶えていたとは意外だったが、言うと元気が少し湧いた。送電線があるなら人の営みがある。山での迷い人が、沢をたどれば里へ出るのと似て。

電気の川をたどるようにその光の流れの下を、どれほど歩いたろうか。少し盛り上がった土砂の上に、乗り上げた船のように、何かがあった。

森？

家！

家。

家！

私は無言で叫ぶ。

家！　私の家!!

私の中身が沸騰しそうだ。

私は走り出そうとし、泥に足をとられて転ぶ。

臭い土砂に膝をつく。

でももう気にならない。

残ってたんだ！

うれしい。うれしい。うれしい。

空には電気の川が流れている。電気の川の下に、驚くほど無傷で、私の家が建っていた。あとは見渡す限りの焼け野原のような灰色の景色だった。

門扉《もんぴ》とそれを支える部分の塀だけが残っていた。門扉は黒い鉄棒でできた内開きのもので、中が見える。見れば見るほど私の家だった。表札も残っている。東京都杉並区高円寺南三丁目三十一－×。の、はず。他になんの目印もないけれど私の家だ。庭にパパの車はないけど、それはたいしてめずらしいことじゃない。

「パパは会社？　よね？　昼間だもん。パパは会社に行ったのよね。そうよね。待つしかない。待つしかないわ」

私はつぶやきながら、家に入れる経路を探した。門扉は、円弧の四分の一のレールとその上を動く車輪で開くようになっている。パパの車が帰ってくるとそれを開けてまた閉めることは私の役目で。でも今は車はなかったし、門扉を開けることは、門柱を倒壊させる危険を感じさせた。

右手は築山で、その土は、かつては塀で留められていた。塀が壊れかけの今は、崩れかけた小高い盛り土によじ登るのはむずかしい。苦しいほどに花の香がする。見ると梅と金木犀《きんもくせい》が同時に咲き、柿がなっている。不意に、玄関の前の沈丁花《じんちょうげ》の香りも鼻腔《びくう》深くに運ばれてくる。自然界の摂理の蓋《ふた》が開いてしまったように、そこにはすべての季節が満載されて咲いていた。それは狂い咲きの箱庭的景観だった。冬をのぞくすべてがそこにあり、周囲は逆に冬のように、生き物が何も住まない。

周囲には泥や油や糞尿や生ゴミ、かつて家だったもの、などなど、およそ人の営みすべての蓋を開けたような光景が、灰色の粥《かゆ》のようなものと混ぜ合わされて横たわっていた。なんとも言えない臭いは、花の強い香気の中で、鼻腔の奥に貼りつく油膜のようだった。

私は左の門柱の陰から木々の中へとすべりこんだ。

そこは、童話に出てくる森のような場所だった。木々が左右からトンネルのような道をつくる、小さな小さな道だが、そんな場所。そのとき風もないのに木々がそよいだ。何かを話し合うように。

振り向くと、来た道が見えなかった。私は森に呑まれていた。

仕方なく森を歩く。いつの間にか夜だ。でも葉や梢《こずえ》の隙間から、たまに光が差す。月が出た。植物が銀色を帯びる。低い位置にある八ツ手、玉を集めたようなその花、高い位置にある手の形の葉は楓《かえで》、名も知らぬ常緑樹の厚い葉は金属質に見える。何かを踏む。固い殻のついた実だろうと思う。拾い上げる気はしない。頭を下げたら最後、方向を失いそうで。

森は、トンネル状の一本道に感じられた。ずっとこんな一本道を歩いてきた。どうしてこんなに長いんだろう、ここは私の生まれた家の庭のはずなのに。そこそこ広いといったって、全体で百数十坪しかない。

知らない鳥が、一声鳴いた。私はひるんで後ずさる。落ち葉を踏む音がして、何かが動いた。ざっと樹の枝が動く音がした。

何かの強い匂いに記憶をゆさぶられた。気がつくと私の目の前にあのヘラジカがいた。何度も出会う、あのヘラジカ。私が食べたヘラジカ。だから匂いを覚えているのだ、と思い出す。それは私の肉と匂いとになったのだからと。食われたものがそれを許しているのか、いないのか、私にはわからない、でもあれ以来彼と私の間にはあるつながりがある。あれ以来、ときどき出会う。亡霊なのか、それとも不死なのか。

——来なさい。

そしていつも、匂いを伝えるようなやり方で、私の中に直接意味を埋め込む。すると操《あやつ》り人形のようになって私はついてゆく。見えない糸が空中にあるように。追いつけそうで追いつけない。彼の匂いに私は引かれていく。

森の終わりにはあじさいが咲いていた。あじさいはなんの香りもなく、月の光を吸ったように咲いている。ここはたしかに私の家だった。私が幼いころ、梅雨から夏にかけて好きだった一角だった。

再び家の周囲の状況が見えた。壊れた塀の向こうは津波にさらわれた町。空襲で焼けた町のように何もない。月あかりの下で青黒く、濡れて光って海のよう。この家はまるで船のよう。この世の要素をあわてて載せた、船のよう。家はまるで船だ。そこから、地球が丸いのを見た。どこからかが海だとしても、見分けがつかない。

前庭に面しているのは居間と寝室。ヘラジカは迷わず寝室へ入ってゆく。そこは床までのガラス戸。夜は雨戸を立てている。ヘラジカは前足と鼻面で雨戸を開ける。そこにはなぜか閂《かんぬき》がかかっていない。中のガラスの引き戸の戸車《とぐるま》が転がる音がする。そこも鍵がかかっていない。非常時のわりに靴を脱ぐのが我ながら可笑《おか》しいと思う。入ると、電気がついていた。ベッドがふたつ、並んでいて。

枕元はつくりつけの棚で物が置けるようになっていて、その上が書棚。

懐かしい。

「そう、思い出の品を取りに来たのよ。いつまた津波が来るかわからないから」

急に思い出して私は言う。アルバムは、つくりつけの棚の下部にある。あれだけは絶対になくしたくない。

「そうだわ、服を着替えなくちゃ」

洋服簞笥《だんす》を開けると私はけろっとアルバムの存在を忘れる。白い、ウエストを絞ったワンピースに身を入れる。背中のファスナーを上げる頃には、魔法がかかったようにうきうきしてくる。ピクニックのバスケットもあるから持ってみる。上部が蓋のように開く、籐で編んだバスケット。これってかよそ人の夢というものをかたちにしたようなバスケット。おしぼりを入れて、お弁当はおにぎりにしようかサンドイッチにしようか。幸せな気分で蓋を二、三度、ぱたぱた開け閉めして遊んだ。

「やだわ、顔も急いで直さないと」

バスケットを持ったまま、私は鏡台へと急ぐ。鏡台は棚と反対側の壁面。デスクの隣にくぼんだようにある。低めの三面鏡で天鵞絨《ビロード》張りの低い椅子《スツール》。

髪を整えながら腰掛けて、私は我に返る。

「私、何してるの⁉　ママの服なんて着て」

でも私は誰なの？　母の服を着た私は母そっくり。それも私の知らない母。若い母。だったら私は誰？　生まれてさえないんじゃないの？　真っ白いワンピースにピクニック用のバスケットなんて持ってどこへ行くつもり？　真っ白いワンピースでピクニックだなんてまるでアメリカ映画だよ、それも五〇年代の。

鏡の中で私が微笑む。私は微笑んだろうかと、私は思う。疑いながら、微笑に魅了される。母の頬の片えくぼ。魅了されながら、疑う。

「あなたは私のママじゃない」

そう言ってみる。鏡の中で口がそう動くのを確認する。私はにっと口を横に開いて笑う。勝利したというように。鏡の中でも同じような大きなスマイルが再現される。どちらかと言えば、ママのスマイル。

「そうよ、私はあなたのママじゃないわ」

驚いたことに、横から答えがあった。三面鏡の左が映している私の横顔が。そちらを見ると、今度は死角になった右から。

「私は、私だもの」

「ちがう、鏡はただの反射よ」

「あなたが、存在しないのよ」

鏡の中の、若い頃の母に似た人が私に言う。

「私は私だわ」

鏡の前の私は返す。

「じゃあ、私があなたなのよ」

鏡がまた返してくる。

「そんな格好してどこへ行くのよ」

私は質問を変える。

「千駄ヶ谷マッジ・ホール」

「そんな格好で？」

「あなただって、行きたいでしょ？」

「答えになってない。それに、マッジ・ホールならこの家から行かないはず。あなたの独身時代の話よ。おかしいわ。狂ってるわ」

「何言ってるのよ。あなたこそ狂ってるわ」

言葉をやりあううち、自分の台詞がどっちかわからなくなる。自分の欲望がどれなのかも。

「これは、あなたの欲望でしょ？」

最後にどちらが言ったのか。

反射の応酬から欲望が、ふっと立ち上がり一人で歩き始める。その姿を、私は見る。

その後ろ姿は、若い時代の母なのか、それとも私か。

「行かないで、ママ！」

最後に私が、言う。

三面鏡が映し合う未知の空間の中を、歩く私の後ろ姿を、私は見る。私は今やただの目だ。私と母の境もあいまいになる。

私は、いや私に似た後ろ姿は、絨毯の敷かれた廊下を歩いていた。扉を開ける。そこは劇場の客席に入る手前の、重い天鵞絨《ビロード》のカーテンで仕切られた光の入らない空間。そこでアメリカの恋人に、私は会う。私のアメリカの恋人が待っている。彼は待ちぶせするように暗い場所で息をひそめて私を待つ。占領軍の恋人と秘密に逢引《あいびき》する。千駄ヶ谷のマッジ・ホールに勤める将校と、坂を下って橋を渡り、日本青年館に身を隠し。

私の役は彼の秘書だし私はじっさい秘書。

秘書なら身を隠す必要もない。けれど秘書《セクレタリー》と秘密《シークレット》はたぶん語源が同じ。

私はそこで抱きすくめられて溶けそうになる。私の体は私のものだし私の心も私のもの、けれど私の欲望が誰のものか、私にはわからない。私は抱かれて、私のかたちを確認する。抱かれなければ、私は誰？　いや本当は、抱かれたらさらに混乱する。わかっている。でも。

抱かれることは、安楽。でもそれを得るのに何かを捨てた。何をなのか、よくわからない。わからないふりしているのかもしれない。いつかそれに、復讐《ふくしゅう》される、そんな気もする。

＊

次の場面、気がつくと独り。私は舞台の中心にいた。幕が上がった舞台の上に、独り。

白き衣にくるまり、ここに降りた。

舞台の中心は、島のようにこんもりした森である。

その森は世界の中心で、私が縁あって演ずることになった役を演ずることなしに、森も世界も回らないと私は知っている。

大君。

私がそう呼ばれることも知っているが、私は王ではない。

私が世界を回しているのではない。世界は回る。世界は、回ることをそれ自身知っている。自ずから然《あ》る。ただ、回るには、中心が必要なのだ。そこへ入ること。それが我が系譜に綿々と続いた役目なのだと私は理解した。

ここが器。

中心の中核。

私は器であり水である。杯であり血である。実体であり鏡である。

目覚めたときにはすでに覚めた人間の中にいるという体験は、さほど歓喜ではない、が、文字通りめざましいことではある。それはつまり、覚醒《かくせい》する体験である。

人であって、人でない。

だから私は私自身を見ることはできない。在ることとないこととは、一緒に在れない。

しかし私はすべてに遍在する。

そして一なるものの中にも億もの中心がある。

私は人の子だった。が、神の霊を受けた。

望んだことかはわからないが、それが私の運命である。

それでいいと思っていた。

私の娘にふたたび出会うまで。

*

気がつくと独り、私は知らない場所にいた。島のようにこんもりとした小高い森で、まるで円形の舞台のようだった。

そこは人のつくった住処《すみか》であり、同時に天然の造形物のようでもあった。鳥のさえずりが聞こえ、緑の香気があたりに満ちていた。香気が適度な湿り気とともに空気中を漂っている。

ここは？

思うと私の内に答えがある。

——大君の森。

その答えは、内にあったが、外から来た。

私は振り向いた。そこにヘラジカがいた。そうだ、これはあのヘラジカの伝え方だった。意味をまるで物質のように匂いのように、内側に直接入れてくる。

「大君とは」

言いかけたそのとき、私は大君を見た。

白き衣に包まれた方。あまりに多くのことを感じて、私は言葉が出せなかった。それは花であり花を咲かせるもの。森であり木々を養うもの。風であり風を回すもの。それをなんと言ったらいいだろう。

——母上！

自分の中にたったひとつ、生まれた言葉は、私自身をも驚かせたが、正しい、と思った。

やっと会えた。母上。やはり助けてくださった。いつも私を守っていてくださった。

感慨があらためて胸をうつ。

母は——大君は——手をさしのべ私をその腕《かいな》に抱いた。腕があり、脚があり、胴があって胸がある。顔がある。それは人、少なくとも人型《ひとがた》、なのだが、どこかが私とちがうと思わせる。

大君は男であり、女である。

しかして私は？

私は女であったか男であったか、たしかめられない。私はすみずみまで密な肉でできていて重く、大君は半分光でできているような。その感触は心地良く、いつまでも包まれていたかった。

意味がやってくる。

——私に見るものはそなた自身である。

私はその来たところを忘れて、豊かな森で平和に暮らしていた。

そこではなんでもできた。たったひとつ、「己《おのれ》を見る」ということ以外は。大君は、私が大君に見るのは私自身であると、かつて私に伝えてきた。だったら私は外からあの人に見えるのか。

そうであるとは思えなかった。それは譬《たと》え話として美しかったけれど、私は事実が知りたかった。

そのことは、私の心に点のように、火花のひとつのように、いつもある欲求だった。

勇気を出して、自分を見たいと大君に頼んだことがある。

大君が私に差し出したのは、〝大いなる目〟を持つという筒だった。私の言葉で言えば、顕微鏡だった。

——そなたが見え、私が見え、万物が見える。

大君にはヘラジカが寄り添い、このような場合には、ヘラジカが意味を伝えてくる。このような場合とは、私が何かの答えを求めているようなときだ。

——花を見なさい。

私は花を見る。

純粋な驚きがそこにあった。そこに見るのはもはや花弁でも雄《お》しべでも雌《め》しべでもない、配列そのもので、静謐《せいひつ》そのもの美そのもので、しかも大胆に動き回りながらある秩序を表現し、目の前でかたちを変えながら、踊っている。歌っている。少しずつ響きを変える、生の歌を。

どんなものを見ても、それはあり、私はそれに常に魅せられた。しかしそれが自分の内にもあるのは直感できてもたしかめられなかったし、それぞれにちがう万物の配列、そして配列の間の響きの中に、なにかしらの共通点を感じ取るようになった。その点でも、大君は正しいと言えた。

しかし、私はそれがなんなのか、知りたくてたまらなくなった。さまざまに見える生の中に、一点だけ、すべての命に共通したことがある。

それはきっと、生の中心の核の空白。

それこそが、まったき生。

生、そのもの。

そこを壊せば、生は終わり、世界を崩壊させる。

彼らに会ったのはそんな頃だった。

私は大君ともへラジカとも離れて森を歩いていた。手にはあの顕微鏡を持って。

「人の子よ」

私は不意に声をかけられた。それは、人の言葉だった。口から発せられる人の言葉を、ひさびさに聞いた。弾かれたように振り向くと、私の腰くらいの背丈の小さな人間が何人かいた。七人？　十人？　十二人？　彼らはあまりにちょこまかと動くので、員数確認がむずかしい。

「人の子？　私のことですか？」

私が言うと、彼らの誰かが答えた。

「そなたじゃ」

「あなた方は？　なぜ、言葉を話す？」

私は訊く。

「大君のおぼえめでたき者だな？」

「お耳に入れたきことがある」

「どのようなことか？」

私は訊く。言語が意外に心地よい。言われるまでもなく人の子の私には、やはり、人の言葉が恋しかったのかもしれない。

「善きこと」

「あるいは悪しきこと」

「そなたにきっと、善きこと」

小さな人びとは、囁くように言う。そして内輪で笑い合う。

「あなた方は?」

「我らは、リトル・ピープル」

「大君に仕える者たち」

「そなた様に仕える用意がある」

何人かでひとつの意味を完成させるような話し方。でも話の脈絡がおかしい。

「私に仕える?」

私はまた訊く。自分たちは大君に仕える者たちと言ったばかりの、その舌の根も乾かぬうちに。

彼らは、私の疑問にかまわず続ける。

「さよう、あなたこそ王たるべき」

「神たるべき」

「つまりは、すべて」

「世界を救ってほしい」

私は、彼らに割って入り、言う。

「世界は、大君の秩序でできているだろう。大君こそ、秩序をもたらすもの」

彼らの複数がいっぺんに言う。

「そうかな?」「ついてきなさい」

どちらが従者かわからないが、私にはもともと王になる気などないし、まして神ではない。私は摂理に帰依《きえ》したいだけ、そしてあの神々しい大君とて、そのように見受けられる。いや、あの方は摂理の象徴なのかもしれない。

リトル・ピープルは歩き出し、私はついて行った。小さいにもかかわらず、速回しのようなスピードだった。

まことに速回しを見る如くに、森の様子が変わり始めた。目の前で木々が高く高く育ち、音を立てて葉を繁らせ、葉の色を変え、みるみるそれをぼとぼと落とし始めた。葉っぱは腐ってあっという間に腐臭を発し、木は枯れ溶けて、腐臭のする土と混じって液状になった。

「これは……？」

私は思い出した。「私がやって来た世界！」

私の故国。私は故国を少しも離れてはいなかった。同じ場所の、守られたほんの少しの聖域にいたのだ！　そうして守られてのうのうと暮らしていた。

「さよう」

私は大君に怒りのようなものを抱いた。私にこれを知らせなかった大君。これを放置して顕微鏡の中に没頭していた大君。

「何が起きたのだ⁉」

「地が割れた」

「海が割れた」

「死の水が降った」

「さっき、木々には尋常でないことが起きていた」

私は言った。

「我らの森の木々の内側へと、死の歌を歌った奴らがいるのだ」

「そなたは顕微鏡の中の世界に親しんでいる。あの世界曼荼羅を見たな。あの世界曼荼羅に死の歌を囁き、世界曼荼羅を内側から壊すすべを持った奴らがいるのじゃ」

「奴ら？」

私は訊く。

「異国の兵だ」

「『お前らなど死んでしまえばいい』と彼らは歌う」

「許せない！」

私は言う。

「そう、許せない」

リトル・ピープルの一人が答える。

「でも、それを許す大君も許せないだろう」

「大君が、それを許している？」

「そうだよ、大君も、大君の曼荼羅の核に向かって歌われた死の歌に魅せられてしまった」

「そして大君は書き換えられてしまった」

「そなたの知る大君は、大君の形骸」

「堕ちた神」

「ただの肉」

「男でなく女でなく」

私はしばらく呆然と、灰色で粥状《かゆじょう》の大地と、灰色の動く液体でしかない海を見ていた。海を見るのは、久しぶりだった。それが私の故郷の海と似ても似つかなくても、それは私の故郷だ。私は嗚咽《おえつ》した。

「私に、できることはあるのか？」

絞りだすように、私は言った。

「ひとつだけ」

「なんでもする」

「そなたが王で、神になること」

「私にはそんな特別な力はない」

「そなたこそ選ばれし者」

「なのに大君がそなたの日輪の力を隠している」

「しかし、大君を私は……」

大君を私は愛している。

深く愛していた。

まだ愛せるか。

わからない。

「太陽はふたつは共存できない」「できない」

複数のリトル・ピープルが畳み掛けるように言い、その誰かが、最後に、私に突きつけるように言った。

「もし、こう言ったらそなたはどうする?」

と言って、すべてのリトル・ピープルが、いったん、黙った。あるのはただ、わずかな木の葉の擦れる音。そして、波。

「大君を殺すことこそが世界を救う」

「……!」

息を呑むことしか私にはできない。

「そなたこそ、神の一人子」

「太陽は、ふたつは共存できぬ」

そしてまた、あの突きつけるような調子。

「そなたはあの世界曼荼羅の、核を壊して莫大な力を放出する術を思いついただろう」

私はうなずいた。

「敵もあれに気づいている。敵が使う前に我が方が使わなければ、どういうことが起きるかわかるな?」

「わかる」

「我が方は貧しい国だ。しかし、ひとつだけ、方法がある。国をたばねていた核の力を、放つのだ」

「どうやって⁈」

「大君こそが、あの、核なのだよ」

「そなたが大君といたのは神州という島。そこは聖域、世界の雛型《ひながた》。そこの犠牲で世界が救われる」

「しかし!」

心を引き裂かれた私が言うと、リトル・ピープルは顔のない人びとになっていて、もう、言葉も通じなかった。

森をまた、来た道を中心へと戻っていくと、木々も大気も健康をとり戻し、静けさと生命力に満ちた場が私をつつんでいた。森があんなに破壊されているのに、ここが美しく、自分が安全であることに罪悪感をおぼえていた。むろん、危機感も。大君のもとに帰った私は憔悴《しょうすい》しきっていた。

ヘラジカがそれを感じ取って、私を癒しに来る。それに私はただ寄り添い、大君へと意味を発した。

――曼荼羅の核を破壊すると、凄まじい力が発せられるのですか？

――力をまとめている力が、力を失うからだ。

――知っているのですね？　ではなぜ、使わないのですか？

――摂理に反する。

――でも使わなかったら負けてしまう。負けてしまう。この森が失われてしまう。

私は泣いた。

――負けるだろう。

――だったらご決断を！　ご聖断を！

私は泣きじゃくりながら訴えた。平静でいる大君に怒りを感じた。

――いのちは不滅だ。

聞きながら私の中で、愛の中から、憎しみがたぎってくる。でも言えないことがある。

なぜ、あなたは、私を繰り返し捨てるのか。

――負けたら、

大君は言った。いや、ヘラジカがあの独特の方法で伝えてくるのだが、もはや私たちに境はなくも思えた。

最後の伝達がやって来た。

——そのときは、私をさばきなさい。

最終章　十六歳、私の東京裁判

一九八一年四月四日　ディベート開始

ディベート本番の日。

見た瞬間、ここは「劇場」なんだと思った。

不思議なつくりの「劇場」だった。

ただの箱である講堂《オーディトリアム》の、真ん中に島のように、円《まる》い演台がしつらえられている。

論題に対する両陣営席が演台の両側にあり、演台の後背——円形の劇場なのだから、見ようによっては前だ——には、一段高い席があって、ジャッジ席なのだろうとわかる。オブザーバーというのか、十二人が「島」、両陣営、それに審判《ジャッジ》、の周りを取り囲む。観客席は、四つに分けられ、東西南北のように配置されている。

まるで易《えき》の卦《け》みたいに。

いや、

「曼荼羅みたいに」

私はつぶやいた。

「これより、全校公開ディベートを行います」

スペンサー先生が、中央の演台に立ち、冒頭の挨拶《あいさつ》を始めた。私の進級問題に端を発したこのディベートは、全校規模の公開行事となり、生徒の保護者たちまでがやってきた。保護者たちは、東西南北よろしく四つに分けられた生徒席の後ろに控えて、しかつめらしく座っていた。がっしりした体格の中年男女たちを見ると、良心や秩序というものが服を着ているように感じられた。

スペンサー先生は続けた。

「これは、現在同盟国であるアメリカと日本との相互理解を深めるためのものであります。これは、私たちの学校がその長い歴史で初めて迎える日本からの留学生であるマリ・アカサカが、アメリカと彼女の祖国をよりよく理解するために、そして我々アメリカ人が、祖国のかつての敵であった日本人をよりよく理解し、友好関係を深めることを、目的としております」

まばらな拍手が保護者たちから起こった。

アメリカ人が日本人を「かつての敵」と言ったことに、私は衝撃を受けた。スペンサー先生が私に友好的でなかったことを差し引いても、それは衝撃だった。言われてみれば事実以外のなにものでもない、が、今までに、逆のことを言う日本人に、出会ったことが私はなかったのだ。アメリカはかつての敵国で、わが国の人と国土に巨大な被害を与え、だからアメリカ人を憎んだし今も憎んでいる、と。私が育った時代の日本には、アメリカは最初から友好国で、アメリカ人は事の初めから陽気で享楽的な人びとなのだと言わんばかりの言説があふれていた。「鬼畜米英《きちくべいえい》」という言葉は、歴史の資料に、あるにはあったけれど、国語の教科書に出てくるのと同じ、ただの四文字熟語にすぎなかった。敗戦後には鬼畜たちは案外いい人たちでチョコレートをくれたりもし、今では鬼畜米英なんて言ってたのがとんでもない誤りだったんだよ、と、誰もがそっちを反省してしまうような。

「論題――」

スペンサー先生はここで少しもったいをつけた。私は身構えた。

「『日本の天皇には第二次世界大戦の戦争責任がある』」

身構えても、私は何度目かのショックを新鮮に受けてしまう。この論題は、何度聞いても痛い。内臓に来るような重さと痛さだ。戦争犯罪人である、と決めつけているわけではなく、単に論題は肯定文であるのが決まりで、それに対して肯定側と否定側に分かれて、それぞれが自陣営の正当性を主張するのがディベートなのだ。と、説明をされて頭でわかったつもりでも、生理的に近い嫌な感じがある。どちらにつくかが、自分の意見や好みではなく外から強制的に振り分けられることも。

低い、うめきのような歓声のようなものが聴衆から、特に保護者の中の年配の人たちから、漏《も》れた。うなずく人も多かった。「そうだ！」と小さく言った老婦人までいた。「リメンバー・パールハーバー」とか誰かが言い出さないことを私は願った。

「マリ・アカサカには、肯定側に立ってもらいます」

肯定側とは、私が『天皇には戦争責任がある』と立証する側であることを示す。法律用語で言うなら訴追《そつい》側。裁判なら弁護側に対する検察側の役回りだ。訴追を英語で言うならプロセキューションと言う。誰が好き好んで、極悪人でも独裁者でもない同胞を裁きたいか、という感情は、ドライなゲームの前には感傷にすぎないのだろう。要するに私が甘ったれなのだろう。でもその感傷は私から離れない。

「一九四五年七月二十六日、アメリカ合衆国・イギリス・中華民国の三国政府首脳が連名で、日本に対して降伏勧告を出しました。これが首脳会議の地名をとってポツダム宣言《デクラレーション》と呼ばれるものです。日本は八月十四日、これの受諾を決定し、このときつくられた天皇の名による文書を、翌十五日、天皇自身が読みあげた録音をラジオで流しました。ここに、抵抗を続けていた日本軍、日本のピープルは武器を置き、膝を折りました。その後、ポツダム宣言に織り込みずみの軍事裁判が行われました。極東国際軍事裁判、通称『東京裁判』です。その結果はここでは申し上げますまい。今から生徒たちが何を証明しようとするかこそが、歴史であると私は考えます。私はそれに高揚を感じます」

　スペンサー先生は今、星条旗を背負ってライトの下に立ち、スポットライトを浴びる渋い名優のようだった。怜悧《れいり》な風貌《ふうぼう》を持った、小柄な男性。それが猛禽類《もうきんるい》のような美しさとシャープさを、今は全身から醸している。尖った鼻、白髪まじりの黒い髪に濃い青の瞳。めったに笑わない口元に今、心なしか浮かんでいる笑みは、どう相手を追い詰めるかを楽しみにしているようでもある。彼はいわば、陰のスターめいてライトの下にいた。

「このディベートは肯定側、否定側、両陣営とも二人ずつのチームです。三人制にしたかったのですが、志願者が少なかったため二人制としました。構成は、それぞれ、立論、反対側からの尋問《クロス・イグザミネーション》、場合により作戦タイムをはさんで、最終弁論となります。ルールは、二人ともが発言を担当することですが、その比重はチームの自由です。当コートは、間もなく開廷です。みなさまにとって有意義な体験となりますよう願って、私はこれにて引き下がることといたします」

あれ？　今スペンサー先生はなんと言ったか。無自覚か故意にか、「法廷《コート》」と。

天皇の問題を法廷に、引きずりだそうとしている？

私は寒気を感じた。

これは真面目だ。ゲームじゃない。

同時に、ゲームである。

ものすごく真面目な主題に、大真面目に、ゲーム的な理論が取り入れられている。ヴェトナム戦争の兵士運用にからっとしたスポーツ理論みたいのが取り入れられていたように。そこがアメリカの空恐ろしさな気がした。

この「法廷」はアメリカ人の大好きな野球《ベースボール》を思わせる「ゲーム」でもあった。同じフィールドで、攻守をがらっと入れ替える。思えばそんな変なルールを持つスポーツはない。ある時間帯しか点を入れられない構造のルールなんてものは滅多にない。翻って、日本人が野球を、あるいはビール片手に楽しむナイター中継を、これぞ日本人の娯楽でありスポーツであるかのように愛しているのはなぜなのか。私は母国の男たちが「ナイター」というものをどれほど愛しているかを思った。アメリカのものだったからだろうか？　日本人は野球を、法廷に近いなどと思ったことがあるだろうか？　そう思ってもまだ好きだろうか？　それとも野球と法廷が似ているなど、私の妄想なのだろうか？

冒頭の挨拶を終えるとスペンサー先生は高い座席にするりと収まる。裁判長というわけだ。とすれば周りを囲む十二人は陪審員だ。よき市民の代表、陪審員が十二人であることは、他ならぬスペンサー先生の「アメリカ政府」の授業で習ったのだ。

突然、理解がやってきた。

スペンサー先生は、東京裁判をやり直そうとしている。

でもなぜだ？

アメリカが勝ったのだ。連合国が勝って、敗者をすでに好きに裁いた。それが東京裁判だった。GHQの裁判だった。そしてその前後数年間、アメリカは一国で日本を占領支配していた。沖縄に至っては一九七二年まで「アメリカ」だった。

東京裁判をもしやり直したいと思う者がいたならそれは日本人であって、アメリカ人じゃない。と私は思った。

しかしそのとき、電撃的に私は思い至ったのだった。アメリカ人は、アメリカ政府とはちがうということに。政府は納得できても、人びとが納得できないことがある。そしてこういう視点を、私はかつて持ったことがなかった。日本人と日本政府は、どことなく切り離せなかった。私が「日本人」と言うとき、それは厳密には日本政府だったり、民衆だったり、ときに天皇を指しさえした。

窓の外は吹雪。

一九六四年十一月生まれ十六歳の日本人である私は、どれだけ無茶な話題を振られたか、今さらながらに痛いほど理解していた。今はいつだ？　とっさにわからなくなる。一九八一年四月四日。計算する。戦争が終わって三十五年だ。そこから私の年齢を引けば、私が生まれたのは戦争が終わって十九年後だったことになる。それは過去を忘れるのに十分すぎる時間だと母国では言われていた、無言のうちに。圧力のように。でもそれは、たったの三十五年でありたったの十九年だった。忘れられるほうがどうかしている。そして私は、この地でまだあの戦争を「忘れられない」でいる人びとの前に立とうとしていた。幕は上がりつつある。冬は終わる兆《きざ》しがいっこうにない。

私が「島」と名づけた中央の円い演台は、今は無人でぽっかりと浮かび、人が来るのを待っている。私が最初に出ることは決まっている。

一九六四年十一月に私は生まれた。奇跡の戦後復興の証、東京オリンピックの翌月だ。東京オリンピックの開会式があった十月十日は、私の生まれた年の行事を祝して六六年から「体育の日」という祝日になった。ところがそんな東京生まれの十六歳の日本人である私は、実のところ戦争のことも母国のことも何も知らなかった。こんなことがなければ、勉強することだってなかった。母国では、近現代史を勉強しないようにカリキュラムができていた。よほど興味を持って調べない限り、そこはわからないことになっていた。そしてわからなくても、テストで点がとれる。近現代史の前ですべてが時間切れになるようにできていたからだ。

チームメイトのアンソニー・モルガーノが私の背中をそっと押した。

彼が私のチームメイトであることは、この心細さの中で、唯一の安心できることだった。アンソニーは反対尋問に立つ。私が立論と結論のふたつを担《にな》うのは、これが私のディベートだからだ。アンソニーの手のあたたかさを感じた。何ヶ月か親しく時間を共有してきた人、一緒に学び、驚きを共有してきた人、笑いもし、泣きもし、ふつうなら見せない自分の顔を見せた人、そんな人の手は、私を少しだけ安心させた。

生まれて初めて人前でディベートをする、それが異国の地で異国語でだなんてことは荷が重すぎて、できるなら母国へと、あの甘い忘却へと、誰一人そんなことを訊かない世界へと、逃げ出したいくらいだった。けれど私は逃げ出す、どんな足も持っていなかった。広さと雪とに閉ざされたこの土地では、逃げるのに人の二本の足ではだめなのだ。人は狭さより広さにこそ閉ざされるということを、私は知らなかった。

ディベートの構成やルールは習った。ある論題があって、二陣営が肯定か否定かの立場のどちらかにつき、それぞれ自らの正当さを論証する。それをバカのように頭の中で繰り返す。論題があって、肯定か否定かの立場のどちらかにつき、それぞれ自らの正当さを論証する。どちらかについたら、好むと好まざるとにかかわらず、その立場の正当性を立証する。

外はまだ吹雪だ。

「島」に歩み寄ってそこに立つと、景色が変わって見えた。

私を円く囲む十二人。そのさらに外郭の四ブロックの、これもまた島のように集まった人びと。よくできたシンメトリーの幾何学模様を見下ろす。その幾何学模様が何かを思い出させるのだが、言葉にならない。曼荼羅と言えば曼荼羅だが、もっと記憶の古い層が持っていそうな感じの記憶。会場は静まり返り、私の心はざわつく。

〝I《アイ》〟

なぜか、「私は」と言い出してしまった。立論の役目は、事実関係を示し、それに対しての自陣営の立場、その正当性と根拠などを述べることにある。

それを「私は」で始めてしまった。Ｉと言わなければ私が動かないとでもいうように。

Ｉと言い出したら、用意したスクリプトが無になってしまった。頭が真っ白になり、Ｉはただ存在する。なぜだか、目の前のそこにあるどんな文章とも、つながれない。Ｉのあとの言葉が口から出てこない。

観衆は固唾《かたず》を呑んで聴いている。冷や汗が出てきた。Ｉときたら……。私は言う、

〝I/am〟

アム。この世界でアイにだけつく、存在することや存在の状態を表す動詞。ただアイにだけつく、特別な動詞。しかし、アイ・アムなんて言ってどうする。アイ・アム・ア・ガール、私は一人の女の子ですってか。いや。アイ・アム。私は存在する。ガールだのなんだの、何の属性がなくても存在する。Iは、消えることも、隠れることもできない。日本で習ったとき、アイ・アムはいつもその後に「属性」をともなった。けれどアイ・アムはずっと重く、根源的に「存在」のことを表している。アイ・アムは重い。二語に世界のすべてがあるほど重い。

「私は《アイ・アム》」、

私はいったい何だというのだ？

“guilty.”

続く言葉がぽかんと浮かんだ、まるで誰かが私にささやきかけるように。

そのささやきを、すっと私は口にしていた。それはマイクロフォンを通じて広がった。

“I am guilty.”

自分の声を、外から聴くように私は聴いた。ばらばらの音の粒子になった声が、もう一度小さな人びとによってまとめられるように私に返ってくる。私の中で意味になる。母国語で意味になる。意味は誰かの声を帯びている。その誰かが私に言う。聴き覚えのある声。あのヘラジカにも似た声。私の内で響く声。

――私の存在は罪深い。

――私は有罪である。


不意に胸を突かれ、涙がこぼれそうになった。

それは、私が今まさに裁こうとしている他人が、私を通して、私に言う言葉。

つまりは、天皇が。

公衆の面前で私は頭がおかしくなりかけている。それに、天皇の言葉を本当に聴いたとして、そのことで自分が涙をこぼすなどと夢にも思わなかった。

気を取り直して語ろうとする。用意した台本を実行すればいい、それだけのことだと思う。


――そう、私を裁きなさい。それでいい。

また声がする。その声は内から来る。
《私の痛みは陛下の痛み》
私は思う。
私は狂いかけている。そう思う頭もどこかにある。陛下の声を聴いたりして、それも、天皇にシンパシーを感じたこともなければ、陛下なんて言葉を使うことを考えたことすらないのに、あまりに自然に陛下と思ったりして。あまつさえ、私の痛みは陛下の痛みと、変なことを思ったりして。

私？
私とは誰だ。
私が私でないとき、それは私なのか？
また声が来た。
――それが私だ。私は、ただの器だ。だから、
《器、だから？》
――だから迷わず裁きなさい。私は死ぬことがない。
《そんなわけは！　人は死にます》
――だったら殺してみなさい。
《いやです》
――〈朕《ちん》〉という私の自称は、舟のことだ。私はたまたまこの舟に乗ってこの世界に流れてきた。この舟が沈めば、次の舟に乗る。それだけのことだ。
《嘘だ、そんなの。あなたは、人だ》
沈黙。
――私は人ではない。私は、鏡だ。

気がつくと、どれくらい経ったのだろうか、私は涙を流しながら沈黙していて、あまりのことに観衆が沈黙していた。スペンサー先生さえ沈黙していた。
沈黙したままでいるわけにはいかない。私は心を決め、陛下をお守りするために、なんとか戦略的に戦おうとした。ただ、私がうまくやればやるほど、陛下の戦争責任を立証することになる。

私の身と心は引き裂かれた。それこそが、私が立証すればいいことであっても。

永遠に思える沈黙の後、私は再びライトを浴びて観衆を見た。

"I think...
the Japanese Emperor is guilty."

ああ、そのとき、どんなに楽になっただろう。

「私は思う」と「日本の天皇は有罪である」は、つながって見えるが、ちがう主語を持ったふたつの文だ。

それを言うと自分が、間接的に言葉を伝える者になった気持ちがしてきた。

言葉に身を切られるような思いをしなくてすむのだ。

私は通訳だと思おうとする。通訳をしているだけだ。通訳したら、私の考えもどこかの本に書いてあったことも、同じように私と切り離されたものにできる。

そう思うと、あとは用意した原稿を読むのと同じだった。

それは、かつてないなめらかな言語体験だった。

「私は、日本の天皇ヒロヒトを、第二次世界大戦の戦争犯罪人であると考えます」

論理的に言えば、最高責任者が責任を問われるほうが、そうでないよりずっと自然だった。

これは私が言いたかった言葉であり、言いたくなかった言葉だった。これ以上何を言えるのかと思った。しかしスペンサー先生に促されて続けた。

「一九四五年八月十四日に、日本はポツダム宣言を受諾《じゅだく》し、連合国に対して無条件降伏をしました。日独伊三国同盟の中で最も遅い降伏だった日本の降伏は、天皇の決断によるものであり、これは『天皇の降伏』と言えるでしょう。大日本帝国憲法第一条にはこうあります。『大日本帝国は天皇が統治する』」

万世一系ノ天皇之ヲ統治ス、だ、正確には。が、万世一系が上手く言えないし面倒くさい概念なので私ははしょった。それにいったい、万世一系なんて本当かどうかもわからない。ただ日本の支配者や体制がどう代わろうと天皇がいたことだけは間違いがない。そうしたら明治になって天皇は発掘されて、あなたが大将だととつぜん言われて。

「第三条、引用《クオート》、『天皇は神聖にして侵すへからす』。引用終わり。ヒロシマに原爆が落とされ、ナガサキにも落とされ、オキナワでは陸軍と海兵隊が上陸し地上戦が繰り広げられ、徹底抗戦をするかに思われた日本人は、軍人か民間人かにかかわらず天皇の一声で武器を置き、膝を折りました」

私はここでスペンサー先生の印象的なフレーズを借りた。それが何か象徴的な光景である気がしたからだ。通訳である限り、私は自由だった。

「誰もがです。第十一条、引用、『天皇は陸海軍を統帥《とうすい》す』。引用終わり。天皇は天皇大権と言われる特別な権限を持ち、当時の憲法で権限を保証されていました。天皇は陸海軍の統帥権《スープリーム・コマンド》を持ち、日本の最高責任者であり、国民に絶対の影響を持ったのです。彼には『平和に対する罪』があります。『平和に対する罪』を訴因に持つ者が、いわゆるA級《クラス・エー》戦犯ですが、念のために言うと、A級が最も罪が重いわけではありません」

「そのことは本件と関係ない」

スペンサー先生に注意された。

「知らない人が多すぎるので言ったまでです」

「そんなこと私たちは知っている」

え？　私は耳を疑った。私はそれを知ったとき腰を抜かすほど驚いたのだ。アメリカ人は知っていたというのか？

動揺を感じつつ私は続けた。

「『平和に対する罪』とは次のようなものです。引用します」

これは、勉強したときに日本文と英文を突き合わせて見た。その文面を目がよく覚えているので、本当にそれを読み上げながら通訳している気持ちがしてくる。

「引用、『即ち、宣戦を布告せる又は布告せざる侵略戦争、若《もしく》は国際法、条約、協定又は誓約に違反せる戦争の計画、準備、開始、又は遂行、若《もしく》は右諸行為の何《いず》れかを達成する為の共通の計画又は共同謀議への参加』。引用終わり。『共同謀議《コンスパイラシー》』とは、東京裁判の根幹をなす概念です。戦争という手段に訴えるという考えを持っただけで、あるいはその考えへの反対者であっても立案などの場に参加しただけで、みな等しく罪があるというものです。これは世界の戦争裁判史上のひとつの発明と言える考え方です。誰でも罰することができます」

「異議あり、論点がずれている」

スペンサー先生が言った。そうだ、私は、一矢《いっし》を報いたかっただけだ。自陣営の立場の主張とは別に、自分の主張を少しの毒として、混ぜることを自制できなかった。それが自陣営に不利になるとしても。

「天皇は、この『共同謀議《ぼうぎ》』の責任者でもありました。この共同謀議にあたるものの具体例を挙げるなら、天皇の臨席をもってする『御前会議《ゴゼンカイギ》』以上のものはないからです。国家方針や大事な作戦立案など、ほとんどがこの会議でつくられました」

　なんだ、どうしてそうじゃないなんてふりが今までできていたのかな、という気持ちだった。最高責任者が責任を問われないとしたら、他の者はみな免罪になる。ならば、現実の歴史には不自然なことが起きたというわけで、そのことがなぜかと問われたほうがよかった。そして日本人は、問わなかった。その問いじたいが、なかったかのようにふるまった。それは、ラッキーにも軍事法廷を開いたアメリカからも問われなかったのであり、だったら気づかないふりをしよう。自分も考えたことがありませんでした、へえ、そういう考え方もあるんですか……と。そんな態度のあり方、自分自身の騙し方。感情的には天皇が問われないことでほっとしたかもしれない。しかし、明白な論理に蓋《ふた》をすると、自分の頭がおかしくなってしまう。天皇への感情や同情がどうあれ、明快な論理を見ないふりしたら、おかしくなるのは自分の頭のほうなのだ。

「かように、天皇の名のもとに、敵味方を問わず、あまりに多くの生命が失われたのであります」

　自分の言い方を、なんとも時代がかっていると思いながら聴いた。

――そう、「天皇の名のもとに」。

また声が聞こえた。さっきの声ではなかった。

虚をつかれ、私はまた言うべきことがわからなくなった。いや、私にいったい言うべきことがあったのかどうかも。私の立場を思い出そうとする。立場を思い出さなければ、言うことがなくなってしまう。私は『天皇に戦争責任はある』という考えを肯定する側のディベーターとしてここに立っている。つまりは私の役割は天皇を訴追する側。ならば私の言うべきことは……

〝I《アイ》〟

また、Iだ。絶対で無二のはずの、I。「私」「小生《しょうせい》」「それがし」「あたし」「吾輩《わがはい》」「手前《てまえ》」、そして天皇が使ったという「朕《ちん》」……どれもちがう。それら日本語の一人称にまつわる、性別も役割も関係性もいかなる色もない、無色透明な絶対の一人称がIだ。

——我らは天皇の名のもとに踊りも戦いもした。

あの声が、また言った。

我ら？

私は思わず無言で声に返している。

〝I《アイ》……〟

演台で、そう言ってまた私は言葉に詰まって立ち尽くしていた。

英語のIという一人称の主語こそが、誰でもそこに入りうる透明な器だったなんて。英語は日本語に比べて主語がはっきりして揺るぎない言語だと思いもし、教えられてきた。日本語のように主語を自由に省略できない。でも今の話を聞くと、Iというのはとりかえのきかないこの「私」などではないのかもしれない。

「マリ・アカサカ、続けて」

スペンサー先生に促される。

〝I？〟

変な言葉を返してしまった。「私ですか？」と言いたければふつうはアイでなく、ミー？　と言う。

スペンサー先生は少し面食らった顔をして、

「あなた《ユー》だ、もちろん！」

と言った。

そうだ、Iと言いさえしなければいいかもしれない。

では歴史から行こう。

「一九四五年八月十四日に、日本はポツダム宣言を受諾し、連合国に対して無条件降伏をしました。日独伊三国同盟の中で最も遅い降伏だった日本の降伏は、天皇の決断によるものであり、これは『天皇の降伏』と言えるでしょう。ヒロシマに原爆が落とされ、ナガサキにも落とされ、沖縄では陸軍と海兵隊が上陸し地上戦が繰り広げられ、徹底抗戦をするかに思われた日本人は、軍人か民間人かにかかわらず天皇の一声で武器を置き、膝を折りました」

「マリ、それは聴いた」

スペンサー先生が私を制止する。

「マジで《リアリー》？」

私は、思わずそんなノリで返してしまい、

「そうだ、テープレコーダーじゃないんだ」

とスペンサー先生はいらだちを見せる。

しかし私からまたするすると言葉が出る。

「誰もがです。天皇は、天皇大権と言われる特別な権限を持ち、当時の憲法で権限を保証されていました。天皇は陸海軍の統帥権《スープリーム・コマンド》を持ち、日本の最高責任者であり、国民に絶対の影響を持ったのです。彼には『平和に対する罪』があります。『平和に対する罪』を訴因に持つ者が、いわゆるA級《クラス・エー》戦犯ですが、念のために言うと、A級が最も罪が重いわけではありません。『平和に対する罪』とは次のようなものです。引用します。『即ち、宣戦を布告せる又は布告せざる侵略戦争』」

「それも聞いた！」

スペンサー先生がほとんど怒鳴るように言う。

そうだった⁉　でも私には、これ以外に言うことは本当にないのだ。私の考えではない考えしか私にはなく、私は私が誰かも、わからなくなりかけている。

あれ？

そのとき不穏な疑問が浮かんだ。

〈侵略戦争〉は英語の文献では〈war of aggression〉だった。この言葉には、〈先に手を出した方が悪い〉という意味合いがあると、アンソニーに習った。だから真珠湾攻撃があんなにねちねち言われ続けるのかとも思ったが、今感じるのはそういうことではなかった。

〈侵略戦争〉と〈war of aggression〉の間には、ずいぶんな開きがある。先に手を出せば、あるいは攻撃もされないのに侵入していけば、それは〈侵略〉という概念を含むだろうが、〈aggression〉それそのものを〈侵略〉と訳してしまうと、取りこぼすものや、逆に余計に背負い込むものが、多すぎる。

つまり〈war of aggression〉を〈侵略戦争〉と言ったのは、いったいどこの誰だったのだろう？

私は卒然《そつぜん》と気づく。

歴史用語が、私たちに手渡された時点で翻訳語であり、いろんな意味が落とされたり別の意味を帯びてしまったりしている。

私は、致命的なまでに積み重なって絡《から》みに絡んだ翻訳のうえに、自分の考えを翻訳して英語にしているのだ。

「時間です」

そのときタイムキーパーが言った。


ディベートの成り立ちというのは、日本で十五歳まで教育を受けてきた者にとって、まったくなじみがない。これほど日本の教育とちがうこともないんじゃないかというちがいようだ。

それはこんなふうになっている。

アンソニーに教わった時、私は、どちらの陣営の番か、黒と白でまず色分けしてみなければまったくわからなかった。私たちは天皇の責任を肯定して訴追する側だから、白。こんなことから理解しようというのだから、先が思いやられた。それが本番約一ヶ月前だった。

ディベートの構成
○肯定側立論
●否定側から肯定側への尋問
●否定側立論
○肯定側から否定側への尋問
●否定側最終弁論
○肯定側最終弁論

各パートに持ち時間が決まっている。

次の段階は反対陣営から私たちへの尋問で、私が動転していると見たアンソニーが、表に立って話してくれると言った。

否定側すなわち天皇を弁護することになる側からの反対尋問の質問者は、「アメリカ政府」のクラスの下級生、アル・ゴールドマンだった。私に東京裁判で日本無罪論を出したインドのパル判事のことを教えてくれた子でもある。彼は八年生か、飛び級をした九年生で、私より二歳以上年下のはずだ。彼は「小さな天才」のパロディみたいな外見をしていた。体が中で泳ぐようなジャケットを着て、男子生徒が着用しなければいけないネクタイはクリップ留《オン》めのやつで、サイズの大きなズボンはサスペンダーで吊っている。小さな顔に大きな眼鏡。

ただ、明晰《めいせき》だが弁が立つタイプではないようだ。内気なのかもしれない。でもまあ中学生や下手をすると小学生なのだから、日本の同年齢の子を考えれば、考えと調べたデータをまとめてそこに立つだけでも、すごい。彼は小さな体をさらに縮ませて照明から隠れたいような様子で、私たちに質問をしはじめた。

「あなた方の主張では、大日本帝国憲法のなかに、絶対的な権利が保証されているとのことでした。たしかに『大日本帝国憲法』には、天皇のほぼ絶対的な国家に対する権限が認められています。第一条、第三条、第十一条にそれは顕著《けんちょ》です。しかし第四条が、それを制限すると読める」

次に引用が来る、と私は思った。一時期アンソニーに本を読んで聞かせてもらっていて、人が引用をするときの独特の間合いと空気を察知できるようになった。

私は、日米対訳の参考書から対応する条文の日本語を出した。それを目で追っていると、英語の音声は引く。

「引用《クオート》、『第四条　天皇は国の元首にして統治権を総攬《そうらん》し此《こ》の憲法の条規に依《よ》り之《これ》を行う』、引用終わり」

参考書から目を離すと、また英語の音声が前になる。よくよく聴かなければ意味を結ばない言葉たちが、また吐き出され始める。

アルは続けた。

「これは、『天皇の権限はこの憲法の範囲内』である、と読める。いや……この第四条じたいに、矛盾がある。パートに分けてみます。『天皇は国の元首である』、これは最高権力者であるということです」

「アル、だから質問はなんだね？」

スペンサー先生の注意が入った。

「えー、だからその。大日本帝国《インペリアル・ジャパン》という国のかたちは、どういうのかと。コンスティテューショナル・モナキー、なんですよね？」

アルは訊く。

私は頭の中で対訳を探している。でも、英語の方が明快だ。憲法《コンスティテューショナル》による・モナキー。モナキーは単独《モノ》からの派生か。だとしたら、独裁《モナキー》。「憲法にのっとった独裁」。あ、これが日本語で《立憲君主制》というやつ？　なんて本質を伝えない用語なんだ！

チームメイトのアンソニーはといえば、素朴に問われて虚をつかれたように、自陣には不利な証言をした。

「あ、ええ、はい」

ディベートの反対尋問では、厳密にはイエス／ノーで答えられる質問だけをするのがお約束だという。そして、相手が、自分の立場を守るためにはノーと言うべきところをイエスで答えざるをえないよう仕向けたりして、矛盾をついて追い詰めるのがセオリーらしい。だったら相手に「イエス」と言うのはミスだった。でもアルの質問も不備だ。今ここでやりとりに幅が許されているのは、ハイスクール行事だからか、皆がよく知らない主題を扱っているからか。スペンサー先生は制止に入らなかった。

「だったら天皇を絶対君主《アブソリュート・モナーク》のように言うあなた方のほうが間違っているんじゃないですか?」

アンソニーがあわてて反論した。

「あ、いえでも、見かけ上の立憲君主制と言うべきでしょう。天皇の権力は絶対であり、内実は独裁と言ってかまわない。そういう国家は、歴史上にいくらでもあります」

アンソニーは、失敗をリカバーしようとしてか、いささか強いことを言い出した。

「三国同盟を思ってください。ドイツ、イタリア、大日本帝国です。他の二国の指導者はヒトラーにムッソリーニ。ファシズム国家です。だったら、天皇ヒロヒトをたとえるとしたら、ヒトラーではないですか!」

ヒトラー! ナチス!

特定の民族を殲滅《せんめつ》してヨーロッパや世界を「浄化」しようとしたヒトラー。それほど天皇と遠いものもない。が、昭和の記録や映画を見ると、軍人たちの制服も態度も、ナチスに似ていると思わされるところがある。特に特高や憲兵が。東条や近衛といった軍出身の首相もヒトラーに憧れたといわれているが、だとしたら大日本帝国は、親衛隊《SS》など実働部隊だけがいて総統のいないナチスもどき? いや、天皇はヒトラーではないという言葉も実感も、私の中にある。でもその実感が、まるで自分の血肉のようで、取り出せない。

他人のやりとりを聞きながら、私の中に疑問が生じて止まらなくなった。

私は日本のことをジャパンと言う、でもアメリカ人はあの頃の日本を《インペリアル・ジャパン》とか《ジ・エンパイア・オヴ・ジャパン》、あの頃の日本軍を《インペリアル・アーミー》と呼ぶ。

つまり私と彼らに、見えている日本のかたちがまるでちがうのではないか。

それに、天皇をエンペラーと訳したのは誰だ、なぜだ。天皇は皇帝ではない。

反対尋問の話者はアル・ゴールドマンに戻った。この話し方はひどく非日常的な気が私にはした。日常生活に、どちらかが話しているときには一方は黙っていなければいけないルールなどはないからだ。天才児みたいな小さな下級生は頭をかきむしりながらまた質問をしてきた。それを見ていると、なんだか茶番じみた気がしてき、むしょうに笑いたくなってきた。

「えー、だからその、本題に戻ります。なんでしたっけ、『天皇は国の元首にして統治権を総攬し此《こ》の憲法の条規に依り之《これ》を行う』。『之《これ》』がそもそもどれを指すのか、どこまで指すのかわからない……。まあ『統治権の総攬』を指すのだと仮定してみましょう。条文の全体に戻ったとき、矛盾があります。天皇と憲法のどちらが上位にいるのか、これではわからない。『統治権を総攬する』というのは、つまりは天皇は主権者であるということですが、一方で天皇は憲法に従うとも書かれていて、明らかに矛盾しています。どう、思いますか？」

尋問になっていなかった。心からの疑義を、彼は出してきているのだった。

彼は、本当にわからないのだ。

そしてそれは私たちとて同じだった。アメリカ人のアンソニーはともかく、日本人の私にも、わからないのだった。

しばらく沈黙が過ぎた。

アルはしぶしぶ再開した。

たとえば、〝セパレーション・オヴ・スリー・ブランチズ〟のひとつである〝アドミニストレーション〟です。

対訳をつけるなら、〝三権分立のひとつである行政〟となる。こういう用語は、勉強しておいた。しかし、やはり、英語と日本語はなんと遠い感じがするものか。

「行政は国務大臣の『輔弼《ホヒツ》』により天皇が行う。ということになっています。立法だってそうです。議会の『協賛』を以て天皇が行う、とされています。『輔弼《ホヒツ》』というアドヴァイスの意味の古い言葉が日本にありますよね？　これをできる立場の人間たちが、特別な存在になってしまうんじゃないでしょうか？」

「ホヒツ？」

私は言い、日本語を調べていなかったのを後悔した。輔弼、こんな字を書くのだったか、ちがう気もする。冷や汗が出てきた。

「アシストのことだと思いますが、アシスト以上の何かです。天皇にだけする、アシスタンスやアドヴァイスだと思います。ごめんなさい。古い、特殊な日本語なんです、よく知りません」

「ホヒツをする人びと《ピープル》。見ようによっては、この人たちが天皇を操り実権をとれます」

アル・ゴールドマンが言うと、時間が切れた。

次は相手側による否定側立論だ。

法廷で言えば弁護士の役割をするのが否定側である。否定側立論は、否定側の考えをトータルに示す総論的なものだ。

ここで真打《しんうち》登場、と言わんばかりに、クリストファー・ジョンストンが立った。

運動部の男の子たちと取り巻きの女の子たちが、声援と口笛を飛ばした。

彼がディベートに参加するというのは意外だった。頭が運動とセックスアピールでできているのではないかと私は思い始めていたので。しかし彼一人が、このディベートに志願《ヴォランティア》して参加したということだった。そういえば、徴兵《ドラフト》に対して志願兵を、ヴォランティアと言う。日本語の〝ボランティア〟と、同じ言葉とは思えない。クリストファーはさながら、誇り高き志願兵だった。

騒然とした中、私が引っ込むと、ディベートは否定側立論となる。

満を持して出てきたスターのように、クリストファー・ジョンストンが演台に現れた。驚いたことに、彼が手をかざした、それだけで、観衆の声は止んだのだった。今やさざ波くらいまで凪いだ水面《みなも》に似た観衆に向かって、クリストファーは言った。

クリストファーはちらりと私を見た。なぜかとてもあたたかな目で。私は心が波立つのを感じた。去年の十月のヘラジカ狩り帰りのデート・レイプ未遂以来、彼とは口をきいていなかった。

彼がこんな場に立つのは意外なことに思えた。根っからの体育会タイプで勉強もあまりできなさそうに思えたからである。クリストファーは堂々と演台に立ち、ライトを浴びて、観衆に三六〇度、笑顔を向けた。人の心を掌握するのに十分だった。クリストファーは始めた。

「肯定側が混乱するのは無理からぬ話です。というのは、一八八九年につくられた大日本帝国憲法における天皇の位置づけこそ、その後の日本が迷走する理由だったからです。これから、否定側立論でその論点をはっきりさせていきましょう」

生粋《きっすい》の体育会タイプと見えた彼は、実はかなりの役者でもあった。華がある。ライトを浴びるとその魅力が輝く。ブロンドはひときわきらびやかで、澄んだ明るいブルーの瞳は見る人の心まで明るく見透かす。白い肌がライトを跳ね返し、彼自身が光を放っているかに映る。どんなお芝居でも主役が肌を一段白く塗るわけが、彼を見ているとわかる気がした。白人が自分たちを世界の主役だと考えたわけさえ、なんとなく。理性でなく。そのうえ彼は、人を惹《ひ》きつける間や、たたみかけるタイミングというものを心得ている。

「ヒロヒトに罪はありません。というのが、弁護側の主張です。真珠湾、硫黄島から沖縄戦に至るまで、彼に罪はありません。というのは、彼には実質的な権限はなかったからです。おや、みなさんブーイングでもしたそうな雰囲気ですね。ご説明しましょう」

クリストファーは人びとの心を摑んでいた。誰が書いたか、台本さえ良ければ、役者としての資質はすばらしいのだ。アドリブさえ巧《うま》くできる。

「一八六七年まで、要は産業革命後の一九世紀の後半まで、日本ではサムライがちょんまげ《ポニーテール》を結ってキモノを着て政治をしていました。社会カーストとして定められた一握りの職業軍人階級とそれについた官僚が支配権を握っていました。そこには、民衆《ピープル》の職業選択の自由も住むところの自由もありませんでした。その旧弊《きゅうへい》な体制が一八六七年に倒され、それが日本の近代の始まりとされます。が、これをレヴォリューションとは呼びません。革命、すなわち市民革命ではありません。レストレーションです。つまりは、古いものをよみがえらせたり、車を修理《レストア》するといった、レストアです。その内実は、サツマとチョーシューという辺境の下級武士たちの連合軍が、自分たちが実権をとるために中央政府を倒した、同じ体制内の軍事クーデターと言ってかまいません。

そのときサツマとチョーシューが利用した権威が、天皇でした。天皇には、神的な力が宿っているとされていました。じじつ、サツマとチョーシューは天皇を自分たちの象徴とすることで勝って、新政府を樹立しました。

天皇の起源は神話にあります。『古事記《コジキ》』『日本書紀《ニホンショキ》』によれば天から天皇の祖先が降りてきたとされています。それは天の神の、孫だったといいます。なぜ息子《サン》でなく孫《グランドサン》かは、私にはわかりかねます。降りてきたら土着の神々はあっさり国を譲ってくれたそうで、信仰をめぐる戦いは記載されていません。しかしその神の孫がジーザスのような救いの主としての『神の一人孫』……」

と言ってクリストファーは失笑し、スペンサー先生にたしなめられた。しかしその笑顔は、人を惹きつけたのだ。その比類なく白い歯。矯正歯科医の息子、クリストファー・ジョンストン。

「失礼。天皇は『神の一人孫』では、なかったようです。その証拠に地上の女と交わって、血統をつくりつないで、血族を増やしていきました。血族は政略結婚を繰り返し、勢力を固めました。そのようにして神話由来の血統がずっと絶えずに日本にはあるのだそうです。現在も日本にいる天皇は、その子孫の一人です。その天皇が、私たちが第二次世界大戦で戦った天皇です。ここから解釈すると、天皇とは天の霊と地の肉のハイブリッドである存在ととらえられています」

「話が本件から離れ過ぎである、クリストファー・ジョンストン」

「必要な概念背景です」

「では手短に」

クリストファーは、書かれた台本に、客の反応を見ながら何かを足したり引いたりしているようだった。行き過ぎをたしなめられるところは、人びとが聴きたいところでもあったのだ。彼は話を戻して続けた。

「話を歴史に戻します。そうして日本の最初の国の仕組みはできましたが、日本の天皇や貴族たちはやはり戦《いくさ》に長《た》けた人たちではなく、のちのち、用心棒的に雇ったサムライに実権を握られてしまいます。そしてサムライの支配が近代になるまで七百年近くも続きました。アメリカがサムライによる日本の鎖国を解くまでの長きにわたって、です。ただ、サムライたちは、いつの時代も不思議なことに天皇家を滅ぼそうとはしなかった。天皇には一種神的な力が宿るとみなされていたためではないかと思われます。なにせ、起源が神話ですから。それで、サムライたちは、自分たちがするいろいろなことに、天皇の認可をとって自らを権威づけるということをしはじめました。天皇というのは、長い間そういうふうに利用されてきました。近代の世になっても同じことです。アメリカが占領する前の日本人とは、そういう人びと《ピープル》でした。

明治維新《メイジ・レストレーション》で実権を握ったサツマとチョーシューの奴ら《ガイズ》は賢く《スマート》て、この構造を知り抜いていました」

クリストファー・ジョンストン、あなたこそどうしてこんな短期間で、私もわからなかった本質を知りえたのか。外から見るからなのか外国語で見るからなのか。〈明治維新〉だって言われればたしかに〈レストレーション〉であって、〈王政復古の大号令〉というのがあったけれど、そのことと明治維新はうまくつながっていなかった。言われれば明らかにそれは〈復古〉なのだけれど、私はなんとなく〈革命〉だというふうに思ってきていて、〈レストレーション〉と言われるとびっくりしてしまう。英語のほうが本質を摑んでいる。〈維新〉と呼んだことでわからなくしていたことだって、私たちには多かったのだ。漢字は日本人にとって一種のブラックボックスになっている。わかった気になるだけで、本当はわかっていない。

ここで私は、あ！　と声を上げそうになった。

以前クリストファーに訊かれて意味のわからなかった質問が、とつぜん意味をなしたのだ。こう訊かれたことがある。「君の名前はチャイニーズ・キャラクターでどう綴《スペル》るの？」。私はそのとき、どうして私の名前と中国人の性格《チャイニーズ・キャラクター》に関係があるのだろうといぶかったのだが、日本語に訳すなら彼はこう訊いたのだ、「君の名前は漢字でどう書くの？」。私は今、膝が抜けそうなほど、自分が穴に落ちて行きそうなほど、驚いていた。私の母国語はすでに中国語という外国語を含んだ翻訳文だった！　漢字と書くことで出所が明らかすぎるほど明らかに示されているにもかかわらず、それが見えなくなっている。

「奴ら《ガイズ》こそ元老《ゲンロウ》、すなわち歴史上では『年長の政治家たち《エルダリー・ステイツマン》』と呼ばれる人たちです。そして、天皇をお飾りのトップにすえて権威をもらい、実権は元サムライである自分たちが握る統治形態をつくり出しました。表側は、天皇に全権を与えています。しかし政治にも戦争にも長けていない天皇に決断力などないのですから、与えた権限は大きいほど、陰で自分たちに返ってくるのです。大日本帝国ではすべてが天皇をアシストする立場の人間が、天皇の名のもとに、行政も立法も司法も、そして戦争も行ってきたのです。第一次世界大戦から第二次世界大戦の間に、日本では軍部が暴走していったと言います。それはここに素地《そじ》があります。彼ら《ガイズ》がつくった『大日本帝国憲法』には、内閣や首相に関する記述がありません。それは彼ら自身が権限を持つためと思われますが、そこを大戦期に軍部に利用されました。憲法をつくった最初のガイズが、サイオンジという男を最後にいなくなると――『年長の政治家たち』すなわち『元老《ゲンロウ》』は、ポストではなく人びとのことで、サイオンジという人を最後に本当に消えてしまうのですが――その空位にいかなる者も入ることができました。そして昭和期には　軍部《インペリアル・アームド・フォーセズ》がそこに入ったのです。軍の上層部の集まりが〝顔〟のない『軍部』と呼ばれる組織として国を支配したのです。このように、大日本帝国憲法には、欠陥がありました。それはそもそも軍事クーデターで政権をとったガイズがつくった憲法なのであり、天皇はその憲法の犠牲者と言えます。メイジ以来の天皇は、ことのはじめからしてサムライ、そして軍人に輔弼《アドヴァイス》という名目で操られ、利用されていました」

クリストファーの弁論は、データを積み重ねていくタイプのものではない。けれど、ダイナミズムがあり、人を惹きつける魅力があり、なにより説得力があって日本人の私にとってさえ発見に富んでいた。ときどきうなりたくなり、ときどき「いいぞ！《オーライ》」と言いたくさえなった。

タイムキーパーが時間ですと告げた。

「これで否定側の立論を終わります。ありがとうございました」

潮が引くように、きっちりクリストファーは引いた。そう、野球の整然とした攻守交代のように。

「日本の天皇ヒロヒトは第二次世界大戦における戦争犯罪人である」

という論題をめぐり、波乱を含んだディベートは、それでもなんとか体裁を保って進んでいた。構造破綻はなかった。

唯一の構造破綻めいたものといえば、反対尋問がほとんど質問コーナーと化したことだった。反対尋問はもともと、相手の矛盾をつくなどして自陣にポイントを稼ぐためにある。が、矛盾をつこうにも、どちらにもわからないことが多すぎるのだった。それは私に、私がいかに母国の歴史を知らないかを思い知らせることにもなった。私も含めたこの場の全員が、あまりにも未知の論題と直面していた。スペンサー先生も、最初こそ突っ込みを入れていたが、あきらめて黙ってしまった。

だからしばらく、ディベートにはダレた時間が流れていた。

攻守チェンジして、肯定側からの反対尋問には、アンソニー・モルガーノが質問者として立った。尋問を受けるのはクリストファーだった。まばゆいブロンドと黒髪の巻き毛が並んで立つ様、――外面も内面もまるでちがう二人――は、陰と陽。だからなお絵になった。

「何百年も天皇は政権の座にはありませんでした。それはわかりました。でもひとつの血統が絶えることもなかったのですね？」

とアンソニーが質問で始めた。当たり前だ。こちらの反対尋問なのだから。私たちは、天皇に実権があった、と立証したいのだ。

「サムライたちは、なぜか天皇を討つのを怖がっていました。マジカルな力が宿ると思っていたようです。そして天皇家は、同じ家系が、国のはじめからずっと絶えることなくあると言います。それが天皇の神格化を支える神話です。それをなんと言うのだったか。なんと言うのだったか、ねえマリ？」

答えているはずのクリストファーに急に質問を振られて、私は面食らった。万世一系のこと？と私は思う。しかし万世一系、なんと言ったらいいのか。

「『バンセイ・イッケイ』……日本語で、同じ血統が永遠に続く、という」

と私はとっさに答え、

「ありがとう」

とクリストファーが言った。彼に微笑まれ、私は意に反してうれしくなってしまった。

「それはどういうことでしょう?」

「セックス・ダイナスティです」

クリストファーは即答した。訳すなら、性《セックス》の王朝、くらいの意味だろうか。わからないでもない。権力者のポイントは、血族を増《ふ》やして権力の重要ポストを占めることで、血族を増やす唯一の方法は、セックスなのだ。

「セックスして殖《ふ》えて政略結婚して勢力拡大してまたセックスして増えて、それが永遠に続くことを願う。それがバンセイ・イッケイ。やることはセックスです」

「クリストファー・ジョンストン!」

スペンサー先生がたしなめる。

「事実です。やることはセックス。失礼だとは思いません。他に言いようがありません。セックスがまずければメイキング・ラヴと言いましょう」

「オーケーです、『やることはセックス』」

アンソニーは落ち着いて応じてみせる。落ち着いているが、その主旨からクリストファーを引き離そうともしていない。アンソニー自身も、そこに興味を惹かれているのだ。

「しかし天皇家といえども、人を無理やり……レイプしたりは、できず、そこには文化があったはずです」

とアンソニー。

「良い質問です!」

間髪を入れず、クリストファー。

ディベートでしかも反対尋問の質問者に向かって「良い質問です」もないだろうと私は噴き出

しそうになるが、クリストファーは胸を張ってすまし顔だった。

「それで〝恋〟が、彼らの主な仕事でした」

聴衆は今やあっけにとられていた。スペンサー先生、彼もまた興味に駆られ、やりとりを放置しているようだった。

「恋が？」

冷静なアンソニーまでもが、その質問から抜け出せない。

「恋です！　歌《ポエトリー》を詠《よ》んだりですね、恋をしたりですね」

「それは、第二次世界大戦時のイメージとずいぶん違いますね。私は軍服姿の天皇を歴史資料で見たことがありますが？」

アンソニーは、あくまで強い天皇像を主張する。私たちの陣営は、天皇は強い＝天皇には支配者として戦争責任がある、ということを論証しなければならないからだ。

クリストファーがこれにすぐさま反論する。

「メイジ天皇ですね。しかし、軍服を着て軍馬に乗った天皇が彼の前には絶無だということを、あなただって知っていますよね？　つまりそれはコスチューム・プレイにすぎません。男装です。そう、天皇はコスチューム・プレイがうまいんですよ。じつは女装の歴史の方が長いと言えるほどです。女装をして怪物を討ちに行ったなんて言い伝えも残っていますし、天皇自身、女になりきって歌を詠むなんてこともありました。女みたいに花を愛でたり、鳥を愛でたり、歌を詠んだり、恋をしたりして過ごしていました。暮らしの心配をすることなく、戦もせず、彼らは長い間そうやって暮らしていました。中でも歌は重要で、主要なディスプレイ行動とされていました」

天皇たちは女々しい、だから権力がない、というのがクリストファーの一貫した主張だ。

「ディスプレイ行動、つまりは異性の愛を得るために自分の魅力をひけらかすと？」

と、アンソニーが訊く。

「はい。天皇たちは、なんと言いますか……」

クリストファーは言いかけて言葉を探し、ぴんと来た、というふうに、こう叫んだ。

「ファグでしょう！」

オーマイガッド、という感嘆語や、うめきのようなものが観客席から漏《も》れた。大げさに手で顔を覆う者までいた。

「ファグです！」

観衆にうけたのをいいことにクリストファーがもう一度言ってガッツポーズのように拳を握ると、失笑はさざ波のように広がった。私は自分が辱《はずかし》められているようないたたまれない気分になった。

〈ファグ〉、それを私はなんと訳したらいいのだろう。あの、運動部のスター男子《ジョックス》たちが、二言目には使う侮蔑《ぶべつ》語。「女々しいやつ」。それは要するに、〈男でない〉ということ。〈男が男でない〉ということだ。

「静粛に！」

さすがにスペンサー先生の一喝が入る。「クリストファー・ジョンストン、下品な言葉は慎みなさい」

「じゃあ、ファゴット」

略語をただ略さずにクリストファーはしれっと言い、観客席がまたどっと沸いた。そうだ《オールライト》！という声まで飛んだ。チームメイトのアンソニー・モルガーノが首を振りながら、私の肩に手をかけてくれる。観衆はこの雰囲気に完全に呑まれている。クリストファーは、天皇の弁護をし、それを立派に機能させながら、同時に天皇を辱めてもいる。

「異議《オブジェクション》あり、裁判長《ユア・オナー》！」

気づくと私は挙手して叫んでいた。ここは異議を申し立てていい局面だったか、忘れている。どのみちディベートのルールなんて知らない。知るか！　昨日今日聞いたばかりのルールに放り込まれているんだ！　この不条理を誰かどうにかしてくれ！　アメリカ人は自分のルールに誰もが従って当然だと思っているのか？

「彼は、男です！」

私は叫んだが、自分がこんなことを叫ぶとは思わなかった。観衆もクリストファーも、スペンサー先生も、アンソニーまでもが、唖然《あぜん》として私を見ている。

「マリ、ここは質問する場で、異議を出す場ではない。却下する」

言われて恥ずかしさを感じる。顔がかっと赤くなる。でもそれより私の受けた屈辱が優っている。はらわたが煮えくり返っている。怒りが止まらない。震えるほど怒ったのは初めてだった。

〝He is a MAN !〟

私はもう一度叫んだ。

彼は男です。

彼は男です。

女じゃ、ない！

バカにすんな！

自分の中の乱暴な論法に、自分でびっくりした。なぜ男じゃないと言われたら、辱めと感じるのか。私だって男じゃないのに。わけのわからない情動、でもほとんど生理的に腑に落ちている。明治期の日本人と、同じことを感じているんじゃないだろうか。今もなお。寸分たがわず。内側でびっくりしながら、それよりびっくりしたのは、この局面で自分が退《ひ》かないことだった。いったいどれほどの怒りと恥辱《ちじょく》が自分の中にあったのか。

にらみ合いの後、スペンサー先生が、あきらめるように言った。

“Yes, yes, he IS a man.”

なぜか、深くうなずいて。

“I mean...he just said he was NOT God, though.”

言われた英語は二文とも、カンマの打ち方、NOTの強調まで字幕にできそうなほどよくわかるのに、翻訳が頭の中でできない。天皇が男であるか否かという話をしていたのに、なぜ、「彼は神ではないと言っただけ」なんて話につながる？　そしてなぜ否定形をそんなに強調する？

次の刹那《せつな》、まるで稲妻に打たれるように私はさとった。

スペンサー先生は、「そうだね天皇は人間《マン》だね」と言ったのだ！

そしてそののち、「もっとも彼《ヒー》は、『自分は神ではない』と、言っただけの話だが」と付け加えたのだ！

スペンサー先生は、天皇が敗戦からたった数ヶ月の昭和二十一年一月一日に発表した、いわゆる「天皇の人間宣言」に言及していた！

しかし、天皇の有名な「人間宣言」と呼ばれるもの、あれはよく読んでみると、「私は人間だ」などとは一言も言っていない、たしかに。ディベートをするために日本語の資料で読んだとき、私は首をかしげたのだ。天皇は天皇自身の根拠を、あれでもこれでもないと、否定形ばかりの回りくどい言い方で、自分は神ではないと否定しているらしいだけで、あとは戦争で国土や人心が荒れて嘆かわしいなどと、他人事のように戦争直後の国の様子を嘆いている。なのに、資料の見出しにはちゃんと「人間宣言」とある。

神、でなければ人間？

そんな乱暴なことがあるか。

男と女だって、男でなければ女なのか？

女とは、男でないものか？

男でなく、さりとて女でもないものはあるのか？

あるいは、男であり女であるものは？

私が〝大君〟として接し感じた天皇とは、そういうものだった。

もちろん〝大君〟もその〝王国〟も、寂しい少女が異国で故郷を思って心を病み見た幻覚だと言うくらいの理性は、私にもあった。けれど、その感覚は、今でも手に取れるくらいはっきりとリアルなのだった。

〝お前の国の最高指導者だった天皇は、男ではない〟

すべてはこの言葉から始まった気がする。私のこの混乱、そして屈辱。

男でなければ女なのだろうか。

この疑問に、答えられないまま私は感じていた、図星をさされたみたいに。なるほど私の国の人たちは、戦争が終わって、女のようにふるまったのではないかと。男も女も、男を迎える女のように、占領軍を歓迎した。多少の葛藤《かっとう》はあったとしても、相手に対して表現せず、抵抗も見せなかった。それどころか、占領軍を気持ちよくするためのことが、公にも個人レベルでも行われ、じじつ、日本人は占領軍と仲良くやった。まれに見る仲むつまじい占領だったのではないか。

そもそも幕末から、黒船ショックによって日本人は、〈自分たちは男ではない〉と自ら感じて侮辱に思い、それで明治の富国強兵へと突き進んだのではないか。

そしてそれに敗れ、男がやって来たら、女としてもてなした。

男ではない――この感じは今でも続いていて、国内にある米軍基地だって、基地をめぐる政府の態度だって、そうだ。米軍のためには、〈思いやり予算〉ってものまであるのは、ついこの間、日本から送られてきた新聞のすみのほうに書かれていて知った。いったいなによそれ。誰にも聞いたことがない。もちろん中学で習ったこともない。私が中三だった一九七九年には二八〇億円。日本の高校で学んでも、知らされたとは思えない。なぜなら……なぜなら大人たちがそれを恥じていたからでしょ？　恥じながら、かつての敵をもてなした。決して武士のようにではなく、男を迎える女のようにサービスした。それを、戦争を知らない私たちでも、どことなく感じ取ってる。戦争に負けたのは、いい。しかたない。だけれど、自分を負かした強い者を気持ちよくして利益を引き出したら、それは娼婦だ。続く世代は混乱する。誇りがなくなってしまう。男もそうした。男が、そうした。だけれど、他にどうすればよかったかと問われたら、わからない。援助を拒んで飢え死にすればよかったのか。暴動を起こして血を流せばよかったのか。そんなことは望んでいない。そんなことがあったら私だって生まれていなかったかもしれない。私が彼らの世代や立場でも、同じことをしたかもしれない。だから私だって、車の運転者には媚びるしかすべを知らなかったのかもしれない。でも。でも。

何かを言わなければならなかった。何か、頭で言えること。口先で言えること。

それにはまず、ディベートの私の立場がどっちだったかを思い出さなければいけなかった。そして今、ディベートのどの段階かを。私の頭も体力も、もう限界に来ている。許されるなら、今ここでやめますと言いたいくらい、でも言えない。

やっとのことで立場を思い出す——私は肯定側。

「天皇に戦争責任はある」ということを立証する立場。

そして今は、私たちが反対陣営に対してする反対尋問。

そうだ、反対尋問の質問者なのに、回答者に異議を出してしまったのが私。でも、クリストファー・ジョンストンだって、本来、イエス／ノーで答えるべきといわれる反対尋問で、ながながと持論を展開していた。スペンサー先生はそれを見逃していた。

ディベートにはジャッジの裁量がある。

裁判だってそうであるように。

私は今、崩れゆく氷の上に立ち、沈みゆくような気持ちがしている。そして、知っていた気がする。天皇の何たるかを問うたなら、自分の立つ場所がなくなる感覚に襲われるだろうと。そしてこれが、私の国の大人が天皇を語ってはいけないことにしてそれを決して問わなかった理由であった気がする。「天皇が日本の象徴である」と口にするのは簡単なのだが、その意味を私たちの誰も本当には実感しておらず、本当にそれを問うたら、日本とは何かを問わなければならない。自らは誰かと、答えねばならない。そして自分は誰でどこから来て、日本人とは何かを、私は、答えられない。ただ、日本人に生まれついたというだけだ。そしてそのことを誇れるように私は育てられなかった。決して。誰にも。

“Maybe he is NOT a man.”

敗北を認めるように、私はつぶやいてしまう。これはジャッジを含め、みなに聞こえた。これを認めることこそ、堪《た》え難きを堪え、忍び難きを忍ぶことだ……なんて私は思う……天皇はmanではないと。男ではないと。もしかすると女みたいなものかもしれないと。そして私たち日本人みんなも。

「そのとおり!」

叫んで賛同を示したのはクリストファー・ジョンストンだった。クリストファーは、尋問でもないことに大きな声で応えているのだ。スペンサー先生は制止に入るが、観衆が沸いて、この勢いを止められなくなっている。

「彼は〝女〟でしょう? だから責任能力はないんですよ! 肯定側は、今、認めましたよね⁉」

なんて屈辱的なことを言う男! 女だから責任能力がないなどというのは、侮辱と言う前に、論理になっていない。でもこの論題では、なぜか本質的に感じられてしまうポイントで、彼はそこを見逃さない。人の独り言さえ、言葉尻をとらえて利用する。議論をスポーツ的にすることのなんてうまい男! 自陣営の擁護にはどんな手でも、相手のどんなミスでも見逃さず使うのであって、相手の失言でもちょっとした本音でも、見つけたら離しはしない。

観衆は、クリストファーのマッチョさに歓声をあげるものと、女に対する侮蔑へのブーイングをする者と、いずれも大音量、意味は白熱の中に消え去っている。

アンソニーが応える、

「マリが言ったのは、彼は男《マン》ではない、という意味ではありません!」

それより、女であることと責任能力の間になんの関係があるのかと怒りたいが、私の国の人びとを見たときに、どこか肯《うなず》けてしまう気がして、二重の屈辱を感じて私は黙る。アンソニーが続ける。

「彼は人間《ヒューマン》ではない、という意味です。戦後に天皇は、自分は神ではないと言ったが、戦前にはちがったのです。彼は神、正確には、この世に人間の姿をして現れた神である、というステータスにあり、大日本帝国憲法《ザ・コンスティテューション・オヴ・ジ・エンパイア・オヴ・ジャパン》における主権者の位置にあったし、天皇は神として、憲法を発布する立場にさえあった。彼に戦争責任はあったのです」

　クリストファーがまた返す。

「それはちがう。大日本帝国憲法、別名メイジ憲法の発布以来、日本の中ではその憲法の解釈を巡って、常に立場が二分していました」

　今だって割れてる。

と私は思うけれど、私が話に入り込むタイミングがない。他ならぬ私が、私の国の天皇に関して完全に議論の外に置かれている。

「私には詳しいことはよくわかりませんが、スペンサー先生なら、ご存じですね？」

　ついにクリストファーはスペンサー先生をこのカオスに引き込むことに成功した。

　そのうえ、彼が日本に関する疑問を訊くのは、もはや私ではなく、スペンサー先生なのだ。

　スペンサー先生が重い口を開く。

「明治期の日本では、天皇を統治機構の一機関と見る説、いわばシステム論と、天皇が統治権の主体であるとする説、二つの立場がずっと争っていた。統治権の主体であるとする説は、天皇が主権者として国家を統治するというものであり、同時に、天皇は神であるという解釈を生み出した。一方、システム論は、統治権を国家に置き、天皇はその最高機関として、内閣をはじめとする他の機関からの輔弼《ホヒツ》つまりアドヴァイスを得ながら統治権を行使すると説いたものです。システム論では、天皇もまた憲法に従う。たしかに一九三五年に当時の政府が日本は天皇の統治する国家だと声明を出し、軍部の圧力もあって天皇システム論は退けられた、以後、天皇主権説が戦争遂行の根拠にされたが、政府の公式見解であったかどうかは、よくわからない……本当によくわからない」

「わかりました！　ありがとうございます《サンキュー》、裁判長《ユア・オナー》！」

クリストファーはわざとらしいほどピシッと敬礼をすると、話を一方的に引き取った。すべての視線がクリストファーの意のままだった。会場は万事、彼のペースだった。さすがは誇り高い志願兵《ヴォランティア》、というところか。

しかし、いささか強引だろうとこっちのほうが面白いから、観衆もノッているのだ。このやりとりが逆に明らかにするのは、ディベートというものが不自然でつまらない、ということだ。一度ある立場についたなら、その立場を守りきらなければならない。そこには、相手の意見を聞いて考えが変わっていく可能性や、第三のものが出てくる可能性などはない。黒を白と思っても、黒についた限りは、最後まで黒と言い続けなくてはならない。また、防御のときは防御しかできない。クリストファーのするように、防御中でも形勢を逆転できる糸口を見つけて攻勢に出たりすることは、本当はできない。

そう、こっちのほうが面白い。観衆は、ディベートのわざとらしさなんか飽き飽きだったと言わんばかりに、今ノッている。

クリストファーがさらに主張する。

「天皇が主体であるという説は軍部によって非合法的に主張されたにすぎません。天皇は神などではなかったのです。そして男でもなかった。軍部こそが男だったのです。マリが言ったように天皇はいわば軍部という man つまり male にそそのかされた女《フィメイル》か、あるいは傀儡《パペット》にすぎなかった。天皇は常に何かを決定する立場にはなく、軍部のなすがままだったと言わねばなりません」

私は考える。そして、戦争が終わったら、日本人全体がアメリカの前に〝女〟になったのか、それとも、軍部を一掃したから、あとには女が残ったのか?

国破れて、すべてが女になった。

アンソニーが反論する。タイムキーパーがタイムアップですと言うが、それを乗り越えて反論する。今や、持ち時間という概念も崩れつつある。

「それはちがう! 日本人は天皇を神として崇《あが》めていた! 天皇は、人でありながら神だった! 政府だって、たしかその見解を認めていたはずだ! 天皇は、男《メイル》であり、神だった。戦う男の神だった!」

アンソニーは、manという語のダブルミーニングを避けるため、男をmaleと明言した。

アンソニーがあんなに熱くなるのを初めて見た。

しかしこうして、すべての人が私を飛び越して天皇を議論する。

この主題には、人の心を逆なでする何かがある。性の問題は、人の心のなかにある、何かを逆なでし、かき回してしまう。そんな問題を、天皇制が内包している。人か神か、はたまた政治主権者か否かと、たたかわす議論の中に、性が、ぬっと出てきてしまう。

「いや、天皇自身が自分を神だと言った記録はない。事実ヒロヒトは、天皇はシステム論でいいではないかと側近に言った、という記録も……ありますよね、スペンサー先生?」

スペンサー先生は、虚を突かれて、クリストファーに注意するのを忘れる。クリストファーはこういうやり方がとてもうまい。

「ある」

スペンサー先生は言った。

「天皇を神に祀《まつ》り上げたのだって、軍部や元老《ゲンロー》です。そうでしょうマリ?」

私?　急に私⁉

私は……

早く何か言わなければという切迫感にとらわれた。あの氷のような淡青色の瞳が、まぶしそうな表情のなかにあって、それを見ていると答えをすぐ出さないと、彼が私に興味を失いそうで怖かった。

「そう……ですね」

私は思わず、素の自分の考えを言ってしまった。言った瞬間に、決定的なミスを犯したのがわかった。私がこれを認めたら、私は自分の立場を放棄して相手を肯定したのと同じことだ。ディベートとしては、致命的だった。致命的にして、この期におよんであやふやだ。私には、天皇が何かいまだにわからない。

嘆きが私にやってくる。

ああ、

などてすめろぎは人間《ひと》となりたまいし。

などてすめろぎは人間《ひと》となりたまいし。

などてすめろぎは人間《ひと》となりたまいし。


これは、三島由紀夫の『英霊の聲《こえ》』の中の一節で、英霊が霊媒《れいばい》の口を通して現れ、天皇のいわゆる「人間宣言」に対して吐いた呪詛《じゅそ》の言葉だ。ディベートのための勉強をしているとき読んだが、この痛切さが忘れられなかった。あらゆる資料の中で、これがいちばん心に刺さった。『英霊の聲』は、二・二六事件で天皇親政を切望して逆に皇軍に討たれた青年将校たちと、第二次世界大戦中の特攻攻撃で死んだ兵士たちの霊が、霊媒の口を借りて語り、天皇が戦後自らの神格を否定したとする「人間宣言」を嘆き呪詛する短篇小説である。神を信じて殉《じゅん》じたのに、その神自ら、神を降りると言い出した。命まで賭《と》した我らに対するそれほどの否定と侮辱があろうか。その神が自ら降りてしまったら、神のために死んだ人間の魂は行き場をなくす。その行き場をなくした魂たち――英霊と三島が呼ぶ存在たち――が、ただ一点、天皇が自らの神格を否定したことをのみ、恨むと言う、そういう小説だ。

日本が戦争に敗れたことでもなく、その後の親米と拝金一辺倒の社会でもなく。天皇が人となって自分たちが死んだ意味が無になったこと、ただ一点を、永劫に恨み続けるのだ。彼らは何度も何度も言う、「などてすめろぎは人間《ひと》となりたまいし」。その有名な繰り返しは、重い恨み言であり、裏腹に痛切な片恋のようでもある。しかし私の心をとらえて離さなかったのは、長い台詞の中のこんな一節なのだった。

もしすぎし世が架空であり、今の世が現実《げんじつ》であるならば、死したる者のため、何ゆえ陛下ただ御一人《ごいちにん》は、辛く苦しき架空を護らせ玉わざりしか

あるいは、

そを架空、そをいつわりとはゆめ宣《のたま》わず、
(たといみ心の裡《うち》深く、さなりと思《おぼ》すとも)
……
神のおんために死したる者らの霊を祭りて

ただ斎《いつ》き、ただ祈りてましまさば、
何ほどか尊かりしならん。

英霊たちは、天皇に殉じたことを、他ならぬ天皇に裏切られたと感じる存在たちである。そのことは私にも理解できる。しかし英霊たちは同時に、天皇の統治した国家と天皇の治世というべきものを「架空《フィクション》」と言っている。これは天皇を架空と言っているのか、およそ神話というものはフィクションであると言っているのか？　それに彼らが天皇に望むこと、「神のために斎き祈る」などは、神官に望むべき態度であって、神に望むそれではない。つまりは、英霊たちも、彼らが呪詛しまた告発しようともする天皇が何だかわかっていない。つまりは神じゃないと知っていて騙された可能性がある。知っていて騙され、結果にも裏切られたら、その恨みはどこへやったらいいのか。それは究極の自己否定になるまいか。

むろんこの作品じたいがフィクションだと言ってしまうのは簡単なのだ。が、そう一笑に付す気には私にはなれなかった。この混乱は、日本人に今でも広く持たれ、私自身をもいまだ困らせる混乱であると感じたのだ。誰もあえて言葉にしようとしなくなっただけ、より厄介だった。それは私の母にもあり、私にそっくり引き継がれた混乱だった。しかし答えのなさに誰かが正面から立ち向かわなければ、次は因果がまったくわからない者たちに空虚さが継がれていく。その痛みは私の痛みだった。その混乱と痛みに、アメリカで私は丸ごと直面していた。そのとき私には拠《よ》って立てる場所がどこにもなかった。私には、拠って立てる国や文化のアイデンティティがなかった。

すべての神話はもしかして架空かもしれない。しかし、すぐに架空の底が疑えてしまう架空は、架空の作り方としては失敗だったのではないか。そもそも失敗の上に私が立つのだったら、私はいったい、どこに立っているのか？　私はいったい、どこから来た何者なのか？　日本の対米輸出が黒字超過になろうと、日本がそれこそ日の出の勢いで経済成長しようと、私にはこの答えがない。

そんなとき人はどうしたらいいのか？　仮に嘘だったとしても、一度大々的についた嘘ならつき通してくれと懇願するのか。

しかし、誰に？

「人間宣言」をその名において発布した、ヒロヒトつまりは昭和天皇、に？

困ってしまうのは、天皇自身は一貫して何ひとつ、宣言していないということだ。神であるとも言っていないし、それでも神と信じてくれた人たちに対しては、自分は神ではないとご丁寧に言ってやった。それだけ。まことにタイミング悪く、言ってやった。しかして、人間であるとも言っていない。

いわゆる「人間宣言」は「昭和二十一年年頭の勅書《ちょくしょ》」と冒頭にあるだけで、「人間宣言」はメディアが勝手につけたタイトルだろう。「朕は人間である」などとはひと言も言っていない。「臣民」でなく「国民」という言葉が天皇の言として初めて使われたことが画期的な勅書だとはいえ、それは天皇が戦後の様子を嘆くというトーンが最も色濃く、長い戦争が敗北に終わった結果、国民がややもすれば焦りや失意に流れやすいなどといささか他人《ひと》ごとのように語られたのち、朕と国民との絆は信頼と敬愛であり、神話と伝説ではない、などと淡々と続くだけで「私は神ではない」とさえ言っていない。

けれど天皇が神だと言ったのも、もともと天皇自身ではないのだ。

だったら軍事裁判が軍部や政治家を罰するのは理にかなっている。神であるというのが、うまくできた嘘の広告であったなら、その広告の作り手を罰するのは。

天皇に宛てたつもりが、いつの間にか行き先が変わる。こういうすりかえのブラックボックスのような機能そのものが天皇をめぐって在る。彼らがつくった天皇制とは、そういううまいシステムでもあった。軍部や政治家はそれを利用していた。いわば彼らは最初から、天皇をシステム論的に使っていた。天皇を。

まさに方便！　天皇そのものが。

軍部や政治家たち自身が、わかっていた。

「彼らはわかっていたんじゃないのか」

私は思わずつぶやいた。そのときにも丁々発止《ちょうちょうはっし》、観衆まで巻き込んでかけ合っていた私以外の肯定側と否定側とスペンサー先生が、すべて、止まった。

「なんだってマリ？」

「わかっていた。天皇が神でないことくらい、わかっていたんだよ、天皇を神と言った人たちは」

私は言った。

「それが私たちの、負けた理由なんだ……」

私は崩れそうな体を、かろうじて立たせていた。

「負けた理由は、最初からシステム的にあった……天皇をめぐるシステムに」

そんな私に、クリストファーが優しく言った。

「マリ、きみが言っているのは、日本の人民《ピープル》は天皇が神でないことを知っていて、それを信じてるふりをしていただけなんだ、という意味だね。つまり、天皇が神として日本国を支配などしていないことをみんなわかってた、ということだね？」

それに対し、私は、逡巡《しゅんじゅん》したのち、黙ってうなずいた。

涙がこぼれそうになった。自分の中で、敗戦という事実が、骨身にしみた一瞬だった。それを私は、逃げ切れないことをさとった草食獣のような従順さで、認めた。

「マリ、何を言ってるんだよ！」

アンソニーが私を激しくたしなめ、クリストファーに対しては反論を試みる。

「神であることと主権者であることはちがう！　私のチームメイトは混乱している」

「そこをあえて混同していたんだと思う、あの時代の日本人は。今にはじまった混乱じゃないんだ」

私は、独り言を言うように、言った。アンソニーが絶望的な顔になって、私は自分が言ったことの罪深さを初めて理解した。私のしたことは、アンソニーに対する裏切りだった。今までチームだったのに、チームの責任を放棄したに等しかった。けれど、私にとって、真実はより重要だった。

スペンサー先生が言う。宣告のように。

「マリ、きみは自分が何を言ってるのかわかってるのか？　天皇に戦争責任はないと認めてるんだよ。立場の放棄だぞ」

私は疲れはてて、こう言うのが精いっぱいだった。

「私は……知りたかっただけです」

もうぼろぼろだった。

「はぁ？　何を言ってる？」

「神であることと男であることは、関係がないと」

脈絡がつながらないのは自分でも知っている。

「そんなことはわかりきっている！」

そう、そんなことはわかりきっている。でも日本人が、そこを関連づけて受け取っていたのが私には不思議だった。方便で神にした天皇を、いつか本気で崇め、あるいは神と崇めるふりをして、そしてその神は、男でなければならないと思いこんでいた。戦争をする、男神でなければならなかった。関係ないことどもが、なぜかみながっちりと固まった。

それは、どういう時代だったのだろう？

男というシンボルのもとに結束せねばならなかった時代。すなわち「戦争」の時代。軍神は男の神でなければならなかったのだ。

ことは、天皇問題よりも大きい気がした。

「その神は偽物《フォーニー》だったと君は言っているのか？」

「神は……神は全部偽物じゃないですか？　フィクションでしょう、もともと？　天皇だろうとキリストだろうと。ちがいは神として語られた歴史が長いか短いか。ラジオやテレビがあったかなかったか」

その瞬間、そこここから痛いほどのブーイングが飛んだ。この瞬間が、私がアメリカに来て、最も強いブーイングを浴びたときだったかもしれない。

これほどの敵意を一身に受けたことはなかった。

それが、キリストに関することであるなんて。

驚いた。この物質文明のアメリカの人びとが、生身の大工の息子だったとほぼ認められている、イエス・キリスト《ジーザス・クライスト》という人を本当の本気で神だと信じているのだった。一人の生身の人間の神性を信じているという点で、彼らと戦前の日本人の間にどれほどのちがいがあるのか。むろん大きなちがい、ということもできる。

しかしそのことは善いでも悪いでもなく、裁かれるべきでもないはずだ。

なぜ、私たちの神だけ裁かれようというのか？

「マリ、君は役割を完全に放棄している。君はいったい何がしたいのか。私はこのディベートに勝つことが君の進級の条件だと言ったつもりはない。ただ、歴史を理解し、立場を理解し、ルールに則《のっと》って、論じれば点はあげた。なのになんだ！　与えられた役割を放棄するなんて！」

「お願いです、教えてください、スペンサー先生。イエスは、イエスは生身ではなかったのですか？」

「神のひとり子だ」

現人神《あらひとがみ》とどうちがうのだ？　一神教の神の根拠も、書物《バイブル》しかない。『古事記』が根拠というのと、どこがちがうのだ？

「生身ですよね？　この世に肉体を持って現れた神、だという天皇と、どこがちがうのですか？」

「イエスの家系が今でも続いているなんていうナンセンスは、ないだろう⁉」

「ナンセンスとは……失礼じゃないですか！　そこはバイブルから意図的にカットされたのかもしれないじゃないですか！　記録されなかっただけかもしれません。マスメディアはなかったから。あるいは、教会が権威だったから」

「マリ、あなたはキリスト教を侮辱している」

「あなたこそ……あなたたちこそ、自分たちの神が唯一の神のように！」

「そのとおりじゃないか」

スペンサー先生は、一片の疑いの余地もないことのようにはっきり言った。

「君だって本ディベートを始める前に聖書に手を置いて誓った」

「あれは……。あなた方の慣習に従ったまでです。従わせておいて意味を持たせないでください、卑怯《ひきょう》です。私は仏教徒ですし、キリスト教徒ではありません」

「仏教徒？　私は君がブッダを語るのを一度も聞いたことがない。それに君の国では天皇が神だったのではないのかね？　話がめちゃくちゃすぎるじゃないか」

「私は天皇が神だとは思いにくかった、とさっき言いました」

「あなたの両親や祖父母はどうだ？」

「……わかりません」

「こちらこそ、日本人がわからないな」

「私が言いたいのは、イエス・キリストが神への唯一のドアであるはずがないでしょうということです」

「唯一のドアだ。と私たちは信じている」

観衆も、そこここでうなずいていた。私はもう、何を言っていいのかわからなくなった。世界一合理的な人たちが、そろって奥底では究極の不合理を信じているようにしか見えなかった。私は一生分の言葉を費やしても、この状況を打破できず、沈黙し続けるような気がした。分厚い壁に取り囲まれて息が苦しくなっていくようだ。沈黙が、肌を圧迫してくる。

「だったら、キリスト教徒しか救われないというのですか？　キリストその人は、愛を説かなかったのですか？　イエス・キリストの言った『汝の隣人を愛せよ』の隣人は、キリスト教徒に限ってってことですか？　キリスト教徒でないから原爆を落としてよかったのですか？　キリストは、一度だって、人を裁いたでしょうか？　……彼自身が、人に裁かれたではないですか？」

「本件とは関係ない《イレレヴァント》！」

スペンサー先生が、いきなり吐き捨てるように言った。

「ここでディベート用語ですか⁉」

今までさんざんちがう話をしておいて。

「あなたがディベートということを忘れていただけだ」

「スペンサー先生、あなたも、忘れたではないですか」

「君につきあっただけだ。マリ、言いたくはないが君は救われ難い」

ここで私は単位が取れないことを確信した。どうしていいかもわからなかったが、もう、ディベートにしがみつく理由もなくなった。

明日の飛行機で東京に帰ってもいいのだ。たとえその先に未来がないとしても、ここより寒くなくて敵意が少ないところならそれでいい。もうたくさんだ、こんなのは。私は眠りたい。家の中で暖房なしに眠り込んでも凍って死なないようなところで、眠りたい。それができないなら、せめて思いをぶちまけたい。

「救われるって、誰にですか？　キリストにですか？　それを言うなら、キリストが私たちの罪を背負って死んだのだから、私たちみんな、罪がないはずではないですか？　なぜ今でも争うんですか？　キリスト教徒じゃない人たちがいるからですか？　キリストはそんなことちっとも望んでなかったと思いますね！　それに、アメリカにだって、内戦《ザ・シヴィル・ウオー》があったじゃないですか！　同国人同士！　キリスト教徒同士！　南北内戦《ザ・シヴィル・ウオー》での南北両軍のアメリカ人戦没者数は、第二次世界大戦のアメリカ人戦没者より多く、その霊を慰めるためにリンカーンは『人民の、人民による、人民のための政府』という考え、民主主義《デモクラシー》の概念を、発明しなければならなかったんでしょう!!」

私は、なけなしのキリスト教の知識を総動員して言った。小さな頃、日曜学校に行ったことがあったり、ミッション系の学校に行った友達の受け売りだったりした。どうしてこんなに神についてそしてキリスト教について言い募るのか、自分でもわからなかった。ただ泣きそうなほどの切実さで、私は訴えていた。

「本ディベートを打ち切るぞ」

スペンサー先生がいらだって凄《すご》む。

「□!」

私は、「I《アイ》」と言おうとした。

Iという音がどうしても出てこなかった。「私は」という意味はあるのに、Iという、たった一言が出てこなくて、Iは奈落《ならく》への穴のようになった。私を表すのがIなのに、Iは私を入れる穴のようだった。その穴を目の前にして、私は立ちすくんでいた。

二〇一一年三月　扉

アメリカに行った年から十八年の間に、私は高校を卒業し大学を卒業し結婚し離婚し物書きになった。アメリカから一年で帰ってきたとき、私の母は、なぜだか中途入学や転校がひどくむずかしい日本の高校に私の受け入れ先を見つけることに成功し、私の学歴は途切れることなく続いた。離婚はともかく、経歴的には大した瑕《きず》はない。でもうわべをひたすらよくとりつくろう癖は、アメリカで敗北したと思っている負い目からだろう。そんな間にバブルが列島を席巻《せつけん》し行き着くところまで行き、父が死に会社がつぶれて残った家族は都落ちをし、バブルは膨らみきって勝手にはじけ、ざまあみろと言いたいところだが移った家の資産価値も暴落し、私たちに移動の自由はなくなった。今の状態で密閉されたかのごとき息苦しさに、言葉を与えることができない。私は、食えたり食えなかったりの物書きで、食えなければ実家に帰るということを繰り返し、誰かとつきあい、暮らし、壊し、つきあい、壊した。母親との間には一見、何もないかのようだった。お互いに、決して語り合おうとしない領域がある以外は。

それがアメリカだった。

なぜ私をそこへ送ったか、母は、行く前も、行った後も、一度も私に説明したことがなかった。何を望んでいたのか。私に何を見て、どうなってほしかったのか。

決して語りえないこと。そのもうひとつが天皇で、天皇とアメリカはまるで双子だった。

ひとつたしかなことがある。私はアメリカから逃げたということだ。私はアメリカに負けた。ディベートに挫《くじ》け、アメリカから逃げた。

そのことは強烈な負い目になった。そのうえ、同年代にも下の世代にも、そんな類の負い目を持った人は、いなかった。戦争などとっくの昔に終わってしまったのだと、誰もが信じていた。母は、終戦後ではなく、嫁ぎ先の家を失ってから、心を病んだ。あるいはそのときが、彼女にとっての本当の敗戦だったのかもしれない。私はといえば十五で経験した〝敗戦〟から三十年間、虚無を生きてきた。本当は日本人のすべてが、こうだったろうと言わんばかりに。しかも、おそろしく無自覚に、無言のうちに。

＊

いつか見た、壊れる曼荼羅のことを、私は記憶の奥深くに封じてきた。それを、再び見たのは二〇一一年三月十一日未明のことだ。三十年という月日が経つことを、三十年前には決して知らなかった。

潮見よ、という声を聞いた。

「目覚めよ、潮見よ」

そのとき曼荼羅が爆発して、閉じたまぶたの中で目を灼《や》くような眩《まぶ》しさと、体の熱さで目を覚ました。汗をびっしょりかいていた。夢だと言い聞かせて自分を落ち着かせた。

大地震と、大津波と、原子力発電所の事故が起きたのは、その日の日中だった。それこそは、夢であってほしかった。

大災害が起きたその夜、夫は夜中に歩いて会社から帰ってきて、二人で呆然とテレビを見てから、抱き合って眠った。舟の上に横たわっているようだった。

またも私は曼荼羅の夢を見て叫んで起きた。

潮見よ、という声がまた聞こえ、起きても頭蓋の中でこだまして気持ち悪かった。

起きだして、水を飲もうとする。水道をひねってもこのへんは埋立地の液状化でインフラをやられて水が出てこないのを忘れている。わずかな買い置きのミネラル・ウォーターをペットボトルから飲む。我慢するには喉が渇きすぎていた。

ふと、食器棚のガラスに映った自分を見ると、片耳がなかった。悲鳴を上げて、ちゃんとした鏡で見る。

左耳が、なかった。

なのに手には、耳の感触がちゃんとある。

寝室に戻り、夫を起こした。さわってもらった。見てもらった。両耳あるよ、大丈夫だよ、怖い夢を見たんだね、と夫は言った。

朝起きて、彼に耳を見せた。

「ちゃんとあるよ」

彼は言った。

私は洗面所の鏡を見た。

鏡の中で、私の左耳は、やはりなかった。なのに手には左耳の感触がある。

この鏡像は、純粋に私だけに見えていることのようだった。余震が続く中で、私は考えていた。

足元は、まるで波のように揺れていた。

その夜、夢か現《うつつ》か、私は海上数メートルのところに浮いていて、幾多の霊とともに、波を見、波が作られる前の水の集積《マス》を見、遠くに原子力発電所を見ていた。

——もうすぐ三十年だ。

「何から？」

半ばわかっていて、私は訊いた。

——あのディベートだ。

「ディベートなんて関係ない。もうなんの関係もない」

——三十年という月日が経つことを、三十年前は知らないな。十五や十六であればなおのこと。

——霊には一瞬だ。あるいは、霊にはそれは、永遠だ。永遠にも近い刹那《せつな》、我らは待ったのだ。

「何を？」

——我らの神が再誕して我らを救うのを。

「それが私なわけは」

——もちろんない。

自分がいかに凡庸であっても、他人からはっきり言われるとむっとするものだ。

——しかし神が再誕するのに、そなたが必要なのだ。

——われわれは、物語を必要としている。われわれには、新しい物語が必要なのだ。

——あなた方にもだ。

「私たち？」

と私は訊いた。

——そうだ。

——そうだ。

——お前たちは物語をなくしてしまっただろう？　私たちと同じように。物語を持たない存在は、本当は、生きていないのと同じなのだよ。

——お前はこの国の象徴だ。かつての敵国に物語を奪われてしまい、それが彼《か》の地でまだ凍りついている。

私が話している者たち。それが英霊と言われる存在であるのを、私はわかっていた。しかし英霊は、私が思っていたような、死んだ兵士たちだけではないのだった。死んだ市民や、もちろん原爆で焼かれた人も、一瞬にして蒸発して果てたような人たちもいるし、戦争中の自分を恥じている者たちもいた。つまりは亡霊であるが、その亡霊は、今も生きる者たちの霊さえ含まれるのだ。彼らはみな、騙されたと思っている人たちで、騙されたという気持ちほどに強い自己嫌悪はないのだった。

「私にはそんな特別なことはできない」

――特別ではない。

――あなたが選ばれるのは、あなたが空っぽだから。

またも私の心は傷ついた。私が選ばれるのは、私が空っぽだからとは。誰がそんなことを言われて、なおかつ大変な役割を引き受けたいだろうか。

――役はまだ、空位であなたを待っている。

――戻れ。

そのとき誰かが歩み出て私の手をとった。ちゃんとした感触を持つ、大きくて強い手だった。

「乗れよ」

「あっ！」

それは、一九八〇年の初夏に、私が出逢った暴走族の少年だった。なぜだか暴走族が特攻服と呼ぶ独特の出で立ちで、すっと立っていた。特攻服は、なぜ特攻服というのか。それが無駄死にするための装束《しょうぞく》だからだ。サテンでできた、着物のような前合わせの服は、スピードで風を切るのにはいかにも無防備だ。やわらかな肌をさらすようなものだ。そのうえ特攻服にはむずかしい漢字がズラズラと刺繍《ししゅう》されていて、まるで、死者を弔《とむら》う経文のようだ。

「生きて、いたの……？」

ちがう。交通事故で死んだ。死んだからこそ、ここにいる。ここにいるのは、霊たちだけだから。

「顔を見せて」

私は彼の頰の陰になった側に手を伸ばした。それが月のあかりに照らされると、美しい顔が現れた。私は泣いた。十七歳、美しい盛り。

「もう痛みはないの?」

「痛むのは、ここだけだ」

彼はハートの位置を拳でさし示した。いかにも、かっこつけた少年がしそうなしぐさで。

「わかった」

たとえ私が何者であれ、何者でなくても、私は縁ある死者を、そして使者を、とむらう義務があるはずだった。そしてもはや一刻の猶予もならないはずだった。曼荼羅の核は、壊れかけなのだ。

「行きましょう」

あの日の2ストロークエンジンの高音が空気を切り裂いた。白煙、そして少し甘い独特の排気の匂い。エンジンオイルをガソリンと混ぜて燃やすから、この独特の匂いがするのだと彼に聞いたのを思い出した。

きけわだつみのこえ。

きけわだつみのこえ。

バイクを運転する少年は、でたらめなメロディに乗せて歌う。それを、背中にぴったり左耳をつけて私は聴いている。左耳は、ただの穴で、背中につけるには都合がいい。そうすると、私の全身が耳みたいに震える。

幾万もの馬の蹄《ひづめ》の音。飛行機のエンジン音。音というより振動として体に伝わるそれらの音から、彼の歌や息遣《づか》いを聴き分けるために、私は左耳をぴったり彼の背中につけるしかない。

バイクは光の玉たちと、洋上数メートルのところを飛ぶように走る。

——来るのだ。来るのだ。来るのだ。

英霊たちは、口々に話をする。男たちの声ばかりと思っていたが、どこかに女の声もまじっている気がする。

——お前の片耳は預かった。

——しかし、本当に失ったのは、耳じゃない。聲《こえ》だ。

——見ろ曼荼羅の核が壊れる。壊れる壊れる壊れてしまう！

振り返るとそこにフクシマがあった。

——潮を見ろ。

——取舵《とりかじ》一杯！

声たちの大きさに、私は耳をふさぐ。

——その耳をふさいでも無駄だ！

——その耳ではない。もっと特別な耳なのだ。

声たちがまとまった。

——三十年前に、耳を葬ったことがあるでしょう。

あっただろうか？

私が耳を葬った……たしかにあった。

あのヘラジカの仔の耳。私はそれを冷たい土に埋めた。

――あの耳を得なくては、聲《こえ》は聞こえない。

――あの耳がなくては、聲は出ない。

――あの耳がなくては、〝I《アイ》〟は、失われたままだ。

――ディベートに戻って。持ち場を放棄しちゃだめ。


気づくと私は、メイン州のホストファミリーの家の裏に立っていた。月は満ちて真白く冴え冴えとし、白い大地を発光させていた。氷と交じってざらついた質感になった雪でどこまでも覆われた風景は、ちがう惑星のようだった。

また、あの人にお別れを言えなかった。でも、別れを言わなかったのならまた逢えるかもしれない。

私もまた、英霊たちのようなものかもしれなかった。半霊半身となっていて、身体の密度は薄く、密度の散らばりを変えることができた。土を掘るときには、手だけに密度を集中させた。すると目はただ透明な視点になる。あたりは真夜中で、州道を通る車さえまばらだ。向かいの低地の公立ハイスクールの金網は凍りついている。氷そのもののような粗い雪が、月のかけらのようにきらきらと舞っている。


寒いはずなのに、寒くない。

寒かったりするのは、感じる密度があったからだ。

私は死んでしまったんだろうか。それでもいい。私は私を救うのだ。そして、英霊が正しいのだとしたら、彼らも。

耳を埋めた場所を掘り返した。そこに長方形の小箱が埋まっていて、中に、仔のヘラジカの耳が入っていた。箱に入れた記憶すらないのに、箱の中には、耳、たむけの花、そして、石が三つ。花は、新しいままこの国の寒さで保存されたのか、まだ生花のようだった。切り取られた耳も、まだみずみずしかった。

耳を手に取り、頬に寄せた。凍った土の下に埋まっていたのに、まだぬくみを残しているかのようだった。私は、それを感じるとまるで自分が幼子を失ったように涙を流した。慟哭《どうこく》した。あまりに激しく泣くと喉が笛のように鳴るのを私は知らなかった。風に鳴る笛のような慟哭は、風に乗った。

「やあ。もういいか」

私に声をかけてきた者があった。結合双生児だった。いま彼らはリ、ア、ル、に存在しており、雪の中に足跡を残してきていた。それは果てしないスタンプのように遠い遠い地平から連なり、彼らがいったいどこから来たのかを、逆に隠していた。

「行こう。扉を開けよう」

彼らは私に言った。

「なぜ開けられるの？」

「俺たちが扉の神だからさ」

「扉の神？」

「人間は、異次元をまったくちがった場所だと思ってる。が、ちがう次元とは、扉一枚の向こうなんだ。扉の数だけ、扉の神がいる。ということは、人間の想像力の数だけ神はいるということだ」

「イエス・キリストが唯一の扉では、ないの？」

「当たり前だろう。他の誰より、イエスがそれを望んじゃいないさ」

二人で……三人でといおうか――ホストファミリーの家の玄関の前に立った。

「いいことを教えてやる。玄関、と漢字《チャイニーズ・キャラクター》で書くだろう、あれは、眉間《みけん》にある扉ということだ。そこを開けろ」

兄が謎に満ちた言い方をする。

「意味がわからない」

「導かれるままにしろ」

「劇場に、劇空間に入る前の部屋があるでしょ？　扉と扉に挟まれた小部屋」

双子はいつになく二人ともがしゃべり、やがて兄のほうが、思わせぶりに笑った。

「ヒントはここまでだ。あとは、おまえがやるしかないこと」

「わかった」

なぜか、今は彼らの言葉を素直に聞ける気持ちがした。ずっと、敵か味方かわからなかった彼らを。

「おまえ、宙に吊られた死体を見たことがあるだろう」

彼が言った。

「ある」

「あれは、象徴なんだ」

「なんの？」

「忘れられた人びと」

「おまえたちが快適な暮らしのなかで、忘れ去った人びとさ」

「………」

胸がしめつけられた。

「何してんだよ。開いたぜ?」

ドアは開いていた。玄関のところに敷かれたネイティヴ・アメリカン・アート風のマットの上に寝ていた犬が首をもたげて、私たちを見た。そして、何かに魅入られたように、黙った。

私は、今宵《こよい》ずっと訊きたかったことを双子たちに訊いた。双子たちと私はすでに、家の内と外にいて、私は、「敷居をまたぐ」という古い日本語のことを考えた。一歩、線を踏み越えて、私は別次元に行く。後戻りは、もうできない。ここからは独りだ。

「なぜ、私を助けてくれたの?」

最後に私は訊いた。結局のところ、彼らは私を助けてくれた。

「あんたが希望だから」

「希望? 私が?」

「俺たちもまた、プリズンに囚《とら》われているからだよ」

「あなたたちが……私も?」

「俺たちは、植民地の甘い汁を吸った現地人の子だ。どんな植民地にも、俺たちの祖先のような奴らがいた。それを憎んで、俺たちは投獄した。自らを」

植民地の甘い汁を吸った現地人。なぜか日本には戦後、そんな人ばかりができた気がする。なぜなのかは、本当にうまく言えない。

「解放してほしい。おまえ自身を」

「解放してほしい。罪人たちを」

双子が両方とも話すのは、やはりめずらしいことで、私は彼らをまじまじと見てしまった。どれがどちらの言葉か、しまいにはよくわからなくなった。

罪人とは誰なのだろう。

私は双子をそこに残して扉を閉めた。

ひとつ、わかったことがある。

英霊とは、忘れられた人びと、そして忘れたい人びと。だったら、日本人全員、私も例外でなく、そうじゃないだろうか。


双子と別れるとき、不覚にも、涙がこぼれた。

家に入ると、外では忘れていた底冷えが私を襲い、私は芯《しん》から震える。ニューイングランドの家は、日本人が「アメリカの家」という言葉から想像するものよりずっと小さくつつましやかだ、と思う。私が育った高円寺の家より合理的で、不可思議な空間が存在しない、という意味では、日本の建売住宅のようですらある。ああ、これが日本の建売住宅の先祖かもしれない。豪邸というのは、もっとあたたかい土地の特権かもしれない。だから、カリフォルニアのビヴァリーヒルズだの、フロリダのマイアミだのにあるのだ。ニューイングランドやカナダで豪邸を持ったら、暖房費がかかってしようがない。それこそ、寒々しい家になる。城がないアメリカでは、寒い土地に豪邸を建てないのかもしれない。犬が、私を見た。黒いレトリバーだ。大型犬さえ寒すぎて家の中で暮らす土地。

犬は、魔法にかかっているようだった。

いい子ね。ありがとう。

私は犬の頭を撫で、この犬の頭を撫でたことが一度もなかったことを思い出す。首筋を揉《も》むと、犬は、きゅうと鳴いた。

昔いたアメリカの家の中を歩くのは、失った高円寺の生家を歩く感じに似ていた。夢の中で夢と知って動く感じ。感覚は何もかもリアルなのだけれど、粒子が、たった今洗われたようにきらきらしている。ものはみな内側からの光でできているように見える。板張りの玄関の床は、ところどころ塗装がはげ、木目が荒れていたけれど、それが味でもあった。ホストファミリーは、そういえば靴を脱いで家に上がっていた。靴が雪で濡れるからかもしれない。それは、アメリカでは靴を履いたまま家に上がるのです、などと一概《いちがい》に言えない部分だ。人間の多くのことは、気候や風土、つまりは太陽や水からの距離で、決められている。人間の自由意志も文化も、それに比べたら小さなものなのかもしれない。

「失礼します」

私は、自分用の室内履きを持たぬ身なので、誰にともなく断って、土足で上がった。

玄関を入ると、廊下状の空間がL字形にある。正面へ五、六歩歩くと、階段が、左に歩くと居間とキッチンが、あった。ここの構造が、今思うと、育った家に似ていた。私は階段へと歩いて行った。

階段は古い木の造りで、踏みしめられて塗装はやはりところどころはげている。踏み板の中央は、人の重みのために少しえぐれた感じになっているが、しっかりしている。階段というもので私が好きなのは、手すりだ。手すりの部分に、その建物とつながれるかつながれないかがかかっている、そんな感じがする。手すりにさわった。そこにさわってきた人たちのぬくもりが感じられ、少しずつ角を丸めてきた木がつややかに光っている。私は左手をすべらすようにそれに触れながら、一段一段階段を踏みしめて上った。

私が寝起きしていた部屋は、階段を上がって左へと続く短い廊下を行って、二番目の扉だ。手前の扉は幼い兄妹の部屋、私の向かいは、夫婦の寝室。

私がいた部屋の扉を開けた。暗い部屋にはカーテンから漏れる外の明かり以外に照らすものはない。にもかかわらず、部屋全体がやはりあの、内部からの不思議なほのかな光で満ちていた。入ると右側に造りつけの机、机の正面の壁面に鏡。ベッドは、奥の壁際にあり、人形《ひとがた》にふっくらとふくらんでいる。

私は近づいて、寝息をたしかめた。〈私〉は私に背を向けて眠っている。息は、なかなかたしかめられなかった。

そのとき、体が、それ自身の重みに耐えかねるように、ごろりとこちらを向いた。

それは、現在の私の体だった！

そのうえ、息がたしかめられなかった。肌も冷たかった。

心臓が凍るような思いがして、私はただ息を詰める。動きが凍り、言葉もない。誰に助けを求めることもできない。

かろうじて感じられる体温らしきものが、さわる私の体温なのか、さわられる体のそれなのか、わからない。脈動も、自分のものなのか、この子のものなのか。

何かの気配を感じて振り向くと、鏡だった。

鏡に近づく。

鏡には。

鏡には、十六の私が映っていた。

憮然《ぶぜん》とした、寒そうな、十六歳の私。

鏡のこちらの私が何歳の私なのか、たしかめるすべは私にはない。

私にできることは、多くなかった。

私は微笑む、鏡に向かって。

「鏡には、先に笑え。そうだよね？」

あの子も、笑った。

「そう、それでいい」

私は鏡の私の眉間に触った。触ったところから鏡は、水銀のごとくやわらかくなり、指先が中に消えた。

「鏡の向こうに行けないと思うな」

私は自分にそう言いきかせながら、私を映した鏡に触れた。鏡には、鏡の中などありはしない。

「鏡に中はない。あるのは、鏡の、向こうだけなんだ」

言いながら手で押すと、あるようなないような水のような空気のような感触とともに、私はぬぷぬぷと鏡に入って行った。

鏡には、鏡そのものの中が、あった。そこには扉と扉の間の部屋があった。劇場で、外と演劇空間の間にある、光や音を吸う小部屋のような場所だ。観劇に遅刻すると、きりのいいタイミングまでそこで待たされる部屋。外でもなく内とも言えない空間。何もない空間。どこでもない場所。

光もなく音もなく、そこでは人は自分をたしかめられない。

そこでは人は、誰でもなく、何者でもありうる。

だからそこははじまりの、そして終わりの場所なのだ。

私の後ろに扉があった。私の前に扉があった。

私の前の扉を、私は開けた。

扉を開けると、鏡の向こうに出た。

鏡の向こうに出ると扉は消失し、そこには前にいたのと同じ部屋が広がっていた。

ただし、前の部屋とは鏡像関係にある部屋だった。ものの位置が反転していた。

振り返ると、四十半ばを過ぎた私が鏡に映っていた。

ベッドに歩み寄ると、十六の私が眠っていた。その寝息で布団《ふとん》は静かに規則的に上下していた。

左耳を見た。やはりなかった。

冬などとっくに終わって何度も春を迎えたと思っている私よ、
と私は自分に問う。

冬は本当に終わったのか?

知っている。冬は終わっていない。

終わったように見えたのは、私が冬から逃げ出しただけだから。

自分だけは、ごまかせる気がしていた。しかし、自分だけは、ごまかせなかったのだ。

そしてそのことから逃げるように、三十年間生きた。私の親たちが、戦争を忘れたふりして生きたように、私は失敗などなかったように生きた。表面上はうまく生きた。でも、どんなにうまくふりをしても、ふりは、ふりだ。私は投獄した。自らを、この北の大地に。

私は、まるで最初から決まっていたことのように、自分のベッドにすべりこんだ。

私は私にささやく。耳に、直接吹きこむように。

「ディベートをちゃんと終わらせるの。立ちすくんではだめ」

このとき私は知る。私はこの子を冬から救いだそうとしていた。でも本当は、私が、この子に冬から救いだしてほしかったのだ。そう願うしか私にできることは、なかったのだ。

そして私は私を抱いて寝た。二つの体は同じ大きさだった。どんな寒い土地でも生きている人間はぬくみを保っている。いま彼女の体温ははっきりと感じられ、その温度が私にしみてきて、私たちは境をなくしていった。

私は彼女の耳、声、そして透明な、器。私は意識そのものになって、それを感じていた。二つでひとつである私たちを。意識そのものは、眠ることがない。それは醒めてすべてを見ている。

少し眠る。彼女は私を忘れ、すべてを忘れ、やがて思い出すだろう。夜が明けると、ディベートの場に立つだろう。それは、進級できるか否かという、高校生にとって世界のすべてがかかったような問題だけれど、実際のところそれをはるかに超えたものを賭けた場なのだ。やがて彼女はそこが法廷なのだと、思い出すだろう。すべてのものは、彼女にそれを思い出させるだろう。

彼女はすべてを、思い出すだろう。

私と彼女は、ひとつに還るだろう。

一九八一年四月四日　最終弁論ふたたび

夜が明けて一九八一年四月四日。

アメリカ北東端、メイン州、吹雪の日。もちろん、桜吹雪などではない、正真正銘の、真白い雪が吹雪いている。

進級か、計二学年遅れとなる留年かを決定するディベート、その最終弁論に立つときだった。論題は『日本の天皇には第二次世界大戦の戦争責任がある』。

私の役目はそれを、肯定する立場を論証することだった。

最終弁論だけは、私が一人で立たなければならなかった。なにしろそれは、私という「客人《まれびと》」のために開かれたパーティなのだから。


反対尋問までは、茶番じみながらもなんとか体裁を保って進んでいた。構造破綻はなかった。反対尋問を構造破綻させたのは、他ならぬ私だった。よくわからないルールの中に放り込まれるとか、そういうストレスがいっきに爆発したのかもしれない。

語順のちがう外国語で予測のつかないことを、聞くだけで、あるいは用意した原稿を読むだけで、本当は精いっぱいなのに、そこから相手への突っ込みどころを探したり、逆に相手に揚《あ》げ足をとられたりする。自分がどちらの立場で、したがって何を言えば有利で何を言ったら不利なのか、常に思い出さなければいけない。

頭も体もぼろぼろで、もう、原稿が読めるかどうかも自信がない。

いや、最終弁論は、ディベート技術としては、比較的簡単なはずなのだ。反射神経テストみたいに言葉尻をとったりとられたりする反対尋問と比べ、言うことは準備されている。基本的には、一方的なスピーチである。

しかし、それより私を支配するのは無力感だった。無力感が私を立ち上がれないほどにしていた。限界に近くても、もし私がモチベーションに支えられていたら立ち上がれるのに。

どう考えても、天皇の戦争責任は、あって、ない。せめて、どちらかだと言えたら！

あると言えたら、「天皇に戦争責任はある」という立場にはむしろ好都合だし、それなら、立場が「戦争責任はない」だった場合、全部の論理を反転させればいい。

でも、私は、是が非でも「天皇に戦争責任はある」と言い続けてフィニッシュしなければいけない立場にいて、それがルールだった。それはスポーツと同じだった。歩み寄ることなどできないのだった。スポーツで、相手チームが好きになったからといって相手チームの一員となって得点することはできない。あくまで、自分が着たユニフォームの側につかなければならない。こう思ったとき私は初めて、アイスホッケー部のスター、クリストファー・ジョンストンがディベート巧者であったわけがわかった。

タイムキーパーが、時を告げた。休憩時間の終わりだった。

私は、ぼろ雑巾のような体を、椅子から持ち上げるようにして立った。

スペンサー先生が言った。何かを、言った。

何？　と振り返ろうとしたとき、傍らの誰かが私に何かを手渡した。ヘッドフォンだった。反射的に、私はそれを着けた。着けると、言葉が耳に、水のごとく流れこんできた。

「これより、被告人最終陳述を行います」

え？

これは〈肯定側最終弁論〉のはずだ。

それに今のは……日本語だった！　誰が日本語を!?

私はあわててあたりを見回す。一九八一年アメリカ。高校の単位をかけた授業のディベートの会場だ。

しかしそこに参加する人びとが、おもむろに仮面を着けはじめた。自分の役柄を示す仮面を。私にヘッドフォンを渡した上級生は、特徴のない若い白人男性の仮面にMPというヘルメットをすでに着けている。MPとは軍警察だ。ところどころにいる彼らの、仮面はみな同じ、若くおとなしい青い目をした細身のアメリカ男性。米軍は占領にあたって、日本人に敵意が低いと見てとると、戦闘体験のある者を本国へ引き揚げさせ、戦闘体験のない者たちを新たに日本へ送るという、人員の入れ替えを行ったという。日本人を憎む理由を持たない者たちには、日本人も憎しみを抱きにくいから。時々アメリカは、良くも悪くも感心するしかないことをする。ヴェトナム戦争のRTDやR&Rといい、この措置といい。

どうやらこれは仮面劇なのだ。それにしても、アメリカのMPがいるということは、これは占領下の日本のまねか？

だとしたらこれは……東京裁判？

あるいはそれを模したもの。

まさか本当に東京裁判をやろうというのか？

「さあ、仮面を着けなさい」

スペンサー先生が、彼とは似ても似つかぬ白人中年男性の仮面を着けて言う。彼の立場から想像するに、役はウェッブ裁判長ではないのか？　そう、写真で見たことがあるその顔が、パロディみたいに誇張された面になっている。ウェッブ。アメリカ主導の東京裁判にあって、天皇を訴追すべきだという立場を強硬に主張していたオーストラリア人。連合国も一枚岩ではなかったのだ。アメリカ主導の裁判でオーストラリア人が裁判長だったなんて、日本人は知っていたのだろうか。

相手陣営を見やると、クリストファーも仮面を着けている。あれは、キーナン首席検察官ではないか？　天皇の戦争責任を不問に付すべきだというGHQの意向に従い、東条英機から誰から証言の根回しに奔走したアメリカ人。東条英機以下、戦犯裁きをギャング討伐のように考え、プライベートではいささか酒が過ぎたという、血管の浮いた赤鼻のアメリカ人。

アンソニーもまた、仮面を着けて自陣営に座っている。そうだ、そういえば、日本人戦犯の弁護のために奔走したアメリカ人弁護士がいた。名前は……名前はたしかブレイクニー。

みな、時を超え個人をも超えているのに、役割だけはぴったり同じであるところが、なんだか可笑《おか》しかった。あるいは、そういうものかもしれなかった。人生とは、世界とは、仮面劇のようなものだと。みな、時を超え肉体という器さえ乗り継いで、同じ劇で同じ役を演じるためにこの舞台で出会うのかもしれなかった。だとしたら、連綿と続く同じ劇を、終わらせるためにこそここに会したのでありたかった。

私はふと、自分の顔に手をやった。やわらかい肌の感触がした。仮面を着けていない。緊張や寒さで手足が冷たく心臓が縮みながら痙攣《けいれん》的に脈打つときでも、顔の皮膚はやわらかい。しかし、私の顔が私自身の顔であるのか、たしかめるすべはどこにもない。私は今、私の顔を見ることができない。それは、仮面を着けているのと大してちがわないのではないか。割り当てられた役を知っているか知らないかのちがいだけで。

これが東京裁判で、局面が被告人最終陳述で、この雰囲気……ならば私の役は、この裁判の最も有名な被告人にしてA級戦犯、東条英機ではないのか。戦争指導者として極刑に処された陸軍軍人にして政治家。陸軍大臣、内閣総理大臣などを歴任した人。アメリカ人が、真珠湾攻撃の指示者だと決めて憎悪した人。軍部が独走したという戦争期の日本を象徴するようではあるが、象徴でしかない、そんな人物、東条英機が、私の役では。

演台の上には、私のための仮面が、凸面を下に、伏せて置かれていた。仮面というのは、伏せると、器や小さな舟に見えるものだと、まじまじと見て思った。

「仮面を着けなさい」

声がした。ヘッドフォンから耳へ。おかしな体験だった。ヘッドフォンから聞こえてくるとしたら、同時通訳のはずだった。しかし今、英語は聞こえず日本語だけが、直接私に語りかけられたのだ。どこか聞き覚えのある、遠い声で。

私のために用意された仮面を手に取り裏返して、衝撃を受けた。

それは、顔のない面だった!

白い、顔のない面。

目の切れ目が細く刻まれ、鼻の穴が小さく穿たれただけの、顔なしの面。

それからは、私が仮面を着けたのか、仮面が私についたのか。仮面は、吸い付くようにぴったり私の顔を覆った。

それと、何かを言わなければと思った私が〝I〟と発語したのは、ほぼ同時だった。そのとき、降り注いだ、私に。

すべてが。

I……私は女、私は男、私は子供、私は老人。

I……私は裁かれる者、私は告発する者。私は滅ぼした者、私は滅ぼされた者。

Iとは、すべてのひとの一人称である。

私は何者でもなく、何者でもありえ、そのすべてで、同時にありうる。

“I AM THE PEOPLE.”

私は言っていた。一人なのに複数。それはおかしなことだ、しかしそれが、私のまったきリアリティなのだ。

「何をとち狂ったことを言っている。狂ったふりをしてもあなたは無罪放免にはならんぞ」

ウェッブ裁判長の仮面のスペンサー先生が口角泡を飛ばして言った。

「あなたの役は決まっている。天皇ヒロヒトだろう！」

そうだったのか！

私は、仮面の後ろの透明な意識として、ひそかに衝撃を受けた。

言われてみればそうだ。この人は天皇を裁きたかったからこそ、裁判のやり直しを切望したのだ。

私が昭和天皇の役であるなら、ヘッドフォンから聞こえてくる声たちは、なんなのだ。陛下のそれとは思われない。あの玉音放送の甲高《かんだか》い声ではない。ひとつのチャンネルに声がいっぱい。しかし、しゃべっている複数の人びとの中から、私には拾うべき台詞がなぜかわかってしまい、それらを自分の声で次々とすらすら英語に通訳してゆく。逆に言えば、一度にひとつを拾うしかできない。それが、肉体を持つということの意味、個という意味に思えた。一度にひとつしか言えないということ。

「天皇は、ただの役にすぎない」

私は言う。

「だからそれが仮面劇だと言っているのだ。我々はみな、与えられた役を演じる役者なのだ。時を変え場所を変えて何度もめぐり合い、何度も同じ劇を演じる。いかに茶番じみていようと、演じられる必要があるからだ。私は最初から、東京裁判には天皇を被告として喚《よ》ぶべきだと思っていた。最高責任者を裁かなくて誰を裁く？　ここに念願がかなって、東京裁判の続きができることになったのでね」

ウェッブ裁判長役のスペンサー先生が応《こた》える。

「我々は往々にして、仮面に同一化しすぎてそれが役だと気がつかない。天皇陛下は、それが役目だと目覚めて生きているという意味で稀有《けう》な方ではなかろうか。すべての役には、役を役たらしめる力がある。その力に呼ばれて、私たちは来た」

私は言った。

「『私たち』？　あなたは誰なんだ？　一人なのに、複数？　ハッ！　ナンセンスである！　あなたに、主体というものはないのか。あなたの役はヒロヒト。これが劇である以上、せめて役柄くらいは、個人の責任でちゃんとやってくれんか」

案の定、ウェッブ裁判長の面を着けたスペンサー先生が返してくる。

私は落ち着いている。

「個人の責任で、ね。一人の語り部が、一人の言葉を継ぐとは限らない。一度に一人分しか言えない、というだけだ。語り部とは、器なのだ。無限の、器なのだ。私は主体ではない。私は客体でもない。私は、通訳だ。すべての個体は通訳なのだ」

そう、私は、仮面の後ろの私は、通訳だ。透明な意識を持ち他者の言葉を取り継ぐ。しかしへッドフォンから聞こえるこれらの声の持ち主は誰なんだ？　とてつもなく大勢のようであり、男がいて、女がいて、少年がいて少女がいて老人がいる、そんな声たち。

「通訳！　通訳などに自分の考えはないだろう」

「通訳とは、声なき声に選ばれた、声なのだ。声なき声こそが、本質的声であり、それこそが、聞かれるべき声であるから、私はここにいる。逆に言えばあなた方の声が、私を呼んだのだ。あなた方の声は、私を呼ぶためにあった。陛下は現れるだろう。だが、天皇陛下をここに喚ぶのはあなた方ではなく、私たちPEOPLEなのだ。ゆめゆめ忘れなさるな」

「私たちPEOPLE？　なにを！」

自分たちをお膳立てそのもののように言われ、ウェッブ裁判長の顔のスペンサー先生はいきり立った。

私は以前、通訳なら痛みがないと思っていた。でも、今はちがう。声を取り継ぐのは、本質的な語りであり、通訳の在り方には、意識の本来的姿の秘密が隠されていると思えてならない。

「では訊くが、複数の『あなた方』とは、誰だ？」

ウェッブ裁判長の顔をしたスペンサー先生が憮然《ぶぜん》として言い放った。

「私たちは、忘れられた人びと、顧みられない人びと、見捨てられた人びと、すべての、声なき人びと。戦った後で、戦いの名誉を全否定された人たち。

たとえば、敗戦後にあれは『間違った戦争』だと言われ、名誉もないまま犬死にした人びと、犬死にすらできず生き残ったことを申し訳なく思う人びと、戦略爆撃によって市街地に山積みにされ、あるいは川に浮いた数多の死体。原子爆弾によって一瞬で蒸発するように燃え尽きた人びと。『間違った戦争』の間違ったやり方により犬死にした者、犬死にした者たちに感応してあとを追うように犬死にした者たち。あるいは己を許されざる者と思っている心の罪人。死んだ意味がわからなかった人たち。生き残ったことに罪を感じる人たち。戦争を支持したことが間違っていたと自らを責める人びと。大規模な米軍基地に居座られたままの沖縄、その沖縄を見て見ぬふりをしているその他の日本の人びと、そしてそれらに対して口を閉ざす人びと。

汝ら、勝った者たちに訊きたい。勝てば、正義か？」

「ちがう！」

予想外のところから声が響いた。キーナン首席検察官。それを演じるクリストファーの、若く朗々とした声に、観客も惹きつけられた。

「勝てば正義なのではない。そもそも正しい戦争と間違った戦争があり、悪い戦争は悪い始め方をするのです。あなた方は、ことのはじめから真珠湾攻撃という卑怯なだまし討ちをしたでしょう」

言い方はやわらかいが、何度も蒸し返されるこの論点に、引っかかるわけにはいかなかった。

「真珠湾がだまし討ちでなかったことは、すでにこの法廷で認められたではないか。お忘れか？一九四八年十一月にその判決が判事団によってくだされている。『開戦は通告から一定の期間を置く』というハーグ陸戦条約の取り決めそのものが、どのくらいの期間を置くべきなのかを明記していない。よって、条文じたいに構造的に問題があった、とされた。よって真珠湾攻撃は、だまし討ちではなく、手違いの事故である。それに真珠湾は、軍事施設を攻撃したわけである。民間人を狙ってはいない」

こう言い終えて私は思う、キーナンは真珠湾攻撃を忘れない。それこそ連合国というべき多国籍な検察団の中で、キーナンこそは、アメリカ人なのだ。

キーナン役のクリストファーは、しばし沈黙した。わかっていて、ただ動揺させる作戦だったのだろうか？　仮面から表情は読めない。

「米西戦争は軍事介入では？　そのときも、きっかけをとらえて真珠湾のときと似たプロパガンダ操作をしなかったか？　ヴェトナムへの介入は、それこそ宣戦布告、しましたか？」

ヘッドフォンの中の声を訳して私は言った。

キーナン役のクリストファーはこう返してくる。

「だったら南京大虐殺はどうだ？　生体解剖をした七三一部隊は？　アジア諸国で日本の皇軍が犯した残虐行為は？」

ほとんど反射みたいな言い方。彼は話の矛先を変えた。それを受け、しかし私のヘッドフォンの中の声たちがいっせいに沈黙してしまった。うるさかったほどの声たちはいっせいに沈黙した。そのとき私には、聞こえていたのが英霊と言われる人たちの声なのだと理解した。

英霊たちは沈黙した。すべての日本人が、こうして沈黙したように。

ならば英霊とは、すべての日本人のことだ！　聲を奪われた者たち。

忘れたふりをしているすべての日本人。その日本人に問わない日本人。そのため何も知らずに生まれてきた日本人。

英霊たちは連合国の策略に引っかかった。ここが彼らの急所であるにちがいなかった。キーナン役のクリストファーがしたのは、ただのすり替えだ。しかしこれこそが、東京裁判を成り立たせたものだったろう。

〈平和に対する罪〉などという概念だけでは、裁判は成り立たなかったにちがいない。通常の捕虜虐待や残虐行為をセットにしたからこそ、大衆的な説得力があったのだ。それに外地に行った兵隊が何をしたか、東京裁判があるまで、日本人たちは知らなかった。裏を返せば、その説得力で〈平和に対する罪〉がまかり通ってしまったとも言える。捕虜虐待や残虐行為を言われればたしかに一言もないが、それは双方に当てはまる。ならば。ならば今、両者の間にいる私こそが、反論しなければならなかった。一人に何ができると思っても、この私が一人でやるしかなかった。自国の名誉のために、彼らの名誉のためにも。彼らを、忘れられた人たちと呼んでもよかったし、それは私にとって、私自身のことでもあった。私はなぜアメリカの最果てでこんなことを考えるめぐり合わせになったのか、それは個人のことであって集合的な力によるものだったと思えてならなかった。彼らの名誉を回復することが、私がここにもう一度喚ばれた目的のひとつのはずだった。それが私の失ったものを回復する方法でもあると思えた。

英霊たちの声は沈黙したままで、私が何かを言わなければと焦るのだが、私の言葉は出てこない。ここは痛いところだ。客観的にも申し開きが難しい。日本兵たちが当時、国際法の遵守《じゅんしゅ》を徹底されていなかったことは事実で、それは指導のまずさに由来した。軍部のトップは、自分たちが国際法を守らなかったいくつかのことを指摘されるのが嫌で、兵士たちの指導要綱の中の「国際法に則って」の一文を削除したという。トップがそうであったなら、現場で徹底されるわけもない。

私自身の言葉は、本当にないのか。スペンサー先生が言うように、通訳に自我なんかはないのか。通訳はただの道具なのか。私は冷や汗とともに、ヘッドフォンの中のホワイトノイズだけをしばし聴いた。頭の中が真っ白とは、このことを言うのだった。私はこのときばかりは、自分がたんなる〈声〉の通訳、媒介者にすぎないことを呪った。

どのくらい時間が経ったろう、一瞬のような何時間ものような時の果て、懐かしい何かを私は聴いた気がした。たとえるなら、極寒のこの地から穏やかな気候の東京の家に電話したときの回線が拾っていた音。意味にならない音。空気そのものの表現のような音。

木々がざわめくような音がそこに加わった。

そこから声が届いた。どこか懐かしい声。

——彼らの罪は、私の罪である。

肌が粟立《あわだ》つ。「大君」と私は日本語でつぶやく。

私にできることは、それをそのまま、通訳するだけだ。英語で言った。

「彼らの罪は、私の罪である」

そのとき、私の中のリアリティが変わった。

空気も、変わった。

「あなたは、誰だ⁉」

ウェッブ裁判長役のスペンサー先生が驚いて返してき、キーナン主席検察官役のクリストファーも反応した。日本人被告たちの親身な味方であるはずのブレイクニー弁護士を演ずるアンソニーさえ、あからさまな戸惑いと疑念を私に向けた。

"I AM THE PEOPLE OF THE PEOPLE."

私は人民のなかの人民である?

自分自身の口から出た言葉が自分を驚かせる、しかし言葉は、私から流れ続ける。私は、通路なのだ。私はチャンネル。しかも、二つの回線へと同時に開かれている。私の中に、部屋が二つ、その扉を開ける。それらはそれぞれちがった言葉の座なのだ。そのひとつの部屋は、こういう言葉を受けた。

“I AM TENNOU.”

そう、TENNOUは、皇帝《エンペラー》と言いがたきもの、〝天皇〟と漢字にもなりがたきもの、TENNOUは、テンノウと音《おん》にするしかないような何か。その音《おん》自身が本質を表すというような、そんな名。

その言葉で、舞台は一面の深い森になった。

ウェッブ役も、キーナン役も、ブレイクニー役も、MP役も、法廷を模した講堂も雪の降る窓の外もすべて消えて、深い森のぽっかりとひらけた円形の祭祀場《さいしじよう》のような場所に私は一人で立っていた。言葉を発した私は、舞台めいた石の上にただ一人で立ち尽くしていた。誰もいない。しかし周囲には、気配が満ちていた。濃密な、生命の気配。森はまだ寒い。けれど枯れたような木々の中で命は漲《みなぎ》り始めている。森の生命たちは、圧迫感をもたらすほどむせ返るほど濃い。今この瞬間にも生命の交合が行われて古い細胞が死に新しい細胞が生まれようとしている。そしてその背景にある魂魄《こんぱく》たちの気配、精霊たちの気配、魂たちの気配。彼らは息を潜めて見ている。これもまごうかたなき、ひとつの舞台なのだ。

森というカムフラージュの中に一瞬、現れては消えるだまし絵のように、ヘラジカが見えた。視線をからませると、木々の間をヘラジカはこちらへ歩いてきた。

ヘラジカは、木々の間を抜けると人の姿になった。白い古代の衣装を着けて、光り輝いていた。

「大君！」

私は思わず叫んでいた。

これが、人民のなかの人民ということか。

高い城の中ではなく、同じ土を踏んで立ち、同じ土から生まれて、人民は森で人は木であると言わんばかりに周囲になじみ、気づくと目の前にいる。あまりに自然な唐突さでTENNOUはいる。同じ平面を見ているると、とつぜん垂直の理解がやってくるように、TENNOUはいる。

これがTENNOUというもの。具体的な個人ではなく、TENNOUというもの。私が探し求めていた人。いや、人ですら、ないのかもしれない。といって神と言えるのか、わからない何か——。

「大君、教えてください、あなたとは、誰なのですか？　動物なのですか、人なのですか、精霊なのですか、聖獣ですか、それとも神なのですか。これは、あなたが創った世界なのですか？」

「神が宇宙を創造したのではなく、神が自分を表現したのが宇宙である。だから、神でないものなどこの宇宙には存在しない。あなたも神なのだ、わが子よ」

そのとき、光とも人形《ひとがた》ともつかない大君が変化《へんげ》して、私の母親の姿になった。まるで子供のころ読んだ『杜子春《としシゅん》』だ。杜子春は仙術の伝授を受けるために仙人からの試験として無言の行をおこなうが、母親が鞭《むち》打たれるリアルな幻覚を見せられ、思わず、おかあさんと叫んでしまう。それで……。

「おかあさん！」

お話の結末を思い出すその前に私は叫び、泣いていた。

「かわいそうに」

母は言い、私の顔を撫でてくれた。手の温度も感触も遮断する仮面を、彼女は撫でた。そして、小さな頃にしたように頭を。頭皮というのも皮だと私は知る。あたたかさを感じる。

思い出した。杜子春はおかあさんと叫んだから試験に失敗する。でも私はそんなことはどうでもよかった。おかあさんは幻と消えなかったばかりか私の顔をいとしげに撫でてくれたのだから。

「おかあさん、なぜ私を見捨てたのですか！　私はあなたを必要としていたのに！」

私の唇からほとばしる言葉は脈絡がなく、抑制もきかない。

そのとき、母より先に英霊たちが呼応した。

そうだ。

なぜ我らを見捨てた。

なぜ我らを見捨てた。

なぜ我らを見捨てた。

すめろぎ。

英霊たちの悲しみと呪詛が地鳴りのように唱和した。

母が、私に言った。

「私を殺しなさい、私を殺せば、物語は終わる。あなたは私の終わらない問いを引き受けただけだから。なぜ私はこんなにも見捨てられた気持ちがするかという。重いものを背負わせてしまった。あなたにしか頼めないことだった。どうしても『外』に行ってもらわなきゃならなかった。ごめんなさい。私を裁きなさい。そして生きていきなさい。私は悔いすぎている。いっそ死にたい。私はあなたに殺されたい」

母は私に、ひそやかに光る鋭利な刃物を手渡した。

「これで私のおなかをさばくの」

「なんのために！　あなたをさばいたところで何も変わらない。あなたを殺したところで何もなかったことにはならない」

それがあなたの虚無やよるべのなさであっても、私は十分それを生きてしまって、今やそれは私自身の虚無だ。まるで、私がそれとともに生まれてきた虚無、あるいはそこから生まれてきたという虚無。

私の目の前にいるこの人は誰なのか、わからなくなりながら私は言い、言ってまた考える。これが『杜子春』なら、これは誰かが見せる幻覚。誰か……その誰かがいるとしたら誰なのか、大君なのか、ＴＥＮＮＯＵなのか。そんな誰かなんていなくて、ここにいるのはまぎれもなく私の母なのか。

私は光る刃物を手にしたまま、いっさいの動きを止めていた。

母はいつしか大君の姿になり、なおも私に懇願する。

終わらせてほしい。

あなたが心を痛めたことは知っている。

我が子よ、あなたは私の命だ。

私の名のもとに傷ついた子らよ。

私の名のもとに、重いものを背負わせてしまった。

私の名のもとに遠いところへ行かせてしまった。すまない。

あなたを加護する。時の果てまで。

あなたを祝福する。

母と、子と、聖霊の御名《みな》において。

そして大君は聖なるヘラジカとなり、言う。

私をさばきなさい。さばいて森の木に吊るしなさい。

三者は変化してやまず、ついには三つ、同時存在した。

気がつくと周りには民衆がいて、私たちをとり囲んでいた。民衆は怒っていた。抑制のきかなくなった民衆が、ＴＥＮＮＯＵへと向けてなだれこんできたとき、それをかばった私の腕の中で、ＴＥＮＮＯＵは、母になり、大君となり、ヘラジカとなり、どれもあたたかかったりやわらかかったりする実在感があった。

それが実在か幻覚かは私にはどうでもよかった。

たしかなのは、私が身を挺《てい》してその者を守ったということだ。私が、考える前にそうしたということだった。

自分の頸椎《けいつい》が、ナタのような鈍く重い刃物を受け止めるのを感じた。金属は冷たいはずなのに、灼けるように熱かった。私の首が胴体から離れ落ちようとするのを、私の手が受け止めようとしていた。でも私は、私が守ろうとしたものにすがったままだった。

こうして死ぬのだと思った。無駄死にした人たちに喚《よ》ばれて死ぬ人もいるのだと、かつて親しい老婆が言った。私もそうかもしれなかった。あるいはこれが、贄《にえ》ということかもしれなかった。

誰かを贄にしなければ収まらない感情というのもあるものだ。それが私であるなら――

鈍い刃物は私の首を切り、ヘラジカの、私の母の、大君の、頸動脈を切って、あたたかい血潮を噴き出させた。

私の胴体はそれを止めようとしていた。

それを、返り血を浴びた私の顔が見ていた。

その血のあたたかさの中で私は泣いた。

私にも、何か少しだけ意味のあることができた気がしていた。

いや、私もまた犬死になのかもしれなかった。

民衆《ピープル》は、私と同じ白い、顔のない仮面を着けていた。

なぜだか、憎しみよりは慈愛を感じた。

私と私が守ったものの魂は、刃物によっていささかも傷つくことなく、白い球体の中に収められていった。


白い球体？

これは繭《まゆ》。

いっさいのものが生まれる繭。すべての揺り籠《かご》。すべてが還るところ。


光の亀裂が走った。

仮面が割れた。

繭のように真白い面が、割れた。


私は再び、ディベートの演台に立っていた。

アメリカ合衆国、メイン州のハイスクール、一九八一年四月四日。

私は一人の遠い国から来た少女。仮面はもう着けていなかった。もう誰も。一度も着けたことがないというように跡形もなく。でも私は覚えているし、忘れない。私はすべてを思い出す。

私は大君と呼ばれた者、大君にあなたは誰かと腹の底から問うた者。

私は殺されたヘラジカ。私はそれを殺した狩人《ハンター》。

いずれにせよ特別な者ではない。しかし、私はすべてに浸透し、すべてを見ている。

「マリ・アカサカ、不可解にすぎる我らが隣人。あなたは、何を望むのだ？」

スペンサー先生が言った。

この場所に、もはや味方がいるか私にはわからなかった。

〝I〟

私はすでに仮面を着けておらず、素の私で、しかし、だからこそ、何者でもあるのだった。

人は、役割を演じるか否かによらず、すでに世界に遍在する言葉を媒介できるにすぎないのではないだろうか。そして〈私〉の本体とは、行為する私ではなくそれを見る透明な意識のほうなのでは。そう感じたとき私は、不思議なことにかつてなく自分の言葉に確信を持てた。

私は立つ、たった一人で。

しかし私は、一人ではない。

「私は同胞の名誉の回復を望みます。私はＴＥＮＮＯＵの再定義を、同胞のために望みます。それが定義できなくなったから、同胞の心は乱れてしまいました。神にあらず、人にあらず、神の御言葉を取り継ぐ者だったもの。同時に幾多もいたであろう人。普通の人。したがって、すべてが神であり人であり神の御言葉を取り継ぐ者なのだと、古い日本人は知っていたのではないでしょうか。肉にして霊、霊にして肉、それが自分であり、のみならず、万物であるという」

「言っていることがわからない。神であるものが、なぜ生殖で殖《ふ》えたりする？」

スペンサー先生があきれ気味な声で言った。

「殖《ふ》え栄えるのが神性の顕《あらわ》れのひとつであるからでしょう。それ以上の意味はないでしょう。それは血統とすら、関係がないかもしれないし、それにそれを言えばイエスの家系も、あるでしょう。彼には復活後が、あるのだから」

私は答え、スペンサー先生はまた激怒した。

「ばかを言ってもらっては困る。イエスの前にはあるが、後に、そんなものはない！」

「それは教会がイエスを神のひとり子として独占しようとした産物の神話であると私は理解します。そういう者が他にもいると困ったのは、イエスではなく教会です。イエスには子がいたでしょうし、イエスの他にも処女懐胎で生まれた者はいたでしょう。最初の種子は、どこから来たのでしょう？　何がそれを、実らせたのでしょう？　奇蹟《きせき》というのは自然のようにありふれている。自然こそは奇蹟だ。私たちは、自然の中に奇蹟を見てきた民族なのです」

「あなたたちは唯一の神を信じていない」

「それが本音ですか？　だから私たちは排除されてもよいのですか？　唯一の神が宇宙を創ったのではなく、神が自分を創ったのがこの宇宙である、と私は理解しました。私の生まれ故郷、この土地の森、動物たち、すべての助けを借りて、私はそう理解しました。だからすべては神の顕れであるのです。TENNOUがおそらく特別な存在ではないというのも、この意味によります。逆に問いたいのですがなぜあなた方は、拷問《ごうもん》の果てに死んだ救い主の図を、凍りついた絵のように信じるのです？　なぜ、贄となった人の図に、未来永劫しがみつこうとするのです？　それより復活した彼に、なぜ興味を持たないのです？　彼の続いていく旅を知りたいとは思わなかったか、一度でも？　旅を続けさせてやりたいとは思わなかったのですか？　その話は異端なのですか？　他ならぬイエス・キリスト自身の話であるのに、なぜそれより教会の言うことに興味を持つのです？　神話は生きています。神話は、書き換えられなければ機能していかない。神の子自身を神格化することには、そういうデメリットがある。神話が凍りつく、という」

「私は神学論議をするためにここにいるのではない！　戦争の話をしているのだ」

スペンサー先生が言った。

私は応えた。

「いや、神の話なのです。徹頭徹尾、神の話なのです。人は神を必要とする。人は神を利用する。でなければ人など大量に殺せない。私の神は特別で、私のほうが彼より神の愛を多く受けている、そう思わなければ。私が神の話をするのは、『神の名のもとに戦争をする』という愚を人類が繰り返すからです。神の名のもとに戦争をするのは最悪だ。人が、人を殺すということに対して持ちうる歯止めを、なくしてしまう。しかし戦争の規模が大きくなるほど、人は人以上の何かを持ちださなければまとまれないことを知ってしまった。神の名においてでなければ、奴らはちがう神を信じている、誤った神を信じているという理由でなければ、あなた方は原子爆弾を、同じ人の子の上に落とせたのですか？　同じ人の子を、何万人も、一瞬にして蒸発させられたのでしょうか？　同じ人の子なのです、同じ人の子なのです、ちがう神の子なのではない。みな神の子なのです」

「あれは、戦争を止めるために必要だったことだ。そうでなければ、日本を戦場として、両軍にさらなる犠牲者が出たであろう」

「だから私たちをより大きな犠牲から救ったのだと？　礼を申し上げますが、ならばポツダム宣言発令の時点で原爆投下まで決めていたのはなぜですか？　裏事情は、議会を通さず使った膨大な予算だったから、使って威力を示さなければならなかったのではないですか？」

「……そんなことはない」

「それではあなた方に訊きますが、東京大空襲はどうです？　日本人は、関東大震災と第二次世界大戦を、似通った風景として記憶しています。それもそのはず、東京大空襲は、関東大震災の延焼パターンを研究して、どこをどう燃やすと効率的に東京を焼き払えるかを知って、それを実行したのです。民間人の住まう地域を、戦略的に焼く。どのように言ってもどのような大きな目標や高邁《こうまい》な理想があろうと、それそのものは、国際法違反でありますね？」

「……………」

相手は黙り、私はたたみかけた。

「それそのものについて、言ってください。それそのものは、国際法違反でありますね？」

「それそのものは、しかし」

スペンサー先生は口ごもりつつ言った。

「ありがとうございます、裁判長《ユア・オナー》」

間髪を入れず、私は言って話を打ち切った。これは反対尋問のテクニックだった。相手の言質《げんち》をとって、打ち切る。

「だがあなた方は、ことのはじめから真珠湾という卑怯なだまし討ちを」

スペンサー先生が反論する。この期に及んで、この人の反論もこれなのか！

「あなたまでそのお話ですか？　聞いてなかったんですか、それとも故意のゆさぶりですか？　真珠湾が卑怯なだまし討ちでなかったことは、すでにこの極東国際軍事法廷、通称東京裁判で認められています。聞こえてないなら、何度でもテープレコーダーのように繰り返してあげます。

一九四八年十一月にその判決が判事団によってくだされています。『開戦は通告から一定の期間を置く』というハーグ陸戦条約の取り決めそのものが、どのくらいの期間を置くべきなのかを明記していない。よって、条文じたいに構造的に問題があったと、されたからです。よって真珠湾攻撃は、だまし討ちではなく、手違いの事故であります。それに真珠湾は、軍事施設を攻撃したわけです。民間人を狙ってはいません」

「民間人の犠牲もあったはずだ」

「民間人の犠牲が致し方ない、とは言いません。が、それと最初から民間人を狙ったり、民間人の居住地域をいかに効果的に焼くかに知恵を絞ったりするのとは、わけがちがいます」

「南京大虐殺はどうだ？　生体解剖をした七三一部隊は？　アジア諸国で日本の皇軍が犯した残虐行為は？」

ここだ。同じことの繰り返しだ。ここが同じ劇の結節点にして分岐点なのだ。

私はここで負けたりしない。ここで絶対、沈黙しない。

私は勝てない。私は勝てない。これは万が一にも私が勝てるようにつくられたゲームではない。

絶対、勝てない、

でも、負けない。

「たしかに彼らは過ちを犯した。TENNOUだったらこう言うのではないでしょうか」

私は停止し、ひとつ息を吸った。ここからが引用であると聴くものに示すために。TENNOUになりかわって考えてみようとしたとき、そしてその引用のようにものを言おうとしたとき、空っぽの箱の中に、本当にTENNOUの言葉がやってきた。そう感じた。

「『彼らの過ちの非はすべてこの私にある。子供たちの非道を詫《わ》びるように、私は詫びねばならない。しかし〝私の子供たち〟に対する気持ちを吐露する人の親であることをつかの間許していただけるなら、やはり、前線の兵士の狂気や跳ねっ返り行動と、民間人を消し去る周到な計画とはまた別次元であると言おう。そしてこの意味において、東京大空襲や原子爆弾投下は、ナチスのホロコーストと同次元だと言おう。だからといって何も我がほうを正当化はしない。が、前線で極限状態の者は狂気に襲われうる。彼らが狂気のほうへと身をゆだねてしまったときの拠《よ》り所が、私であり、私の名であったことを、私は恥じ、悔い、私の名においてそれを止められなかったことを罪だと感じるのだ。私はその罰を負いたい。

兵士たちは、十分な装備も、補給さえ、確保されぬまま、拡大する戦線の前線へと送られていった。行けばどうにかなるというていである。どうなるはずもない。私がそれを、体を張ってでも止めるべきだったのだ。我が身を犠牲にしてでも、止めるべきだったのだ。

積極的に責任を引き受けようとしなかったことが、私の罪である。たしかに私は望んでトップにまつりあげられたわけではなかった。担ぎ上げられたとも言える。が、それは私がこの魂を持ちこの位置に生まれついたのと同じ、運命であり、責任であったのだ。巡りあわせであり、縁あって演じることになった役割だ。それには私の全責任があるはずであった。戦争前に、戦争中に、そう思い至らなかったことを悔いている』」

長い〝台詞〟を言い終えた。

「……『この魂を持ちこの位置に生まれつく』とはいかなることか？」

スペンサー先生が、訊く。

これは最終弁論であるのを、彼は忘れているし、このディベート会場の誰もが忘れているようだ。それでいい。最後まで立場を守り続けるディベートなど意味がない。互いに歩み寄れるところを少しでも見つけようとすべきなのだ。

「たとえ困難でも、泣きたくても逃げ出したくても、肉体を持ってある位置に生まれついた以上、全《まっと》うすべきことがある気がしただけです」

そのとき、〝TENNOU霊〟と言うべきものが、私を離れていった。同時に幾多の英霊たちも。私の中にはただ広々と虚空が広がり、場違いなほど晴れやかな軽さを私は味わった。私の中にはただ虚空がある。その空《から》の繭のごとき虚空の中に、点に似た何かが生じた。点は、ただ位置であるだけで、面積も体積もない。が、そこから種子のようなものが生じた。種子は、私の内部のようであり、外部のようであるどこかから生まれた。はじまりで終わりである場所で、いつか形をとった。そうして私は受肉された。私はいつの日にか、こうして生まれた。そして今、再誕する。

その時、懐かしい声を聴いた。子供の頃、ふととった電話の中に聴いた、女の人の声。

〝ピーポゥ〟

そうだ、遠い日に、私を呼んだ声。あの夏また、私を呼んだ声。

私は言葉を発した。

「私は言ったはずです。私は人民《ピープル》であると。『私』というのは誰でも、なんでも入る万能の器のようなものだ、と」

言うと、私の意識がまた、拡大してゆく。そして私でありながら私の外にいた。私は肉体を持ち、しかし肉体を超えている。

「霊の作用は、たとえるならコンパスの中心となることではないでしょうか。それは円を描く。世界を、円として描き出す。円とは、縁である。縁とは、ムスビ《トウ・ユナイト》である。ムスビとは、自然に備わった生産力、そこからすべてが生まれ出《いず》る点、虚空である。しかし、コンパスの針の先が円の中心なのではありません。中心とは、針が穿つ小さな小さな穴でもありません。円の中心には何もない。そこは真に面積のない場であり虚無なのです。そこは何でもどこでもありません。しかしそこ、『中心の虚無』がなければ円は生まれ出ないのです。そんな虚無が、必要なのです、世界に、いや宇宙には」

私は、三十年間悩まされてきた虚無に新しい解釈が与えられるのを聴いていた。自分の言ったことながら、それは自分を驚嘆させる力を持っていた。

私は虚無からは何も生まれないと思ってきた。しかし、もし虚空を中心に円を描けるのなら、私は自分が抱えてきた虚無感を受け容れられるのではないか。私は実体であり、同時に透明な意識として、純粋に驚いていた。虚無がそういうものであるなら、私は虚無感に苦しむ必要がもうないのだ。

私は話しているが、それは私ではなく、私は聴いているがそれが私なのでもなく、私はそのいずれでもあるし、〝私〟というのは今まで生きたすべての瞬間の私であり、おそらくは、すべての転生の私なのだ。

「あなたの話を理解することができない。あなたが誰かも、もはや私にはわからない。あなたの感情は不安定過ぎる」

とスペンサー先生が言う。

たしかにいきなりディベートの場で言われても理解できる話ではないと私も思う。しかし、聴く耳を持てば、それはなんと叡智《えいち》に富んだ示唆なのだろうと、言った私でさえ思うのに。

「感情の波の話ではないのです。『私』とはそんなに確固としたものでしょうか？　と言っているのです。せめて、異質なものに聴く耳を持っていただきたい。それだけを私は望みます」

しばらく、ディベート会場に音はなかった。

私は続けた。

「私は勝てません。知っています。あなた方の力《パワー》の前に屈するのです。東京裁判が、万が一にも私の同胞が勝つようにつくられていなかったのと同じです。ディベートは、裁判ごっこです。ごっこだったら私にも勝つ見込みがあるとあなたは言うかもしれません。だけれども、あくまであなた方のルールの中で勝てるにすぎません。あなた方の軍艦が初めて私の国にやって来て以来ずっと、そうなのです。この痛みが、あなた方にわかるでしょうか？

〝ごっこ〟に本物の痛みがないと思うのは誤りです。人間は、ごっこと本物や、他人と自分の考えなど、自分で思うほどうまく区別できないのです。仮面やごっこはむしろ、むき出しの本音を引き出してしまう。通訳こそが、二重の痛みを感じる。それをわからせてくれた意味で、この壮大な茶番に私は感謝します。

私は同時に、法廷と法廷ごっこに感謝します。その美点は、発されたどんな言葉も細大漏らさず記録され、その記録を同時代や未来の者が閲覧できるということです。私はこの法廷に、新しい神話の種子をまいたのです。私はこれを私の同胞、ピープルに託すのです。

私が屈したとしても、私は人民であり、私は一人ではなく、私の魂は不滅なのです。すべての魂がそうであるようにです。私はただ、それを思い出しただけです。『私は神の子である、あなたがそうであるように』がイエスの真意だったのだと私は信じています。教えてください、こう言うことは神に対する冒瀆《ぼうとく》ですか？　今、こう言えることを私は幸せに思っています。これは私を幸せな気持ちにするのみならず、記録として残るからです。記録として残れば、見知らぬ誰かを、その囚われた檻《おり》から解放できる可能性があるからです。ネイティヴ・アメリカンも、ヴェトナム人も、日本人も、アメリカ人も。人びと《ピープル》は、みなそれぞれ何かの檻に囚われているでしょう。けれど、一人一人が自分を解放するために、記録と言葉はあるのです。

『私たちは負けてもいい』とは言いません。でも、負けるのならそれはしかたがない。でも、どう負けるかは自分たちで定義したいのです。それをしなかったことこそが、私たちの本当の負けでした。もちろん、私の同胞が犯した過ちはあります。けれど、それと、他人の罪は別のことです。自分たちの過ちを見たくないあまりに、他人の過ちにまで目をつぶってしまったことこそ、私たちの負けだったと、今は思います。自分たちの過ちを認めつつ、他人の罪を問うのは、エネルギーの要ることです。でも、これからでも、しなければならないのです。私は人民《ピープル》であり、一人ではありません。人民《ピープル》は負けることはありません。一人が負けても、すべてが負けることはないからです。だから、独りでも私は、退《ひ》きません。

私に負けを宣告してもいいのです。

負けを宣告されても、私は春の到来を祝います。新しい世代が誇りとともに生まれ出て、成長できるように。太陽が復活するように。すべてのさなぎや繭から、蝶が開かれ出《いず》るように」

再び会場はしばらく静まりかえり、痛いほどのその沈黙を破って拍手が起こった。

ホストファミリーの父親——家族の系統的にはなんの関係もない継父——ティムが、一人で手を打ち鳴らしていた。その妻メアリ・アンは沈黙を守っていた。それを見て、私はアメリカが初めて好きになった。自由の、なんという孤独。クリストファーが拍手をはじめた。多分にパフォーマンス的だ。自分は本当は女やマイノリティに理解があると言いたいのだろう。クリストファーにつられて数人、おずおずと拍手をはじめた者たちは、しかしすぐにやめた。別の人たちの拍手がそこここからまばらに起こり、彼らの共通項は私にはわからなかった。ほとんどすべては白人だったし、たった一人の黒人は反応していなかった。先住民との混血ではと私がひそかに思っていた女生徒は、姿が見えなかった。拍手をしない者たちは決してせず、その様はかえってすがすがしかった。拍手する幾人かは、まばらながら長いこと手を打ち続けていた。

吹雪いていた空が晴れ、窓から、氷を割るように陽がさした。

初出　『文藝』二〇一〇年春号から二〇一二年夏号まで連載（二〇一二年春号は休載）

主な参考文献

『近代論――危機の時代のアルシーヴ』安藤礼二（NTT出版）
『ジャングル・クルーズにうってつけの日』［新版］生井英考（三省堂）
『一万年の天皇』上田篤（文春新書）
『東京裁判ハンドブック』東京裁判ハンドブック編集委員会（青木書店）
『昭和天皇』原武史（岩波新書）
『「東京裁判」を読む』半藤一利　保阪正康　井上亮（日本経済新聞出版社）
『英霊の聲　オリジナル版』三島由紀夫（河出文庫）
『憲法と天皇制』横田耕一（岩波新書）
『英文対訳日本国憲法』（ちくま学芸文庫）

尚、安藤礼二、生井英考、井上亮、内海愛子、大塚野百合、鈴木銀三郎の各氏には、取材に際してご協力をいただきました。この場を借りて感謝の意を表します。

赤坂真理

AKASAKA MARI

★

一九六四年東京都生まれ。アート誌「SALE2《セール・セカンド》」の編集長を経て、九五年「起爆者」で小説家デビュー。二〇〇〇年、『ミューズ』で第二二回野間文芸新人賞受賞。二〇〇三年、『ヴァイブレータ』が廣木隆一監督で映画化された。他の著書に、小説『蝶の皮膚の下』『ヴァニーユ』『コーリング』『彼が彼女の女だった頃』の他、『モテたい理由』『太陽の涙』などがある。

東京プリズン

★

二〇一二年七月二四日　初版発行
二〇一二年九月一〇日　5刷発行

著者★赤坂真理

装幀★鈴木成一デザイン室

装画★夏目麻麦（「硝子」）

発行者★小野寺優

発行所★株式会社河出書房新社
東京都渋谷区千駄ヶ谷二-三二-二
電話★〇三-三四〇四-一二〇一［営業］〇三-三四〇四-八六一一［編集］
http://www.kawade.co.jp/

組版★株式会社キャップス
印刷★株式会社暁印刷
製本★小泉製本株式会社

落丁本・乱丁本はお取り替えいたします。
Printed in Japan

ISBN978-4-309-02120-1